Schmerzvolle Sehnsucht

Schmerzvolle Sehnsucht

BDSM-Roman

von
Nathan Jaeger

Impressum

Text und Titelgestaltung
Nathan Jaeger
Pommernstraße 25, 46395 Bocholt

Nathan.Jaeger@gmx.com

Titelfoto
© Nathan Jaeger 2018

© **2018** Nathan Jaeger

Alle Rechte vorbehalten. Nachdruck, Vervielfältigung und Veröffentlichung nicht gestattet.

Für alle Neugierigen.

Inhalt

- ~ Das erste Date ~ 9
- ~ Anschauungsunterricht ~ 23
- ~ Schlaflos ~ 31
- ~ First Time ~ 41
- ~ Bandprobe ~ 53
- ~ Session?! ~ 65
- ~ Fluchtprogramm ~ 75
- ~ Konzert ~...85
- ~ Nachspiel ~ 97
- ~ Körperspiel ~ 105
- ~ Ausgehungert ~ 117
- ~ Cool-down ~ 129
- ~ Spieleabend ~ 139
- ~ Erster Blick?! ~...149
- ~ Normal, oder so ~ 157
- ~ Private Geburtstagsparty ~ 169
- ~ Verlustliste ~ 181
- ~ Heilung? ~ 195
- ~ Rock'n'Race ~ 207
- ~ Bitteres Mindset ~ 221
- ~ Auf ganzer Linie ~..233
- ~ Sugar in the morning ~...247
- ~ Ein Jahr später ~ 255

~ Das erste Date ~

Kaum habe ich den Kiosk, in dem ich das Anzeigenblättchen gekauft habe, verlassen, schlage ich die knisternden Seiten fieberhaft um, bis ich die Sparte ‚Er sucht Ihn – BDSM' finde, in der meine aufgegebene Annonce steht.
Er, *28 J., trainiert, 1,86m, 82 KG,*
sucht Anleitung durch dominanten Ihn. Alter egal.
Bin mobil, Großraum WEI.
Darunter steht noch meine Handynummer – ein Prepaidhandy, das ich eigens zu diesem Zweck angeschafft habe.
Zufrieden falte ich das Blatt zusammen und schiebe es aufgerollt in die linke Arschtasche meiner Jeans.
Neugierde, die mich schon vor dem Formulieren der Anzeige bewegt hat, übermannt mich nun deutlich stärker. Ich bin aufgeregt, vielleicht sogar ein wenig nervös.
In jedem Fall ist jetzt alles nur noch eine Frage der Zeit, oder?
Ich meine, es wird sich doch jemand melden ...?
Sicher, ich hoffe voll darauf, immerhin ist da diese Neugierde in mir! Ich will wissen, wie es ist, die Kontrolle an einen anderen Menschen abzugeben. Vorzugsweise an einen, der weiß, was er tut.
Ganz kurz habe ich mit dem Gedanken gespielt, in einen SM-Club zu gehen, aber das stellte sich als relativ schwierig heraus.
Erstens braucht man Kontakte, damit man in so einen Laden reinkommt. Woher nehmen, wenn man bislang gar keine Berührungspunkte mit dieser Szene hat? Zweitens habe ich mich

halbtot gegoogelt, aber keine auch nur halbwegs öffentlichen SM-Clubs in der Gegend gefunden.

Private scheint es zu geben, aber da ist der vorherige Kontakt noch wichtiger, und ich habe mich nicht getraut, den einen oder anderen Forennutzer auf einschlägigen Seiten direkt anzuschreiben.

Egal, ich hab nun die Annonce aufgegeben und kann nichts weiter tun, als abzuwarten.

Vielleicht dauert es ja gar nicht so lange?

~*~

Eine ganze Woche!

Am Freitag war meine Anzeige in der Zeitung, und bis jetzt hat sich keine Sau gemeldet. Vermutlich kann ich es mir abschminken.

In der heutigen Ausgabe steht die Kontaktbitte nicht mehr drin, also ist meine Chance wohl ungenutzt vergangen.

Ich sitze gegen Mittag am Frühstückstisch, die gestrige Nacht war lang.

Bis nach zwei Uhr in der Frühe habe ich im Tonstudio den neuesten Song mit meiner Band eingesungen. Dieses Hobby nehme ich sehr ernst, deshalb braucht meine Stimme nun viel Tee und Honig. Das hilft bei mir am besten. Beides übrigens aus Fenchel.

Das Aufbackbrötchen noch in der Hand zucke ich erschrocken zusammen, als das zweite Handy zu klingeln beginnt.

Ich sehe auf das Display, nachdem ich das Brötchen wie ein ekelhaftes Insekt fallengelassen habe.

Zittrige Finger greifen nach dem Gerät mit der unterdrückten Nummer im Display. Ich atme tief durch und nehme den Anruf an.

„Ja?"

„Mein Name ist Sir Allen. Wenn es dir mit deiner Annonce ernst ist, sei um 18 Uhr im Park am südlichen Ende der Lindengasse."

Zack, aufgelegt.

Ich starre das Gerät in meiner Hand noch eine ganze Weile verblüfft an und schlucke trocken, als mir klarwird, dass der Anrufer mit der sexy-tiefen Stimme nicht nur kompromisslos, sondern auch eindeutig gewesen ist.

Verdammt, nun gilt es!

Ich muss mich zwingen, meine Aufgeregtheit zu unterdrücken, um wenigstens das Frühstück hinter mich zu bringen.

Danach räume ich alles weg und gehe ausgiebig duschen.

Für einen solchen Termin sollte ich nicht nur haarlos, sondern auch gespült und gut vorbereitet sein, denke ich.

Er hat zwar nichts Entsprechendes gesagt, aber das heißt ja nichts.

Meine Anzeige hat nicht unbedingt verraten, dass ich bis auf Neugierde und extreme Googeleien keinerlei Ahnung von BDSM habe ...

Okay, jetzt nur nicht die Nerven verlieren. Wenn ich das durchziehen will, sollte ich diese Chance nutzen.

~*~

Ein letzter prüfender Blick auf meine Uhr – ja, ich bin überpünktlich. Erst in zehn Minuten erwartet Sir Allen mich hier, was meine Nervosität leider nur noch verstärkt.

Außer dem Frühstück konnte ich nichts mehr essen, viel zu aufgeregt, zu neugierig und gespannt bin ich auf das, was mich am heutigen Abend noch erwarten wird.

Seit dem Anruf hat mich eine latente Geilheit erfasst, die sich unterschwellig kribbelnd durch meinen gesamten Körper zieht.

Hoffentlich lässt Sir Allen mich hier nicht ewig warten!

Die Lindengasse ist eine Straße, die sich am Rand des Stadtkerns befindet, und ins Nichts führt. Der große Wendehammer an ihrem südlichen Ende liegt an einer kleinen Parkanlage, in der ich mich aufhalte.

Ich gehe auf und ab, setze mich auf die einzige Bank, springe wieder auf und wandere zwischen den Sträuchern und Schatten umher, bis ich erschrocken herumfahre, weil mich jemand anspricht.

„Setz dich", verlangt der Hüne, der sich in einem von mir unbemerkten Augenblick auf der Bank niedergelassen haben muss.

Ich bleibe, wo ich bin, sehe ihn neugierig an.

Gar nicht so leicht im schummerigen Licht der Straßenlaternen – durch die Baumkronen und Sträucher kommt es nur gefiltert an.

Er ist groß, und das soll aus meiner Sichtweise schon etwas heißen, messe ich selbst doch 1,86 m. Seine Kleidung ist dunkel, die Hose, die sich um seine muskulösen Beine schmiegt, schimmert leicht, vermutlich ist sie aus Leder.

Er lehnt sehr lässig dort, hat den angewinkelten Arm seitlich auf die Rückenlehne der Bank gelegt, mustert mich ebenso intensiv wie ich ihn.

Ist das hier so etwas wie der erste, stumme Schlagabtausch?

Seine Haarfarbe ist dunkel, seine Augen kann ich nicht erkennen.

„Ich bin Ryan", unterbreche ich schließlich die eigentlich angenehme Stille.

Jede Sekunde des Schweigens verstärkt meine Anspannung auf eine erregende, wohltuende Art.

„Setz dich, Ryan."

Diesmal nicke ich und setze mich rechts von ihm auf die Bank, wende mich ihm ebenso zu wie er sich mir.

„Was erwartest du von diesem Treffen?"

Ich hebe kurz die Schultern, straffe mich dann und sehe ihn fest an. „Ich fürchte, das kann ich nicht in Worte fassen, weil ich schlicht nicht weiß, was genau auf mich zukommen wird."

„Das war nicht meine Frage", stellt er klar, und ich grinse schief.

„Stimmt. Also, was ich erwarte ...? Ich erhoffe mir, dass ich herausfinde, ob mich nur blanke Neugier oder der echte Wunsch nach Dominanz zu meiner Annonce bewegt hat. Ich möchte herausfinden, ob ich mit dem Kontrollverlust leben, ihn als positiv und vielleicht sogar befriedigend erleben kann."

Seine Augenbraue hebt sich skeptisch. „Du bist dir dessen nicht sicher?"

Mein Kopf schüttelt sich, bevor ich es verhindern kann. „Ist das schlimm?"

„Nein, nur ungewöhnlich. Obwohl ich zugeben muss, dass deine Anzeige nicht nach großartiger Erfahrung klang."

Meine ich das nur, oder klingt er ein wenig abschätzig? Gefällt es ihm nicht, dass ich keine Erfahrung mitbringe?

„Ja, das ist wahr. Ich habe ... Fantasien, aber nichts Konkretes", bekenne ich und staune über meine Offenheit.

Ihm scheint sie zu gefallen, denn er lächelt angedeutet. „Bevor ich dich jetzt frage, ob du es konkreter willst, sollte ich dir erklären, wieso ich hier bin."

„Das wäre nett. Ich meine, ... Danke!" Meine Worte brechen ab, es gibt einfach nichts, was ich dazu sagen sollte.

„Mein Name ist Allen. Meine Subs nennen mich ‚Sir Allen'. Nicht ‚Herr', nicht ‚Master', sondern immer und ausschließlich ‚Sir Allen'", beginnt er und ich höre einfach zu. „Ich betreibe einen privaten Club nicht weit von hier, in dem Menschen, egal welchen Geschlechts, ihre Neigungen in den Bereichen Bondage und Disziplin, Dominanz/Submission und Sado-Masochismus aus- und erleben können."

Ich nicke bedächtig, diese Information finde ich ausgesprochen spannend. Er ist also vom Fach und weiß offenbar, was er tut. Zumindest, wenn ich davon ausgehe, dass er keinen illegalen SM-Club betreibt ...

Noch immer schweige ich.

„Deine Anwesenheit hier verrät mir, dass es dir mit deiner Annonce ernst ist, Ryan, deshalb werde ich diese Frage nicht stellen. Trotzdem sind einige andere Dinge zu klären, bevor ich von dir die Entscheidung verlange, mich zu begleiten oder nach Hause zu gehen."

Seine ruhige, kühle Art gefällt mir, zieht mich irgendwie magisch an.

Vermutlich ist das meiner Neugierde geschuldet, aber das macht effektiv keinen Unterschied.

„Welche Dinge?", will ich wissen, und lasse meinen Blick erneut über seine Gestalt wandern.

Allens Körperhaltung ist offen, seine ausgestreckten Beine, sein mir zugewandter Oberkörper, die lockere Haltung seiner Arme – nichts an ihm wirkt abweisend oder verschlossen.

Das schafft, so unwirklich diese Situation auch sein mag – eine Menge grundsätzlichen Vertrauens.

Obwohl er größer und entsprechend auch kräftiger als ich sein dürfte, erscheint er mir harmlos, nicht bedrohlich.

Und das, wo ich auf dem besten Wege bin, mich von ihm auf möglicherweise schmerzhafte Art unterwerfen zu lassen.

„Ich muss wissen, wie weit das gehen soll, was dir vorschwebt. Wieso suchst du einen Mann für diese Spielart?"

„Ganz einfach, ich bin schwul. Die Vorstellung, mich einer Frau auszuliefern, hinterlässt ... Na ja, es ... lässt mich total kalt, wenn du verstehst ..." Ich grinse schief.

Allen schürzt die Lippen und nickt bedächtig. Nur ganz kurz blitzte etwas Hungriges, Ungezähmtes in seinen noch immer undefinierbar gefärbten Augen auf. Er hat sich verdammt gut im Griff.

„Verstehe. Verbindest du Sex im Sinne von Verkehr mit deiner Fantasie?"

Sofort nicke ich heftig, wofür ich ein deutlicheres Lächeln ernte.

„Ist das nicht immer so?", hake ich nach.

„Nein. Es gibt verschiedene Formen von Beziehungen zwischen Menschen in der BDSM-Szene. Neben den Paaren, die ihre Spielarten gemeinsam ausleben, gibt es viele, viele Paarungen, die nichts Romantisches verbindet."

„Echt?! Irgendwie dachte ich bisher ..." Ich breche ab und schüttle den Kopf über meine eigenen Gedanken. „Schwachsinn, natürlich wusste ich, dass manche reine Zweckgemeinschaften sind. Aber irgendwie ging ich bislang davon aus, dass die sexuelle Komponente immer eine Rolle spielt."

Allen mustert mich erneut lange, bevor er spricht. „Das ist auch so, aber Sex oder das Spiel mit der Lust eines anderen muss nicht zwangsläufig in einem Fick enden. Oftmals verschafft der Master seinem Sklaven auf gänzlich andere Art das, was er braucht." Er legt den Kopf leicht schräg, was auf mich sehr apart wirkt. „Hast du gedacht, du findest durch deine Annonce einen Mann, der dich ein bisschen quält und dich dann mehr oder minder rücksichtslos durchfickt?"

Ich hebe vorsichtig die Schultern. „Irgendwie schon, ja."

Mein Bekenntnis lässt ihn abermals lächeln. Es ist tatsächlich ein Lächeln, kein fieses, geringschätziges Grinsen.

„Sorry, ich komme mir grad voll blöd vor", murmele ich und senke den Blick.

„Das musst du nicht. Wer weiß, dass du heute hier bist und dich mit einem dir völlig Fremden triffst?"

Seine Frage irritiert mich, versetzt mich aber auch ungewollt in Alarmbereitschaft. „Niemand!", versichere ich.

Allens Reaktion ist irgendwie nicht ganz das, was ich erwartet hätte.

Seine Miene verdunkelt sich schlagartig und die Muskeln in seinen Wangen bewegen sich, weil er seine Zahnreihen fest zusammenpresst.

„Verdammt, Ryan! Ist dir klar, dass es Typen gibt, die allein diese Tatsache eiskalt ausnutzen würden?"

„Öhm ... Es war mir einfach nicht recht, irgendwem davon zu erzählen."

„Weil?"

Ich hebe die Schultern unwillig. „Weil es mir peinlich ist, darüber zu sprechen. Immerhin weiß ich noch nicht, ob mir das wirklich gefällt."

„Peinlich also", resümiert er.

„Keine Ahnung, ja!", meckere ich. „Mein bester Freund ist ziemlich ... voreingenommen, was das Thema angeht."

Das ist leider wahr. Mit Manni darüber zu sprechen, hätte bedeutet, mir endlose Diskussionen anzutun.

„Verstehe. Dennoch muss ich dir sagen, dass es wirklich abgrundtief dämlich und ziemlich blauäugig ist, ohne jedes Cover hier aufzutauchen, Ryan."

„Cover?"

Nun lächelt er, vermutlich, weil ich mir wirklich saublöd vorkomme und wohl echt zerknirscht aussehe.

„Ein Cover kennt doch heute jede Mittelschülerin, dachte ich. Wenn man sich mit einem Fremden trifft, tut man das erstens an einem belebten Ort, niemals in einem Park oder gar bei ihm oder dir zu Hause. Zweitens sorgt man immer dafür, dass jemand weiß, was man vorhat, damit im Zweifelsfall wenigstens eine Person Bescheid weiß, wenn man ... nun ja ... verlorengeht."

„Verlorengeht?!"

„Du dürftest wissen, wie oft Internetbekanntschaften oder Annoncendates schiefgehen."

„Ja, stimmt", bekenne ich und begreife zeitgleich, in was für eine heikle Lage ich mich in meiner Naivität gebracht habe.

„Dann hast du jetzt also begriffen, was du im Falle einer Wiederholung zu tun hast?", hakt er nach und beruhigt sich endlich wieder.

„Ja."

„Gut!" Er seufzt und mustert mich. „Der Grund, weshalb wir dieses Gespräch führen, ist, dass ich momentan tatsächlich auf der

Suche nach einem neuen Sub bin. Deshalb will ich dich natürlich kennenlernen und herausfinden, was dich letztendlich auf die Idee gebracht hat, dein Experiment zu wagen."

„Neugierde. Wenn ich es recht bedenke, ist es wirklich Neugierde, die mich auch heute hergebracht hat. Ich will wissen, woher diese innere Sehnsucht kommt, das unbestimmte Gefühl, dass mir etwas fehlt, wenn ich Sex habe, wie ihn die meisten Menschen haben." Ich sehe wieder auf. „Und ich war sehr neugierig auf den Mann hinter der kompromisslosen Ansage am Telefon."

Nun bin ich es, der lächelt. Vielleicht ein wenig verlegen, weil ich nicht daran gewöhnt bin, so offen zu sprechen.

Meine Gedanken zu kommunizieren ist neu für mich, bislang habe ich solche Ideen eben nur vor mir selbst rechtfertigen und erklären müssen.

„Neugierde kann fatale Folgen haben, Ryan. Haben sich noch andere auf deine Anzeige gemeldet?"

Ich schüttle bloß den Kopf.

„Hm, das wundert mich. Eigentlich ist so eine Annonce ein Freibrief für all die Irren da draußen ..." Wieder seufzt er tief, beinahe so, als wäre er es müde, dass naive Kerle wie ich überhaupt existieren. „Ein Freund gab mir die Seite der Zeitung gestern Abend nach einer Session und er hatte deine Kontaktanfrage eingekreist. Er weiß, dass ich seit Monaten auf der Suche bin, und dass ich Schwierigkeiten habe, den richtigen Spielgefährten zu finden."

„Hast du?!", entfährt es mir und mein Blick gleitet – diesmal eindeutig anerkennend – über seine auf der Bank hingegossene Gestalt. „Ich meine, du bist weder 100 noch unförmig oder unansehnlich! Müsste es für dich nicht ziemlich einfach sein, deine Attraktivität bei den potentiellen Subs auszuspielen?"

„So einfach ist das nicht. Weil es erstens nicht viele freie Subs gibt, die eine feste Partnerschaft im Sinne der Lust eingehen wollen, und weil ich gewisse Standards habe, was deren Äußeres angeht. Von ihrer Bereitschaft, wirklich genau das zu sein und zu tun, was ich verlange, einmal ganz abgesehen."

„Klingt nach einer sehr schwer zu findenden Kombination", denke ich halblaut vor mich hin.

„Allerdings."

„Wie sehen deine Präferenzen aus? Ich meine, welche äußerlichen und inneren Attribute muss der für dich passende Sub mit sich bringen?"

Er lacht leise, es klingt ein wenig heiser und diese Tonlage fährt ohne Umweg direkt in meine Lenden. Ich schnaube auf, erschrocken von meiner körperlichen Reaktion auf ein simples Lachen und setze mich sofort anders hin.

„Nun, ich sage es mal so: Du entsprichst äußerlich – Körpergröße, Gewicht, Alter – durchaus dem, was mir vorschwebt."

Klar, er hat meine Frage durchschaut und begriffen, dass ich im Grunde nicht die Beschreibung seines Traum-Sklaven haben wollte, sondern seine Einschätzung meiner Kompatibilität.

„Über den Rest zu urteilen, wäre fahrlässig und würde allem widersprechen, an das ich als Dom glaube." Er sieht auf ein paar Büsche vor uns.

„Dann ... sollten wir den Rest vielleicht ... äh ... ausprobieren?", schlage ich vor und staune über meine eigene Courage.

Wieder dieses Lachen, aber auch ein deutliches Nicken.

„Wenn du willst, nehme ich dich jetzt mit in den Club. Dort werden wir allerdings hauptsächlich reden und ich werde dir einige Dinge zeigen und erklären. Du entscheidest anschließend, ob du nach dem heutigen Abend jemals wiederkommen willst oder nicht."

Sein Vorschlag klingt vernünftig, beinahe schon zu vernünftig, wenn ich meine stetig wachsende Erregung mit einberechne. Trotzdem spüre ich, wie eine Gänsehaut großer Aufgeregtheit meinen Schwanz schrumpfen und mein Unbehagen wachsen lässt.

„Ja, das will ich", erkläre ich nichtsdestotrotz.

Ich blinzle, weil Allen sich im Bruchteil einer Sekunde aus dieser entspannten Haltung erhoben hat.

Er streckt mir eine Hand hin, und ich ergreife sie absurderweise.

Nun stehe ich ihm zum ersten Mal gegenüber und werde mir darüber klar, dass er locker zwei Handbreit größer sein muss als ich. Mein Kopf fällt in den Nacken, damit ich ihn ansehen kann.

Scheiße, das gefällt mir so gut! Ich meine, ich bin selbst groß und nicht gerade schmal, gehe ganz regelmäßig trainieren, was für mich als Motorradrennfahrer sehr wichtig ist.

Immerhin lebe ich davon, fit zu sein!

Als meine Augen wieder seine erreichen, fällt mir ein, dass er mir nichts über seine sexuellen Präferenzen verraten hat.

„Darf ich dich noch was fragen?"

Er nickt. „Sicher."

„Wie ist es bei dir? Ich meine, bist du auch schwul?"

Sein leises, heiseres Lachen ist eigentlich schon Antwort genug, trotzdem fügt er hinzu: „Ja, bin ich. Hattest du diesbezüglich Sorge?"

„Keine Ahnung, es wäre jedenfalls irgendwie unpassend, wenn nicht."

„Das ist wahr. Na gut, dann komm."

Er lässt meine Hand nicht los, während wir durch ein paar schmale Fußwege gehen, die uns zu einem gepflegten, gut beleuchteten Hinterhof führen.

Nichts deutet darauf hin, dass sich hinter einer der umliegenden Fassaden etwas anderes als ein biederes Wohnhaus befindet.

Auch dann nicht, als wir vor der Tür zum Club stehenbleiben.

Wieder wendet Allen sich mir zu. „Bereit?"

Zur Antwort hebe ich die Schultern und ich schätze, er spürt meine zittrige Unsicherheit sehr deutlich an meiner Hand. „Ich ... denke schon."

„Gut. Dann willkommen im *Club Right*." Er schiebt die Tür nach innen und deutet hinein, sobald das Licht eines harmlos und geradezu nichtssagend wirkenden Flures aufflammt.

Ich trete ein, er folgt mir, diesmal hält er nicht länger meine Hand, wobei mir nun klarwird, wie gut mir dieser Kontakt getan hat.

Erst sein Fehlen erinnert mich an das Kribbeln, das die ganze Zeit über meine Haut gestrichen ist.

„Wo entlang?"

„Am Ende des Ganges nach links", antwortet er und ich gehe weiter.

Dabei sehe ich, dass es hier durchaus noch andere Türen gibt. Fragend mustere ich ihn, als wir vor der richtigen Tür stehen. „Wohnen im Haus noch andere Leute? Wissen die, was hinter dieser Tür passiert?"

Er grinst mich an. „Das Haus gehört mir. Und nein, hier wohne nur ich, im Obergeschoss. Alle Räumlichkeiten im Erdgeschoss und Keller sind Teil des Clubs." Sein Deuten geht zu der Treppe, die neben der Tür zum Club nach oben führt.

„Verstehe."

Wir gehen hinein und einmal mehr staune ich, weil hier nichts düster und bedrohlich wirkt.

Hätte ich irgendwie erwartet. Zumindest schummrige Ecken oder vielleicht ein gewisses Kerker-Ambiente.

Nichts davon gibt es hier.

Das Foyer des Clubs, das sich mir offenbart, ist größtenteils weiß gestrichen, eine schmale, hohe Empfangstheke, hinter der ein älterer Mann steht, ist ebenfalls weiß, jedoch in diesem modernen Vintage-Look. Das gebeizte Holz ist absichtlich auf Alt getrimmt. Geschmackvolle, aber durchaus eindeutige Fotodrucke an den Wänden bilden mit ihren Graustufen keinen farblichen Kontrast. Dafür sorgen allein die beiden gigantischen Gummibäume, die jenseits der Theke in den Ecken stehen und bereits unter der Decke entlangwuchern.

„Guten Abend, Sir Allen." Der Mann Mitte vierzig hinter dem Pult sieht mich neugierig an.

„Guten Abend, Sammy", erwidert Allen, macht aber keine Anstalten, mich vorzustellen. Stattdessen tritt er an das Pult und sieht auf dessen Oberfläche. „Irgendwelche Änderungen seit vorhin?"

„Nein, alles beim Alten", antwortet Sammy sofort.

Ich erlaube mir, ihn genauer zu mustern. Der Mann trägt, wie ich verblüfft bemerke, einen Anzug und wirkt eher wie der Empfangschef eines Edelrestaurants.

Allen nickt mir zu. „Komm!"

Sein Ton ist noch immer so freundlich wie draußen im Park.

Ich frage mich – begleitet von diesem erregten Kribbeln in meinem Magen – wie er wohl wirken und klingen mag, wenn er ernsthafte Befehle erteilt.

An das Foyer schließt ein Raum an, der an eine gemütliche, edle Kneipe erinnert.

Ich sehe mich neugierig um.

Die langgestreckte Theke, hinter der eine junge Frau in Latexkleidung steht, ist ebenso gebeizt wie Sammys Empfangspult, die runden, in lockerer Formation aufgestellten Tische, mit jeweils zwei bis vier bequem aussehenden Clubsesseln, sind daran angepasst.

Der Boden des Raumes ist mit einem diagonal verlegten Schachbrettmuster gefliest, an den Wänden gibt es weitere Sitzecken, die jedoch aus gepolsterten Rundsofas bestehen. Raumteiler oder Dekorationen, die mehr als Brusthöhe erreichen, sucht man vergebens, der Raum ist erstaunlich offen gehalten.

Allen steuert die Theke an, bestellt nach einem fragenden Blick auf mich zwei Colas und wendet sich anschließend zu einer der Sitznischen an der Wand um.

Ich folge ihm zwischen besetzten Tischen hindurch und bemerke ohne große Überraschung, dass der Clubbesitzer immer wieder gegrüßt und angesprochen wird.

Er wimmelt jedoch jeden ab, lässt sich nach einem Deuten auf die Nische nieder, und ich tue es ihm gleich.

Nun sitzen wir uns gegenüber und werden wohl das tun, was er vorhin ‚angedroht' hat – reden.

„In Ordnung, dies ist, wie du längst erkannt hast, die Bar des Clubs. Hier treffen sich die Mitglieder, um zu reden, sich zu Sessions zu verabreden und manchmal auch, um ihre Sklaven vorzuführen."

Ich nicke verständig. „Ist ziemlich schön eingerichtet. Gefällt mir."

Mein Lob nimmt er mit einem Lächeln hin.

Die Bedienung bringt unsere Getränke, dann sind wir mehr oder weniger allein.

Zuhören kann uns jedenfalls keiner, dazu ist die Musik, die aus versteckten Boxen durch den Raum wabert, zu laut. Auch wenn ich zugeben muss, dass sie in Wahrheit nicht sonderlich laut ist. Lediglich einen Tick lauter als Kaufhausmusik und auch vergleichbar ruhig von den Klängen her.

„Erzähl mir von dir. Was machst du beruflich, wie verbringst du deine Freizeit am liebsten und wer sind deine besten Freunde?"

Ich lasse mich ob dieser Fragenflut erst mal gegen die Rückenlehne sinken und grinse ihn an.

„Wow, das sind ... viele Fragen!"

„Es ist keine Schikane, dass ich nach solchen Dingen frage, Ryan", beruhigt er mich. „Wenn ich das tun soll, was dir vorschwebt, ist es ratsam, möglichst viel über deinen Alltag, über dich, zu wissen."

„Schon okay, Allen." Ich mustere ihn und trinke einen Schluck, bevor ich zu reden beginne.

„Ich bin hauptberuflich Motorradfahrer. Rennfahrer. Vor drei Wochen aus Spanien zurückgekehrt mit einem neuen Vertrag bei meinem Stammteam. Der Beruf macht mir unendlich viel Spaß, weil ich das Zusammenspiel von Bodenverhältnissen, meiner Maschine und mir liebe. Geschwindigkeit, Geschick und gute Nerven brauche ich dafür. Als Ausgleich dazu verbringe ich die trainingsfreie Zeit mit meinen Bandkollegen von ‚Bad to the Bone'. Wir sind eine fünfköpfige Rockband und spielen hier in der Gegend in kleinen Clubs und auf regionalen Festivals."

„Interessant", befindet er.

Ich schürze die Lippen. „Was davon?"

„Alles!" Er lacht.

„Die anderen Jungs sind zugleich meine Freunde, wobei der Schlagzeuger Manni mein bester Freund ist." Ich pausiere und sehe ihn an. „Wolltest du noch etwas wissen?"

„Das war ein ziemlich guter Überblick, denke ich. Ist es okay, wenn ich dazu noch weitere Fragen habe?"

„Sicher!"

„Okay, dann wüsste ich gern, wie du dazu gekommen bist, Rennfahrer zu werden, und wie sehr das deine Zeit beansprucht."

„Hm, das ist ganz unterschiedlich. Wenn ich nur die IDM mitfahre, bin ich von Mai bis Ende Oktober immer wieder unterwegs, im Winter trainieren wir meistens in Spanien, weil dort die Wetterverhältnisse beständiger sind. Dann bin ich mindestens zwei Monate weg."

„Klingt anstrengend."

Ich nicke. „Ist es, aber das Adrenalin entschädigt für alles. Du wolltest wissen, wie ich dazu gekommen bin ... Na ja, ich wurde sozusagen entdeckt. Früher bin ich Motocross-Rennen gefahren, dann klassenweise immer höher aufgestiegen und nun fahre ich in der Superbike 1000er mit. Fährst du Motorrad?"

Immerhin, endlich eine Möglichkeit, auch mal eine Frage loszuwerden.

Er lächelt mich an und schüttelt den Kopf. „Ich habe zwar den Schein gemacht, aber ich besitze keine Maschine."

„Wenn du mal fahren willst, sag Bescheid", biete ich spontan an, weil ich es mir irgendwie cool vorstelle, mit ihm eine Tour zu machen.

„Hast du in letzter Zeit eine feste Beziehung gehabt?"

Diese Frage überrumpelt mich ein wenig, denn das sollte doch für unser mögliches Arrangement keine Rolle spielen, oder?

„Nein, seit Jahren nicht. Und du?"

„Die letzte ist ein halbes Jahr her."

Ich nicke verstehend. „Weil du keinen passenden Sub mehr hast?"

Er schüttelt nicht den Kopf, nickt aber auch nicht. Stattdessen atmet er durch und lehnt die Arme auf den Tisch. „Es ist komplizierter."

„Hm, das würde ich gern genauer wissen, wobei ich eigentlich generell gern mehr über dich wüsste. Ich meine, immerhin muss ich dir ja vertrauen können, für das, was mir so vorschwebt, richtig?"

„Damit sprichst du etwas an, was ich sowieso noch mit dir klären wollte." Sein Ton wird härter, was mir sofort den unmissverständlichen Ernst seiner Rede vermittelt. „Du warst ziemlich leichtsinnig, was deine Annonce betrifft, und noch viel mehr, was das Treffen im Park angeht."

Meine Augen werden groß. „Wieso?"

„Was hättest du gemacht, wenn irgendein schwarzes Schaf dich dort aufgegabelt hätte?"

Ich hebe die Schultern. „Vermutlich wäre ich gerannt."

Sein skeptisches Schnauben zeigt, wie wenig er von dieser Antwort hält. „Ryan, du kannst nicht wirklich derart naiv sein! Da draußen laufen eine Menge Typen herum, die auf solche Anzeigen hin denken, sie hätten Freibriefe für alles Mögliche! Und ich meine damit, dass die Szene, in der ich mich seit Jahren bewege, und der du so gern angehören möchtest, eine sehr, sehr illegale Seite hat!"

Oh! Ich sinke wieder gegen die Rückenlehne und bin einigermaßen ernüchtert. „Ich habe in irgendeinem Forum gelesen, dass es diese illegalen Spinner gibt, aber ich dachte, das sind eher Ausnahmen."

„Leider nein. Es gibt viele Fälle von Freiheitsberaubung, Körperverletzung mit bleibenden Schäden und sogar Todesfälle durch unsachgemäß ausgeführtes BDSM. Da ist die Untersparte vollkommen egal. Diese Typen schrecken vor nichts zurück."

„Todesfälle?!" Verdammt, das kann er doch nicht ernst meinen! „Du willst mir Angst machen, oder?"

„Nein, das will ich nicht. Was ich will ist, dass du aufmerksamer und vor allem vorsichtiger bist. Deine Annonce war eine Art russisches Roulette."

Ich schweige, muss das erst mal verdauen.

Sein Ton wird milder, dafür aber nicht weniger eindringlich. „Ryan, bitte! Ich meine das wirklich ernst. Ich bin gern bereit, dich in diese Szene einzuführen, sollte das schlussendlich dein Wunsch sein, aber wenn es um diese Dinge geht, musst du mir einfach vertrauen!"

Zögernd nicke ich. „Okay."

„Gut." Er klingt erleichtert und seine Gestalt sinkt entsprechend ein wenig in sich zusammen. Er wirkt noch immer groß und erhaben, aber nicht mehr so erdrückend präsent wie eben noch.

„Ich ... Tut mir leid", sage ich kleinlaut und drehe das Colaglas auf dem Tisch um seine eigene Achse.

„Das muss es nicht. Es ist nur wichtig, dass du einem Fremden nicht blind vertraust. Du könntest de facto schon im Heck eines dreckigen Lieferwagens liegen, auf dem Weg zu einem illegalen Sklavenmarkt."

Seine Worte lassen mich schaudern. „Ist okay, ich hab's verstanden!"

Mein Ton ist schärfer als geplant, deshalb zucke ich schuldbewusst zusammen.

Allens Argusaugen bemerken jede meiner Regungen, das erkenne ich an dem Aufblitzen in seinen Iriden.

„Ich habe nie behauptet, dass du dumm seist."

„Ich weiß, schon gut. Ich ... bin offensichtlich kein guter Sub, wenn ich wegen einer freundlich gemeinten Warnung schon so hochgehe, was?"

Er lächelt. Allen lächelt!

Erstaunt beobachte ich ihn.

„Vielleicht gefällt mir genau das sehr gut."

„Kannst du mir das erklären?"

„Sicher. Dass ich ein Dom bin, bedeutet nicht, dass ich von morgens bis abends an 365 Tagen im Jahr den Ton angeben will oder gar muss. Es bedeutet lediglich, dass es Zeiten und Situationen gibt, in denen ich ganz klar der Boss sein muss. Diese Zeiten beschränken sich jedoch auf Sessions – Spielzeiten – die klar als solche definiert sind und nicht in meinen sonstigen Alltag hineinspielen."

Moment mal, was heißt denn das?

„Das bedeutet, du willst im Bett das Sagen haben, ansonsten ist dein potentieller Partner dir gleichgestellt?"

„So ähnlich."

„Darf ich dich noch was fragen?"

„Nur zu."

„Wie alt bist du?"

„Drei Jahre älter als du – 31."

Das lässt mich lächeln, weil es mir gefällt.

„Hast du in den vergangenen Monaten viele Kandidaten für einen neuen Spielgefährten gehabt?"

„Mehrere", sagt er undefiniert.

„Und warum waren sie letztlich unpassend? Ich meine, du sagst, es geht um die Sessions. Die müssten doch immer machbar sein, sofern du nichts schrecklich Exotisches verlangst, oder?"

Meine Gedanken überschlagen sich.

Diesmal zögert er deutlich länger mit seiner Antwort und sie kommt wohlformuliert über seine schönen Lippen. „Grundsätzlich hast du recht. Wenn es nur die Sessions betrifft, ist die Wahl einfacher. Und nein, ich verlange nichts Exotisches. Lediglich Hingabe und Gehorsam. Privat, also für mein persönliches Wohlergehen praktiziere ich hauptsächlich BD und D/s."

Ich muss kurz über diese Abkürzungen nachdenken. Bondage und Disziplin und Dominanz/Submission ...

Okay, das bedeutet dann wohl, dass er nicht gerade zur Daumenschraubenfraktion gehört.

„Das klingt wirklich recht human, würde ich so grundsätzlich behaupten ... Also, nicht dass ich genau über die Einzelheiten Bescheid wüsste, aber dass du Sado-Masochismus ausklammerst, dürfte die Auswahlmöglichkeiten für dich doch erhöhen."

„Das stimmt. Allerdings geht es mir nicht nur um Sessions."

„Sondern?"

Er lacht kehlig. „Ein wenig naiv bist du wohl doch, Kleiner." Er seufzt. „Ich suche nicht nur jemanden, den ich disziplinieren oder unterwerfen kann. Aber das soll es zu diesem Thema nun auch gewesen sein."

Oha, kapiert. Dieses Thema lasse ich dann wohl lieber auf sich beruhen.

„Kein Problem", erwidere ich. „Tut mir leid, wenn ich zu neugierig bin. Das alles ist so spannend und ich will wirklich gern wissen, woran genau das liegt."

„Dann werden wir jetzt austrinken und treffen danach Michael und seinen Sklaven im blauen Salon."

Wow, das klingt super!

Meine Augen müssen leuchten, denn Allens Gesichtsausdruck wird wieder weicher. Möglicherweise gefalle ich ihm ja doch gut genug, damit er mich in diese fremde Welt einführt.

~ Anschauungsunterricht ~

Auf dem Weg zu besagtem blauem Salon passieren wir zahlreiche andere Räume. Die derzeit ungenutzten haben geöffnete Türen, durch die wir kurz ins jeweilige Innere treten, während Allen mir verschiedene Gerätschaften und spezielle Möbel erklärt.
Schließlich erreichen wir eine weitere geschlossene Tür.
Ohne anzuklopfen öffnet Allen sie und betritt den Raum.
Ich zögere. Ob es wirklich okay ist, wenn ich einfach hinter ihm hergehe?
Seine winkende Geste versichert mir, dass ich gefahrlos hereinkommen darf, deshalb stehe ich Sekunden später neben ihm.
Er schließt die Tür leise wieder und ich sehe einen Mann von meiner Statur, der sich gerade mit einem splitterfasernackten anderen beschäftigt.
Der offensichtliche Sub hängt an Armen und Beinen gefesselt mitten im Raum, und seine Erregung ist deutlich zu sehen.
Klammern sind an seinen Brustwarzen befestigt, an seinen Hoden hängen kleine Gewichte, er trägt eine Augenbinde und sein leicht geöffneter Mund verrät, wie sehr ihm die Behandlung, die Dom Michael ihm mit einer Gerte zuteilwerden lässt, gefällt.
Faszinierend!
Ich schaffe es kaum, den Blick von dem Sklaven abzuwenden, doch nach ein paar Minuten flüstert Michael seinem Sub etwas zu und kommt danach zu uns.
Allen und er begrüßen sich mit einer Umarmung, dann gleitet Michaels Blick taxierend über meine gesamte Gestalt.

Seine Mundwinkel zucken leicht und er sieht wieder Allen an.

„Die Annonce?"

Allen nickt nur und sieht zu mir.

„Ryan, das ist Michael. Er hat mir gestern die Zeitung gegeben."

„Hallo, freut mich", sage ich artig.

„Ich würde Ryan gern erklären, was ihr hier macht, damit er ein wenig praktisches Wissen erlernt."

„Nur zu, solange ihr meinen Tiger nicht aus dem Konzept bringt."

„Werden wir nicht", erklärt Allen und deutet auf eine lederbezogene Bank neben der Tür. Dort lassen wir uns nieder und er sieht mich streng an. „Solange wir in diesem Raum sind, wirst du kein Wort mehr sagen. Du kannst nicken, wenn du etwas verstanden hast, aber jede laute Äußerung wird später bestraft."

Sein Ton ist sehr harsch, auch wenn er beinahe flüstert.

Ich nicke und schweige wie befohlen.

In der folgenden Stunde erklärt Allen mir diverse Gerten, schwere Lederflogger, die Knotentechnik, mit der der ‚Tiger' angebunden ist, wozu die Augenbinde gut ist und auch, dass Michael und der Gefesselte ein Paar sind. Sie lieben sich, so richtig. Wohnen zusammen und leben im Alltag nicht aus, was sie hier gerade tun.

Ein paarmal zucke ich leicht zusammen, besonders, als Michael den Schwanz seines Partners mit einer Gerte bearbeitet.

Als Michael ein Handzeichen macht, das ich nicht weiter deuten kann, erhebt sich Allen und zieht mich einfach mit sich.

Im Hinausgehen mustere ich ihn bereits fragend, doch erst als wir die Tür leise geschlossen haben, sagt er: „Micha will ihn jetzt ficken. Dabei duldet er keinerlei Zuschauer."

„Verstehe!"

Ich gehe neben Allen her durch die Flure, bis er eine andere Tür öffnet und ich ihm in den dahinterliegenden Raum folge.

„Wie ist das bei dir? Würdest du ertragen, wenn man dich in der Öffentlichkeit fickt?"

Ich stoße den Atem aus. „Darüber habe ich nie nachgedacht."

Allen grinst. „Micha will es aus Rücksicht auf seinen Liebsten nicht. Ihn selbst würde es kaum stören, aber für seinen ‚Tiger' tut er alles."

„Das klingt ... beinahe romantisch", albere ich, auch wenn mir der Ernst seiner Worte klar ist.

„Ehrlich gesagt ist es das. Die zwei sind seit Jahren zusammen. Manchmal beneide ich sie."

Das hört sich erstaunlich wehmütig an, aber ich ahne bereits, dass auch dies kein Thema ist, über das er mit mir sprechen würde.

„Das hier ist die Suite", erklärt er und deutet durch den riesigen Raum, der mit pechschwarzen lederbezogenen Möbeln ausgestattet ist. Weiße Wände bilden den perfekten Kontrast.

Neben verschiedenen Einrichtungsgegenständen, die Allen mir in den anderen Räumen bereits erklärt hat, gibt es hier auch ein gigantisches Bett, das sicher drei auf drei Meter misst, eine Sofaecke und eine kleine Bar.

In diesem Raum hält man es vermutlich tagelang aus – vor allem in dem Bett, dessen Decken aussehen wie Wolken aus frisch gefallenem Schnee.

Allen deutet auf eine weitere Tür, die jenseits der Sofaecke abzweigt. „Die Suite hat ein eigenes Badezimmer."

„Oh, wow!", entfährt es mir. „Dein Lieblingsraum."

Er nickt auf meine Feststellung und deutet zur Sofaecke. „Das ist er. Was möchtest du trinken?"

„Momentan nichts, danke." Ich lasse mich nieder und sehe mich weiter um, bis Allen sich wieder neben mich setzt. Sofort wenden wir uns einander zu, wie wir es auf der Parkbank getan haben.

„Hat dir gefallen, was Michael und Tiger getan haben?", erkundigt er sich.

Sofort nicke ich. „Sehr. Und es hat meine Neugierde verstärkt. Ich will wissen, wie es sich anfühlt, Allen."

Meine Ernsthaftigkeit gefällt ihm, das sehe ich sofort. Trotzdem scheint ihn irgendetwas davon abzuhalten, mir diese ganze Sache praktisch näherzubringen.

„Ein paar Dinge sollten wir noch klären", beginnt er irgendwann. „Was hier drinnen passiert, muss absolut freiwillig sein, Ryan. Es ist ein Spiel, das einen Anfang und ein Ende hat und nichts mit der realen Welt dort draußen zu tun hat. Ich werde keinen Widerspruch dulden, solange du nicht – aufgrund von echtem Unbehagen – das Spiel durch ein deutliches ‚Stopp' beendest. Es besteht kein Spielraum für Frechheiten, Verweigerung oder Ungehorsam."

Ich nicke und spüre, wie die aufgeregte Anspannung mich wieder überfällt. Allens Ton wandelt sich nicht schlagartig, sondern schleichend, mit jedem Satz wird er ehrfurchtgebietender und wirkt auf eine unterschwellige Art größer, ohne jedoch bedrohlich zu sein.

„Ein Spiel beginnt, wenn ich es sage, und sofern du nicht ‚Stopp' sagst, endet es auch, wenn ich es will."

Verdammt, kann er nicht einfach anfangen? Ich stehe vollkommen unter Strom, allein durch seinen Tonfall und die veränderte Haltung!

„Verstanden", sage ich und bin mir sicher, dass er meine Ungeduld bemerkt. Trotzdem traue ich mich nicht, ihn darum zu bitten, endlich loszulegen.

Allen mustert mich ganz genau. „Du wirst deine Ungeduld noch ein wenig zügeln müssen", sagt er schließlich ernst.

Ich starre ihn ungläubig an. „Was heißt das?!"

„Dass du heute nur lernen wirst, wie die Sklavenposition aussieht. Ich werde dir auch erklären, wozu sie dient und wie du dich auf unser nächstes Treffen und die erste Session vorbereiten sollst."

Ein Nicken bekomme ich hin. Eindeutig, die Enttäuschung über seine Worte rollt wie eine viel zu große Welle über mich hinweg.

„Und wann ist dieses nächste Treffen?", frage ich schließlich.

„Wenn du Zeit hast, morgen Abend. 20 Uhr."

Erleichtert atme ich durch und grinse sogar. „Das klingt gut."

Allen lächelt halb. „Deine Ungeduld wird dir nicht helfen. In Ordnung, dann komm her und knie dich hier vor mich hin."

Ich stehe auf und mache es.

Allens Oberkörper richtet sich auf. „Streck die Füße aus, dass sie glatt auf dem Teppich liegen. Speziell das ist einfacher, wenn du dabei nackt bist. Das wirst du zukünftig in dieser Haltung auch sein.

Senk den Hintern auf die Fersen, Knie öffnen, ja, noch etwas weiter. Kopf runter. Leg deine Hände mit nach oben gerichteten Handflächen locker auf die Oberschenkel. Der Oberköper bleibt gerade, Brust raus."

Ich führe nach und nach seine Befehle aus, spüre, wie die Geilheit zurückkehrt und mein Schwanz sich in den Jeans wieder aufrichten will.

„Gut. Jetzt schließ die Augen und bleib so. Diese Haltung dient dazu, dich in dir selbst zu versenken. Du wirst lernen, dich voll und ganz auf dich zu konzentrieren, wenn ich diese Position von dir erwarte." Er pausiert kurz, beobachtet mich anscheinend.

Ich glaube, seine Blicke auf mir zu spüren.

„Lausche in dich, spüre dem nach, was dich bewegt, wenn du an Tiger und Michael denkst. Versuche, dir darüber klarzuwerden, was davon in dir welche Empfindungen auslöst. Fühlst du dich mit allem wohl oder schreckt dich etwas ab? Ich will es ganz genau wissen, wenn wir uns morgen hier treffen. Deshalb wirst du heute Abend und morgen Vormittag eine halbe Stunde lang folgende Übung machen: Ausziehen, Sklavenposition einnehmen, 30 Minuten lang beibehalten. In der Zeit wirst du nachdenken, dir selbst nachspüren."

Er rückt sich in eine andere Position auf dem Sofa, ich höre das Leder seiner Hose mit dem Polster knirschen.

„Morgen Abend werden wir vor der Session viel Zeit haben, um zu reden. Du wirst mir genau erzählen, was du in diesen beiden Übungsphasen gespürt hast, welche Unsicherheiten du fühlst, welche Dinge dir Angst machen. Es ist sehr, sehr wichtig, dass du mir alles erzählst. Ohne Scheu und Zurückhaltung."

Seine Hand legt sich unter mein Kinn und hebt es an. „Sieh mich an, Ryan."

Ich öffne die Augen, blinzle, bis mein Blick sich klärt.

„Wirst du das hinbekommen?"

Ich nicke. „Ja, ich denke schon."

„Dann folgt jetzt die letzte, sehr wichtige Anweisung: Wenn du aus der Sklavenhaltung aufstehst, tu es langsam, sehr bedächtig. Dein Körper ist nicht daran gewöhnt und dein Kreislauf braucht diese Behutsamkeit."

„Ist okay."

„Gut, dann steh jetzt langsam auf." Er reicht mir seine Hände, ich ergreife sie und lockere zuerst die überstreckten Füße, bevor ich mich vorsichtig erhebe.

„Setz dich wieder zu mir."

„Darf ich dich noch was fragen?"

„Außerhalb von Sessions darfst du das immer, Ryan."

„Ich wüsste gern, na ja, machst du auch andere Sessions als mit deinem privaten Sub?"

Er nickt. „Ja, mache ich. Ich bin professioneller Dom. Wir haben einige Clubmitglieder, die sich gern dominieren lassen, aber keinen eigenen Dom haben."

„Verstehe. Und ... muss ich mir das so vorstellen wie die Session von Michael und Tiger?" Ich weiß nicht, wie ich genauer nachfragen soll, aber ich will wissen, ob er bei diesen Dienstleistungen seine Kundschaft fickt.

„Nein, Michael und Tiger praktizieren das, was ich mir für den privaten Bereich aufhebe. Ich habe keinen Sex mit jenen freien Subs."

Mein Durchatmen deutet er offensichtlich richtig, denn er lacht freundlich. „Hattest du Sorge, ich würde wahllos herumficken?"

Ich hebe die Schultern. „Ich weiß nicht, vielleicht? Ich habe eindeutig zu wenig Ahnung." Jetzt klinge ich resigniert.

„Das ist sehr reizvoll, falls dir das bislang nicht bewusst war", erwidert er.

„Ernsthaft? Nervt es dich nicht, wenn du jemandem wie mir alles beibringen und zeigen musst?"

„Nein."

„Aber wieso nicht? Ich meine, ich bin kein Clubmitglied. Sessions mit mir werden dir keinen finanziellen Nutzen bringen."

„Stimmt, aber es geht mir bei den Sessions mit dir nicht um Geld. Mein privates Vergnügen würde ich mir nie bezahlen lassen wollen."

„Hm", mache ich, weil ich den bedeutungsschwangeren Unterton zwar höre, aber nicht zuordnen kann. „Das ... klingt irgendwie sehr exklusiv."

Vielleicht sollte ich mich nicht so offensichtlich darüber freuen, aber es würde mir bei genauerer Überlegung nicht gefallen, wenn er jeden Sub bei Bedarf ficken würde.

„Ist es auch. Und sollten wir – warum auch immer – nicht kompatibel sein, was unsere Vorlieben betrifft, werde ich dich nicht ficken."

Das lässt mich hart schlucken.

„Keine Sorge, nach meinem momentanen Empfinden passen wir ziemlich gut zusammen."

„Okay, dann ... sollte ich jetzt wohl gehen, was? Immerhin habe ich da so eine Hausaufgabe bekommen, die ich sehr gern zu deiner Zufriedenheit ausführen möchte."

Sein beifälliges Nicken gefällt mir. „Wenn du gehen möchtest, ist das in Ordnung für mich. Aber wenn du magst, hätte ich nichts gegen ein gemeinsames Abendessen, bevor du dich deiner Aufgabe widmest."

Ich blinzle erstaunt. „Sehr gern! Ich hab heute nur gefrühstückt und so langsam habe ich Hunger."

„Gut, dann lass uns losgehen."

~*~

Eine Viertelstunde später sitzen wir einander gegenüber in einem italienischen Restaurant und haben die Getränke bereits bestellt.

In diesem Zusammenhang erfahre ich auch etwas Essentielles zum Thema BDSM und Alkohol.

Beide gehen nämlich niemals Hand in Hand.

Durch seine enthemmende und verwirrende Wirkung ist Alkohol ein No-Go in Sachen Spiele. Die Fähigkeit, Risiken oder Empfindungen richtig einzuschätzen, wird beim Genuss von Drinks schnell getrübt und kann zu ernsthaften Verletzungen und bleibenden Schäden führen.

„Das stört mich nicht, muss ich zugeben. Ich trinke zwar bei den Bandproben ganz gern mal ein Bier, weil es der Stimme helfen kann, aber zu Hause trinke ich nie", erläutere ich.

„Ich würde dich gern mal singen hören. Verrätst du mir, wann ihr den nächsten Auftritt habt?"

„Klar. Wenn ich es richtig im Kopf habe, sind wir nächste Woche Freitag in einer Kneipe, die ein Jubiläum feiert. Ich glaube, ich würde mich freuen, wenn du hinkommst."

„So? Du glaubst?"

Ich nicke überdeutlich. „Sicher! Ich stehe drauf, vom Bühnenrand aus angehimmelt zu werden."

Er lacht gutgelaunt auf und ich falle mit ein. „Du bist ...!"

Zu meinem Leidwesen beendet Allen den Satz nicht, und ich habe das dumpfe Gefühl, dass eine Nachfrage nichts daran ändern wird.

Erst gegen 23:30 Uhr verlassen wir nach einem wirklich netten, langen und höchst informativen Gespräch über alles Mögliche, das nichts mit Sex oder BDSM zu tun hat, das Lokal.

Allen besteht darauf, mich an meinem Wohnhaus abzuliefern und schärft mir erneut ein, gut auf mich aufzupassen.

Ich sehe ihm von meinem Wohnzimmerfenster im ersten Stock aus nach, als er zu Fuß die Straße hinabgeht.

Irgendwie ist nur fair, dass er weiß, wo ich wohne, oder? Immerhin weiß ich das von ihm auch.

Ein Lächeln liegt auf meinem Gesicht, auch wenn ich es nicht ganz verstehe, angesichts seiner Verabschiedung.

Bevor er sich umgewandt hat, hat er gesagt: „Bis morgen Abend wirst du in diesem Zustand bleiben, Ryan. Kein Handbetrieb."

Tja, so bescheuert das sein mag, es macht mich irgendwie tierisch an, mir keine Erleichterung verschaffen zu dürfen.

Meine Gedanken schweifen weiter.

Da habe ich wohl eindeutig Schwein gehabt, dass ich bei ihm nicht an irgendeinen Irren geraten bin.

Selbst im Nachhinein durchläuft mich ein Schauder angesichts dessen, was alles hätte passieren können.

Minuten später ziehe ich mich aus und lasse mich in der Sklavenhaltung nieder. Mehrmals korrigiere ich sie, dann schließe ich die Augen und konzentriere mich ausschließlich auf mich selbst.

Zu Anfang gelingt es mir nicht. Um genau zu sein, spukt während der kompletten 30 Minuten ein Hüne durch meinen Kopf, dessen gedankliches Bild meinen Körper in hellen Aufruhr versetzt.

Scheiße, so wird das nichts!

Schließlich gebe ich frustriert auf, komme langsam wieder hoch und beschließe, schlafen zu gehen.

~ Schlaflos ~

Tausend Gedanken kreisen in meinem Kopf.

Ein wildes Karussell von Fragen und Antworten – leider gehören sie nur selten zusammen.

Jede Menge davon drehen sich um Allen Right, den Mann, den ich vor ein paar Stunden zum ersten Mal getroffen habe.

Ich seufze leise in die Dunkelheit meines Schlafzimmers und frage mich zum hundertsten Mal, was ich von alldem halten soll. Unruhig rutsche ich unter der Bettdecke herum und versuche zu ignorieren, dass meine Lenden immer noch entflammt sind.

Wie war das? Ich darf mir nicht einmal einen herunterholen?

Scheiße, sowas, aber wenn ich ernsthaft will, dass Allen mir diese Sache mit dem BDSM näherbringt, muss ich mich wohl oder übel daran halten.

Es ist zwar sehr unbequem, aber eben auch wahnsinnig reizvoll.

Verrückt, dieser Zwiespalt. Vielleicht ist das schon Teil dessen, was ich seit langem vermisst habe?

Ich meine, ich will irgendetwas anderes als normalen Nullachtfünfzehn-Sex, obwohl dieser mich durchaus befriedigen kann.

Mir fehlt ein gewisser Kick, den ich nur erahnen kann – durch die Begegnung mit Allen sogar erstmalig richtig deutlich.

Klar, ich wusste vorher schon, dass die Vorstellung, mich unterzuordnen, die Kontrolle abzugeben, mich echt antörnt.

Immerhin ist diese unterschwellig vorhandene Sehnsucht der Grund für meine Annonce gewesen.

Die Frage ist, wird Allen sie erfüllen?

Mit pochendem Schwanz wälze ich mich hin und her und versuche, nicht an meine Geilheit zu denken.

Bilder von Allens Augen begleiten mich in den Schlaf. Was darin schlummert, weckt noch mehr Sehnsucht und vor allem noch mehr Neugierde in mir.

~*~

Sonntags wache ich grundsätzlich ohne Wecker auf. So auch heute.

Ich springe förmlich aus dem Bett, als es zehn Uhr ist, und gehe gleich weiter ins Bad.

Da ich immer nackt schlafe, muss ich mich nicht einmal ausziehen, um in die Dusche zu steigen.

Der Text des neuen Songs unserer Band kommt mir in den Sinn und ich singe ihn vor mich hin.

Meine Laune ist gut, sehr gut sogar.

Vielleicht, weil die Vorfreude auf den heutigen Abend mich sofort wieder eingeholt hat.

Immer inbrünstiger singe ich, dusche mich gründlich, kontrolliere, ob ich mich noch mal enthaaren muss, und bin sehr zufrieden, dass ich mir das heute offenbar ersparen kann.

Diese Enthaarungscreme, die ich benutzt habe, funktioniert zuverlässig.

Also erst mal frühstücken!

Ich liebe Frühstück. Es ist die beste und leckerste Mahlzeit des Tages. Die Auswahl der Aufschnitte und Aufstriche, die Vielseitigkeit der Brotsorten, wenn ich den Nerv habe, gibt es sogar Rührei und Bacon dazu, ja, das ist das, was ich wirklich genießen kann.

Das war immer so. Ich mag es nicht sonderlich gern, für mich allein zu kochen, auch wenn ich es tue – immer für zwei Tage im Voraus.

Aber allein und in Seelenruhe zu frühstücken, das kann schlichtweg perfekt sein.

Seitdem ich vor zwei Jahren in der Supersport 1000er-Klasse angefangen habe zu fahren, bin ich Single.

Mein letzter Freund konnte nicht damit umgehen, dass ich mehrere Monate lang im Ausland bin und zu den Rennwochenenden reisen muss – besonders aber hat er das Risiko gehasst, in das ich mich, objektiv betrachtet, mit jedem Rennstart begebe.

So ruhig und friedlich ich mein Frühstück mag, so wild und adrenalinlastig darf mein Beruf werden.

Natürlich bin ich im Laufe der Jahre mehrmals gestürzt, jedoch bisher nicht in der höchsten Klasse.

Ist auch eindeutig besser so. Unfälle mit Motorrädern werden nie ein Spaß sein.

Zu oft habe ich erlebt, dass supergute Kollegen ihr Karriereende mit einem einzigen, winzigen Fahrfehler eingeläutet haben.

Entsprechend habe ich mir vorgenommen, stets mit Vorsicht zu fahren. Geht nicht immer, schließlich will ich auch gewinnen oder mindestens aufs Treppchen fahren, aber ich gehe nicht ohne Rücksicht auf Verluste jedes Risiko ein.

Nicht mehr, zumindest.

Was das angeht, hat Dennis, mein Ex, wohl unabsichtlich ein gewisses Umdenken bei mir bewirkt, auch wenn ich es nicht getan habe, um ihn zu halten.

Er war generell mit so ziemlich allem unzufrieden, was mein Leben betraf. Mein Job, meine Band, meine Freunde, vor allem Manni war ihm stets ein Dorn im Auge.

Vielleicht, weil mein bester Freund ebenfalls schwul ist?

Ich habe es nie herausgefunden und letztlich war es mir auch egal.

Sein dauerndes Genörgel hat mich monatelang verfolgt, doch wirklich trauern musste ich nie um das Ende dieser Beziehung.

Seitdem bin ich allein, habe meinen Spaß mal hier mal dort. Man soll es kaum glauben, aber es gibt männliche Rennfahrer-Groupies ...

Mein breites Grinsen verschwindet erst, während ich den Tisch gegen Mittag ab- und die Spülmaschine einräume.

Noch so lange, bis ich zum Club gehen kann ...

Aber ich habe ja noch eine Aufgabe.

Entsprechend ziehe ich mich wieder aus, nehme die Sklavenposition ein und versuche endlich, mich wirklich auf mich, meine Bedürfnisse und Gefühle zu konzentrieren.

Tiefes, ruhiges Atmen, geschlossene Augen, die wieder sichtbar erwachte Geilheit, meine kreisenden Fragen und Gedanken – mit jedem Luftholen werde ich ruhiger und schaffe es, tiefer in mir selbst zu versinken.

Wie war das? Meine Ängste und Abneigungen, Vorlieben und Wissbegierde soll ich analysieren?

Das gelingt mir nun etwas besser als gestern Abend.

Ich sehe einzelne Szenen aus der Session von Michael und Tiger in meinem Kopf aufblitzen, versuche mir zu überlegen, welche davon mich besonders angemacht haben ...

Da wäre zum einen die Augenbinde. Allein die Vorstellung, selbst keinen Einfluss darauf nehmen zu können, was ich wann sehe, erregt mich weiter.

Die Klemmen an den Brustwarzen dagegen erschrecken mich ein wenig, noch schlimmer die Gewichte an den Hoden.

Nein, nein, das ist eindeutig nichts für mich.

Aber wie ist es mit der Gerte, den unterschiedlichen Peitschen, Floggern und Paddeln?

Was davon kann ich mir als sinnlich oder erregend vorstellen?

Ich komme resigniert zu dem Schluss, dass ich nichts davon wirklich einordnen kann, und ich letztlich nur zu der Fesselung und der Augenbinde etwas Eindeutiges in mir verspüre, das wie ein Echo großer Sehnsucht nachhallt.

Na gut, dann kann ich Allen nachher wenigstens etwas berichten.

Wirklich zufrieden bin ich damit nicht, aber vielleicht kann ich gar nichts anderes sagen, weil ich schlichtweg nicht weiß, wie sich die Schläge anfühlen?

Allen wird das hoffentlich verstehen!

Dafür, dass meine Gefühle bezüglich der Schlaginstrumente so vage sind, sind die bezüglich Fesselungen umso deutlicher.

Ich will es!

Will angebunden, bewegungsunfähig sein, will genommen werden, auf eine Art, auf die ich keinen Einfluss habe.

Will nichts sehen, nur spüren, lauschen, riechen.

Vielleicht ist das sogar ein guter Anfang?

Kurz vor Ablauf der halben Stunde, in meiner neu erlernten Körperhaltung, blitzen andere Gedanken auf, die ich wohl oder übel auch als aktuelle Sehnsüchte einstufen muss.

Bilder von Allen, breitbeinig mit geöffneter Hose auf dem Sofa, mein Mund, der seinen Schwanz umschließt, Allens Hand an meinem Hinterkopf, die meinen Rhythmus und die Tiefe bestimmt, mit der sein Schwanz in meinen Rachen gleitet.

Verdammte Tat!

Meine sprunghaft anwachsende Erektion reißt mich aus der Versunkenheit und lässt mich abrupt nach Luft schnappen.

Ich seufze tief und sehe an mir herab.

Ja, bravo. Und mit dieser Mörderlatte soll ich mich jetzt wieder anziehen, noch ein paar Stunden aushalten und dann zum Club gehen?!

~*~

Ich wandere ziellos durch die Gegend, die Hände ob des kühlen Windes tief in meine Jackentaschen vergraben.

Ein Blick auf die Uhr eines Kirchturmes – noch zwei Stunden!

Verdammt!

Ein paar Minuten später stehe ich in jenem Hinterhof, direkt vor der Tür zum Club.

Sofort strecke ich die Hand nach dem Klingelknopf aus, damit Sammy oder wer auch immer heute Dienst hat, mich einlässt.

Doch anstatt auf den unteren Knopf zu drücken, wähle ich im letzten Moment den oberen, auf dem ‚A. Right' steht.

Sollte Allen bereits im Club sein, wird er nicht reagieren und ich kann einfach wieder abhauen.

Ist sowieso viel zu peinlich, dass ich so viel zu früh hier auftauche – und es entspricht auch mit Sicherheit nicht dem Gebaren, das ein guter Sub an den Tag zu legen hat ...

Mit einem tiefen, unendlich schweren Seufzen wende ich mich um und gehe auf den Durchgang zwischen den gegenüberliegenden Häusern zu.

Ich tauche gerade in die Schatten der Backsteinmauern ab, als jemand meinen Oberarm umfasst.

Erschrocken schreie ich auf und schlage wild um mich. „Lass mich los!", verlange ich von dem Angreifer und habe plötzlich viele böse Gedanken in mir.

Allens Warnungen vor diesen illegalen Doms, jedes noch so furchtbare Szenario, das er mir ausgemalt hat, wird innerhalb von Sekunden zu einer Realität, der ich mich bei aller Stärke nicht gewachsen fühle.

„Ryan! Ryan!"

Blindwütig schlage ich weiter auf den Angreifer ein, bis er meine Handgelenke umfasst und mich ins Licht des Hinterhofes zieht.

„Lass mich los, verdammt! Niemand darf mich anfassen!", fauche ich und verstumme, als der Lichtschein auf das Gesicht des Hünen fällt.

„Ryan, beruhige dich, ich bin es, Allen!"

Ich nicke sprachlos und spüre deutlich, wie sehr ich zittere.

Ist das die Erleichterung?

Ich kann mir nicht erklären, wieso ich mich sonst an ihn lehnen sollte, denn genau das tue ich.

Er schiebt seine Hände über meine Arme hinauf, zu meinen Schultern und über die Brust hinab, bis er meine Mitte umfasst und mich an sich zieht.

Meine Wange liegt an seinem Hals, das Zittern wird stärker.

Kann es eigentlich noch peinlicher werden? Meine Wangen und Ohren glühen.

„Scht, alles ist gut."

Ist es das? Wie kann es das sein, wenn ich mich vor Minuten noch aufgeführt habe wie eine unberührbare Jungfrau?!

„Tut mir leid, du hast mich erschreckt."

„Ich weiß, das war nicht meine Absicht." Er umschlingt mich, streicht über meinen Rücken und ich habe für eine Sekunde das Gefühl, seine Lippen würden meine Stirn streifen.

Hastig nehme ich Abstand, das heißt, ich versuche es.

Allens Umarmung ist einfach zu fest, um mich mit einem kleinen Ruck zu befreien, und ernsthaft Gewalt anwenden will ich nicht.

„Ich hätte nicht herkommen sollen."

„Und wieso nicht?", hakt er prompt nach und bringt mich so weit auf Abstand, dass er mir in die Augen sehen kann.

„Weil ich zu früh dran bin. Ich hätte nicht bei dir klingeln sollen."

„Vielleicht gefällt es mir ja, dass du schon eher Zeit hattest. Was mich daran erinnert, dass ich dir meine Nummer geben sollte. Deine habe ich ja."

„Das ist nur ein Prepaid-Handy, das ich ausschließlich für die Annonce verwendet habe. Meine richtige Nummer hast du noch nicht", erkläre ich und ernte einen anerkennenden Blick.

„Oh, das ist gut, es zeigt, dass du doch nicht ganz naiv in diese Sache gestolpert bist."

„Na ja, meine private Handynummer verbreite ich ganz sicher nicht über ein solches Anzeigenblättchen!", entrüste ich mich.

Er lacht dieses perfekte, tiefe Lachen, das mir durch und durch geht. „Schlauer Ryan!"

„Machst du dich über mich lustig?"

„Sicher! Was sonst?", schießt er gutgelaunt zurück und ich lache ebenfalls.

„Du bist echt frech, das weißt du schon, oder?"

„Hey, ich bin Dom, ich darf das."

„So, so!"

„Ja, ja."

Wir lachen erneut, und bevor ich es begreife, hat er den Kopf geneigt und mich geküsst.

Im ersten Moment erstarre ich und weiß nicht, was ich von diesem sanften Überfall halten soll, doch je länger seine weichen Lippen an meinen knabbern, umso stärker erwacht die Sehnsucht nach einem echten, tiefen Kuss, und ich erwidere ihn gern.

Atemlos trennen wir uns und ich sehe ihn erstaunt an. „Das ... Gehören Küsse für dich zu dem, was du mit einem Sub tun willst?"

„Kein Kommentar", sagt er nur und zieht mich mit sich. „Komm schon, wir wollten doch sowieso reden, wenn ich mich nicht irre."

Da hat er natürlich recht. Deshalb lasse ich mich über den Hof ziehen und betrete dicht hinter ihm den Club.

Am Empfangstresen steht heute nicht Sammy, sondern eine Frau, die Allen mir als Lydia vorstellt.

Erst auf den zweiten Blick sehe ich, dass sie eine Dragqueen ist.

Stört mich ganz sicher nicht, da ich grundsätzlich auf dem Standpunkt stehe, dass jeder sein und ausleben darf, was und wie er oder sie ist.

Klingt nach einem sehr liberalen Weltbild für einen Vollblutschwulen wie mich, aber das stört mich sogar noch weniger.

Ohne lange darüber nachzudenken, lasse ich meine Jacke an der Garderobe am Eingang zur Bar und folge Allen zur Theke.

Heute steht wieder dieselbe Frau dort wie gestern. Sie sagt: „Hallo Allen, hallo Ryan. Wieder zwei Cola?"

Wir nicken einhellig und wenden uns zu der Wand um, an der die Rundsofas stehen.

Interessant, dass wir hier reden werden. Irgendwie wäre es mir lieber, das wirklich unter vier Augen zu tun, von mir aus in der Suite.

Allen scheint das anders zu sehen.

Wir setzen uns und er lächelt mich fröhlich an. „Was hast du heute angestellt?", erkundigt er sich und ich bin zufrieden mit dieser Frage. Jetzt sofort über meine tiefsten Empfindungen zu reden, würde mir nicht gefallen.

„Nicht sonderlich viel. Ich habe mein Frühstücksritual absolviert, nackt im Wohnzimmer gekniet und bin danach lange durch die Stadt spaziert."

Meine Aufzählung reizt selbst mich zum Lachen. Klingt ja auch irgendwie schräg, oder?

„Klingt spannend!", quittiert Allen und grinst. „Erzähl mir mehr!"

„Hm, erst verrätst du mir, was du heute so getrieben hast."

Er nickt und ich sehe wieder dieses Aufblitzen in seinen Augen. Gefällt ihm wirklich, wenn ich nicht sofort spure?

Das sollte ich wirklich im Auge behalten, allein schon, weil mir dieser Ausdruck in seinen Augen wahnsinnig gut gefällt.

„Ich habe ausgeschlafen, dann war ich für eine Session im Club, anschließend habe ich meinen Eltern einen Kaffeebesuch abgestattet und danach oben in meiner Wohnung darauf gewartet, dass es 20 Uhr wird."

Sein freimütiges Eingeständnis ist irgendwie cool.

Macht er das, um mich zum offenen Reden zu animieren oder ist er wirklich so frei heraus?

„So? Du hast also auf mich gewartet?"

Er nickt. „Natürlich habe ich das. Ich bin sehr interessiert, wie deine Hausaufgabe verlaufen ist."

Meine gute Laune vergeht rasant. Immerhin habe ich ziemlich versagt dabei.

„Nicht gut", sage ich sparsam.

Das weckt sein Interesse erst recht.

Auffordernde Gesten, dazu Schweigen.

Ich weiß nicht genau, wieso, aber ich rede weiter.

„Gestern Abend ist es komplett daneben gegangen. Ich meine, die Position habe ich jetzt drauf, aber das, was sie bei mir bewirken soll, ging irgendwie nicht."

„Nur gestern Abend oder heute auch nicht?"

„Heute ging es etwas besser."

„Was genau hat gestern nicht funktioniert?"

Ich hebe die Schultern und beschließe spontan, dass die Wahrheit das Einzige ist, was mich meinem Ziel – einer echten Session mit Allen – näherbringen kann.

„Mein Kopf wollte sich nicht auf mich konzentrieren. Ich habe ständig über dich nachgedacht, was leider recht kontraproduktiv war."

Er nickt bedächtig. „Hast du eine Ahnung, woran das lag? Ich meine, was hat verhindert, dass du dich auf dein Inneres ausrichten konntest?"

„Gute Frage ... ich bin mir nicht sicher, woran genau es lag, aber sobald ich versucht habe, über meine möglichen Vorlieben und Fantasien nachzudenken, ist dein Bild vor meinem inneren Auge aufgetaucht und ich habe nur noch darüber nachgedacht, was dir gefallen könnte. Schließlich war ich ziemlich frustriert und habe mich schlafen gelegt."

„Verstehe."

„Tust du? Ich nämlich nicht, Allen! Ich meine, ich bin nicht minderbemittelt, oder so, nur weil ich Motorradrennfahrer bin! Ich habe die Aufgabe sehr gut verstanden und trotzdem fehlte mir die Fähigkeit, meinen Fokus auf mich zu richten."

Ich habe durchaus eine Vermutung, woran es liegt, aber ich kenne mich mit diesen ganzen Mechanismen, die psychologisch ins BDSM spielen nicht gut genug aus, um deren Wahrheitsgehalt auch nur gedanklich weiter zu verfolgen.

„Also, eine Sache scheinen wir wohl ganz grundsätzlich klären zu müssen. Wenn ich dich für in irgendeiner Form minderbemittelt hielte, wärst du heute nicht hier und ich hätte dir empfohlen, dein Vorhaben zu vergessen."

„Aha? Und wieso?"

„Weil dumme Menschen mich langweilen und ich ganz sicher keinen Wert darauf lege, ausgerechnet in meinem Privatleben gelangweilt zu werden." Er seufzt leise und mustert mich. „Ich will anständige Gespräche führen können, ohne jedes Mal darauf achten zu müssen, dass sie möglichst oberflächlich bleiben. Ich lege großen Wert auf Konversation, die über Smalltalk hinausgeht."

„Geht mir genauso."

„Dann hast du jetzt kapiert, dass ich dich zu keinem Zeitpunkt für dumm gehalten habe?", hakt er nach.

„Du hast mich mehrfach als ‚naiv' bezeichnet. Ist das nicht auch eine Form von Dummheit?"

Er schüttelt sofort den Kopf. „Es ist Ausdruck deiner Unwissenheit, was die BDSM-Szene angeht, aber das sagt kaum etwas über deinen Intellekt aus."

Okay, diese Klarstellung beruhigt mich wirklich.

„Na gut, dann habe ich es kapiert."

„Sehr gut. Und erzählst du mir jetzt, wie dein heutiger Versuch gelaufen ist?"

„Ja, mache ich. Er war, wie schon angedeutet, minimal erfolgreicher. Diesmal konnte ich mich wirklich mehr auf mich selbst konzentrieren", beginne ich. „Ich denke, ich weiß jetzt, welche Dinge von denen, die Michael mit Tiger gemacht hat, mich reizen und welche mich verunsichern oder gar abstoßen."

„Das klingt allerdings nicht nur nach ‚minimal besser', Ryan!" Allen freut sich sichtlich. Seine Augen weiten sich und er strahlt richtig.

„Ja, irgendwie war es ziemlich cool, so in mir selbst zu ruhen."

„Und was reizt dich?"

„Ich denke, Fesseln und eine Augenbinde sind mein Ding. Zum Thema Schmerz ... also in Sachen Schläge mit verschiedenen Gegenständen kann ich nur sagen, dass ich nicht weiß, ob mir das gefallen würde. Einfach, weil ich nicht weiß, wie sich zum Beispiel ein Paddel, eine Gerte oder ein Flogger anfühlen."

„Ja, das ist nachvollziehbar. Aber du hast auch gesagt, dass dich etwas abgestoßen hat. Was?"

Ich bewundere zwei Sekunden lang seine große Aufmerksamkeit und nicke vor mich hin. „Diese Klemmen an den Nippeln und die Gewichte an den Hoden, ich denke, das ist ganz sicher absolut nichts für mich. Da tat mir das Zusehen schon weh – ich meine, auf eine Art, die mich echt davon überzeugt, dass ich es nicht einmal ausprobieren möchte."

„Ich bin sehr stolz auf dich, dass du so viel über dich und deine Bedürfnisse herausfinden konntest!" Er klingt wirklich begeistert.

„Echt? Ich dachte, das wäre alles viel zu vage ... und ... am Ende der halben Stunde bin ich über meine Überlegungen wieder bei dir gelandet. Ich hab mir vorgestellt, wie sehr es mir gefallen würde ... na ja ... dir einen zu blasen."

„Oh?"

Ich nicke nur und sehe auf die Tischplatte.

„Hey Ryan, das ist nichts Schlimmes! Es ist eine konkrete Vorstellung, die sich manifestiert hat."

„Kein Wunder, wenn ich bedenke, dass ich seit gestern Mittag mit geladener Waffe herumlaufen muss", murre ich. Diese Erklärung erscheint mir sehr plausibel.

„Du denkst, es liegt nur daran, dass ich dir diese Keuschheit auferlegt habe?"

„So wie du fragst, kennst du ganz andere Gründe dafür", erwidere ich.

„Mögliche andere Gründe, aber ich kann momentan nicht wissen, was du denkst."

Ich lache spöttisch auf. „In Zukunft wirst du das also können?", ziehe ich ihn auf.

Zu meinem Erstaunen nickt er ernsthaft. „Das muss ich sogar, wenn wir miteinander spielen wollen, Ryan. Wenn ich nicht weiß, wie es dir geht, was du denkst und fühlst, wonach es dich tief in deinem Inneren verlangt, kann ich dir nicht das geben, was du brauchst und willst."

„Hm", mache ich, weil ich das so nie betrachtet habe. „Wenn du mir das gibst, was ich brauche, wo bleibst dabei du? Ich meine, du hast doch möglicherweise ganz andere Bedürfnisse als jene, deren Erfüllung ich dir bieten könnte."

„Es gibt so viele Arten des Spiels, die mich und meine Bedürfnisse auslasten, dass das kein Problem sein dürfte."

Das klingt ... so ermutigend.

„Okay", sage ich. „Dann denke ich, dass wir es wirklich ausprobieren sollten."

„Du willst also mit mir spielen?"

Ich nicke und blicke ihm direkt in die Augen. „Will ich."

~ First Time ~

Sobald wir ausgetrunken haben, fragt Allen: „Findest du den Weg zur Suite wieder?"

Ich nicke sofort und erhebe mich eilfertig.

Ich bin dermaßen heiß darauf, endlich-endlich zu kriegen, was ich will, dass ich nicht mehr länger stillsitzen kann.

Er lacht leise über meinen Eifer und nickt vor sich hin.

„Dann geh jetzt in die Suite. Ich erwarte, dass du in der Sklavenhaltung auf dem Teppich in der Mitte auf mich wartest. Gesenkter Blick, denk daran!"

„Ja, Sir Allen!", sage ich und gehe los.

Seine Blicke kann ich in meinem Rücken spüren, und erlaube mir ein aufreizendes Arschwackeln beim Gehen.

Ich grinse in mich hinein und betrete wenig später die Suite.

Sobald ich allein bin, atme ich tief durch und beginne damit, mich auszuziehen.

Meine Kleidung landet, mehr oder minder ordentlich gestapelt, auf einem Barhocker in der Nähe der Tür, die Schuhe schiebe ich mit dem Fuß darunter.

Es fällt mir überhaupt nicht schwer, mich nackt auf den Teppich zu knien, zumal er echt flauschig und warm ist. Das gilt übrigens für den gesamten Raum. Erfrieren werde ich hier auch splitterfasernackt nicht.

Kurz überlege ich, ob ich mit dem Gesicht zur Tür knien sollte, aber schließlich lasse ich mich anders herum nieder.

Tief durchatmen, die atemlose Aufregung unterdrücken und mich auf mich selbst konzentrieren. Ich schließe die Augen und versetze mich in eine möglichst ruhige Stimmung.

Nicht ganz leicht, ich meine, ich bin absolut geil auf Allen, daran wird sich auch nichts ändern!

Eine Gänsehaut, die nichts mit Kälte zu tun hat, bildet sich spürbar auf meinem Körper. Ich sehe sie nicht, aber ich weiß, sie ist da.

Kribbelnd und juckend. Als wollte mich meine Haut daran erinnern, dass ich aufgeregt bin und absolut unter Strom stehe.

Als ob ich das nicht ganz genau wüsste!

Mit jeder Minute werde ich zugleich ruhiger und angespannter.

Ich warte auf Allen, aber ich habe keine Ahnung, wie lange ich schon hier knie, oder wann er zu mir kommen wird.

Ob er sich eine halbe Stunde Zeit lässt?

Ist das vielleicht seine Methode, mir meinen Stellenwert innerhalb unseres Spiels näherzubringen?

Egal, ob er das wirklich will, es funktioniert!

Ich horche in mich, stelle mir vor, wie Allen mich zu seinem Spielzeug macht, mir zeigt, wie sehr er über mich herrschen kann.

Durch mein Gespräch mit ihm weiß ich, nun ja, ich hoffe zumindest darauf, dass er nichts tun wird, das ich absolut ablehne.

Ein Luftzug streift über meine Haut und lässt mich schaudern. Jemand muss die Tür geöffnet haben.

Ganz sicher Allen!

Ich atme tief ein und wieder aus, weiß genau, dass ich so ziemlich alles tun werde, damit er mir zeigt, wie es ist, von ihm dominiert zu werden.

Ich kann vor meinem geistigen Auge sehen, wie Allen näherkommt, erst dicht hinter mir stehenbleibt und zucke trotzdem zusammen, als seine erstaunlich warmen Hände meine Schultern berühren.

„Scht", macht er und lässt seine Finger über meinen Schultergürtel nach vorn gleiten, bis er meine Brustwarzen erreicht.

Ich warte gespannt ab, was er vorhat, und zische leise auf, als er die Nippel zwischen seinen Fingern hält und verdreht.

Mein Schwanz zuckt. Scheiße, ist das geil!

Fasziniert von meiner eigenen Reaktion entlasse ich die Luft und seufze leise, als Allen den schmerzhaften Griff löst, um seine Fingerkuppen sacht über die gereizten Brustwarzen zu streichen.

Dieses Spielchen wiederholt er mehrfach. Ich bin fassungslos, wie geil mich dieser Schmerz macht!

Dass ich mir so etwas gefallen lassen könnte, lag bis jetzt jenseits meiner Vorstellungskraft.

Beim letzten Verdrehen, das er deutlich stärker ausfallen lässt, beugt er sich dicht an mein Ohr.

Mit einem Schauder spüre ich seinen Atem über meine Haut fließen. „Das war für das Arschwackeln."

Kaum hat er mir dies erläutert, nimmt er Abstand und ich sehe wenig später, wie seine Schuhe in mein Blickfeld treten.

Ich weiß, ich darf nicht aufsehen, solange er es mir nicht abverlangt, deshalb konzentriere ich mich auf seine Schuhspitzen und das schwach glänzende Leder seiner Hose.

„Streck die Arme nach vorn auf Kopfhöhe."

Mache ich natürlich sofort, und spüre Augenblicke später etwas Glattes, Kühles, das er um meine Handgelenke legt. Vermutlich Ledermanschetten, ich kann sie ja leider nicht sehen.

Aber dieses Fühlen, ohne etwas sehen zu dürfen, hat einen köstlichen Reiz, den ich sehr genieße.

Ich atme bemüht ruhig durch, um meine mittlerweile schmerzhafte Geilheit irgendwie in den Griff zu bekommen.

„Leg die Arme mit überkreuzten Handgelenken auf den Rücken."

Wieder führe ich seinen Befehl schweigend aus.

Im nächsten Augenblick hat er mein Kinn ergriffen und hebt meinen Kopf an. „Sieh mich an!"

Ich öffne die Augen weit, blicke in seine und entdecke das wütende Funkeln darin sofort. Ausgerechnet dieses macht mich nur noch mehr an.

„Wenn ich dir einen Befehl erteile, wirst du ihn laut und deutlich bestätigen."

Ich will schon nicken, doch rechtzeitig erinnere ich mich an diesen neuen Befehl. „Ja, Sir Allen", krächze ich, weil meine Stimme total belegt ist.

„Gut." Er lässt mein Kinn los und ich blicke sofort wieder zu Boden.

Ich sollte mir besser nicht zu viele Frechheiten erlauben …

„Halt dich gerade."

„Ja, Sir Allen."

Sekunden später legt sich ein weiches, schwarzes Tuch vor meine Augen. Allen bindet es an meinem Hinterkopf zu einem Knoten und ich kann nichts mehr sehen.

Eine körperweite Gänsehaut der Vorfreude überfällt mich und ich warte darauf, dass Allen weitermacht.

Egal womit! Hauptsache er kümmert sich um mich!

„Hintern hoch! Halte dich gerade und winkle deine Arme an, als würdest du sie vor der Brust verschränken wollen."

Ganz kurz denke ich, ich soll sie wirklich vor der Brust verschränken, doch zeitverzögert sickert der tatsächliche Sinn seines Befehls in mein hormonüberflutetes Hirn. „Ja, Sir Allen."

Nun knie ich wirklich und mein Arsch liegt frei.

Ich habe keine Ahnung, was er nun vorhat, aber das ist wohl Ziel dieser Übung.

Etwas Weiches streicht in sachten Kreisen über meine Oberschenkel hinauf zu meinem Hintern. Bevor ich kapiere, dass es weg ist, klatscht etwas mit einem hellen Ton auf meine rechte Arschbacke. Der unerwartete Schmerz verschwindet so schnell, wie er gekommen ist. Ein leichtes Ziehen bleibt, wird aber sofort abgemildert durch das zurückkehrende Streichen.

Beim nächsten Schlag ist meine linke Backe dran. Ich spanne mich unabsichtlich an, versuche, den Schmerz, auch wenn mir sein Abklingen einfach nur geil erscheint, zu mildern.

„Entspann dich. Wenn du deinen Arsch verkrampfst, wird es am Ende mehr wehtun."

„Ja, Sir Allen." Ich muss mich dazu zwingen, verständlich zu sprechen und atme mehrfach tief durch.

Allen setzt das Streicheln fort, bis ich meinen Hintern entspanne, dann folgt Sekundenbruchteile später der nächste Schlag.

Er trifft nie die gleiche Stelle, versetzt die Schläge immer um ein Stückchen nach unten in Richtung Schenkel.

Es dauert ein wenig, bis ich merke, dass mein Hintern förmlich glüht. Ausgelöst durch die kurzen, harten Schläge ist er offenbar sehr gut durchblutet und brennt wie Feuer. Daran ändern auch die Streicheleinheiten nichts mehr.

Trotzdem bin ich nicht bereit dazu, ‚Stopp' zu sagen, wie wir es abgesprochen haben.

Das hier soll weitergehen. Er wird merken, wenn es mir zu viel wird, oder?

Als hätte er meine Gedanken gelesen, spricht er mich an.

„Bleib so. Ich komme gleich wieder zu dir." Er bringt die Gerte, oder was immer es war, mit dem er meinen Arsch bearbeitet hat, weg, dann tritt er vor mich.

„Lockere deine Arme und lass sie ohne irgendwelche Drehungen einfach herabhängen." Ich löse die Verschränkung und spüre sofort das Ziehen in meinen Schultern.

Angespannt und starr in dieser Position zu bleiben, ist verdammt anstrengend und ich spüre erst jetzt, wie sehr meine Arme eingeschlafen sind.

Mein leises Zischen ist schmerzerfüllt.

Sekunden später gleiten Allens warme Hände über meine Schultern, Oberarme, Ellenbogen zu den Fingern.

Er ist vorsichtig, darauf bedacht, mit seinen Fingern die Durchblutung anzuregen, was zwar kurzfristig schmerzt, aber für eine schnellere Versorgung der Hände sorgt.

Das Kribbeln lässt nach und ich atme dankbar durch.

„Besser so?"

„Ja, Sir Allen."

„Gut, dann werde ich dir jetzt helfen, aufzustehen. Mach langsam."

Er hat meine Hände ergriffen und ich strecke vorsichtig meine Füße in alle Richtungen. Sie sind ebenfalls eingeschlafen und stehen kurz davor, zu krampfen.

Wieder zische ich leise, als das Leben in meine Zehen zurückkehrt.

Ich brauche noch einen Moment, dann stelle ich nacheinander meine Füße wieder richtig auf den Teppich und versuche, die Knie durchzudrücken.

Als ich wieder stehe, verliere ich den Halt.

Meine Füße haben zu lange überstreckt auf dem Teppich geruht, meine Knie sind weich und mein Kreislauf mag das schnelle Aufstehen ebenfalls nicht.

Mit einem dumpfen Keuchen sinke ich in Richtung Boden.

Bevor ich dort ankommen kann, hat Allen meine Hände losgelassen und mich umfangen.

„Scht!", macht er. „Keine Angst, ich hab dich. Dein Kreislauf ist noch nicht an die Sklavenposition gewöhnt."

Seine Stimme klingt weicher, sanft. Ihr tiefes Timbre lässt mich schaudern, als Allen mich zu sich herumdreht und an seine Brust zieht.

Seine Hand gleitet an meinen Hinterkopf. Er hält mich an sich gedrückt, dann führt er mich irgendwo hin. „Das Sofa. Setz dich, ich hole dir eine Cola."

Sobald er mich auf die Sitzfläche geschoben hat, tritt er zur Bar.

Mühsam lausche ich darauf, was er macht, höre die Cola gluckernd in ein Glas fließen.

Er stellt das Glas irgendwo ab, vermutlich auf dem Couchtisch, dann setzt er sich zu mir. Das Leder seiner Hose streift mein Knie.

„Ich nehme dir jetzt die Augenbinde ab. Schließ die Augen. Ich habe das Licht zwar gedimmt, aber es wird dir trotzdem grell erscheinen."

„Ja, Sir Allen."

„Entschuldige. Spielpause."

Ich lege den Kopf schräg. „Spielpause?"

Er fummelt mir das blickdichte Tuch von den Augen und ich blinzle, bis ich ihn fokussieren kann.

Noch hat er mir nicht erklärt, was es mit der Spielpause auf sich hat. Ich meine, abgesehen vom Offensichtlichen. Bedeutet es, dass wir für heute fertig sind?!

Als ich ihn wieder klar sehe, beugt er sich zum Tisch und ergreift das Glas.

Immer wieder rauschen Wellen von Erregung durch meine Adern.

Natürlich bin ich durch seine Behandlung unsagbar geil geworden und ebenso natürlich hat er mich nicht erlöst.

Stattdessen schwelt die Lust in meinem Leib, wird immer wieder angefacht von brennenden Streichhölzern, die Allen in die Glut wirft.

Augenblicke später hält er mir das Glas an die Lippen.

Zweifelnd sehe ich ihn an, während meine Hände sich sofort zu dem Gefäß ausstrecken.

„Ich kann allein trinken!", protestiere ich.

Doch Allens freie Hand drückt meine Arme sacht wieder hinab.

„Kannst du, aber nicht jetzt. Du solltest dich ein wenig ausruhen."

„Ausruhen?", frage ich, nachdem ich einige Schlucke Cola getrunken habe. Die kleine Hoffnung, dass er deshalb die Spielpause angesagt hat, erfüllt mich.

Er nickt. „Es erfordert viel Training von dir, lange und ausgeglichen in deinem Mindset zu bleiben. Und da ich dich nicht überfordern will, brauchst du eine Pause, bevor wir weitermachen."

Mein Blick gleitet über seinen noch immer vollständig bekleideten Körper. Dabei entgeht mir nicht, dass er ziemlich erregt sein muss.

Ich schlucke hart und blicke wieder in seine Augen. Plötzlich fühle ich mich unsicher. Habe ich zu viel falsch gemacht?

„Ist …? Ich meine, habe ich mich sehr blöd angestellt?"

Allens tiefes Lachen klingt freundlich. „Keineswegs. Mach dir keine Gedanken."

„Aber warum …?"

„Warum *was*, Ryan?"

Ich atme tief durch und hebe unwillig die Schultern.

Eine halbe Sekunde später umfasst er mein Kinn und hebt mein Gesicht an.

„Wenn ich dir eine Frage stelle, wirst du mir antworten, Ryan. Es ist wichtig, dass wir reden."

Ich nicke. „Ist okay. Ich … wollte wissen, warum du dann aufgehört hast. Ich meine, ich war … ziemlich weit …"

Er lächelt, gibt mein Kinn aber nicht frei. „Ich weiß", murmelt er, bevor er den Kopf neigt und mir seine Lippen auf den Mund drückt.

Hastig atme ich durch die Nase ein und erwidere den Kuss vorsichtig.

Allens Mund öffnet sich, er knabbert an meiner Unterlippe und leckt darüber.

Willig lasse ich seine Zunge ein, spiele damit und stöhne unkontrolliert. Ich sinke unwillkürlich gegen ihn, als hätte ich sämtliche Knochen eingebüßt.

Verdammt, wie kann ein Kuss so erlösend für meine innere Anspannung sein?

Er zieht sich zurück und streicht mit dem Daumen über meine Lippen.

„Möchtest du noch etwas trinken?"

„Nein, danke. Ich bin wieder okay, denke ich."

„Das ist gut. Dann ist die Spielpause beendet." Er lächelt knapp und nickt auf den Boden vor dem Sofa. „Knie dich zwischen meine Beine."

Während ich mich aufrapple und „Ja, Sir Allen", sage, lehnt er sich bequemer an und öffnet seine Hose. Blinzelnd kapiere ich, dass er eine meiner Fantasien zum Leben erwecken will.

Ich darf ihm einen blasen!

Brav und artig knie ich wenig später zwischen seinen geöffneten Beinen und sehe – dank meines gesenkten Blickes – auf seine verheißungsvolle Erektion.

Zu meinem Erstaunen ist Allen ebenso haarlos wie ich. Irgendwie bin ich bisher davon ausgegangen, dass Doms eher dazu neigen, sich nicht komplett zu enthaaren.

Shit, was für schwachsinnige Gedanken!

Hastig konzentriere ich mich wieder und warte ungeduldig darauf, dass er mir erlaubt, meine Lippen um seinen Schwanz gleiten zu lassen.

Minuten später bin ich im Himmel.

Der herbe Geruch, Allens verhaltenes Stöhnen, seine Hand an meinem Hinterkopf, seine Führung, sein Geschmack, das alles lässt mich abheben.

Ich habe keinen Schimmer, wie lange ich mich mit ihm beschäftigen darf, doch er beendet es viel zu schnell.

Stundenlang hätte ich weitergemacht!

Als er mich auf Abstand bringt, sehe ich kurz in sein Gesicht.

Habe ich schon wieder was falsch gemacht?

Ich habe Glück, er hat die Augen geschlossen, deshalb senke ich hastig den Blick und warte auf seine nächsten Befehle.

„Steh langsam auf und geh zum Bett. Bleib dort stehen."

„Ja, Sir Allen."

Sofort flammt die Erregung wieder heiß und hart in meinen Lenden auf.

„Ja, genau dort. Kopf gesenkt, hängende Arme."

„Ja, Sir Allen", sage ich.

„Bleib so."

Ich warte schweigend ab und lausche auf das, was er tut.

Ich höre, wie er sich auszieht. Es klingt sehr ähnlich, wenn ich meine Rennkluft und die Stiefel loswerde.

Als er zu mir zurückkommt, ist er tatsächlich splitterfasernackt.

Auch wenn ich ‚nur' seine untere Körperhälfte sehen kann, weil ich meinen Blick gesenkt halten soll, springt alles in und an mir voll auf diesen Anblick an.

Ich keuche anerkennend auf und fürchte schon, dafür bestraft zu werden. Stattdessen klettert Allen zur Mitte der Spielwiese und winkt mich mit einer knappen Geste zu sich.

„Komm her."

„Ja, Sir Allen."

Sobald ich auf allen vieren bei ihm angekommen bin, zieht er mich auf sich.

Seine Hände ergreifen meine Handgelenke und Augenblicke später sind die Manschetten miteinander verbunden.

Gefesselt. Kein Entrinnen!

Aber das will ich ja auch nicht!

Erneut schießt die Erregung mit einem weiteren Flächenbrand durch meinen Leib.

Er zieht mich weiter an sich, legt meine Arme um seinen Nacken.

Nun liege ich flach auf seinem Körper. Mein Schwanz pocht an seinem und schmerzt auf eine bittersüße Art.

Nicht nur er bettelt um Erlösung, ich tue es auch – allerdings mache ich nicht den Fehler, Allen darum zu bitten.

„Leg deinen Kopf auf meine Schulter."

„Ja, Sir Allen", hauche ich mehr, als dass ich es deutlich formuliere, und schiebe meine Hände zittrig in eine etwas andere Position.

Mein Atem streift seinen Hals.

Mir bleibt keine Zeit, darüber noch lange nachzudenken, Allens Hände sind überall, necken und kneifen mich, lassen mich keuchen und sorgen dafür, dass ich mich an seinem Prügel reiben will.

„Halt still!"

Sofort unterbreche ich mein Gezappel.

Allens Hand verschwindet kurz, dann gleitet sie zielstrebig in meine Spalte und ich stöhne ungehemmt auf, als sich seine gleitgelgefeuchten Finger in mich drängen.

Oh, verdammt, ist das geil!

Mich nicht bewegen zu dürfen, ihm zu gehorchen und zu gehören, das alles ist überwältigend. Ich schließe genießend die Augen.

Seine Finger ficken mich, einfach so.

Wahnsinn, wie geil sich das anfühlt!

Atemlos liege ich auf seiner Brust, meine geöffneten Lippen dicht an seinem Hals.

Er riecht so gut! Diese Mischung von Schweiß, einem sehr herben Parfum und ihm ist einfach überwältigend.

Bevor ich es verhindern kann, lasse ich meine Lippen und meine Zunge über seine Haut gleiten, nehme den irrsinnig guten Geschmack in mich auf und seufze zufrieden.

Mein Hirn dreht sich, es sind nicht nur die Gedanken.

Keine Ahnung, wie viele Hormone meinen Körper geflutet haben, keine Ahnung, wie viele Gefühle sich zu ihnen gesellen.

Alles ist ein einziges Chaos aus Fühlen, Spüren.

Das Einzige, was ich – zumindest gedanklich – noch klar formulieren kann, ist, dass Allen niemals damit aufhören soll.

Seine Finger in mir, seine Haut an meiner, seine darunter spielenden Muskeln, sein Geruch, sein Geschmack.

Das alles wird zu einem wilden Gemisch, das mich mit sich nimmt, mich an einen Ort bringt, an dem ich noch nie war.

Gefesselt zu sein, an ihn gekettet, ihm ausgeliefert, das alles macht mich so sehr an, dass ich vollkommen überreizt bin.

Längst müsste ich gekommen sein, längst müsste ich alles, was sich in mir aufgestaut hat, mit ein paar heftigen Spritzern freigelassen haben, aber ich bin weit über diesen Punkt hinaus.

Das ist Qual, die süßeste, geilste, erregendste Qual, die mich je übermannt hat.

Ich hebe verwirrt den Kopf und blicke fassungslos in seine Augen.

Allen ist alles, einfach alles.

Und ich bin ... wie eine Gitarre, auf der er spielt.

So virtuos und gekonnt, dass jede Saite in mir in einem unwiderstehlichen Klang schwingt.

Die Melodie, die Allen von mir hört, hat er selbst erzeugt.

Er hört auf, mich zu ficken.

Ein klägliches Winseln ersetzt das langgezogene Stöhnen aus meiner Kehle. Ich habe einfach keine Kontrolle, es zurückzuhalten.

Sicher ist das falsch.

Irgendetwas an dem, was ich getan habe, muss falsch sein, sonst hätte er nicht aufgehört, mich mit seinen langen Fingern zu ficken, oder?

Mein Kopf sinkt kraftlos auf seine Schulter, Allens Hand schiebt sich in mein Haar.

„Hey, alles okay?"

Eine seltsame Frage, er hört und spürt, nein falsch, er sieht sogar, dass ich okay bin.

Die totale Hingabe, die ich hier biete, hat er mir entlockt, mich auf eine unwiderstehliche Art in eine Gefühlswelt versetzt, die es mir ermöglicht, alles zu sein.

Willig, willenlos, weich, hart, erregt, befriedigt – alles zugleich.

„Ja, Sir Allen", murmele ich, weil mir die Kraft für mehr einfach abhandengekommen ist.

„Das ist gut." Sein hörbares Lächeln wirkt beinahe fehl am Platz – ganz sicher ist es das, wenn ich bedenke, wie ernst und unbewegt seine Miene schon war.

Er setzt sich auf, wobei er mich ebenfalls in eine sitzende Position schiebt, und befreit meine gefesselten Hände von seinem Hals.

„Knie dich neben mich", verlangt er und ich rappele mich auf, um von seinen Schenkeln zu steigen. Gar nicht so einfach, wenn man die Hände so dicht nebeneinander auf die Matratze stellen muss.

Beinahe falle ich um, fange mich im letzten Augenblick erst.

Allen erhebt sich, kehrt wenig später zurück und lässt seine Hände über meine schweißfeuchte Haut gleiten. Eine wandert wieder über meinen Hintern und umfasst zielstrebig meine Hoden. Er massiert sie, schickt damit Gänsehaut über meinen Körper und lässt mich erregt schaudern.

Scheiße, ob ich jemals kommen werde, wenn er mich so ... zarthart anfasst?

Die andere Hand findet meine Nippel und ich keuche auf, als er sie nacheinander verdreht.

Schließlich ist er dicht hinter mir, schiebt meine Unterschenkel weiter auseinander.

Erstaunt stelle ich fest, dass ich keinerlei Schwierigkeiten habe, in meinem Kopfraum zu bleiben. Das hier ist es, wonach meine Seele seit Jahren schreit.

Ich sehe, spüre, rieche, lasse geschehen und will nichts weiter, als dass er sich in mich versenkt.

Mir ist beinahe egal, ob es wieder seine Finger oder sein Schwanz sein werden, solange er mich endlich-endlich an den Rand des Wahnsinns fickt.

Blödsinn, ich bin längst über diesen ominösen Rand des Wahnsinns hinaus!

Ein Lufthauch über meinen Schwanz würde mich explodieren lassen, da bin ich sehr sicher.

Leider-glücklicherweise hat Allen momentan keine Ambitionen, mich möglichst schnell kommen zu lassen.

Siedend heiß wird mir bewusst, dass er das überhaupt nicht müsste.

Auch das ist Teil dessen, was man dem weiten Feld des BDSM zuschreibt.

Bevor ich darüber wirklich nachdenken kann, ergebe ich mich wieder ganz in diese Welt in meinem Kopf, in der es nur Allen und mich gibt.

Ohne jede Vorwarnung dringt er wieder in mich ein, zuerst ein Finger, dann ganz sicher mindestens drei.

Während er mich gleichmäßig hart fickt, zwirbelt seine andere Hand immer wieder meine Nippel, wenn sie nicht meinen Schwanz ‚unabsichtlich' streift, weil er seine Finger hart über meine Bauchmuskeln gleiten lässt.

Innerlich strebe ich dieser sachten Berührung an meinem Schwanz entgegen, schaffe es aber nicht, mich näher an seine Hand zu drängen, weil ich den Kontakt an meinem Arsch nicht verlieren will.

Ein Zwiespalt, ein unglaublich genussvoller Zwiespalt!

„Halt still!"

Ich erstarre sofort, will ihm keinen Grund geben, mir den Orgasmus noch länger vorzuenthalten.

Er zieht seine Finger zurück, sekundenlang spüre ich nichts mehr an meinem Hintern, dann drängt er seine Eichel in mich, und ich schreie vor lauter Geilheit auf, weil sich mein geheimer Wunsch erfüllt hat.

Lange, harte Stöße, feste, kratzende Griffe an meinen Hüften.

Er nimmt mich richtig ran, und ich will aufjubeln, so sehr genieße ich es.

Seine flache Hand klatscht zwischendurch immer wieder auf meine Arschbacken, es brennt, sticht jedes Mal durch meine Haut. Der Schmerz nimmt mir ein Stückchen meiner Geilheit, aber auch das törnt mich nur noch weiter an, bis ich schließlich mit einem nicht enden wollenden Schrei der Erlösung komme.

Ich schnappe nach Luft, setze den Schrei fort, merke erst nach einigen Augenblicken, dass ich seinen Namen ausrufe.

Meinen körperlichen Zusammenbruch verhindert er durch seine Griffe in meine Seiten, weitere, lange Stöße rammen sich in mich, überreizen meinen doch so vollkommen befriedigten Körper mit neuen Sensationen.

Ich will zurückweichen und mich ihm entgegenstrecken, alles zugleich.

Irgendwann hat er mich über den Punkt der Empfindlichkeit hinweggefickt und ich bin wieder genauso hart wie er in mir, genieße jeden Stoß, jede Bewegung in mir, jedes Klatschen seiner Hoden gegen meinen Damm.

Ich versinke in einem Meer aus unterschiedlichsten Sinnesreizen, bis er schließlich mit einem grollenden, satten Keuchen kommt, und ich das Gefühl habe, ihm in diesen Orgasmus zu folgen.

Keuchend ergebe ich mich der Lust, die er in mir weckt – innerhalb so kurzer Zeit zum zweiten Mal!

Ich bin vollkommen erledigt, als er mich in die Kissen sinken lässt und mir, begleitet von sanften Streicheleinheiten, die Fesseln abnimmt.

Ich atme hastig, brauche endlos lange, um wieder tief Luft holen zu können.

Die ganze Zeit weicht Allen nicht von meiner Seite.

Er sitzt auf der Bettkante, und ich suche seinen Blick.

„Das Spiel ist beendet", erklärt er leise, und ich nicke noch einmal.

„Das war ... toll." Mein Bekenntnis fällt mir nicht schwer.

Er lächelt und streicht mir das schweißnasse Haar aus der Stirn. „Dann lass dich jetzt für deine Hingabe belohnen und anschließend gehen wir duschen, in Ordnung?"

Ich nicke und strecke unwillkürlich die Arme nach ihm aus.

Er versteht mich, ohne Worte.

Augenblicke später liegt er dicht bei mir und umarmt mich.

Die Wärme, die er abstrahlt, tut unglaublich gut.

~ Bandprobe ~

Es ist kurz nach Mitternacht, als ich in meiner Wohnung ankomme.

Wie gestern gehe ich sofort zum Wohnzimmerfenster und sehe Allen nach, wie er in der Dunkelheit verschwindet.

Die Bewegungen seines großen Körpers sind wie eine edle, unendlich seltene Komposition. Perfekte Abläufe, die seine Präsenz und offen zur Schau gestellte Stärke noch unterstreichen.

Nach meiner ersten Session wollte er mich irgendwie so gar nicht allein lassen.

Ob das normal ist?

Vielleicht sollte ich einfach mal wieder googeln oder ihn fragen.

Es erschien jedenfalls selbstverständlich, dass er so handelt. Keine Sekunde lang hatte ich den Eindruck, ihm auf den Wecker zu fallen. Er hat einfach alles getan, damit ich mich wohl fühle, sogar irgendwie unverwundbar, auch wenn das Spiel mich irrsinnig verletzlich gemacht hat.

Hingabe ist schließlich die absolute Offenbarung von Bedürfnissen und Sehnsüchten.

Zwar körperlich, aber deswegen nicht weniger intensiv.

Nach dem Duschen hat er mich eingecremt und wir haben noch eine Weile geredet, bis ich schließlich nach Hause musste.

Ich bin hundemüde und werde sicherlich kaum den Aufprall meines Kopfes auf dem Kissen wahrnehmen, bevor ich einpenne.

Meine erste Session …

Sicher, sie war, was die genutzten Werkzeuge angeht, wohl ziemlich harmlos, aber für mich stellt sie einen echten Meilenstein in Sachen Selbsterkenntnis dar.

Ohne Allen wüsste ich jetzt nicht, wie unendlich geil mich Schmerz und dessen Milderung machen können.

Ob das auch mit einem anderen Dom so wäre?

Unwillkürlich schüttle ich den Kopf.

Nein, ich würde nämlich – vorerst – niemand anderen so an mich heranlassen.

Immerhin steht hinter dem, was er mit mir tut, körperliche Auslieferung.

Ihm zu vertrauen, fiel mir nicht so schwer, wie ich dachte, auch wenn ich einen Teil meiner Bereitschaft auf meine Neugierde schieben könnte.

Grinsend schalte ich die Lichter aus und gehe ins Schlafzimmer.

Ich ziehe mich aus und liege wenig später in den kühlen Decken.

~*~

Am Montagmorgen weckt mich eine Nachrichtenanfrage in meinem Messenger.

Mühsam rapple ich mich auf und fische mein iPhone vom Nachttisch.

Das Display verrät, dass ein gewisser *Allen Right* auf meine Freundesliste will, um mit mir chatten zu können.

Klar habe ich ihm gestern noch meine richtige Nummer gegeben. Genauso wie er mir seine.

Ich öffne den Messenger und nehme die Anfrage an, danach erscheint sein Text im Display.

> *Guten Morgen Ryan!*

Ich dachte, hierüber könnten wir Kontakt halten. Du musst mir nämlich noch verraten, in welcher Kneipe ihr am Freitag euren Gig habt.

Gruß Allen

Ich grinse schon wieder verblödet und antworte:

> *Guten Morgen Mr. Right.*

Du kommst eindeutig mit weniger Schlaf aus als ich ...

Heute Abend ist Bandprobe, danach texte ich dir Genaueres.

Jetzt muss ich erst mal wach werden und mein Frühstücksritual zelebrieren, dann werde ich 'ne Runde auf meiner Schönen durch die Landschaft brettern.

Was steht bei dir heute an?

Grüße Ryan

Seine Antwort sehe ich, als ich aus dem Bad komme.

> *Nenn mich nicht so, ja? Ich bin Allen ... oder Sir Allen *süffisant grins*

Ich rolle die Augen und tapse zur Kaffeemaschine.

Auf meinen Kaffee wartend antworte ich noch einmal.

> *Du hast anscheinend Langeweile, so schnell, wie du antwortest. Aber wach kannst du noch nicht sein, sonst hättest du meine Frage nicht so eiskalt ignoriert.*

Ich habe kaum abgeschickt, da kommt die nächste Sprechblase von ihm ins Bild.

> *Ich muss heute Inventur in der Bar machen, damit ich weiß, was nachbestellt werden muss, anschließend habe ich tatsächlich Langeweile.*

> *Ich hab nichts ignoriert! s.o.!*

Seine vielen Nachrichten lassen mich kichern. Mit meinem Kaffee bewaffnet gehe ich zum Küchentisch und lasse mich nieder.

> *So, so, du hast also heute nicht viel vor? Wenn du magst, komm mit zur Bandprobe.*

Während ich überlege, wie sinnvoll dieses Angebot ist, sehe ich schon, dass er wieder tippt.

> *Ernsthaft? Du würdest mich mitschleppen?*

Ich lache auf.

> *Hey, die anderen schleppen dauernd ihre Groupies an, dann werde ich wohl auch mal jemanden mitbringen dürfen. Das ist keine sonderlich private Veranstaltung, wenn du das dachtest. Aber ja, wenn du magst, hole ich dich um 19 Uhr ab.*

Siedend heiß fällt mir ein, dass er einen Motorradhelm brauchen wird. Zur Bandprobe fahre ich heute ganz sicher mit dem Bike.

> *Verrat mir mal deine Helmgröße.*

Keine Ahnung, wieso, aber dieses Gespräch macht mir irrsinnigen Spaß.

Trotzdem erschrecke ich, als das iPhone plötzlich losklingelt.

Ich nehme den Anruf an.

„Helmgröße?!"

„Guten Morgen!", meckere ich.

„Ja, guten Morgen. Also was? Wieso Helmgröße?"

„Weil ich dich mit dem Motorrad abhole, natürlich."

Schweigen.

„Bist du noch da?", frage ich.

„Ja. Aber ich bin mir nicht sicher, ob ich mich als Sozius so gut mache ..."

„Lass das meine Sorge sein, ja? Ich bin Profi, Allen. Du wirst heil wieder zu Hause ankommen."

„Hm", macht er und atmet tief durch.

Ich frage mich, ob der Umstand, hinter mir auf meinem Bike sitzen zu müssen, an seinem Image nagt. Immerhin ist er sehr dominant. Vielleicht mag er es nicht, von anderen abhängig zu sein?

„Allen?" Ich höre ihn irgendwo rumoren und leise fluchen.

„Ja!"

„Ist es okay für dich, wenn ich dich mit dem Bike abhole?"

„Wenn ich meinen Helm finde, ja."

Erleichtert atme ich durch. „Wenn nicht, komme ich mit dem Wagen."

„Nein, schon okay."

„Gut, dann bis heute Abend? Schreib mir, falls du deinen Helm nicht findest, okay?"

„Ja, mache ich."

~*~

Herrlich!

Mein Magen hebt sich auf eine gute, schwerelose Art, während meine Maschine und ich über die Landstraßen brettern.

Es gibt nichts Geileres, um den Kopf freizubekommen, als Motorrad zu fahren.

Ich liebe es!

Ja, vermutlich ist das Motorradfahren die eine große Liebe, die mich mein Leben lang begleiten wird. Zumindest so lange, bis ich nicht mehr auf den Bock klettern kann ...

Was für ein Glück, dass ich bis dahin noch verdammt viel Zeit habe!

Die Fahrt im noch kühlen Frühlingswetter macht Spaß. Immerhin werde ich nachher nicht total verschwitzt bei Allen ankommen.

Da er mich vorhin angetextet hat, weiß ich, dass er seinen Helm tatsächlich noch gefunden hat.

Gegen 18 Uhr mache ich mich auf den Rückweg und fahre um 18:30 Uhr auf den Hof vor Allens Wohnhaus.

Ich bin noch nicht ganz abgestiegen, als er über die Treppe hinabkommt und aus dem Haus tritt.

„Hey!"

„Hey!", erwidere ich, sobald ich den Helm abgenommen habe.

Bevor ich ihn auch nur auf den Sitz legen kann, ist er neben mir und zieht mich an sich.

Uff!

Es gefällt mir, das gebe ich gern zu, aber ich frage mich, was er damit bezweckt?!

Ich meine, wir sind sozusagen *Partners in Crime*, wenn es um die Befriedigung unserer sexuellen Gelüste geht, aber sonst?

Allen fängt meinen irritierten Blick auf und grinst. „Stört es dich, wenn ich dich anständig begrüßen will?"

Automatisch schüttle ich den Kopf.

„Keineswegs, aber ich muss zugeben, dass dein Verhalten mich zum Teil echt verunsichert." So viel Ehrlichkeit muss einfach sein!

Sofort tritt er zurück, und ich komme mir einfach blöd dabei vor, ihn so abgekanzelt zu haben.

Dabei war das nicht meine Absicht!

Seinen Gesichtsausdruck kann ich nicht deuten. Ist er enttäuscht?

„Hey", sage ich. „Du hast gesagt, ich soll ehrlich und offen sein. Wieso habe ich jetzt gerade das Gefühl, dass das nicht meine beste Idee war?"

Er sieht mich an, nickt schließlich. „Ja, du hast recht, das habe ich gesagt. Tut mir leid, wenn ich mit mancher Ehrlichkeit nicht sofort gut umgehen kann. Ich wollte dir eben nicht zu nahe treten. Es ist einfach passiert, okay?"

„Sicher ist das okay. Ich habe auch gar nichts dagegen, ich wollte nur wissen, wieso du es gemacht hast, weil ich deine Handlungen nicht einordnen kann, solange sie nicht ... in der Suite passieren."

Er greift an seine Nasenwurzel. „Schon gut, ich muss ... in alte Verhaltensmuster verfallen sein. Bitte ignorier es und sag mir auch weiterhin, wenn ich eine Grenze überschreite, ja?"

Ich nicke. „Mache ich."

Wohl fühle ich mich dabei nicht, aber was soll ich noch dazu sagen?

„Okay, dann sollten wir losfahren." Ich setze den Helm auf und beobachte, wie er dasselbe tut, steige auf und stelle die Maschine gerade, damit er sich hinter mich setzen und die Fußrasten heruntertreten kann.

„Sitzt du gut?", erkundige ich mich und blicke über meine Schulter.

Er nickt abgehackt. „Ja, alles gut!"

„Dann halt dich anständig an mir fest. Nicht vergessen, ich bin Rennfahrer!", albere ich und spüre mit einem wahnsinnig guten Schauder, wie sich seine Arme um meinen Leib schlingen und er seine Brust an meinen Rücken lehnt.

Scharf einatmen, dann starte ich die Maschine und bringe uns zum Probenraum, den meine Band in einem alten, für diesen Zweck umgebauten Bunker angemietet hat.

Die Fahrt endet in der Nachbarstadt, direkt vor der alten Bunkeranlage, und ich muss zugeben, dass Allen ein sehr guter Sozius ist.

Das sage ich auch, sobald wir die Helme abgenommen haben, und ernte dafür ein Lächeln.

„Vielen Dank. Ich hatte echte Bedenken, aber du fährst sehr gut."

„Echt? Na, da hab ich ja noch mal Glück gehabt, was?", albere ich und ernte einen Rempler dafür.

„Du bist ganz schön frech, Kleiner!"

„Wer ist hier klein?", maule ich kichernd. Wir nehmen die Helme mit hinein und ich leite ihn durch die Gänge zu unserem Probenraum.

Das von uns angemietete Abteil der riesigen Anlage ist eindeutig größer als nötig. Aber da habe ich mich einfach nach den anderen Jungs gerichtet.

Wir teilen uns die Miete, auch wenn speziell Norman, Castro und Gerrit mehr zahlen müssten, wenn ich bedenke, wie oft sie Groupies anschleppen, um sie anschließend abzuschleppen.

Ich betrete den Raum dicht gefolgt von Allen und grüße in die erstaunlich kleine Runde.

„'N Abend Leute! Das ist Allen. Allen, das sind Gerrit, unser Keyboarder, Castro, der Bassist, Manni, der Schlagzeuger und Norman, der Gitarrist.

Alle grüßen, indem sie die Hände kurz heben.

Ich ziehe die Motorradjacke aus, nachdem ich Allen gezeigt habe, wo er seinen Helm parken kann, dann gehe ich zu Manni, der am Schlagzeug herumfummelt.

Wir umarmen uns zur Begrüßung.

„Na, Alter? Wie ist die Lage?", erkundige ich mich.

Manni grinst nur. „Sieht aus, als sollte ich das eher dich fragen."

Ich grinse.

„Allen ist nur ein Freund", sage ich und überlege, wieso sich das so falsch anhört.

Ich schüttle den Gedanken ab und kehre mit Manni im Schlepptau zu meinem Gast zurück.

„Tag Allen. Wie hast du unseren Frontmann denn dazu gebracht, dich herzuschleppen?"

Ich organisiere eine Flasche Cola für Allen und reiche sie ihm, während er antwortet.

„Er hat mich gefragt, ob ich mitkommen will."

Mannis Augen werden so kugelrund, dass ich kichere.

„Tja, es gibt eben Typen, die nehme ich auch mit hierher."

„Nein, gibt es nicht", fällt Manni mir akkurat in den Rücken. „Allen, du bist der Erste!"

Ich grinse breit und hebe die Schultern. „Einer muss ja der Erste sein."

Allens Blick ist undefinierbar, aber etwas in seinen Augen verschafft mir ein warmes Gefühl in der Brust.

Vielleicht freut er sich ja wirklich darüber, dass ich ihn mitgeschleppt habe?

„Setz dich", sage ich zu ihm und deute auf die mit dicken Polstern belegten Metalltruhen, in denen ein Teil unserer Gerätschaften zu den Auftritten transportiert wird. „Ich empfehle dir, nicht das Sofa zu nehmen, sonst hast du gleich mindestens zehn Mädels an dir kleben."

Da ich ausschließlich singe, muss ich mich nicht um ein Instrument und dessen Technik kümmern. Was irgendwann dazu geführt hat, dass ich für sämtliche Mikrofone verantwortlich bin.

Norman spielt testweise ein Stück aus dem neuesten Song, Castro lässt es sich nicht nehmen, mit dem Bass einzusteigen, und Gerrit hämmert wenig später passend dazu auf seiner Tastatur herum.

Manni seufzt. „Sieh an, sobald ihre Fangirls nicht hier sind, können sie konzentriert und pünktlich anfangen …", frotzelt er und lacht los, bevor er zum Schlagzeug wackelt.

„Okay, das ist dann wohl mein Stichwort", sage ich zu Allen. „Mach es dir bequem, du wirst sicher nicht mehr lange allein dort sitzen."

Ich gehe zu den anderen und schnappe mir das Mikro. Wenn sie das neue Stück schon so auffordernd spielen, sollte ich wohl auch endlich singen.

Zweimal probieren wir es, dann erklärt Norman, dass er ein paar Variationen für eines der älteren Stücke ausgearbeitet hat, und wir probieren, wie sie im Verbund mit den anderen Instrumenten klingen.

Grundsätzlich haben wir alle gewisse Freiheiten, wobei natürlich der Beat und die Melodie nicht verändert werden.

Wir haben zwei Studioalben, aber viel lieber ist uns allen das Spielen auf der Bühne.

Nach den Tests an Normans Variationen, die bis auf eine sehr gut passen, ohne irgendwen zu verwirren, kümmern wir uns um das Stageset für Freitag.

Die Reihenfolge der dort zu spielenden Songs steht bereits, aber wir üben es jedes Mal bei den Proben.

Es gibt nichts Schlimmeres, als wenn der Sänger die eigenen Texte nicht auswendig kennt. Ist mir glücklicherweise noch nie passiert, aber das heißt ja nicht, dass ich schlampig werden dürfte.

Allen beobachtet uns – na ja, wohl eher mich – während der gesamten Zeit schweigend.

Er sieht aus wie hingegossen, so leger und locker lehnt er auf der Metallkiste und lauscht uns.

Beim dritten Song des Sets öffnet sich die Tür und Amanda, eines von Gerrits Dauergroupies, lugt herein.

Dass sie nicht allein ist, wird schnell klar – die Tür schiebt sich weiter auf und ganze sechs junge Frauen betreten den Raum, um sich erstaunlich gesittet zu Allen auf die Behelfsbänke und das Sofa zu hocken.

Klar, sie blicken ihn neugierig an, begrüßen ihn aber immerhin auch und ich sehe, dass sie sich mit ihm unterhalten.

Nachdem wir Song 3 beendet haben, machen wir eine kurze Pause, damit ich etwas trinken und die anderen ihre Fans begrüßen können.

Ich bin mit meiner stimmlichen Leistung heute einigermaßen zufrieden, werde aber ein paar schwierigere Stellen noch mal gezielt zu Hause üben müssen.

„Na, Mädels? Was hat euch heute aufgehalten?", frage ich zur Begrüßung, als schon alle wild durcheinander schnattern – übrigens auch meine Bandkollegen.

Kichernd gehe ich zu Allen und setze mich auf ein Eckchen der Bank neben ihn.

„Hältst du es noch aus?"

Er lächelt. „Sicher. Ich hatte ja keine Ahnung, dass es in dieser Stadt eine derart coole Rockband gibt!"

„Kannst du mal sehen, was dir bisher entgangen ist", albere ich.

Er beugt sich zu mir. „Ist es tatsächlich. Deine Stimme klingt sehr gut."

„Oh, vielen Dank!", erwidere ich und knuffe ihn in die Seite. „Hab 'ne ganze Weile Gesangsunterricht gehabt dafür."

„Hey Ryan, ist das wahr?", spricht mich eine der Frauen über Allen hinweg an.

„Was denn, Sanny?"

„Na, dass Allen wegen dir hier ist?"

„Wenn du es schon weißt, wieso fragst du noch?"

Sie lacht fröhlich. „Ich wollte es nicht so recht glauben, muss ich zugeben." Sie wendet sich an Allen. „Bist du am Freitag auch im ‚Bacchus'?"

Allen nickt sofort. „Natürlich. Ich will doch wissen, wie ein Liveauftritt abläuft."

Sanny wirft ihm einen Blick zu, dazu ein süffisantes Grinsen, das er offenbar erwidert. So ganz kann ich das nicht sehen, ich müsste dazu aufstehen.

„Gehen wir nachher was essen?", frage ich ihn. „So als Entschädigung für das Herumsitzen hier?"

„Können wir gern machen, aber langweilig ist mir nicht, falls du das befürchtest. Zudem ich ja auch nicht mehr allein hier sitze."

Ich habe wirklich Schwierigkeiten, Allens Tonfall und seine Mimik zu deuten.

Bin ich tatsächlich so ein unempathischer Mensch? Ich meine, bislang hielt ich mich nicht dafür, aber wieso schaffe ich es dann nicht, hinter seine Maske zu blicken?

Dass er eine trägt, merke ich durchaus. Wenn wir allein oder im Club sind, ist er bisher ganz anders gewesen.

„Gut! Ich freu mich drauf."

Manni hat sich aus dem Pulk der durcheinanderredenden Meute gewühlt und kehrt ans Schlagzeug zurück. Das ist das Zeichen, dass wir weitermachen sollten.

Ich blicke kurz auf meine Uhr – kurz nach acht. Bis wir das Set durchgespielt haben, ist es sicher nach halb zehn.

Ob Allen wirklich Bock darauf hat, so lange hier zu sitzen?

Durch meine Idee, ihn auf der Maschine mitzunehmen, bleibt ihm wohl nichts anderes übrig.

Immerhin sehe ich während der nächsten Songs nicht, dass er ständig auf die Uhr sieht ...

Bei der zweiten Pause bleibe ich vor ihm stehen, weil im Laufe der Zeit noch mehr Groupies aufgekreuzt sind. Immerhin hat Allen seinen Platz behalten, aber für mich ist keiner mehr frei.

„Hältst du es noch aus?", frage ich ihn ziemlich atemlos und hole mir auch eine Cola. Ich stehe schließlich nicht einfach nur da, wenn ich singe. Das wäre bei einer Rockband wohl auch echt albern.

Mittlerweile bin ich verschwitzt und eindeutig ausgepowert. Glücklicherweise sind es nur noch vier Songs, bis wir für heute fertig sind.

Als ich damit zu ihm zurückkehre, trinke ich einen Schluck und grinse ihn an.

Er schluckt sichtbar und sieht zu mir hoch. „Scheint ein ziemlicher Kraftsport zu sein, in eurer Band zu singen, was?"

Ich lache auf. „Man muss jedenfalls sehr fit sein, wenn man herumturnen und singen will, ja."

„Komm her", höre ich noch, dann zieht er mich auf seinen Schoß.

Ich springe wieder auf und starre ihn schockiert an. Hoffentlich hat das keiner gesehen! „Scheiße, so was kannst du doch nicht machen!", zische ich ihn an.

„Wieso nicht?"

Gute Frage!

Hilflos hebe ich die Schultern. Es ist nicht sonderlich ratsam, ihm jetzt vor allen zu erklären, dass er damit mein Image untergräbt.

Die Mädels und auch alle anderen Fans kennen mich nur als obercoolen, unnahbaren Macho.

Da passt es nicht, wenn ich mich plötzlich von irgendjemandem auf dessen Schoß ziehen lasse.

Die meisten denken, ich bin zu arrogant, um mich mit Groupies einzulassen. Davon, dass ich schwul bin, haben sie keine Ahnung!

Nur die Band weiß das und keiner von meinen Jungs würde mich outen. Nicht einmal im Vollsuff.

Ich wandere mit meiner Cola auf und ab und versuche, mich zu beruhigen.

Plötzlich steht Allen mitten im Weg und ich latsche beinahe in ihn hinein.

„Du bist vollkommen außer Atem und es ist kein anderer Sitzplatz mehr frei gewesen", erklärt er.

Ich sehe zu ihm hoch, er steht so dicht dran, dass ich seinen Geruch einatmen kann.

„Ja, ich weiß. Tut mir leid, ich erkläre es dir nachher, ja?"

„Das hoffe ich", sagt er, und der Tonfall lässt einen kalten Schauder über meinen Rücken rinnen.

Verdammt, ich fürchte, er ist echt sauer auf mich ...

Vielleicht ist es doch ganz gut, dass er sich seine wahren Emotionen nicht ansehen lässt.

Ich nicke. „Sei nicht sauer, ja? Es hat nichts mit dir zu tun."

„Es fällt mir nicht leicht, das zu glauben, Ryan." Seine tiefe Stimme umfängt mich, sein Duft ebenso. Ich jaule frustriert auf und wende mich ab.

„Können wir weitermachen?!", rufe ich in den Raum und gehe zum Mikrofon.

Die Jungs kehren zu ihren Instrumenten zurück und wir proben die letzten Songs.

Allen sitzt jetzt auf einer Box, da sein Platz anderweitig belegt ist.

Er wirkt abwesend.

Das macht mich echt nervös und ich verpatze den letzten Song zweimal, bevor ich es endlich hinbekomme, mich wieder zu konzentrieren.

Kurz blitzt in meinem Kopf auf, dass ich durchaus eine Technik kenne, mit der ich mich konzentrieren kann. Aber nackt auf dem Boden zu knien und auf Allen zu warten ist hier wohl nicht meine beste Taktik ...

Verfluchte Scheiße! Ich kann doch mitten im Song nicht an so was denken!

Irgendwie schaffe ich es, den letzten Ton zu singen und gehe danach übergangslos zu meiner Jacke und den Helmen.

Normalerweise würden wir jetzt noch ein wenig zusammensitzen und über anderen Kram reden, aber heute steht mir der Sinn nun wirklich nicht danach.

Ich suche Allens Blick. „Komm, lass uns gehen, ja?"

Er schnappt sich seine Jacke und den Helm.

„Bis Mittwoch, Leute!" Ich öffne die Tür und wir verschwinden.

Kaum sind wir draußen angekommen, bleibe ich abrupt stehen und atme tief durch.

Allen steht dicht hinter mir, das weiß ich genau, auch wenn ich die Augen geschlossen halte.

„Es tut mir leid, Allen. Wirklich."

„Und was genau?", fragt er. Ich spüre seine Hand auf meiner Schulter und muss gegen den Impuls, sie abzuschütteln, ankämpfen.

„Ich hätte dir vorher sagen müssen, wie das hier abläuft. Niemand außer den Jungs weiß, dass ich schwul bin."

„Verstehe."

Ich fahre zu ihm herum, seine Hand fällt herab und ich vermisse die Berührung sofort.

„Tust du das?"

„Nein, aber ich würde es gern", gibt er zu, und reizt mich damit zu einem unwillkürlichen Lächeln.

„Dann sollten wir jetzt zum Essen fahren, und ich erkläre es dir in Ruhe, ja?"

Er nickt und wir erreichen eine knappe halbe Stunde später den gemütlichen Italiener, bei dem wir am Samstag schon gegessen haben.

Wir bestellen, dann beginne ich unaufgefordert damit, ihm die Bandsache zu erklären.

„Auch wenn die meisten wahnsinnig tolerant tun, wäre es wohl das Todesurteil für ‚Bad to the Bone', wenn wir durchsickern ließen, dass gleich zwei Bandmitglieder schwul sind.

Wir halten es geheim, und um mir die ganzen quirligen Fangirls vom Hals zu halten, habe ich mir ein arrogantes, unnahbares Image zugelegt. Keine von denen würde versuchen, irgendwie in mein Bett zu kommen. Aber diese Ruhe vor den weiblichen Fans hat eben ihren Preis.

Zumindest auf Konzerten und bei Bandproben muss ich mich, was meine wahren Interessen angeht, echt zurückhalten."

Allen hört mir aufmerksam zu. „Das verstehe ich tatsächlich. Aber du hast recht, eine kleine Warnung wäre nett gewesen. Ich hatte schließlich nicht vor, dich in Verlegenheit zu bringen."

„Ich war geschockt, weil ich einfach nicht damit gerechnet hatte, dass du so etwas tun würdest ... Aber ich werfe dir nichts vor."

Er lächelt schief. „Trotzdem tut es mir leid."

„Es ist wirklich nicht so, als wäre ich tatsächlich ungeoutet, aber ich will auch auf keinen Fall provozieren, dass die Band irgendwann Ärger bekommt, verstehst du?"

Wieder nickt er. „Ja, ich verstehe. Hier in der Stadt ist die Sache anders?"

„Ja, ein wenig. Wir treten hier zwar auf, aber die meisten Fans denken, wir kommen alle nicht von hier. Vermutlich würde mich auf der Straße auch keiner erkennen."

Zweifelnd legt er den Kopf schräg. „Auch nicht diese Fangirls? Haben die nicht den Hang dazu, immer genau zu wissen, wie ihre Stars aussehen?"

„Mag sein, aber ich schätze, dadurch, dass ich dieses Image habe, bin ich einfach nicht interessant genug."

Er lacht leise. „Dir ist schon klar, dass gerade ein solches Image dich sehr attraktiv machen dürfte, oder? Jeder jagt gern, auch Frauen."

Ich blinzle ihn an. „Du meinst, weil verbotene Früchte immer die leckersten sind?"

„So in etwa."

Der Gedankengang lässt mich auflachen. „Wenn das so wäre, hätte ich seit Jahren keine Ruhe mehr, Allen. Ich denke, ich war recht erfolgreich damit, mein Image aufzubauen."

Das Essen wird gebracht, wir unterhalten uns weiter und ich bringe Allen gegen Mitternacht nach Hause.

Besser ausgedrückt, ich will es, immerhin bin ich heute motorisiert unterwegs.

Aber Allen besteht darauf, dass ich zu mir fahre und er den Weg zu seinem Haus zu Fuß macht.

Irgendetwas von wegen ‚Bewegung nach dem späten Essen', oder so.

Nun ja, wenn er es so will …

Deshalb kann ich einmal mehr aus dem Fenster sehen und ihn beim Weggehen beobachten.

Zu meinem Erstaunen dreht er sich noch einmal um und sieht zum Fenster hoch.

Das hat er bisher nicht getan.

Egal. Ich beschließe, mich hinzulegen.

Eine Bandprobe ist anstrengend, fast genauso sehr wie der eigentliche Auftritt, deshalb lege ich mich hin und schlafe sehr schnell ein.

~ Session?! ~

Mittwoch, nach der letzten Bandprobe vor dem Konzert, noch einen Termin für eine Session mit Allen zu verabreden, war nicht meine allerbeste Idee, aber morgen habe ich keine Zeit.

Ich bin ziemlich erledigt, als ich um 22 Uhr vor Allens Club ankomme.

Diesmal gehe ich sofort hinein und treffe am Empfang auf Sammy.

„Guten Abend Sammy!", grüße ich.

„Guten Abend Ryan."

„Ich bin mit Allen verabredet. Weißt du, wo ich ihn finde?", erkundige ich mich.

Sein missbilligender Blick trifft mich. „*Sir* Allen ist in der Bar. Sollte er noch in ein Gespräch mit einem anderen Master verwickelt sein, wäre es angebracht, ihn nicht zu stören", weist er mich zurecht.

Ich nicke und denke mir meinen Teil.

Ich mag ein Sub sein, aber ausschließlich für Allen und ganz sicher nicht außerhalb von Sessions!

Es wird nichts bringen, dem Empfangschef das zu erläutern, deshalb spare ich mir die Luft.

„Alles klar", sage ich deshalb nur und gehe in Richtung Bar davon.

Natürlich, mir ist bewusst, dass ich Allen hier nicht einfach überfallen darf, und auch, dass ich zurückhaltend agieren sollte, wenn andere Doms anwesend sind.

Immerhin will ich Allens Autorität nicht unterwandern.

Deshalb hänge ich meine Jacke an die Garderobe am Eingang zur Bar und gehe weiter zur Theke.

Ich bestelle mir eine Cola und setze mich auf einen der Barhocker seitlich des Tresens. Von hier aus kann ich mich umsehen und finde Allens große Gestalt tatsächlich an einem der Tische.

Ihm gegenüber sitzt eine eindeutig als Domina zu identifizierende Frau, die einen geknebelten Sklaven an einer Leine hält.

Der Sub kniet auf allen vieren neben ihr und sie krault sein spärliches Kopfhaar.

Ich versuche, mir vorzustellen, ich wäre an seiner Stelle, doch das ist irgendwie undenkbar.

Vielleicht ist es ganz gut, mich hier mal gründlicher umsehen zu können, ohne dass Allen bei mir sitzt und mich ablenkt.

Was ich zu sehen bekomme, während ich gemütlich meine Cola leere, ist zum Teil echt befremdlich für mich und weckt Unbehagen.

Sicher, auch am vergangenen Wochenende habe ich hier schon – für mich – absonderliche Gestalten gesehen, aber nie hatte ich so viel Muße, darüber länger nachzudenken.

Der Club hat noch ein paar Stunden lang geöffnet, entsprechend gut besucht ist auch die Bar.

Neben eindeutigen Fetischisten – Leder, Lack, Latex – gibt es schrille Drag Queens, jede Menge Sklaven und eindeutig als solche zu erkennende Subs, ein paar Doms, die zum Teil in Designeranzüge oder wie Allen, in Lederhosen und hautenge Shirts gekleidet sind.

Bunt gemischt also.

Ich werfe einen verstohlenen Blick an mir hinab und grüble, wie man mich wohl einstufen wird.

Da ich mit dem Bike hergekommen bin, trage ich eine schwarze Lederhose und ein hautenges Longsleeve.

Schließlich komme ich zu keinem Ergebnis.

„Na, Süßer? Du bist neu hier, oder?", spricht mich eine Frau an, deren Outfit ich spontan in die Kategorie ‚Domina' packe.

Ihr langes, enganliegendes Kleid aus schimmerndem, schwarzem Samt ist hochgeschlitzt und wirkt echt edel. Keinesfalls, so vermute ich, würde eine Sklavin so herumlaufen. Das Kleid verhüllt einfach zu viel.

Sklavinnen tragen eher wenig bis nichts, wobei ich ein Harness und Ouvert-Hotpants als ‚nichts' einstufe.

Ich beende meinen schnellen Blick an ihr hinab und lächle. „Ja, bin ich. Wieso fragst du?"

Sie schürzt die Lippen und mustert mich genau. „Weil ich überlegt habe, welcher Verrückte dich allein hierher kommen lassen würde."

Das verleitet mich zu einem Stirnrunzeln. „Wieso?"

Sie lacht fröhlich und streckt mir die Hand hin. „Ich bin Madame Linda."

Ich ergreife sie. „Ryan."

Sie hebt erstaunt ihre akkurat gezupften Augenbrauen. „Was denn? Nicht Herr, *Sir*, *Monsieur* oder *Master*?"

„Nein", antworte ich wahrheitsgemäß und begreife, zu welchem Schluss sie gekommen sein muss.

„Nun, dann wird meine Frage von eben sogar noch akuter. Wer würde denn einen derart gutaussehenden Sub hier allein lassen, wenn er auch nur halbwegs bei Verstand ist?!"

Ihre Theatralik amüsiert mich.

„Ich könnte es dir verraten, aber vielleicht mag ich es, ein Geheimnis zu haben ... oder gar eines zu sein", gebe ich lächelnd zurück.

Sie lacht auf. „Gut pariert, Ryan. Aber nun ist dein Geheimnis keines mehr. Ich kenne nur einen, der seinem Sub erlauben würde, so mit anderen Doms zu reden."

„Verzeihung, falls ich dir damit zu nahe getreten bin. Ich schätze, ich habe da noch gewisse Dinge zu lernen."

„Nicht, wenn du wirklich Allens neuer Spielgefährte bist. Aber das wirst du schon merken." Sie zwinkert mir verschwörerisch zu.

Ich würde ihr ja gern noch eine Frage dazu stellen, doch die Zeit bleibt mir nicht.

Allen kommt auf uns zu und grinst.

„Na, Linda? Versuchst du gerade, dich bei mir unbeliebt zu machen?"

„Natürlich, Allen! Du kannst doch dieses Juwel nicht einfach verschweigen!"

„Ich kann. Und ich wäre dir sehr verbunden, wenn es dabei bliebe", erwidert Allen unmissverständlich, bevor er sich mir zuwendet, und ich feststelle, dass ich für seine Umarmung erstaunlich dankbar bin. „Hallo Ryan."

Erst jetzt wird mir bewusst, dass es mir nicht behagt hat, wie Frischfleisch oder ein Spielzeug ohne eigenen Willen angesehen zu werden.

„Hallo Allen", erwidere ich und schmiege mich unwillkürlich an ihn.

Auch wenn Madame Linda unmissverständlich erklärt hat, dass sie weiß, wer mein Dom sein muss, habe ich mich sehr unwohl gefühlt.

Vielleicht sogar schutzlos, ich kann es nicht genau erklären, weiß lediglich, wie gut mir seine körperliche Nähe augenblicklich tut.

Er bemerkt mein Verhalten natürlich und lässt mich nicht los.

„Na, wenn das so ist ..." Linda wendet sich nach einem knappen Nicken ab und kehrt an einen Tisch zurück.

Mein Blick folgt ihr, bis Allen sich zu mir beugt und mich küsst.

Ich keuche erstaunt, dann erwidere ich das Spiel seiner Lippen und lasse seine Zunge ein.

Verdammt, wieso schießt so ein simples Geknutsche mir direkt in den Leib?

Hitze breitet sich aus, hinterlässt einen Schwelbrand in meiner Brust.

Kann ich es wirklich auf die Vorfreude schieben?

Immerhin werden wir in absehbarer Zeit in der Suite abtauchen und ich werde zum zweiten Mal diesen unheimlich geilen Kontrollverlust erleben.

Mein Körper vibriert schon beim Gedanken daran!

Automatisch schmiege ich mich an ihn und schlinge meine Arme um seinen Hals.

„Wenn ihr keine Live-Show bieten wollt, solltet ihr euch ein Zimmer suchen." Die männliche Stimme erschreckt mich und ich will unseren Kuss unterbrechen, aber Allen hält mich fest.

Keine Ahnung, wer uns angesprochen hat, aber offenbar ist es meinem Dom scheißegal.

Unser Kuss hält lange an, ich vergehe vor Wärme in mir, will nicht, dass Allen aufhört, mich so an sich zu pressen und mir mit diesem Kuss zu zeigen, wem ich gehöre.

Denn das tue ich. Jetzt, in diesem Moment, bin ich sein.

Dazu benötigt er kein Halsband, keinen Stempel, der mich als sein Eigentum ausweist.

Es sind sein Geruch, sein Geschmack, seine Wärme und die unwiderstehliche Anziehungskraft, die er auf mich ausübt.

Allein dadurch bindet er mich in diesen endlosen Augenblicken an sich.

Schließlich unterbricht er unsere Verbindung doch noch und hebt den Kopf, um den Störenfried anzusehen. Auch ich wende den Kopf.

„Micha, wenn ich gestört werden will, sage ich es dir!"

Michael, der Dom, dem ich neulich zusehen durfte, sieht grinsend zwischen uns hin und her.

„Na, da hat es aber schnell gefunkt zwischen euch", sagt er und erntet ein tiefes Grollen von Allen.

Das Grinsen unseres Gegenübers verschwindet abrupt. „Entschuldige. Trotzdem solltet ihr sehen, dass ihr in irgendein Zimmer kommt. Selbst mein eigentlich hundemüder Tiger hat euch beobachtet und wollte gleich wieder in den blauen Salon."

Ich blinzle und sehe an Michael vorbei.

Tiger, dessen echten Namen ich noch immer nicht kenne, steht vollständig bekleidet hinter seinem Partner und lächelt mich an.

Unwillkürlich erwidere ich es.

„Wenn wir nicht spielen, heiße ich Lars. Freut mich, dich kennenzulernen", sagt er und streckt mir seine Rechte hin.

„Ich bin Ryan." Ich sehe kurz fragend zu Allen. „Bisher bin ich *immer* Ryan."

Ich hebe die Schultern und grinse.

„Wir werden gemeinsam überlegen, ob du einen Spielnamen benötigst, sobald wir wissen, dass du das alles wirklich willst", erklärt Allen.

„Klingt gut", sage ich und lehne mich in Allens Arme. Es tut einfach gut, das zu machen.

Er scheint das ähnlich zu sehen, sofort gleiten seine Hände von meinen Seiten über meinen Bauch und ziehen mich fester an seine Brust.

Lars nickt Michael zu, beide beobachten uns sehr genau.

Was sehen sie, wenn sie uns so mustern?

„Okay, wir müssen los. Bis demnächst!", verabschiedet sich Michael von uns, und Lars schließt sich ihm an.

„Bis bald. Würde mich freuen, wenn du öfters hier bist, Ryan."

Ich erwidere, ebenso Allen.

Dann drehe ich den Kopf zu ihm und sehe ihn fragend an.

„Na komm, lass uns spielen gehen."

Diesmal betreten wir die Suite gemeinsam, und ich hege den Verdacht, dass dieser Raum ausschließlich für Allen eingerichtet wurde und auch nur von ihm genutzt wird.

„Hat das Spiel schon begonnen, Sir Allen?", frage ich vorsichtig, weil ich unsicher bin.

„Nein. Ich wollte nur Michaels Rat befolgen, und die Bar verlassen. Er hat recht. Ich sollte solche Dinge nicht dort tun."

„Solche Dinge?" Klar, seine Andeutungen machen mich neugierig, aber mir ist durchaus bewusst, dass er nichts sagen wird.

Er lächelt mich an und kommt auf mich zu. Seine Hand gleitet in meinen Nacken und seine Lippen liegen wieder an meinen.

Dieser Kuss ist genauso intensiv wie der letzte.

Ich seufze in seinen Mund, genieße das atemlose Spiel unserer Zungen und sinke erneut gegen ihn.

Scheiße, so weich und anschmiegsam bin ich nicht!

Oh, doch! Bei Allen.

Diese Art, mich zu küssen, meint er also, wenn er ‚solche Dinge' sagt?

Sehr geil!

Bereits in der Bar sind meine Lenden nachhaltig erwacht, doch erst jetzt reibe ich meine Erektion an Allen.

Seine zweite Hand gleitet von meinem Rücken zu meinem Arsch, er presst mich noch fester an sich und erwidert die Bewegung mit einem grollenden Stöhnen.

Der Ton lässt mich zittern und explodiert als greller Funkenschlag in meinem Kopf.

„Ich will dich", raunt er gegen meine Lippen.

Ich stöhne auf und nicke, soweit möglich.

Mit kleinen Schritten führt er mich rückwärts, weiter in den Raum, bis mein Hintern gegen etwas prallt.

Uff!

Allen nimmt Abstand und seine Hände gleiten zu meinem Hosenbund, ziehen das Longsleeve nach oben. Augenblicke später landet es irgendwo, ich habe keine Zeit, seine Flugbahn zu verfolgen.

Ob ich ihm das Shirt auch einfach abstreifen darf?

Er hat gesagt, wir spielen noch nicht, dann müsste ich es doch dürfen, oder?

Schon nesteln meine Finger daran herum und ich spüre wieder diese explodierende Hitze in mir, als er die Arme über den Kopf hebt, damit ich es ihm ausziehen kann.

Sobald es meine Hände verlassen hat, lehnt Allen sich gegen mich.

Seine warme Haut, die darunter spielenden Muskelstränge, sein Duft – ich bin innerhalb von Sekunden jenseits von Gut und Böse.

Wieder küssen wir uns, diesmal nur kurz. Allens Hände gleiten über meinen Rücken, eine schiebt sich tiefer unter meinen Hosenbund und er knurrt auf, als er seine Finger in meinen Hintern krallt.

Mein Stöhnen gefällt ihm, das steht außer Frage.

Ich fummele an den Knöpfen seiner Lederhose, spüre darunter die harte Schwellung seiner Lenden und bin jede Sekunde in höchster Alarmbereitschaft – nur für den Fall, dass ich meine Grenzen gerade überschreite.

Sein Mund wandert hungrig zu meinem Hals, hinterlässt eine feuchte Spur auf meiner Haut.

Mein Atem ist abgehackt, rasselnd.

Wenn er so weitermacht, verliere ich schlichtweg den Verstand!

Seine Präsenz ist so allumfassend, dass ich an nichts anderes mehr denken kann. Nur an ihn.

„Bitte!", keuche ich.

Er lässt sich Zeit mit einer Reaktion, knabbert an den Sehnen meines Halses, leckt über mein Ohr, lässt mich schaudern und stöhnen.

Schließlich murmelt er: „Bitte was?"

Ich muss schlucken, bevor ich sprechen kann. „Bitte hör nicht auf!"

Sein Lachen, das Blitzen in seinen Augen, als er den Kopf hebt, um mich anzusehen.

„Sehe ich aus, als würde ich aufhören wollen?"

Meine Finger haben die Knöpfe seiner Lederhose endlich überwunden.

Gar nicht so leicht, wenn man vor Gier zittert ...

Meine Hand schiebt sich in seine Trunks, gleichzeitig sehe ich ihn an.

„Bin ich zu frech?" Muss ich fragen, oder?

„Wenn du jetzt damit aufhörst, muss ich dich bestrafen", raunt er und lässt mich schaudern.

Ich umfasse seinen Schwanz, befreie ihn endlich von den Stofflagen und genieße den Anblick, den er mir bietet.

Allen lässt stöhnend den Kopf in den Nacken fallen, sein Adamsapfel wippt, ich strecke mich, um darüber zu lecken und spüre die Vibration, die ihn heimsucht.

Verdammt, ich fürchte, er könnte alles tun, nichts tun, meine Haltung zu ihm würde sich nicht ändern.

„Ich glaube, das würde mir gefallen", murmele ich.

Bevor ich meine Überlegungen in die Tat umsetzen und seinen Schwanz loslassen kann, beißt er mir ins Ohr.

„Wag es nicht, Ryan." Sein grollender Ton kippelt leicht.

Wenn ich das richtig verstehe, hat er ziemliche Mühe, sich unter Kontrolle zu halten.

Wie zeige ich ihm, dass ich ihn will? Dass ich ihm gehöre, wenn er nur will?

Es zu sagen, widerstrebt mir.

Ich biete ihm meinen Hals, stöhne ungehemmt und lasse meine Hand aufreizend langsam über seinen Schwanz gleiten.

Er keucht auf und zieht sich zurück.

Mein Murren verfolgt ihn, während er zu einem Regal neben dem Bett geht, und darin herumkramt.

Ich springe von der Massageliege und beuge mich herunter, um meine Stiefel loszuwerden, kicke sie einfach unter die Liege und will gerade meinen Reißverschluss öffnen, als er meine Handgelenke umfasst und sie von meinem Hosenbund wegzieht.

„Warte", sagt er, und ich sehe, dass er ein paar Sachen auf der Liege verstaut hat.

Ein Pumpspender mit Gleitgel und zwei Gummis.

Ein heftiger Schauder durchläuft mich und ich sehe zu ihm hoch.

„Heute werde ich dich ausziehen", erklärt er und lässt meine Hände los, um sich um meine Hose zu kümmern.

„Das ist gut", erwidere ich angespannt.

Es dauert nicht lange, dann schiebt er sie hinab, und ich steige aus den Hosenbeinen.

Sein zufriedenes Knurren gefällt mir – ich habe heute ganz bewusst auf meine Pants verzichtet.

„Heute werden wir nicht spielen."

Seine Feststellung erregt mich. Verrückt, aber offensichtlich ist es vollkommen egal, was Allen mit mir anstellt, solange er letztlich Sex mit mir hat.

„Was immer du willst."

Ganz kurz blitzt in meinem Kopf die Frage auf, wozu mich das macht, doch ein Wimpernschlag wischt sie fort und ich kann nichts weiter tun, als mich wieder an Allen zu schmiegen.

Er küsst mich, streichelt über meinen Arsch, kneift in die Backen und zieht sie leicht auseinander. Seine Finger gleiten in meinen Spalt, finden meinen zuckenden Eingang und reizen ihn durch feste Striche.

Ich stöhne laut in seinen Mund, habe Mühe, mich auf den Beinen zu halten.

Vielleicht auch deshalb dreht Allen mich herum, bis ich zur Liege blicke, und lehnt mich vornüber auf das Kunstleder. Meine Unterarme und meine Brust treffen auf das kühle Material, ich zucke leicht zusammen, aber es dauert nicht lange, bis ich mich gewöhnt habe.

„Halt dich am Rand der Liege fest", sagt er, und ich greife sofort um die Kante.

Kurz unterbricht er sein Treiben an meinem Eingang, und als er zurückkehrt, verteilt er Gleitgel daran. Das Nächste, was ich spüre, ist seine pralle Eichel, die sich gegen meine Muskeln drängt.

Ich atme tief durch, will mich für ihn entspannen, ihm das Eindringen erleichtern.

Seine Hand streicht beruhigend über meinen Rücken, als er den Druck erhöht.

„Du hast keine Ahnung, wie schön du bist", murmelt er.

Ich weiß nicht mit Sicherheit, ob ich richtig gehört habe. Zu laut rauscht das Blut durch meine Adern, zu wild peitschen die Hormone durch meinen Leib.

„Bitte, Allen! Bitte!", bringe ich heraus.

Er antwortet ohne Worte, indem er sich tiefer in mich schiebt.

Wir stöhnen zeitgleich auf, ich bewege mich auf ihn zu, will ihn tiefer in mir, ganz.

Ich habe keine Worte mehr für das, was ich fühle.

Noch nie habe ich mich jemandem so hingegeben wie ihm, noch nie habe ich mich zugleich so ausgeliefert und behütet gefühlt.

Wir finden einen gemeinsamen Rhythmus, treiben uns auf einer Welle weiter hinauf, bis wir laut schreiend unserer Lust erliegen.

Allen hat meinen Schwanz dafür nicht einmal anfassen müssen.

Keuchend stütze ich mich auf der Liege ab, weil ich keine Kraft mehr habe. Ich weiß nicht, wie lange er mich ins Nirwana gefickt hat, aber ich genieße die satte Mattigkeit sehr, mit der er sich über mich lehnt und mich umfängt.

Sein Kuss trifft zwischen meine Schulterblätter, wandert federleicht höher zu meinem Nacken.

Mit einem verwirrten Blinzeln wird mir klar, dass das hier alles, aber kein BDSM-Sex war.

Das war …!

Es dauert, bis er sich aufrichtet und mich mit sich zieht, mich umdreht und ich an seine Brust sinken kann.

Plötzlich gerät er wieder in Bewegung, beugt sich herab und Augenblicke später steht meine Welt Kopf.

Allen hat mich einfach über seine Schulter geworfen und marschiert mit mir zum Bett.

Dort legt er mich ab und streift das Kondom ab, um mich anschließend ernst zu mustern.

Sein Blick gleitet über meine nackte Gestalt, ich kann ihn nicht deuten, aber es fühlt sich auch dieses Mal nicht falsch an.

Auch wenn ich jetzt keinerlei Kleidung trage, sind Allens Blicke angenehmer als jene von Madame Linda, obwohl ich derzeit vollständig bekleidet war.

„Verrückt", murmele ich und wünsche mir insgeheim, dass er sich zu mir legt.

Leider tut er das nicht.

Stattdessen holt er meine Sachen zum Bett und legt sie neben mir ab, danach holt er seine Kleidung und zieht sich mit fahrigen Bewegungen an.

Zugegeben, er verwirrt mich!

Es liegt mir auf der Zunge, zu fragen, was ich falsch gemacht habe, aber mir fehlt der Mut dazu.

Was, wenn er sagt, dass wir das hier oder eben alles andere nie wieder tun werden?

Was, wenn ich ihn damit provoziere, mir zu sagen, wie schlecht ich als Sub bin?

Ich schließe die Augen und schlucke mehrfach, bevor ich mich aufsetze und in meine Kleidung schlüpfe.

Die Stiefel suche ich mir selbst zusammen und steige hinein.

Unschlüssig warte ich ab, ob er noch etwas sagt.

Als er es tut, wünsche ich mir, er hätte es gelassen.

„Wir sehen uns übermorgen."

Ja, das Konzert.

„Bis dann", zwinge ich mich zu sagen, und verlasse die Suite so schnell ich kann, ohne zu rennen.

Garderobe, Jacke, nach draußen. Helm aufsetzen und los.

Ich kann hier nicht bleiben, will hier nicht bleiben.

Anstatt nach Hause zu fahren, wie ich es besser tun sollte, biege ich vorher schon ab und nehme eine der Ausfallstraßen, um die Stadt zu verlassen.

Keine Ahnung, wohin ich fahren soll, aber ich muss weg, den Kopf freibekommen und das Gedankenkarussell anhalten.

~ Fluchtprogramm ~

Irgendwann spät in der Nacht lasse ich die Maschine im Hof hinter dem Haus ausrollen und gehe in meine Wohnung.

Kaum dort angekommen, zerre ich mir die Jacke herunter und leere ihre Taschen.

In ihnen sind mein Handy und meine Papiere.

Das Display des Smartphones verrät mir, dass ich mehrere Anrufe und einige Nachrichten verpasst habe.

Der letzte Anruf ist erst eine Minute her. Ich sehe auf die angezeigte Uhrzeit.

Wow, schon nach drei!

Allen hat angerufen, insgesamt zehnmal.

Ich frage mich nur, wieso!

Immerhin hat er gesagt, dass wir uns am Freitag sehen werden. Was will er also jetzt von mir, wo er eigentlich davon ausgehen müsste, dass ich friedlich schlummernd im Land der Träume liege?

Bevor ich die Anrufliste aufrufe und mir überlege, ob ich zurückrufen muss, schaue ich in den Messenger, um die eingegangenen Nachrichten zu checken.

Oh Wunder! Auch fast alle von Allen.

Eine ist von Manni, in der er mich fragt, ob ich ihn am Freitag abholen und mitnehmen kann.

Darauf antworte ich ganz sicher erst morgen.

Nun die Nachrichten von Allen ...

> *Bist du gut zu Hause angekommen?*

> *Ryan?*
> *Würdest du bitte Bescheid geben?*
> *Ryan, ich stehe bei dir vorm Haus, wo bist du?!*
> *Ich erwarte von dir, dass du dich meldest, wenn du wieder da bist!*
> *Ryan!*

Ich seufze und überlege ernsthaft, was ich jetzt tun soll. Was er von mir erwartet?

Aber das sagt er ja, ich soll mich melden …

Dabei hat er nur die winzig kleine Tatsache verdrängt, dass ich mich gerade nicht in seinem Club, geschweige denn in der Suite befinde!

Er kann erwarten, was er will, ich bin nicht sein Eigentum!

Oh, Moment mal … vor ein paar Stunden war ich das aber noch – sehr freiwillig, übrigens!

Aber jetzt?

Nein, das geht zu weit.

Ich beginne zu tippen und achte peinlichst genau darauf, nicht aus Versehen schon auf ‚Senden' zu tippen, bevor ich fertig bin.

> *Allen, ich bin unterwegs gewesen. Das ist mein gutes Recht und ich bin, wie du dich vielleicht erinnerst, niemandem Rechenschaft schuldig.*

Zudem fand ich dein Verhalten vorhin nicht gerade witzig. Ich weiß nicht, was ich wieder falsch gemacht habe, aber es muss echt krass sein, wenn du mich dafür derart mies behandelst!

Das während einer Session zu tun, ist vollkommen okay für mich, mehr noch, es macht mich an!

Aber nach einem Fick so zu tun, als wäre ich ein billiger Stricher, vor dem du dich ekelst, nachdem du ihn mal schnell durchgenommen hast, ist inakzeptabel!

Vielleicht wäre es besser, wenn wir das Ganze vergessen.

Die Grenzen dessen, was Spiel ist und was nicht, sind heute Abend sowieso sehr merkwürdig verschwommen.

Ich lese den Text noch einmal durch und tippe ganz bewusst auf ‚Senden'.

Scheiße!

Hätte ich ihm sagen sollen, dass er mich in Ruhe lassen muss?

Egal, ich werde sehen, wie er nun reagiert …

Sobald ich mich komplett ausgezogen habe, gehe ich ausgiebig duschen und schleiche anschließend ins Bett.

Müde genug bin ich ganz sicher, aber innerlich noch immer so aufgewühlt, dass ich nicht weiß, wie lange ich noch in die Dunkelheit meines Schlafzimmers starren soll, bis mir die Augen endlich zufallen.

~*~

Da ich heute ein paar Verabredungen habe, kann ich leider nicht großartig ausschlafen.

Mein Teamchef hat einen Termin angesetzt, damit ich die neue Rennkombi anprobieren kann. Sollten vor Saisonbeginn noch Änderungen nötig sein, müssen sie bald gemacht werden.

Helm und Kombi sind zwar so oder so in den Teamfarben gehalten, aber dazu kommen noch die Aufdrucke und Sticker der Sponsoren, die mich dieses Jahr unterstützen.

Einer der Gründe, wieso ich jede Saison eine komplett neue Ausrüstung habe.

Mit dem Team treffe ich mich also gegen Mittag, das wird alles in allem ein paar Stunden dauern, anschließend muss ich zu meinen Eltern, weil ich mit ihnen zum Abendessen verabredet bin, und danach gehe ich mit Manni ins Kino.

Dieser lange geplante Kinobesuch ist auch der Grund, wieso weder Zeit für Bandproben noch für Allen ist.

Finde ich auch ganz gut so, denn irgendwie bin ich sauer.

Er hat mich, das ist mir während meiner stundenlangen Motorradtour aufgegangen, wirklich behandelt wie einen kleinen Stricher.

Und das ist fraglos etwas, das ich mir in hundert Jahren nicht bieten lassen muss!

Trotzdem verspüre ich beim Aufstehen eine gewisse Unzufriedenheit, weil Allen es nicht für nötig gehalten hat, auf meine Nachricht zu reagieren.

Keine Anrufversuche, keine neuen Texte.

Ja, ich gebe es zu, das enttäuscht mich sogar.

Vor allem, weil ich wirklich gern wüsste, wieso er denkt, ich hätte sein Verhalten verdient.

Nach dem Frühstück mache ich mich auf den Weg ins Ruhrgebiet. Mein Teamchef Johannes – kurz Jojo – besitzt neben einer Werkstatt und einem Geschäft für Motorradbekleidung eben auch das Team, dessen Teil ich bin.

Treffen mit ihm finden daher immer auf dem Firmengelände statt.

Als ich gegen Mittag mit meinem Wagen – einem Ford Pickup – vor dem Laden halte, werde ich fröhlich begrüßt.

Johannes ist ein netter Kerl, so ein wenig die Vaterfigur für den Rennstall.

Meine Mitstreiter sind allesamt jünger als ich, weshalb ich zu einer Art großem Bruder mutiere, sobald wir uns treffen.

Entsprechend ist das Team so etwas wie eine zweite Familie geworden, und zwar nicht erst, seitdem ich zum Stammpersonal gehöre.

Johannes und seine Frau Mandy, aber auch deren Bruder Richard sind immer für uns da und organisieren alles.

Vom Transport der Ausrüstung zu den Rennstrecken über das Aushandeln von Sponsorenverträgen und das Managen unserer Pressetermine.

Es ist sehr angenehm, keinen zusätzlichen Agenten oder Manager zu brauchen, da es wieder mindestens eine Person mehr wäre, die in die Maschinerie eingebaut werden müsste.

Dadurch, dass unser Team sich um alles kümmert, können wir das tun, was wir wollen: Rennen fahren!

Die Stunden mit den anderen Fahrern vergehen wie im Flug.

Wir albern über die neuen Uniformen, fachsimpeln über unsere Maschinen und essen gemeinsam, bevor wir uns wieder auf den Weg machen.

Zwei der neuen Teammitglieder sind gerade aus anderen Teilen Deutschlands hergezogen, um sich lange Anfahrtswege zu ersparen.

Darüber habe ich damals auch nachgedacht, konnte mich aber nicht dazu durchringen, meine Heimatstadt ganz hinter mir zu lassen.

Ich weiß nicht, woran es liegt, vielleicht an meiner Familie, die ich – bedingt durch die Auftritte und Rennwochenenden, Trainingseinheiten und andere Aktivitäten – nur innerhalb der Woche besuchen kann.

Jedenfalls kehre ich gutgelaunt nach Hause zurück und beschließe, noch ein wenig zu shoppen, bevor ich bei meinen Eltern auftauchen muss.

Sie leben in einer Vorort-Siedlung, in der ich aufgewachsen bin. Jeder dort kennt mich, egal ob in meinem Alter oder aus der Großelterngeneration.

Da ich ziemlich gern mal shoppen gehe, wandere ich beschwingt durch die Fußgängerzone, die nah an meinem Wohnhaus beginnt, und durchforste meine Lieblingsläden nach geeigneten Klamotten für mich.

Für den morgigen Auftritt will ich nach einer neuen Lederhose suchen. Vielleicht finde ich ja was Passendes.

Deshalb steuere ich als erstes meinen Lieblings-Grunge-Laden an.

„Hey Ryan, was macht die Kunst?", werde ich prompt begrüßt und grinse Castro, unseren Bassisten, schelmisch an.

Er arbeitet hier, weil er der Meinung ist, dass man nie schnell genug über neue Trends in der Musikszene, die auch wir bedienen, informiert sein kann.

„Hey Castro, ich suche 'ne coole Lederhose und, wenn du hast, auch ein oder zwei neue Shirts."

„Hm, bei den Hosen wird's schwierig, wir haben zwar neue Lieferungen reinbekommen, aber el Cheffe meinte, wir sollten mal vom langweiligen Braun und Schwarz wegkommen. Die ganzen coolen Teile mit Extraschnürungen und Ziernähten sind deshalb jetzt weinrot, dunkelblau oder dunkelgrün."

Er zieht eine Grimasse, während er mir die Stapel der neuen Waren zeigt.

„Find ich eigentlich ziemlich geil. Die Roten sehen cool aus. Hast du meine Größe da?"

Er schürzt die Lippen und klappt den Stapel Hose für Hose durch. Es sind jeweils nur vier oder fünf Modelle plus die, die bereits an einer Schaufensterpuppe sitzt.

„Ja, hier. Meinst du, das ist das Richtige?" Zweifelnd sieht er mir nach, als ich damit in der Umkleidekabine verschwinde.

„Mit einem schwarzen Shirt bestimmt."

Er versteht den Wink und reicht mir, während ich mich aus meinen Klamotten schäle, bereits zwei verschiedene Shirts durch den Vorhang.

Ich lege sie auf den Hocker in der Kabine und schlüpfe zuerst in die Hose.

Da sie noch nie getragen wurde, ist das echte Leder noch ein wenig steif und die Schnürungen sind noch nicht perfekt, aber irgendwie gefällt mir die Farbe richtig gut.

Nun also die Shirts.

Das erste ist ein langweiliges mit einem Totenkopf darauf, aber das andere gefällt mir.

Superkurze Ärmel, hauteng geschnitten, auf der Brust ein silberfarbener Aufdruck ‚ROCK the World'.

„Scheiße, sieht das geil aus!", jubele ich und trete aus der Kabine, um mich vor einem der größeren Spiegel zu betrachten.

Selbst Castro scheint zufrieden. Jedenfalls nickt er immer wieder vor sich hin.

„Und? Was sagst du?"

„Sieht erstaunlich gut an dir aus. Und die Mädels werden wieder fluchen, dass sie bei dir keine Chance haben ..." Er kichert. „Zieh mal deine Boots an, dann mache ich dir die Schnürungen passend."

Castro weiß natürlich, dass ich schwul bin, aber er hatte nie Berührungsängste deswegen. Liegt vielleicht daran, dass die Band sich bereits während der Schulzeit zusammengefunden hat.

Nun kniet er halb neben mir und schnürt die seitlich eingearbeiteten Lederbänder so, dass diese affengeile Hose schließlich perfekt sitzt.

„Okay, Outfit für morgen Abend gefunden", verkünde ich und ernte ein Lachen.

„Bin gespannt, was die anderen dazu sagen. Manni fand die bunten Lederhosen ‚zu schwul', aber wenn ich ehrlich bin, sehen sie an dir nicht tuntig aus."

„An mir würde auch ein rosa Fummel nicht tuntig aussehen, Castro, das weißt du genau", erwidere ich kichernd.

Manni hat im Gegensatz zu mir ständig Sorge, man könnte ihm seine sexuelle Gesinnung irgendwie ansehen.

Ist voll albern, aber auch endlose Gespräche haben ihn dahingehend nicht kuriert.

„Stimmt. Und wenn ich dich jetzt so mit der Hose sehe, frage ich mich, ob so was an mir nicht doch besser aussieht, als ich bisher dachte ...", sinniert er.

„Das kannst du nur ausprobieren. Wenn du dich unwohl fühlst, ist es keine gute Idee, aber ich wollte mal wieder was Neues und da kommt mir der Farbwahn deines Chefs gerade sehr entgegen."

„Ja, verständlich. Willst du sie gleich anbehalten, um sie ein wenig einzulaufen?"

Ich überlege kurz und entscheide mich schließlich dagegen. Das kann ich morgen im Laufe des Tages noch tun, wobei sie jetzt, seitdem ich sie anhabe, schon deutlich weicher geworden ist.

Körperwärme macht da ja eine Menge aus.

„Nein, ich muss gleich zu meinen Eltern. Ich denke, ich hebe sie mir wirklich für den Auftritt auf."

„Da die Nähte alle abgedeckt verarbeitet sind, dürftest du ohne Scheuerstellen auskommen."

„Cool, dann lass mich schauen, was du noch an Shirts anzubieten hast. Gleicher Schnitt wie das hier", sage ich und deute auf meine Brust.

Letztlich verlasse ich die Grunge-Boutique mit einer großen, schweren Tragetasche, in der sich neben der endgeilen Lederhose auch drei neue Shirts tummeln. Allesamt schwarz mit unterschiedlichen Aufdrucken.

Mein Portemonnaie ist dagegen entschieden leichter geworden – auch mit Stammkundenrabatt habe ich knappe vierhundert Euro bezahlt.

Macht aber nichts, ich kaufe mir mehrmals im Jahr neue Lederhosen, und man zahlt nun mal für gute Verarbeitung und hochwertiges Material.

Während ich mit meiner Beute zufrieden weiter durch die Fußgängerzone stiefele, überlege ich ganz kurz, was Allen wohl von der roten Hose halten wird.

Wobei ich nicht sicher bin, ob er morgen Abend überhaupt auftauchen wird.

Bisher hat er immer den Anschein erweckt, meine Entscheidungen wären ihm wichtig und er würde sich daran halten.

Schon beim ersten Gespräch im Park hatte ich den Eindruck, dass es ganz bei mir liegt, was ich will und wie ich es will.

Die sofort wieder aufsteigende Wut bringt mich schnell von diesen Gedanken an ihn ab.

Er hat sich schlichtweg mies verhalten, und das werde ich ihm ganz sicher nicht einfach so verzeihen!

Ein Café zu meiner Linken wird mein nächstes Ziel.

Ich bestelle einen großen Cappuccino und verzichte auf den Kuchen, weil ich bald zu meinen Eltern muss.

Wie jeden Donnerstag wird meine Mutter fürstlich auffahren, damit ich auch ja einen Grund habe, morgen Vormittag in mein angestammtes Fitnessstudio zu rennen ...

Ich grinse vor mich hin, weil ich weiß, dass sie es nur macht, um mir zu zeigen, wie wichtig ich ihr bin.

Da ich einkaufstechnisch so erfolgreich war, mache ich mich nach dem Cappuccino auf den Heimweg und fahre wenig später in den Vorort, in dem meine Eltern leben.

Schon als ich vor der Haustür stehe, rieche ich durch das angekippte Küchenfenster nebendran die Essensdüfte.

Scheiße, niemand kocht so gut wie meine Mutter, egal wie viele Top-Restaurants ich noch ausprobieren werde.

Mein Vater öffnet mir die Tür und unser Familienhund Luzifer – ein weißer Schweizer Schäferhund – springt mir sofort entgegen.

Ich gehe auf die Knie und kuschle das wollige Untier.

„Hallo Paps, sorry, aber wenn Luzi sich schon so vordrängelt ..."

Mein Vater lacht fröhlich. „Das macht er doch immer. Komm rein, vielleicht erlaubt er dann, dass du wenigstens deine Mutter ordnungsgemäß begrüßt."

Ich erhebe mich und schiebe den Hund vor mir her in den Hausflur.

„Hallo Mama!", rufe ich und hänge meine Jacke an die Garderobe, bevor ich zu ihr in die Küche gehe.

„Hallo mein Schatz!", begrüßt sie mich mit einer dicken Umarmung.

Meine Mutter ist, nun ja, eine ziemliche Matrone. Breit, pausbäckig, immer gut aufgelegt und höchstens einsfünfundsechzig groß.

Ich liebe sie heiß und fettig!

Hin und wieder versucht sie, ein wenig abzunehmen, aber meistens geht das nach hinten los.

Trotzdem trägt sie sehr coole Klamotten und sieht für ihre 48 Jahre verdammt gut aus.

Mein Vater ist eher der schlanke Typ, von dem ich wohl auch meine Größe und die Statur geerbt habe. Er hat es mir sehr schwer gemacht, als Jugendlicher wirklich zu rebellieren, denn wenn ich das Gegenteil von ihm sein wollte, müsste ich ein pullundertragender Bügelfalten-Nerd sein.

Ich kichere bei dem Gedanken.

Tja, meine Eltern sind beide ziemliche Rocker. Hauteng Jeans oder auch mal Lederhosen, T-Shirts mit Band-Aufdrucken – ich kann mich wirklich nicht beschweren.

Mit den beiden würde ich jederzeit in eine Rock-Disko gehen, ohne mich für sie zu schämen.

De facto haben sie mich auf den Trip gebracht, Festivals und Konzerte zu besuchen. Vielleicht damit, dass sie mich von klein auf überall mit hingeschleppt haben.

Mein Vater sieht ein bisschen aus wie eine Mischung aus Jon Bon Jovi und Bono. Kurzes Haar, trainiert, irgendwie sexy, denke ich.

Zumindest behauptet meine Mutter das immer, wenn sie von Erlebnissen von früher berichtet.

„Wie spät sollen wir morgen Abend da sein?", erkundigt sich mein Vater.

Klar, die Musik, die ich mache, hören meine Eltern ziemlich gern, weshalb ich meine beiden größten Fans in Sachen Hobby und Beruf in meinem engsten Familienkreis finde.

Es gibt nicht viele Rennwochenenden, an denen sie abwesend sind, und bei den Konzerten ... Ich glaube, sie haben nur einmal eines verpasst, weil Luzifer Durchfall hatte und sie ihn nicht allein lassen wollten.

„Na, los, setzt euch! Das Essen ist fertig, der Tisch ist gedeckt."

„Was gibt es denn Feines?", frage ich und schnuppere über den Tisch, sobald ich mich niedergelassen habe.

Luzifer sitzt sofort neben meinem Stuhl und lässt sich würdevoll kraulen.

„Schick das Monster in sein Körbchen, Ryan. Er weiß ganz genau, dass er nichts abkriegt", erklärt meine Mutter und stellt eine Platte mit Schnitzeln vor mir ab.

„Das wird er auch nicht, wenn er neben mir sitzenbleibt. Schnitzel verteidige ich mit meinem Leben!", gebe ich lachend zurück und fülle mir auf, sobald auch meine Mutter sitzt.

Das Essen ist gemütlich und die Stimmung gut. Ich erzähle ihnen von der neuen Lederhose und beide sind sehr gespannt darauf, wie sie aussieht.

Auch wenn meine Mutter Bedenken hat. „Bist du sicher, dass deine Fans das so toll finden werden?"

„Was meinst du?"

„Sie meint, dass vielleicht doch mal jemand dahinterkommen könnte, an welchem Ufer unser Herr Sohn gern fischt", erläutert Paps.

„Ach, was. Wenn das der Fall sein sollte, nur weil ich 'ne dunkelrote Hose trage, ist das natürlich ein Problem ..."

Durch diese Überlegungen berichte ich ihnen von der Probe am Montag und beide sind plötzlich ziemlich neugierig auf Allen.

Verdammt, ab jetzt kann ich wirklich nur hoffen, dass er nicht aufkreuzen wird!

„Du weißt, dass uns das nie gestört hat, und wir dich unterstützen, wo und wie wir nur können, aber du weißt auch, wie eure Fans auf ein Coming-out deinerseits reagieren würden", sagt meine Mutter.

„Ja, ich weiß. Ich will auch nichts provozieren. Ich hab am Montag einfach nicht nachgedacht, und da mich am Mittwoch niemand mehr darauf angesprochen hat, vermute ich, hat es keiner so richtig mitbekommen."

„Hm, allein die Tatsache, dass du erstmalig jemanden mit zur Probe geschleppt hast, wird sie schon zum Tratschen bringen, Schatz." Meine Mutter ist echt besorgt.

Sie weiß, wie wichtig es mir ist, als Frontmann unserer Band eben keinesfalls geoutet zu werden.

„Mag sein, aber ich kann es sowieso nicht mehr ändern."

„Wird Allen da sein, morgen Abend?"

Ich hebe die Schultern. „Denke nicht."

Natürlich muss ich erklären, wieso ich das denke, aber beide merken schnell, dass ich nicht einmal mit der Hälfte der Wahrheit herausrücken will, und geben es schnell auf, mich weiter auszuquetschen.

Mein Privatleben ist schon immer meine Sache gewesen.

Sie geben mir zwar Tipps und Ratschläge, aber niemals haben sie sich wirklich eingemischt.

Nach dem Essen bleibe ich noch eine gute Stunde bei ihnen, dann muss ich los, um pünktlich bei Manni zu sein.

Die Spätvorstellung für den Film, den wir auf dem Schirm haben, beginnt um 22 Uhr.

Bis dahin habe ich noch immer keine Reaktion von Allen erhalten, und beschließe, das Thema abzuhaken.

~ Konzert ~

Freitags und dienstags gehe ich ins Fitnesscenter, um in Form zu bleiben. So auch an diesem Morgen.

Mein Frühstück fällt dann etwas weniger langwierig und üppig aus, damit ich überhaupt anständig trainieren kann.

Gegen elf Uhr vormittags habe ich mein Programm bereits begonnen, und fühle mich einfach super.

Diese ganze aufgestaute Energie in mir, die unterschwellig vorhandene Wut auf Allen – ich habe eindeutig jede Menge Motivation, mich richtig auszupowern.

Leider ist das nicht drin, wenn ich heute Abend in Bestform sein will, deshalb schalte ich schnell einen Gang zurück und verlagere mich auf Ausdauertraining.

Meine Muskeln sind gut in Form, darüber kann ich nicht klagen.

Um 13 Uhr verlasse ich das Studio und gehe nach Hause.

Ich will die Lederhose noch ein wenig tragen, damit sie meine Sprünge und alles, was ich so an Action auf der Bühne abliefere, auch übersteht, ohne mich einzuengen.

Es gibt nichts Schlimmeres, als wenn die Hose kneift ...

~*~

Um 17 Uhr fahre ich bei Manni vor, um ihn einzusammeln, dann geht es weiter zum *Bacchus*, der Kneipe, deren Besitzer heute ihr zehnjähriges Jubiläum mit einem Auftritt von ‚Bad to the Bone' feiern wollen.

Da wir nicht gerade weltberühmt sind, müssen wir den Großteil unserer Ausrüstung selbst durch die Gegend karren und aufbauen.

Das machen meistens Norman und Gerrit, weil sie den Bandbus auch für ihre Arbeit nutzen.

Beim Aufbau helfen dann noch ein paar Freunde, auch wenn es eigentlich nicht so wahnsinnig aufwändig ist, unser Equipment anständig zu platzieren.

Den Soundcheck machen wir wie immer eine Stunde vor Beginn des Gigs, daher können wir uns vorher noch kurz mit den Betreibern der Kneipe zusammensetzen.

Es sind Freunde von Norman, weshalb wir uns um unsere Deckel heute keine Sorgen machen müssen.

In anderen Lokalen haben wir hin und wieder durchaus für unseren Verzehr zahlen müssen, das hängt immer davon ab, wo wir auftreten.

Nach dem Soundcheck beginnt der Einlass, es ist mittlerweile 19:30 Uhr, in einer Stunde haben wir die ersten Songs schon hinter uns.

Die meisten Kneipen bieten nicht gerade viel Platz für uns, wenn es darum geht, auf einer richtigen Bühne zu stehen, aber heute haben wir Glück.

Das *Bacchus* verfügt über einen Saal, in dem es tatsächlich eine recht große Bühne gibt, die auch für Karnevalssitzungen und anderen Kram genutzt wird.

Entsprechend stehen wir nicht mitten im Hauptlokal, sondern haben deutlich mehr Publikum, als man bei einem solchen Gig erwarten würde.

Meine Eltern tauchen um 20 Uhr auf, gesellen sich zum harten Kern der bereits anwesenden Groupies an einen der drei Stehtische, die für die Band reserviert sind, und wünschen mir – wie jedes Mal – viel Glück für den Auftritt.

Als ich pünktlich ans Mikrofon trete, um unsere heutigen Zuhörer zu begrüßen, tauche ich einmal mehr in der Welt ab, die ich nur besuche, wenn ich auftrete.

Es ist so, als wäre ich an einem vollkommen anderen Ort, in einer Art Parallelwelt, in der ich nichts weiter tun muss, als zur Musik der Band zu singen.

Dementsprechend nehme ich nicht viel von dem wahr, was vor der Bühne wirklich abgeht.

Ich sehe, ob die Leute mitgehen, mitsingen, Spaß haben, aber einzelne Gesichter kann ich nicht erkennen.

Wir spielen uns richtig warm, machen um 21 Uhr eine erste kurze Pause, die es mir ermöglicht, etwas zu trinken und mich mit meinen Freunden abzusprechen, ob wir irgendwelche Änderungen machen müssen, was das Stageset oder die Aussteuerung angeht.

Unser Tontechniker Guido legt für die Pause eine CD auf, dann gesellt er sich ebenfalls zu uns.

Während wir zusammenstehen und lachen, trockne ich mich mit einem Handtuch ab und lasse den Blick durch den Saal schweifen.

Lautlos fluchend wende ich mich wieder meinem Paps zu, als ich tatsächlich im hinteren Drittel des langen Raumes die große Gestalt von Allen entdecke.

Er ist nicht allein. Bei ihm stehen Michael und Lars und anscheinend auch ein paar andere Leute, die ich nicht sofort zuordnen kann.

Wie auch? Ich kenne seinen Freundeskreis ja gar nicht.

„Geile Hose!", sagt eines der Fangirls gerade zu mir und zupft an den Schnüren.

Sofort drehe ich das Bein weg.

Anfassen ist nicht, das weiß sie genau. Trotzdem grinse ich.

„Danke! Ich find sie auch ziemlich cool."

„Ist sie", erklärt auch Paps und nickt vor sich hin. „Meinst du, so was wäre auch was für mich?"

Das lässt mich auflachen und Manni antwortet schneller als ich. „Wenn dein Sohn so rumläuft, kannst du das auch! Ich muss zugeben, als ich die Hosen bei Castro die Tage gesehen habe, fand ich sie furchtbar, aber an Ryan sieht eben auch ein alter, löchriger Kartoffelsack geil aus."

Ich remple meinen besten Freund lachend an.

„Spinner! Wenn du nicht diesen Männlichkeitskomplex hättest, würdest du auch so auftreten!"

Manni verzieht das Gesicht und wendet sich demonstrativ ab.

Ich weiß, er ist nicht wirklich sauer, will nur möglichst schnell das Thema wechseln.

„Hey, hast du gesehen, dass dein Kumpel da ist?", sagt er, indem er sich zu mir umdreht und mich am Arm ergreift.

Er deutet nickend durch den Saal.

„Ja, habe ich. Jemand wie er ist wohl auch schwer zu übersehen ..."

Mein genervter Ton macht meine Mutter hellhörig.

Verdammt, ich dachte, sie steht weiter weg und redet mit Amanda!

„Wen meinst du?", wendet sie sich wohlweislich an Manni, der nichts Besseres zu tun hat, als ihr haarklein zu erzählen, wo sie Allen ausmachen kann.

Da sie so klein ist, gibt er einige Hinweise, bis sie schließlich aufquietscht und mich heftig anstößt.

„Meine Güte, Schatz! Der ist ja riesig!"

Ich lache säuerlich. „Ja, und ungehobelt und rückgratlos. Ich will nichts mit ihm zu tun haben."

Dieser Satz bringt mir einen verwirrten Blick von Manni ein.

„Echt? Ich dachte ...?"

„Was?", fauche ich viel zu heftig und wende mich um, damit ich ja nicht mehr zu Allen rübersehen muss.

„Dass er ein wenig mehr als nur ein Freund ist", erläutert Manni leiser.

„Hätte er werden können. Aber der Zug ist abgefahren!"

Ich schaffe es noch, einen Schluck zu trinken, dann müssen wir zurück auf die Bühne.

Glücklicherweise vergesse ich schnell wieder, wer dort unten irgendwo herumsteht, und kann meine übliche Leistung abrufen.

Das zweite Set ist länger und wir spielen bis 22:30 Uhr, bevor wir die nächste Pause machen können.

Als wir von der Bühne steigen, um zu den Stehtischen zu gehen, stocke ich mitten im Schritt, weil ich meine Mutter in ein intensives Gespräch mit Allen vertieft sehe.

Meine Laune nähert sich innerhalb von Sekundenbruchteilen dem Nullpunkt.

Was soll ich machen? Einfach abhauen? Eine Pinkelpause müsste ich eh mal machen, deshalb schlage ich einen Haken und verschwinde in Richtung Örtlichkeiten.

Bah, meine eigene Feigheit nervt mich!

Sobald ich mir die Hände gewaschen habe, kehre ich schnurstracks zu meinen Eltern zurück und stelle mich allem, was da kommen mag.

Immerhin ist dies meine Bühne. Niemand schreibt mir hier irgendetwas vor und vor allem bin ich hier ganz anders als Allen mich kennt.

Mit einem aufgesetzten Grinsen trete ich zu meinem Vater.

„Na? Bist du zufrieden mit der Songauswahl?", necke ich ihn, weil ich genau weiß, dass wir eben mindestens zwei seiner Lieblingslieder zum Besten gegeben haben.

„Sicher!"

Er reicht mir ein Glas mit Wasser und ich stürze es herunter, danach trinke ich wie immer eine Cola.

Nur den ersten Durst bekämpfe ich grundsätzlich mit Wasser.

„Er ist ziemlich nett", bemerkt mein Paps und nickt auf Allens Seitenansicht. Er steht mit Mama am Nachbartisch und ich versuche nach Kräften, ihn zu ignorieren.

Nicht so leicht, wenn ich seine Präsenz und Paps' Kommentar bedenke ...

„Wie man es nimmt ...", erwidere ich.

Dass Allen mich jetzt auch noch ansieht, macht es nicht einfacher, ihn mit Missachtung zu strafen.

„Hey Ryan", grüßt er.

Nun bleibt mir keine Wahl mehr.

„Hey!", antworte ich möglichst souverän. „Hätte nicht gedacht, dass du herkommst."

Er sagt noch etwas zu meiner Mutter, dann nickt er mir zu. „Die gute Performance hat mich überzeugt. Lars hat dich wiedererkannt und mir verraten, dass er und Michael heute auch hier sein würden."

„Aha. Wo hast du die zwei gelassen?", frage ich und sehe mich suchend um.

„Sie wollten neue Getränke holen und dann herkommen."

„Verstehe. Und danke."

Sein Blick durchbohrt mich, alles in mir kribbelt, strebt ihm entgegen, aber ich kämpfe jeglichen Impuls in dieser Richtung erfolgreich nieder.

Er hat sich benommen wie der letzte Arsch! Das werde ich ganz sicher nicht so schnell vergessen, nur weil er diese wahnsinnige Ausstrahlung auf mich hat.

Weil ich nicht weiß, was ich noch sagen soll, ohne ihn richtig heftig für sein Verhalten anzuzählen, widme ich mich wieder meinem Colaglas und sehe verstohlen zu meinem Paps.

Der weiß schließlich seit gestern Abend, dass irgendetwas zwischen Allen und mir schief gelaufen sein muss.

Er wirft mir auch genau die Art von Blick zu, die ich erwartet habe. Fragend und neugierig.

Ich hebe angedeutet die Schultern und grinse ihn an. „Ich hatte fast vergessen, wie geil diese Location ist. Hoffentlich kann Norman noch öfter was für uns klarmachen."

Mein Paps nickt nur. Offensichtlich würde er lieber mehr über den Riesenkerl erfahren, der noch immer neben mir steht.

Ich erstarre, als ich Allens Stimme und den Lufthauch seiner Worte an meinem Ohr bemerke. „Du hast jedes Recht, sauer auf mich zu sein."

Tief durchatmen, Lippen zusammenpressen, mich zusammenreißen. Vorher darf ich mich nicht zu ihm wenden.

Ich funkle ihn trotzdem wütender an, als ich eigentlich will. „Ach was?! Erzähl mir was Neues!"

Mehr sage ich besser nicht, auch diese wenigen Worte sind schon die blanke Herausforderung, das kann ich in seinen Augen deutlich erkennen.

„Ich hatte gehofft, wir könnten das nach deinem Auftritt in Ruhe klären."

„Pfft!", mache ich. „Denkst du wirklich, dass ich nach deiner beschissenen Aktion noch Redebedarf habe?!"

Fuck, fuck, fuck!

Ich muss mich beruhigen!

Vor allem sollte ich nicht in einer solchen Lautstärke antworten. Mein Paps spitzt schon kräftig die Ohren ...

Tief durchatmen, etwas mehr Abstand nehmen. Hoffentlich kann ich bald zurück auf die Bühne. Das letzte Set des Abends ist zwar nur eine gute halbe Stunde lang, aber es sind 30 Minuten Abstand von Allen!

„Übrigens, deine Hose gefällt mir", sagt er unbeirrt, und ich bin kurz davor, ihm eine zu scheuern, als seine Hand sich kurz auf meinen Hintern legt.

„Danke", knurre ich, weil die Höflichkeit es verlangt. Gleichzeitig schiebe ich seine Finger nachdrücklich von mir.

„Pfoten weg!" Was fällt ihm denn ein?!

Mein Ton muss echt daneben sein, das zeigt mir auch ein prüfender Blick auf meinen Paps.

Verdammt, wie lang ist denn diese verschissene Pause noch?!

Es kommt einer Erlösung gleich, dass Lars plötzlich neben mir auftaucht.

Auch wenn ich ihn so gut wie nicht kenne, ermöglicht mir seine Anwesenheit, mich endlich ganz von Allen abzuwenden.

Wie schlau es ist, ihm den Rücken zuzudrehen, weiß ich zwar nicht, aber er wird es hier nicht wagen, mich anzufassen – hoffe ich.

„Hey Lars, hallo Michael!", grüße ich beide.

„Na? Alles okay bei dir?", erkundigt sich Lars sofort und sieht bedeutungsvoll an mir vorbei zu Allen.

Ich nicke. „Ja, alles super. Ich hoffe, euch gefällt der Abend bisher."

Michael nickt. „Absolut! Wir sind eigentlich immer, wenn es sich ergibt, auf Konzerten von euch zu finden."

„Freut mich! Das ist mein Vater, und die Frau neben Allen ist meine Mutter."

Meine Erklärung ist alles, was ich noch sagen kann, dann klopft Manni mir auf die Schulter und ich kann endlich zur Bühne entfliehen.

„Wir sehen uns später, okay?"

Ich wende mich ab und kehre ein letztes Mal für heute auf die Bühne zurück.

~*~

Nach der letzten Zugabe gehen die Betreiber des *Bacchus* ans Mikrofon und läuten die Aftershow-Party ein.

Dadurch leert sich der Saal keineswegs und ein DJ übernimmt es, die Musik zu machen.

Obwohl Allen da ist – wieder in ein Gespräch mit meiner Mutter vertieft – habe ich jetzt viel bessere Laune.

Der Auftritt ist absolviert, ich kann tun und lassen, was ich will.

Sogar abhauen, wenn ich es für richtig halte.

Komischerweise will ich es jetzt aber gar nicht mehr.

Allen hat noch immer verschissen, aber das bedeutet schließlich nicht, dass ich auf eine geile Party verzichten muss.

Ich bin seltsam aufgedreht, verspüre diese euphorische ‚Jetzt-erst-recht-Stimmung' und will einfach nur genießen, dass meine Freunde und ich zusammen sein können.

Auch wenn ich vollkommen erledigt sein müsste, bin ich wie ein Duracell-Hase und könnte stundenlang auf der gut gefüllten Tanzfläche bleiben.

Wenn ich nicht gerade am Tisch stehe und mir jede Menge Wasser und Cola einflöße, tanze ich mit unterschiedlichsten Leuten.

Keine Ahnung, wie spät es ist, als ich mit Norman und Gerrit hinausgehe. Die zwei rauchen ganz gern mal bei Partys, und ich nutze die Gelegenheit, meinen überhitzten Kopf zu kühlen.

Schwer atmend lehne ich vorgebeugt an einer Wand im Eingangsbereich und stütze die Hände auf die Oberschenkel.

Das Licht einer Wandlampe über mir wirft meinen Schatten vor meine Füße, und ich lausche mit pochendem Herzen dem obercoolen Gespräch meiner Freunde.

„Mann, du solltest das mit Amanda endlich mal offiziell machen", verlangt Gerrit und Norman lacht dreckig.

„Wieso sollte ich die Kuh schlachten, wenn ich sie auch melken kann?", gibt er zurück.

„Auch wieder wahr, aber die anderen Mädels lassen dich doch schon fast genauso links liegen, wie sie Ryan ignorieren. Denkst du nicht, dass das ein deutliches Zeichen ist?"

„Ja, dafür, dass ich alles richtig gemacht habe! Amanda will, genau wie ich, nur ficken, verstehst du?"

Gerrit schnaubt. „Eine Frau, die zwanglosen Spaß mit einem Musiker will? Alter, wach mal auf!"

Momentan sind wir allein hier – die Gäste der Party müssen durch die Kneipe nach vorn zum Rauchen.

Ich seufze vernehmlich. „Diese Weibergeschichten müssten euch doch längst zum Hals raushängen, oder?", frage ich.

„Klar, an dem Tag, an dem du deine männlichen Boxenluder für immer abhakst, werden wir unsere Groupies sausenlassen!", frotzelt Norman.

Ich lache auf. „Hey, die wollen *wirklich* nur ficken. Und ich sehe die Typen nicht laufend wieder!"

„Ja, ja, und was ist mit Carlos und Silvio?", hält Gerrit dagegen.

„Oder mit diesem anderen da, der dir im vergangenen Jahr zu jedem einzelnen Rennen nachgefahren ist?"

„Milos", sage ich und es klingt wie ein Seufzen.

Ich ernte einen Schlag auf die Schulter von einem der beiden.

„Du bist eindeutig der größte Schwerenöter von uns!", versichert Gerrit lachend.

„Wir müssen uns vor dir verneigen, oh großer Checker!", setzt Norman hinzu.

Ich schüttle lachend den Kopf und sehe auf. „Spinner seid ihr! Ich habe definitiv weniger Sex als jeder Einzelne von euch!"

„Nicht weniger als Manni", wirft Gerrit ein, aber ich achte nicht mehr darauf.

Normalerweise würde ich meinen besten Freund jetzt heroisch verteidigen, aber links von mir, keine drei Meter entfernt, steht ein Hüne an der Tür zum Saal und starrt mich aus eiskalten Augen an.

„Oh, unser Stichwort!", bemerkt Norman übertrieben beiläufig und schiebt sich hinter Allen durch die Tür. Gerrit folgt ihm, während ich beschließe, so zu tun, als wäre ich jetzt allein.

Klar, total erwachsen dieses Verhalten, aber ich habe keinen Bock auf ein Gespräch, eine Diskussion oder gar einen Streit mit Allen.

Herrlich, wie interessant meine Stiefel sind ...

Ich lache innerlich über mein Benehmen und spüre gleichzeitig, wie sehr mich sein Verhalten noch immer auf die Palme bringt.

Nein, ich kann die Klappe nicht halten!

„Willst du mir jetzt weiterhin Löcher in den Hinterkopf starren, oder kommst du heute noch aus dem Knick?", frage ich den Fußboden mit eindeutig provozierendem Ton.

Ich weiß, dass ich ihn damit herausfordere, aber er sollte besser nicht vergessen, dass ich ein durchaus selbstbewusster, erwachsener Mann bin, der genau weiß, was er will.

„Eigentlich steht mir der Sinn eher danach, vernünftig und ruhig mit dir zu reden", knurrt er und straft seine Worte damit Lügen.

Ich sehe auf. „Ach ja? Dann solltest du deinen Ton überdenken."

Er schnaubt missbilligend.

Da ist er ja, der dominante Kerl!

Ich richte mich auf und verschränke die Arme vor der Brust.

„Dasselbe gilt wohl auch für dich", erwidert er und atmet tief durch. „Pass auf, Ryan, ich weiß, dass ich dich mit meinem Verhalten verletzt hab..."

„Verletzt?!", fahre ich ihm dazwischen, dass er erstaunt verstummt. „Es geht mir am Arsch vorbei, was du von mir hältst, aber du hast mich außerhalb eines Spiels so sehr erniedrigt, dass ich auch jetzt noch kotzen könnte!"

„Es tut mir sehr leid."

Ich blinzle. „Wie schön für dich! *Mir* tut nur leid, dass ich dir erlaubt habe, mich ohne jedes Spiel zu ficken!"

Er kommt auf mich zu. Ich richte mich ein wenig weiter auf, will keinesfalls nachgeben. Wenn er denkt, mich mit seiner Größe einschüchtern zu können, hat er sich geschnitten!

„Bitte, Ryan ...", setzt er erneut an und bleibt direkt vor mir stehen. „Ich meine es ernst, es tut mir unendlich leid, dich derart furchtbar behandelt zu haben."

„Wieso hast du es dann getan? Und wag es nicht, mir jetzt zu sagen, dass dir die Tragweite deiner Worte und Handlungen nicht vollkommen klar war!" Ich bin alles andere als ruhig, immerhin dringt sein unwiderstehlicher Duft gerade wieder in meine Nase und macht mich ganz Banane im Kopf.

„Weil ich nicht mit dem umgehen konnte – oder wollte – was wir getan hatten."

Ich ziehe die Brauen kraus und lege den Kopf schräg.

„Wie bitte?!", frage ich verständnislos.

„Du machst dir keine Vorstellung davon, wie schwer es mir fällt, das zuzugeben. Ich ... Es war nie geplant, dass wir ohne Spiel miteinander schlafen, und als es passiert war, wusste ich nicht, wie ich das Ganze – dich! – einordnen sollte." Er seufzt tief und wirkt auf eine greifbare Art hilflos.

Verrückt, Allen und hilflos, das ist so absurd!

„Wie du mich einordnen solltest?", hake ich nach.

Er nickt schwach. „Du warst so unglaublich, hast es einfach zugelassen, dass ich ...", er atmet tief ein, „dich besitze."

Ich nicke, denn genau das ist passiert. „Ich wollte es. Wollte dir gehören", bekenne ich leise.

Wieso sollte ich lügen?

Scheiße, er hat recht! Er *hat* mich verletzt mit seinem Verhalten, seiner Kälte, auch mit seinem tagelangen Schweigen, nachdem ich ihm geschrieben habe, wie ich mich fühlte.

„Wieso wolltest du es?", fragt er ebenso leise, sehr eindringlich, und legt seine Hände vorsichtig auf meine Schultern.

Es ist, als würde er auf meine Erlaubnis warten, aber ich kann sie ihm nicht aktiv geben.

„Weil es sich richtig anfühlte. Die Küsse, die Nähe, keine Ahnung!" Ich mustere ihn genau. „Wieso wolltest du es?"

Muss ich fragen, allein schon, um meine Neugier zu befriedigen.

„Weil ich das Gefühl hatte, dich besitzen zu müssen. Ohne Spiel, offen und ehrlich."

Hm, was soll ich mir daraus zusammenreimen?

Ich weiß es nicht!

„Das hattest du ja jetzt. Glückwunsch!", versetze ich ihm. „Du wusstest es nur nicht zu schätzen!"

Er seufzt erneut und nickt. „Du hast recht, das wusste ich nicht. Genau genommen weiß ich es auch jetzt noch nicht."

„Wie meinst du das?", will ich wissen.

„Ich fürchte, ich habe mich falsch ausgedrückt. Ich weiß durchaus zu schätzen, welche Hingabe du mir geboten hast, aber ich kann es nicht einordnen. Ich verstehe nicht, wieso es sich für dich richtig angefühlt hat."

Seine Gedanken, so klar er sie auch artikuliert, verunsichern mich.

Blinzelnd versuche ich herauszufinden, was auch ihm unklar ist.

Wieso, verdammt noch mal, habe ich das getan? Wieso hat es sich so gut angefühlt?

Ich blicke ihn nachdenklich an und versuche, die Antwort in seinen Augen zu finden.

Das dunkle Blau seiner Iriden wirkt so tief und ehrlich, so unsicher und fragend.

„Ich kann nur falsch antworten, nicht wahr?", frage ich schließlich leise.

„Ich weiß es nicht."

„Du weißt es. Aber du hast Angst", murmele ich noch leiser als eben.

Seine Augen schließen sich, während er schluckt.

Nickt er? So hell die Lampe über mir auch sein mag, ich kann diese schwache Geste nicht wirklich identifizieren.

„Ja." Kaum hörbar, dieses eine Wort.

„Warum?", wispere ich.

Nicht einmal jemand, der direkt neben uns stünde, könnte uns hören, da bin ich sicher.

„Als Michael mir deine Annonce gab, wollte ich dich eigentlich nur treffen, um dich über die Gefahren aufzuklären, die deine Kontaktanzeige in sich barg." Er atmet noch einmal tief durch. „Aber in dem Park ... Ich .... Ryan, ich habe dich gesehen und wusste, dass du sehr, sehr gefährlich für mich werden könntest."

Ich schnaube ungläubig. „Gefährlich?! Gefährlich für *dich*?"

Er lächelt, zum ersten Mal heute. „Für mein Herz, Ryan."

Seine Hände gleiten von meinen Schultern über meine Arme, schieben sich zwischen uns und um meine Taille.

Ich schließe die Augen und lasse es geschehen.

Soll das heißen ...?!

Hat Allen sich verliebt? In mich?

Die Wärme in meiner Brust flammt unvergleichlich stark auf, brennt sich durch meinen Körper und hinterlässt ein zartes Glimmen.

Ich halte die Augen geschlossen und innerhalb von Sekundenbruchteilen ziehen die verschiedenen Situationen der vergangenen Woche in meinem Bewusstsein vorbei.

Die Frage danach, wieso ich es konnte, von Anfang an – Allen vertrauen, mich ihm hingeben, mich ihm überlassen – klärt sich.

Ein hartes Schlucken, dann zieht Allen mich sacht an sich und sein Kopf überschattet mein Gesicht.

„Hast du mich verstanden?"

Ich nicke. Denn ja, ich begreife es.

Das Problem ist nur, er hat gewusst, dass er in mich verliebt ist, und mich trotzdem bewusst verletzt, nur damit er sich selbst nicht angreifbar macht.

„Ja, habe ich. Bitte lass mich los, Allen."

Er tut es, auch wenn er mich verwirrt mustert.

„Ryan, was ...?"

„Ich kann das nicht! Vor zwei Tagen habe ich dir alles gegeben, was ich besitze – mich! Und du hast mich hilflos weggestoßen, sobald du hattest, was du wolltest." Ich atme hastig durch. „Du kannst mir nicht garantieren, dass das nie wieder passiert! Du hast mir weh getan! So weh!"

Ich weiche zurück, stoße gegen die Ecke der Hauswand und wende mich um, damit ich wegrennen kann.

Ich bin schon einige Schritte weg, als ich über die Schulter noch etwas brülle: „Niemand darf mich verletzen, Allen! Und wer es einmal tut, dem vertraue ich nie wieder!"

~ Nachspiel ~

Ich renne einfach weiter, erreiche an der Straße einen Taxistand und werfe mich auf die Rückbank.

Meine Adresse nennen, dann kann ich mich zurücklehnen und darauf warten, dass der Taxifahrer mich wieder absetzt.

Mein Kopf ist so müde, mein Herz brennt auf die unangenehmste Art, ich bekomme kaum Luft und doch bin ich fest davon überzeugt, das Richtige getan zu haben.

Ich tigere wie doof durch meine Wohnung, sobald ich dort angekommen bin.

Was soll ich jetzt machen?

Ich meine, ja, verdammt, es tut weh, wie er mich behandelt hat!

Habe ich mich tatsächlich in ihn verliebt?

Innerhalb weniger Tage?

Nein, das ist schlicht unmöglich! Ich weiß doch genau, was mich zu dieser Hingabe verleitet hat!

Ich finde Allen einfach endlos geil und seine Art, mit mir zu spielen, hat mir gefallen.

Na gut, seine Art, mich zu küssen und zu ficken auch, aber ...!

Tja, aber was?

Resigniert bleibe ich stehen und schüttle den Kopf langsam und nachdrücklich.

Alles, was ich wollte, war die Befriedigung meiner Sehnsüchte.

Ich wollte die sexuelle Seite, wollte mit unterordnen, ausprobieren, wo meine Grenzen liegen!

Das kann ich mir jetzt wohl abschminken, denn wie sollte ich mit Allen jemals wieder ...?

Ein missbilligendes Schnauben reißt mich aus der Starre. Was für ein Quatsch!

Wenn überhaupt, dann geht es doch sowieso nur mit ihm!

Immerhin ist das eine Sache, die mir schon klargeworden ist.

Allen ist alles.

Das war er schon bei der harmlosen Session am Sonntagabend!

Ich sinke frustriert auf meinen Sessel und schrecke mit einem halben Herzinfarkt wieder hoch, als es an der Tür klingelt.

Mein Herz hämmert gegen mein Brustbein, das Blut rauscht im passenden Takt durch meine Adern, als ich mich aufraffe und zur Tür gehe.

Gegensprechanlagen sind eine tolle Erfindung. Ich nehme den Hörer ab und sage: „Wer ist dort?"

„Ich bin es – Allen."

Wer auch sonst?

Jeder andere würde einfach morgen anrufen und mir nicht mitten in der Nacht auf die Bude rücken!

„Was willst du?"

„Reden. Bitte, Ryan!"

Dass Allen niemand ist, der oft ‚bitte' sagt, ist mir durchaus bewusst, aber das ist nicht mein Problem.

„Ich dachte, ich hätte mich klar genug ausgedrückt. Falls nicht: Ich will nichts mehr mit dir zu tun haben!"

„Das ist nicht wahr, Ryan."

Hm, damit hat er wohl recht, aber das muss ich ihm ja nicht auf die Nase binden, oder?

„Benimmst du dich, wenn ich dich reinlasse?"

„Natürlich!" Er klingt echt entrüstet, was mich grinsen lässt.

Ich drücke auf den Türsummer und höre, nachdem ich die Wohnungstür geöffnet habe, wie er die Stufen erklimmt.

Mein Magen hebt sich immer wieder, als würde ein Marionettenspieler an irgendwelchen Fäden ziehen.

Es ist kein völlig ungutes Gefühl, aber es verunsichert mich noch mehr.

Was, wenn wir wieder streiten, ich wieder abhauen will?

Diesmal kann ich es nicht, sonst müsste ich immerhin aus meinen eigenen vier Wänden fliehen!

Erst als er vor mir steht, kann ich die Grübeleien kurz verdrängen und beiseitetreten, um ihn einzulassen.

„Du weißt aber schon, wie spät es ist?", frage ich wenig höflich.

„Ja, weiß ich. Aber wenn ich es recht bedenke, hätte ich wohl am Mittwoch schon mitten in der Nacht hier auftauchen müssen, um das zu klären."

„Was gibt es denn da noch zu klären, Allen?", frage ich, kaum dass ich die Tür geschlossen habe.

Ich deute vage zur Wohnzimmertür und er geht hindurch.

Ich folge ihm und setze mich in einen Sessel. Sicher ist sicher. Ich weiß schließlich noch genau, wie es war, wenn wir nebeneinandergesessen haben.

Allen seufzt tief und lässt sich mir gegenüber auf der Couch nieder.

„Es gibt eine Menge zu klären, aber das wird kaum über Worte funktionieren."

Sehr kryptisch.

Ich meine, wie denn sonst?

„Aha?"

„Ist es wirklich so unglaublich für dich, dass ich ein Herz besitze, Ryan?"

Gute Frage!

„Nein, natürlich nicht. Wie kommst du darauf, ich könnte das denken?"

So, jetzt muss er reden, ob er will oder nicht.

Da ich mich in diesem Augenblick – leider – meiner guten Erziehung erinnere, springe ich wieder auf und gehe in Richtung Küche. „Was möchtest du trinken?"

„Hast du Kaffee da?"

Ich nicke und verschwinde. „Ja, kommt sofort."

Tief durchatmen!

Ich stehe allein in der Küche, aber seine Präsenz ist so allgegenwärtig, dass ich Mühe habe, mich auf so etwas Simples wie Kaffee kochen zu konzentrieren.

Er spukt durch meinen Kopf, meine Eingeweide.

Ja, verdammt!

Ich weiß doch genau, dass er in der Lage ist, mir den Himmel zu schenken!

Die Frage ist nur, will ich das noch?

Als er im Türrahmen zur Küche erscheint, zucke ich zusammen.

Ich ärgere mich darüber, aber ändern kann ich es nicht.

„Es tut mir leid", sagt er, und ich überlege, ob er mein Erschrecken oder die unsägliche andere Sache meint.

Fragend sehe ich ihn an.

„Alles. Ich wollte dich nie verletzen. Ich hatte – und habe! – eher Angst, dass du mich verletzt."

Erstaunt drehe ich mich zu ihm um und lehne mich an die Anrichte. „Du – Angst vor mir?!"

Er nickt und grinst schief. „Natürlich! Ich bin nicht aus Stein, nur weil ich meine dominante Seite gern auslebe."

„Schon klar." Ich winke ab.

„Ist es das? Ryan, hör zu, du hast mir zweimal die absolute Kontrolle über dich gegeben ... geschenkt. Ich selbst habe am Mittwoch aber auch die Kontrolle abgegeben. An dich, an das, was du in mir auslöst und bewirkst."

„Was soll das schon sein? Ein naiver Typ, der keine Ahnung hat, und dank seiner Neugier und Unerfahrenheit alles mitmachen kann."

So von mir selbst zu reden, fällt mir nicht schwer. Sind doch schließlich seine Worte, oder?

Allen dagegen hat offensichtlich ein Problem damit, wenn ich so abwertend über mich spreche.

Seine Miene verdunkelt sich und er wirkt wieder so viel größer, als er ist.

„Erinnerst du dich an unsere ersten Gespräche?"

Ich nicke. „Wort für Wort."

Leider eine Tatsache, denn wie sollte ich jemals die Eindrücklichkeit unserer Bekanntschaft vergessen können?!

Der harte Klumpen, zu dem mein Magen wird, zieht an mir, bis ich fürchte, meine Knie werden mich nicht mehr lange tragen können. Absichernd umgreife ich die Kante der Anrichte.

„Ich habe dir gesagt, dass es schwierig ist, einen neuen Sub zu finden, weil es mir nicht nur um die Spiele geht."

Ich nicke zäh. „Stimmt."

„Aber du hast nicht verstanden, worum es mir stattdessen geht, oder?"

Ich überlege kurz. „Nein, offenbar nicht."

Mich ärgert, dass ich es nicht kapiert habe, auch wenn ich nach wie vor nicht weiß, was genau ich hätte kapieren sollen.

„Ich kann jeden Sub haben, den ich will, besonders diejenigen, die wirklich alles mit sich machen lassen würden. Aber was ich suche, ist jemand, mit dem ich mein Leben verbringen kann. Jemanden, der außerhalb der Spiele kontra gibt, sich nichts gefallen lässt und mir ... ebenbürtig ist."

„Aha", mache ich und fühle mich unfassbar unintelligent.

Allen seufzt und lächelt mich anschließend an. „Jemanden wie dich habe ich gesucht, Ryan. Schon immer. Nein, falsch ..." Er atmet tief durch und wirkt nun verloren, so klein und unsicher.

Passt nicht zu ihm und ich verspüre einen heftigen, ziehenden Schmerz in mir, weil ich ihn so nicht sehen will.

„Wieso falsch?", frage ich und muss mich räuspern.

„Weil ich nicht jemanden, sondern *dich* gesucht habe."

Ich blinzle und keuche leise. Meint er das ernst?!

„Du hast ...? Allen, wie kannst du auf Annoncen oder sonstige Avancen reagieren und dabei darauf hoffen, jemanden zu finden, der genau deinen Vorstellungen entspricht?! Zumal ich mir nicht sicher bin, dass ich das tatsächlich tue!"

„Ich hoffe schon ziemlich lange darauf, aber wirklich damit gerechnet hatte ich nicht, wenn du das meinst. Ich bin 31, nicht 60, und doch möchte ich mein Leben nicht ewig so weiterführen wie bisher."

„Sondern?"

Wieder seufzt er. „Es würde nichts bringen, dir das zu sagen. Im Grunde habe ich schon viel zu viel gesagt."

Ich schweige. Vielleicht begreift er dadurch ja, dass er weiterreden muss.

Er kommt näher, bleibt dicht vor mir stehen und mustert mich.

Was liegt da in seinem Blick?

Hoffnung?

Zuneigung?

Ich habe keine Ahnung!

„Ich werde jetzt gehen, Ryan. Nichts von dem, was ich sage, wird in dir die Gefühle wecken, die ich dir entgegenbringe. Und ich bin zu müde dazu, um etwas Unerreichbares zu kämpfen, verstehst du?"

Ich nicke schwach, denn ja, das verstehe ich.

Auch, dass er nicht von nächtlicher Müdigkeit spricht, sondern von jener, die einem den Atem und die Kraft raubt, weiterzumachen.

„Ich weiß nicht, wie ich dir jemals wieder vertrauen soll. Du hast mich am Mittwoch eiskalt fallengelassen, in einem Moment, in dem ich nichts weiter wollte, als mich an dich zu schmiegen und dir nah zu sein."

„Es tut mir so leid, Ryan. Ich weiß das, wusste es auch da. Vielleicht hilft es dir, zu wissen, dass es mir genauso weh tat."

Ich blicke zu ihm hoch. Es fällt mir nicht schwer, ihm das zu glauben, aber das Misstrauen drängt sich sofort unüberwindlich zwischen uns!

„Du hast gesagt, Worte würden dir bei mir nicht weiterhelfen. Was denkst du denn, was weiterhilft?"

„Taten. Deshalb werde ich jetzt gehen. Danke fürs Kaffee kochen, aber ich halte es für besser, wenn ich dich in Ruhe lasse."

Er wendet sich ab, ich kann in diesem Augenblick genau sehen, welche Emotion sich in seinen Augen spiegelt: Trauer.

Ich bringe ihn zur Tür und überlege, was ich tun soll.

Als er schon auf der Treppe ist, frage ich: „Darf ich mich melden, wenn ich noch mal mit dir spielen will? Ich meine, ich würde gern versuchen, dir wieder zu vertrauen – irgendwann."

Er nickt. „Darfst du. Jederzeit."

Ich nicke zum Abschied und er geht weiter hinab.

Wenig später liege ich im Bett und frage mich, wohin das alles führen soll, und vor allem, wie sinnvoll meine Frage war.

Kann ich denn noch mal mit ihm spielen?

Wie soll das gehen, wenn ich so davon überzeugt bin, ihm nicht mehr vertrauen zu können?

~*~

Am Samstagmittag wache ich wie gerädert auf und muss mich erst mal strecken, um meine Knochen zu sortieren.

Auch wenn ich an die Action während eines Konzertes gewöhnt bin, hat die Belastung danach doch für einige Muskelverspannungen gesorgt.

Scheiße, war Allen wirklich gestern Nacht noch hier?

Während ich mich ins Bad verziehe und mich unter die Dusche stelle, denke ich darüber nach.

Beim Rasieren komme ich zu der Erkenntnis, dass sich mein Leben innerhalb von sieben Tagen irgendwie auf den Kopf gestellt hat.

Dabei sah es zu Beginn gar nicht so aus!

Es lief doch eigentlich ganz gut, wenn ich an das Treffen im Park und die erste Session denke.

Wie konnte es anschließend so aus dem Ruder laufen?

Tja, das liegt dann wohl an diesen Anwandlungen, die ich seitdem habe.

Am Frühstückstisch angekommen, bin ich mir sicher, dass ich mich ungeachtet aller anderen Planungen in Allen verliebt habe.

Da sind eindeutig zu viele Gefühle im Spiel, um es noch länger höchst ignorant auf meine Neugierde oder meine Unerfahrenheit schieben zu können.

Aber was bringt mir diese Erkenntnis?

Ich lasse mein angebissenes Brötchen sinken und starre aus dem Küchenfenster in den blassblauen Frühlingshimmel.

Mein Blick verschwimmt mit einer Welle von Frust und Hilflosigkeit.

Wie soll ich meinen Gefühlen nachgeben? Wie ihm vertrauen?

Ich atme tief durch und blinzle, bis ich wieder klar sehen kann.

Vielleicht muss ich mir zuerst Gedanken darüber machen, ob ich überhaupt etwas will? Und wenn ja, was?

Es bringt nichts, weiter über Unsinnigkeiten nachzudenken, solange ich meine Gedanken – und Gefühle! – nicht wirklich zu meiner Zufriedenheit sortiert habe.

Ich schiebe den Teller von mir, auch wenn ich weiß, wie ungesund es ist, so wenig zu essen, wenn ich in drei Wochen topfit auf meiner Yamaha sitzen will.

Das erste Rennen ist im Mai. Mir bleibt eine Woche, um wieder auf die Reihe zu kommen, danach bin ich mit dem Team unterwegs und muss hochkonzentriert meinem eigentlichen Beruf nachgehen.

Ich freue mich auf den Saisonbeginn, aber ich fürchte ihn auch.

Was, wenn diese beschissene Gefühlssache mich einen Sieg kostet?

Was, wenn ich so unkonzentriert bin, dass ich während eines Rennens stürze?

Nein!

Nicht drüber nachdenken!

Wenn ich jetzt anfange, mich in den Zweifeln zu erhängen, schaffe ich gar nichts mehr und sollte morgens gleich im Bett bleiben.

Das aber will ich auf gar keinen Fall!

Als ich das Haus verlasse, um eine Motorradtour mit Zwischenstopp bei meiner Oma im Nachbarort zu machen, habe ich zum ersten Mal Angst, mich auf den Bock zu schwingen.

Zittrige Finger streifen die Handschuhe über, immer wieder sehe ich mich um, als würde ich beobachtet.

Dabei ist es nur meine Angst vor mir selbst, die mich um den Verstand bringt.

Ich starte die Maschine und fädele mich in den mäßigen Samstagsverkehr ein.

Verdammt, wieso bin ich dermaßen nervös?!

An jeder Ampel nutze ich die Zeit, mich auf mich selbst zu konzentrieren und werde einmal sogar angehupt, weil ich dabei die Grünphase verpasse.

Schließlich entscheide ich mich, direkt zu Oma Dorchen zu fahren, um mir weiteren Stress zu ersparen.

Feige!

Wenn ich eine Sache wirklich verdammt gut kann, dann ist es Motorrad fahren!

Aber die Dinge, die ich offensichtlich nicht kann, machen mir alles zunichte, für das ich seit Jahren arbeite.

Unzufrieden parke ich vor dem Altenheim ein, in dem meine Oma seit zwei Jahren lebt.

Wieso sie das unbedingt wollte, habe ich erst nach ihrem Umzug erfahren – sie ist der Meinung, dort mehr Gesellschaft und Unterhaltung zu haben.

Als ich ihr Zimmer betrete, begrüßt sie mich mit einem kleinen Jubelschrei und stellt mir ihre Besucherinnen – zwei Frauen um die 70 – vor.

Mit ihnen verbringe ich einen gemütlichen Nachmittag und mache mich erst am frühen Abend auf den Weg nach Hause.

Auch wenn die Stunden mit meiner Oma und ihren Freundinnen mich total abgelenkt haben, verspüre ich dieses seltsame Ziehen wieder mit Übermacht in mir erwachen, kaum dass ich die Wohnungstür hinter mir geschlossen habe.

Ohne mein Zutun trete ich ans Fenster und sehe die Straße hinab, auf der Allen mehrere Male davongegangen ist.

Komisch, bei seinem letzten Abgang habe ich ihm nicht nachgesehen.

Wieso nicht?

Ich horche in mich und verstehe die Antworten, die mein Kopf mir zur Auswahl bietet, doch nicht.

Schließlich wende ich mich wütend ab und sehe auf die Uhr.

Samstagabend. Zeit, mich irgendwo und irgendwie auszutoben – zumindest, wenn ich das will.

Tja, leider will ich es nicht!

Vielleicht sollte ich bald mal herausfinden, was ich denn will ...

~ Körperspiel ~

Zwei Wochen.

Zwei gottverfluchte Wochen sind seit dem Konzert vergangen, und ich habe es nicht einen Tag lang geschafft, ohne Gedanken an Allen auszukommen.

Das letzte Training vor dem Beginn des Rennens ist absolviert, nun habe ich drei Tage frei, bevor die Zeittrainings und Vorläufe des eigentlichen Rennens beginnen.

Die niedrigeren Klassen sind zuerst dran, aber währenddessen ist das gesamte Team, soweit möglich, bereits vor Ort.

Heute ist Montag und ich habe mir gerade auf dem Rückweg von der Rennbahn ein Menü bei Burger King geholt.

Das werde ich gleich zu Hause ganz genüsslich verspeisen und anschließend vermutlich wie ein Stein ins Bett fallen.

Vielleicht schaffe ich es aber noch, einen Film zu schauen, bevor ich ins Land der Träume abtauche.

Eine knappe Stunde nach dem Erreichen meiner Wohnung liege ich vollgefressen und geduscht im Bett und schaue tatsächlich noch einen Film vor dem Einschlafen.

Hm, keine Ahnung wieso, aber ich bin die Müdigkeit von vorhin komplett losgeworden. Stattdessen sucht mich eine überdrehte Anspannung heim, die ich nicht einordnen kann.

Nun ja, ich kann sehr wohl ...

Seit mehr als zwei Wochen kein anständiger Sex mehr, geschweige denn das, wonach es mich seit Ewigkeiten gelüstet – Unterwerfung!

Bevor ich es richtig kapiere, habe ich die Decke zurückgeschlagen, mein Handy geschnappt und eine Nachricht getippt.

> *Hey Allen, hast du heute schon was vor?*

Seine Antwort kommt, während ich durch die Wohnung tigere. Ja, verdammt, ich bin ungeduldig und ich brauche ...!

Ein breites, sicherlich sehr dreckiges Grinsen schleicht sich in mein Gesicht.

> *Hey Ryan. Nein, es liegt nichts weiter an. Wieso fragst du?*

Hm, kommt mir das nur so vor oder ist er sehr neutral?

> *Ich will spielen.*

Das muss als Antwort auf seine Frage ausreichen.

> *Dann komm her.*

Diese simplen drei Worte versetzen meinen Körper in sofortige Alarmbereitschaft.

Schon auf dem Fußweg zum Club frage ich mich, was mich eigentlich geritten hat, ihn anzuschreiben.

Ich meine, wenn ich doch behaupte, ihm nicht zu vertrauen, wieso will ich dann mit ihm spielen?

Ich stocke mitten im Schritt, als ich aus der Gasse auf den Hinterhof trete.

Scheiße, das ist es!

Meinen Körper kann ich ihm bedenkenlos anvertrauen, daran besteht nicht der geringste Zweifel.

Vielleicht liegt es an meiner langen Abstinenz, aber das ist mir derzeit furchtbar egal.

Ich will in meinem Mindset abtauchen, mich ergeben und ausliefern, damit ich wieder dieses köstliche Gefühl befriedigter Gier verspüren kann.

Wieder dieses Grinsen, dann betrete ich den Club, lasse mir von Sammy ausrichten, dass ich sofort in die Suite gehen soll und dort auf Sir Allen zu warten habe.

Als ich die Suite betrete, finde ich auf der Massageliege einen Zettel und vier Manschetten.

Ich lese: Ausziehen, Manschetten anlegen, Sklavenposition.

Ein erregter Schauder durchläuft mich und lässt meinen Schwanz schon anschwellen, bevor ich auch nur die Stiefel abgestreift habe.

Meine Kleidung stapele ich ordentlich auf einem Tisch an der Wand, dann lege ich die Manschetten an.

An den Fußgelenken ist das noch recht einfach, aber einhändig die Schnallen der breiten, stabilen Lederbänder an den Handgelenken zu schließen, ist nicht so leicht.

Ich bekomme es hin und knie anschließend, wie gewünscht, auf dem Teppich in der Mitte des Raumes.

Herunterfahren, mich in mich versenken, nur noch an mich denken, mich auf Hingabe und Selbstaufgabe einstellen, dadurch beruhigt sich mein Atem immer weiter und ich bin sehr entspannt, als ich Allens Stimme dicht hinter mir höre.

„Das Spiel beginnt. Schließ die Augen."

Ich mache es nach dem üblichen „Ja, Sir Allen."

Er legt mir eine Augenbinde an und lässt mich danach noch sehr lange warten.

„Auf alle viere", verlangt er schließlich und ich zucke zusammen, weil ich nicht mit einer Ansprache gerechnet habe.

Sekunden, nachdem ich mich auf Knie und Handflächen gebeugt habe und den Kopf weiterhin gesenkt halte, spüre ich ein merkwürdiges Kitzeln auf meinem Rücken, das über meinen Hintern und die Oberschenkel zu meinen Kniekehlen gleitet.

Ich zucke leicht, weil ich speziell an der Rückseite meiner Schenkel sehr kitzelig bin.

Die Berührung wandert wieder hinauf, gleitet erneut über meinen Rücken bis zum Nacken und verschwindet, um keinen Wimpernschlag später als scharfes Ziehen an tausend Stellen in die Haut meines Rückens zu beißen.

Ich stöhne auf, spüre dem köstlichen Gefühl nach, das der Flogger – so etwas muss es sein – auf meinem Körper hinterlässt.

Das nadelspitze Ziehen verschwindet, hinterlässt angespannte, aufgereizte Haut, bis der nächste Schlag mich trifft.

Absolut geil, dieses Gefühl.

Sehr ähnlich dem, was man am Handgelenk machen kann, diese sogenannten *Brennnesseln*, bei denen jemand mit beiden Händen den Unterarm umfasst und die Haut gegeneinander dreht.

Das zieht und brennt ebenso, und hinterlässt beim Lösen der Hände auch diese erregende Entspannung, die irgendwie nach mehr verlangt – zumindest bei mir!

Immer wieder treffen mich die zahlreichen einzelnen Lederstreifen des Floggers, lassen mich zucken, genießen, nachspüren. Von meinen Schulterblättern bis zu den Kniekehlen fühlt sich jeder Quadratzentimeter heiß an.

Schließlich streicht Allen mit dem Flogger wieder sanft über meine mit Sicherheit rote Haut.

„Zurück in die Sklavenposition!"

„Ja, Sir Allen", antworte ich schwach und richte mich mühsam wieder auf.

„Die Beine weiter auseinander", sagt er und ich spüre seine Stiefelspitzen kalt an meinen Knien, bis ich endlich zu seiner Zufriedenheit dahocke.

„Wieso bist du hier, Ryan?"

Diese Frage verwirrt mich so sehr, dass ich ungeachtet der Augenbinde den Kopf zu ihm hebe.

„Weil ich spielen will, Sir Allen."

Meine Antwort scheint ihm auszureichen, denn er brummt nur irgendetwas, und ich warte schweigend ab, was er als Nächstes tun wird.

Ich bemerke, wie er dicht hinter mich tritt, spüre das kühle Leder seiner Hosen an meinem überhitzten Rücken und bin versucht, mich dankbar anzulehnen.

Ich tue es nicht, vielleicht, weil mich eine innere Sperre davon abhält.

Stattdessen bleibe ich möglichst gerade aufgerichtet, halte das Kinn beinahe auf dem Brustbein und warte einfach ab, was er mit mir anstellt.

Dass es mir bisher immer extrem gut gefallen hat, weiß ich schließlich sehr genau.

Auch jetzt sind meine Lenden absolut geflutet von Blut und Gier.

Ich will es, will alles, was er mir geben kann.

Er beugt sich über mich und Augenblicke später fängt er meine Brustwarzen mit seinen Fingern ein, verdreht sie und lässt mich aufkeuchen.

Allen lässt sich Zeit damit, die Verdrehung wieder zu lösen, jedes Mal ein wenig mehr.

Ich verliere den Verstand, keuche vor mich hin und bin mir sicher, dass jede einzelne meiner Nervenfasern auf ihn ausgerichtet ist.

Ich will es spüren, alles.

„Stöhn für mich. Zeig mir, wie geil es dich macht."

Ich schlucke hart. Ich soll es ihm zeigen? Wie denn?

Verunsichert zögere ich, doch mein Kopfraum ist groß genug dafür. Ich kehre dorthin zurück, atme zwei-dreimal tiefer durch und lasse ihn hören, wie sehr mich seine Behandlung anmacht.

Wo immer ich kann, lasse ich meinen Körper in Richtung seiner Berührungen streben, auch als er mit seinen kurzen, stets ordentlichen Fingernägeln über meine schweißfeuchte Haut kratzt.

Ich will es, will alles!

Sobald er mit seinem Treiben innehält, sei es dem Kratzen, dem Zwirbeln meiner Nippel, wimmere ich frustriert auf und ersehne die nächste seiner Attacken.

Er verschwindet hinter mir, zieht meinen Kopf an den Haaren hoch und ich glaube, er steht vor mir.

„Mund auf!"

Ich kann nicht mehr antworten. Im nächsten Augenblick habe ich seinen Schwanz tief im Rachen und würge leicht vor Schreck.

Sein Geruch zieht mir in die Nase und ich bin sofort entspannter.

Scheiße, das ist so geil!

Allen lässt mein Haar nicht los, hält mich daran fest, während sein Schwanz in heftigen, harten Stößen immer wieder zwischen meine Lippen gleitet.

Seine Eichel streift meinen Gaumen, dringt tiefer und raubt mir damit den Atem.

Kein Entrinnen, ausgeliefert.

Ihm. Allen.

Heiße Wellen von Lust durchdringen mich, mein Schwanz pocht schmerzhaft vor sich hin, ganz sicher tropft er bereits.

Allens Stöße in meinen Rachen werden heftiger, kompromissloser, und ich habe zwischendurch echt Mühe, noch Luft zu bekommen.

Er stöhnt verhalten, ganz so, als wollte er nicht, dass ich seine tatsächliche Erregung höre.

Ich frage mich, wieso, aber ich habe irgendwie keine Energie dafür, näher darüber nachzudenken.

Viel zu stark überschwemmen mich die Hormone, die er in mir weckt.

Mein Keuchen übertönt alles, was ich von ihm hören könnte, aber das macht nichts. Ich versinke wieder vollkommen in der Lust, in purem Genuss.

Als er sich ruckartig zurückzieht, bin ich beinahe enttäuscht und jaule auf.

Eigentlich erwarte ich, dass er mich sein gutmütiges Lachen hören lässt, aber es bleibt aus und ich verspüre einen bitteren Stich deshalb.

Kein angenehmer Schmerz, denn er hat nichts mit Lust zu tun.

Ich senke hastig den Kopf, will auf keinen Fall, dass er mir den tiefgehenden Schmerz ansieht. Auch nicht die Enttäuschung.

„Steh langsam auf", befiehlt er und nimmt mir die Augenbinde ab.

Wie ich aus Erfahrung weiß, muss ich meinen Körper erst in Ruhe aus der Position befreien, bis alle Extremitäten wieder gut durchblutet sind.

Es dauert endlose Minuten, bis ich es schaffe, mich zu erheben. Trotzdem bin ich sehr wackelig auf den Beinen und habe Mühe, nicht umzukippen.

Allein Allens Reaktion verdanke ich, dass ich mich nicht auf dem Teppich wiederfinde.

„Ich habe dir gesagt, dass du langsam machen sollst!", fährt er mich an, dass ich zusammenzucke und mich aus seiner Umarmung winden will.

Er hält mich trotzdem fest. Sein Geruch betäubt mich wieder, seine Körperwärme ebenfalls.

Ein Teil von mir will in ihn hineinkriechen und sich dort verstecken.

Ein anderer will einfach nur möglichst schnell aus seiner sinnverwirrenden Nähe herauskommen.

Er scheint zu bemerken, wie zwiespältig es für mich ist, so nah bei ihm zu sein, jedenfalls schiebt er mich zur Massageliege, bis ich mich daran festhalten kann.

Dankbar atme ich auf, als er sich zurückzieht und sich umwendet.

Verstohlen sehe ich ihn an, senke den Blick aber sofort, als er sich wieder zu mir dreht.

„Geh zur Sprossenwand", sagt er und nickt in die Richtung. Ich sehe es aus dem Augenwinkel und mache mich auf den Weg.

„Streck die Arme nach oben und umfass den Holm, den du gut erreichen kannst."

„Ja, Sir Allen", erwidere ich und spüre, wie er meine Handgelenksmanschetten nacheinander mit breiten Lederbändern an der Sprossenwand befestigt.

Augenblicke später schubst er an den Innenseiten gegen meine Fußknöchel.

„Beine breit!"

„Ja, Sir Allen!"

Ich spreize die Beine, bis er zufrieden brummt, dann beugt er sich hinter mir hinab und befestigt auch die Beinmanschetten an den Längsholmen des Sportgeräts.

Sobald er damit fertig ist, bin ich ziemlich unbeweglich angebunden und spüre erneut diese absolute Auslieferung.

Allens Hände gleiten an meinen Beinen entlang zu meinem Arsch und übergangslos schieben sich mehrere seiner Finger in meine geöffnete Spalte.

Ich zucke und keuche auf, als mir klarwird, dass ich mehr oder minder in den Armmanschetten hänge.

Auch wenn meine Füße noch Bodenkontakt haben, sind meine Arme durch die weite Spreizung der Schenkel gestreckt.

Genau an der Grenze zu sachtem Schmerz, der aber durch die Dauer meiner Fesselung sicherlich stärker werden wird.

Allens Finger gleiten nicht mehr massierend über meinen Eingang, stattdessen dringt etwas Schmales, Kühles in mich ein. Erst verzögert begreife ich, dass er mir Gleitmittel reinspritzt, und zucke leicht, weil mir bewusst wird, dass er mich gleich ficken will.

Zufrieden und endlos geil stöhne ich schon bei der Vorstellung, dass er mich vollständig ausfüllt, auf.

Doch bevor er seinen Schwanz rücksichtslos in mich versenkt, hat er offensichtlich noch andere Pläne mit mir.

Mit einem unerwarteten Klatschen landet irgendetwas auf meinem Arsch, Sekundenbruchteile später auf der anderen Backe.

Jeden einzelnen Schlag zählt Allen mit und erklärt mir sogar, wofür ich ihn bekomme.

„Dein Arsch wird glühen, wenn ich mit dir fertig bin."

Ich schaudere vor Geilheit, während mich Schlag auf Schlag trifft.

Es muss eine Gerte sein, davon hängen einige an der Wand neben mir. Einer der Haken ist leer.

„Fünf!"

Ich stöhne leise, will jeden Hieb genießen und auskosten. Der Schmerz kann nicht einmal verebben, bevor er mich wieder trifft.

„Zweiundzwanzig Tage ohne Spiel. Jeden einzelnen wirst du zu spüren bekommen, damit du nicht vergisst, wem du gehörst."

Oh? *Darum* geht es?

Heiß flutet der Gedanke, dass er meinen Körper so ohne jeden Zweifel besitzt, durch meine Adern.

Als ob ich nicht auch so schon darunter gelitten hätte, ohne diese geile Behandlung auskommen zu müssen – ohne Allens Dominanz und seine besitzergreifenden Handlungen.

Den Mittwoch zählt er offensichtlich nicht mit. Komisch, dass mir das jetzt auffällt, aber vermutlich hat er recht.

Es war kein Spiel, es war ein bodenloser Abgrund, der auf emotionale Hingabe erfolgte.

Ich schüttle den Gedanken mit Hilfe der Schläge ab, die er mir verpasst.

Jeden davon genieße ich, stöhne nun lauter und strecke Allen sogar meinen Arsch entgegen, soweit es meine gestreckten Arme zulassen.

„Ja, Sir Allen! Hör nicht auf!"

Er knurrt grollend. Unterbricht seine Schläge kurz und zischt dicht an meinem Ohr: „Du wirst bekommen, was ich dir geben will. Nicht, was du dir wünschst."

Oha, deutliche Ansage – übrigens eine extrem erregende.

Ich schaudere erneut und bestätige seinen Hinweis.

„Ja, Sir Allen. Entschuldige!"

„19!"

Nur noch drei, ich kann nicht behaupten, dass ich dem Ende seiner Zählung entgegenfiebere, obwohl der heiße, brennende Schmerz mich mehr und mehr überflutet.

Als er schließlich bei zweiundzwanzig angekommen ist, zittere ich vor Anspannung und Schmerz.

Ich hänge unabsichtlich tief in den Armfesseln und habe Mühe, meine Knie noch zu nutzen.

Allen bemerkt es sofort. Er ergreift meine Hände und legt meine Finger um den Holm, von dem sie abgerutscht sind.

Dicht lehnt sein Körper an meinem Rücken, umfängt mich und er lässt seine Hände aufreizend kratzend über meine Brust bis zu meinem Schwanz wandern.

Ich schaudere, lehne mich gegen ihn, will immer deutlicher in ihn hineinsickern und mich dort vor der Welt verstecken.

Er unterbricht den Kontakt und tritt einen Schritt zurück. Ich spüre seine Hand wenig später in meinem Nacken, sie gleitet über meine gestreckte Schulter nach vorn, weiter über meine Brust und fasst an meine Kehle.

Allen überstreckt meinen Hals, bis mein Kopf in den Nacken gedrückt ist.

Ich schlucke hart, spüre dabei seine Handfläche deutlich an meinem Adamsapfel und schreie erstickt auf, als er hart in mich eindringt.

Sobald er mit seinen unbarmherzigen Stößen beginnt, legt sich seine freie Hand um meinen Schwanz und sein Daumen drückt auf meine Eichel.

„Du wirst erst kommen, wenn ich es dir sage!"

Ich krächze eine sicherlich unverständliche Antwort und genieße diesen rauen, harten Fick.

Er drückt mir nicht die Luft ab, aber er zeigt mir, dass er die absolute Macht über meinen Körper hat.

Ich verliere mich in seinem Rhythmus und versuche krampfhaft, nicht zu kommen, obwohl er mich einfach unglaublich reizt.

Mein Kopf schwindelt, alles dreht sich, ich schnappe nach Luft, keuche weiter und hoffe, dass er niemals aufhört.

Einmal mehr gehöre ich ihm vollständig. Mein Körper ist sein, ohne jeden Zweifel besitzt er jedes bisschen von mir.

Mein Muskel massiert seinen Prügel, ich kann mich nicht mehr halten, der Holm entgleitet meinen Fingern ebenso wie mein Wille meinem Verstand.

Ewigkeiten später höre ich seine Stimme dicht an meinem Ohr. Atemlos und genauso keuchend wie meine eigene.

„Du darfst kommen."

Im selben Augenblick schreie ich heiser auf, weil sich mein Schwanz mit einer Urgewalt entlädt, die ich nicht kenne.

Schwärze legt sich über mein Bewusstsein, jegliche Spannung verlässt meinen Leib.

Ich weiß nicht, wie lange ich weg war, aber als ich wieder zu mir komme, lehne ich ohne Fesseln an Allens Brust.

Er hat mich befreit und umgedreht, mustert mich mit beinahe ausdrucksloser Miene und sagt: „Das Spiel ist vorbei."

Viel zu früh, wie ich finde, und doch bin ich matt und satt von dem, was er mit mir angestellt hat.

Sobald es geht, mache ich mich von ihm los und will diesmal sehr deutlich aus seiner Nähe entkommen.

Deshalb steuere ich den Tisch an, auf dem meine Klamotten liegen.

Ich muss die Manschetten loswerden, nach Hause, schlafen, mich ausruhen und erholen.

Doch was das angeht, habe ich die Rechnung ohne Allen gemacht.

„Zum Bett, Ryan." Seine Stimme ist so viel sanfter als den gesamten Abend.

Ich fahre zu ihm herum und sehe ihn geradewegs an. „Was?!"

„Du hast mich sehr genau verstanden. Geh zum Bett, ich muss dich versorgen, bevor du gehen kannst."

Will ich das? Kann ich das?

„Wieso?"

Er erklärt mir, was ich in manchen Foren bereits gelesen habe.

„Weil ich nachsehen muss, ob ich dich irgendwo verletzt habe, und weil man einen Sub nach einer intensiven Session nicht einfach so sich selbst überlässt. Du musst etwas trinken, dich ausruhen, dich versorgen lassen."

„So, muss ich?"

Er nickt und kommt näher.

„Ja, musst du. Stell dich nicht so an, nur weil ich dafür sorgen will, dass du morgen möglichst wenig Schmerzen hast."

Ich runzle die Stirn. „Ist aber nicht nötig."

Er lächelt angedeutet. „Du bist ein Sturkopf, aber in diesem Punkt lasse ich nicht mit mir verhandeln. Und wenn du dich jetzt weiter quer stellst, werde ich das Spiel demnächst erst *nach* der Nachsorge beenden, verstanden?"

Ich nicke widerwillig und senke den Blick, weil ich ihm nicht zeigen will, dass mich seine Fürsorglichkeit zum Schmunzeln bringt.

Irgendwie ist das auch böse von mir, schließlich hat er Gefühle für mich, oder?

Ich stocke und starre ihn wieder an.

Scheiße, wie konnte ich …? Ich meine …!

Das heutige Spiel hat für mich definitiv eine andere Bedeutung als für ihn, oder?

Er sieht mir den Schrecken über meinen Egoismus offenbar an, denn er lächelt jetzt nachsichtiger. „Komm schon, Kleiner. Es ist wirklich wichtig, dass du versorgt wirst."

Er nickt zum Bett und ich gehe mit einem Seufzen darauf zu.

Allen holt irgendwelche Dinge aus dem Regal und kommt zu mir, kaum dass ich auf der Bettdecke ausgestreckt liege.

Bäuchlings, schließlich hat meine Rückseite heute das Meiste abbekommen.

Zuerst nimmt er mir die Manschetten ab und kontrolliert die Haut darunter.

Ich wende das Gesicht zur Bettkante, als er sich niederlässt und mit einem schneeweißen Tuch und einem offenbar milden Desinfektionsmittel über meinen Rücken, meinen Hintern und meine Oberschenkel streicht.

Auch die Gelenke, an denen ich gefesselt war, desinfiziert er.

An manchen Stellen brennt es ganz, ganz leicht, weshalb ich tiefer einatme, aber nicht zurückzucke.

„Dein Körper ist nach einer Session überflutet von Endorphinen, Ryan", beginnt er währenddessen zu erzählen. „Es ist schon aus körperlicher Sicht sehr wichtig, dass du Gelegenheit bekommst, richtig runterzufahren."

Ich neige den Kopf weiter, um ihn anzusehen. „Und wie ist das bei dir? Ich meine, beim Dom?"

Er lächelt und sieht kurz zu mir. „Keine Endorphine sondern Adrenalin. Es wird anders abgebaut. Wichtig ist für dich, dass du nach dem Spiel nicht allein gelassen wirst. Es hat nämlich auch psychologische Auswirkungen auf den Sub, wenn man diese Regel nicht beachtet."

„Welche?"

„Es kann dich in einen sogenannten Sub-Drop bringen. Im Grunde eine Form von Depression, die unterschiedlich schnell einsetzen und unterschiedlich lange anhalten kann."

„Aha, verstehe. Und gibt es auch einen Dom-Drop?"

„Sehr viel seltener, aber ja, gibt es."

„Und wer verhindert den beim Dom?"

„Darum kümmert sich der Dom selbst."

„Verstehe ich nicht! Ich meine, ist doch nicht fair, oder?", frage ich neugierig.

„Wie gesagt, es ist sehr, sehr selten. Und es passiert eher in M/s-Beziehungen."

„Was ist das?"

„Das sind Master-Slave-Beziehungen mit totaler Kontrollabgabe durch den Sklaven an den Master. Dabei entscheidet der Sub aus freien Stücken gar nichts mehr und lässt sich alles von seinem Master befehlen."

„Hm, klingt für mich sehr surreal."

„Für mich wäre das auch nichts, aber solche Master haben hin und wieder so einen kleinen Einbruch. Wenn sie dem entgegenwirken wollen, sprechen sie mit anderen Doms und nehmen sich eine Auszeit von ein bis drei Tagen."

„Was macht der Sklave in der Zeit?"

„Das, was er im normalen Alltag immer von seinem Master aufgetragen bekommt. Aber eine solche Auszeit wird oft so eingerichtet, dass der Sklave diese Zeit auch außerhalb verbringt. Quasi ein Kurzurlaub von der Beziehung für beide."

„Klingt für mich trotzdem unvorstellbar. Ich könnte niemals die komplette Kontrolle abgeben!"

Allen lacht leise, während er damit begonnen hat, meine gereizte Haut einzucremen.

Seine Hand streicht in sanften Kreisen über meine Haut. Es fühlt sich so gut an, dass ich eine Gänsehaut davon bekomme.

Bleibt ihm natürlich nicht verborgen. „Dir ist kalt, ich sollte mich ein bisschen beeilen."

Sobald er mich fertig eingecremt hat, zieht er die Bettdecke über mich und ich könnte mich zusammenrollen und einfach einschlafen, so gut gefällt es mir hier momentan. Er räumt alles weg und kommt mit einem Glas Cola wieder zu mir.

„Hier, du musst etwas trinken."

Ich rappele mich mühsam auf und erlaube ihm einmal mehr, mir das Glas an die Lippen zu setzen.

Irgendwie hat es etwas Rührendes, sehr Liebevolles, dass er das macht.

Zeitgleich frage ich mich jedoch, ob er das bei jedem Sub macht.

Es ist schon nach Mitternacht, als ich endlich den Club verlasse und nach Hause gehe.

Ich bin heilfroh, dass Allen mich diesmal nicht wegbringen wollte.

~ Ausgehungert ~

Der Dienstag ist eindeutig nicht mein Tag – ich spüre meinen Rücken bei jeder unbedachten Bewegung mit einem leichten Ziehen, und mir wird klar, wieso diese Sessions so kraftraubend und intensiv sind.

Ihre Auswirkungen brennen nach und bescheren mir im Laufe des Tages immer wieder leicht zischelnde Schmerzlaute, die ich mühevoll unterdrücke.

Da ich nicht sicher bin, ob das so in Ordnung geht, schreibe ich Allen an.

> *Hey Allen, ich will nicht lange stören, aber kannst du mir schnell sagen, ob es normal ist, wenn mir der Rücken wehtut?*

Seine Antwort kommt in Form eines Anrufes, bei dem ich zögere, ihn überhaupt anzunehmen.

Schließlich tue ich es doch.

„Hi."

„Hallo Ryan. Schmerzen im Rücken? Was für Schmerzen?"

„Na ja, so ähnlich wie Muskelkater, würde ich behaupten."

„Hm", macht er. „Das wird dann tatsächlich Muskelkater sein. Du hast dich zwischendurch immer wieder verspannt, bevor der nächste Schlag kam. Das Anspannen der Muskeln kann sich am nächsten Tag durchaus so auswirken."

„Verstehe. Okay, dann danke für die Info." Ich hole noch mal Luft, um eine Verabschiedung hinterherzuschieben, aber Allens Stimme hält mich davon ab.

Er klingt ziemlich besorgt. „Ist es sehr schlimm, Ryan?"

„Nein, nein, nur ungewohnt. Das Fitnessstudio war heute kein Spaß", bekenne ich.

„Vielleicht sollte ich dich demnächst noch in den Whirlpool stecken, um eventuellen Verspannungen vorzubeugen."

Diese Worte, so freundlich und fürsorglich sie auch klingen, wecken irgendwie meine Wut.

„Spar dir das, Allen! Ich werde nicht dran sterben, ein wenig Muskelkater zu haben! Ich wollte nur wissen, ob das normal ist, und das weiß ich ja nun. Also bis dann."

Ich lege auf, auch wenn ich höre, dass er noch etwas sagt.

Diese Fürsorge in seiner Stimme! Sie macht mich irre, weil sie etwas in mir anspricht, das ich nicht wahrhaben will.

Allen Right hat meine Gefühle verletzt! Ohne Kompromiss und mit purer Absicht!

Er kann sich seine heutige Sorge in den Arsch schieben, sofern er darin irgendetwas duldet.

Mein Smartphone stelle ich sofort auf ‚lautlos' und lege es auf den Wohnzimmertisch.

Beine hoch, Fernseher an, ich brauche Ablenkung und Zerstreuung.

Zwischendurch hole ich mir frischen Kaffee und beschließe, den restlichen Tag einfach zu vergammeln.

~*~

Das Rennen verläuft nicht gerade zu meiner Zufriedenheit – ich werde nur Achter.

Entsprechend ist meine Laune absolut im Keller, als ich am Montag zum Lebensmitteleinkauf im Supermarktkarree unterwegs bin.

In meiner Heimatstadt gibt es mehrere große Ketten, die ihre Filialen alle beieinander aufgestellt haben.

Entsprechend kann ich von Laden zu Laden tingeln, um alles, was ich brauche, einzukaufen.

Auf dem Weg vom zweiten zum dritten Geschäft, in dem ich nur noch meine liebste Wurstsorte kaufen will – Teewurst mit weniger Fett – begegne ich Lars und Michael.

„Wie geht es dir?", erkundigt sich Lars nach einer schnellen Begrüßung.

„Ganz gut soweit. Und euch?"

„Auch", erklärt Michael.

„Freut mich", sage ich grinsend.

Lars mustert mich forschend, er legt sogar den Kopf schräg. „Ehrlich gesagt siehst du nicht aus, als ginge es dir gut."

Ich seufze. „Das erste Rennen der Saison hab ich so was von verkackt ...", bekenne ich mit knirschenden Zähnen. „Wenn ich so weitermache, kann ich mir jegliche Chancen auf den Titel abschminken."

„Oh? Was für ein Rennen denn?"

Erst jetzt fällt mir auf, dass die zwei ja nicht wissen können, was neben der hobbymäßig betriebenen Musik mein Beruf ist.

„Ich bin Motorradrennfahrer. Dachte, das wüsstet ihr schon längst ..."

Michael lacht auf. „Du meinst, weil Allen so eine amtlich anerkannte Plaudertasche ist?"

Ich hebe die Schultern. „Keine Ahnung, ich dachte, ihr drei seid besser befreundet."

„Allen ist mein bester Freund, Ryan", bemerkt Michael. „Aber das bedeutet nicht, dass er über dich tratscht."

„Na ja, zu erzählen, womit ich mein Geld verdiene, ist nicht gerade das Ausplaudern eines Staatsgeheimnisses", erinnere ich ihn.

„Nein, das wohl nicht, aber du scheinst ihn falsch einzuschätzen. Er würde nie hinter deinem Rücken über dich reden."

Ich runzle die Stirn. „Würde er nicht?"

„Nein", sagt Lars und knufft meine Schulter. „Deshalb haben wir auch keinen Schimmer, wieso er sich kaum noch im Club sehen lässt."

Prompt weiten sich meine Augen und ich starre Lars groß an. „Er ist kaum noch im Club?!"

Michael nickt. „Allen neigt dazu, Probleme, die er hat, mit sich selbst auszumachen."

„Aha?"

„Na ja ... Es wirkte neulich so, als hättet ihr massive Probleme miteinander ...", ergänzt Lars.

Ich fange mich endlich und grinse dreckig. „Weiß nicht, wir spielen doch nur."

Michael wird noch ernster. „Ryan, sorry, wenn ich jetzt mal total indiskret bin", beginnt er und sieht sich um, damit uns niemand belauscht, „aber er hat mit dir geschlafen, oder?"

Ich will ihn schon wütend anfahren, dass ihn das nichts angeht, aber Lars' Hand legt sich beruhigend an meinen Oberarm.

„Er schläft normalerweise nicht mit seinen Subs."

Oh!

Irgendwie bin ich bisher davon ausgegangen, dass das für ihn einfach dazugehört, so wie ich es in unserem ersten Gespräch gesagt habe. Für mich war es die ganze Zeit fester Bestandteil meiner Fantasie, auch zu ficken.

„Ich ... Keine Ahnung, vielleicht hätte ich mir das denken sollen, aber letztlich spielt das keine Rolle. Und ich denke, wenn er als euer bester Freund nicht mit euch drüber redet, sollte ich es auch nicht tun."

Michael nickt ebenso beifällig wie Lars.

„Deshalb haben wir nicht davon gesprochen, okay? Wir wollten dich nicht aushorchen."

„Schon okay, so hab ich es nicht gemeint oder verstanden. Es ist nur so, dass ich ... Ich sage es mal so: Wir spielen nur noch. Mehr nicht. Und nichts wird daran noch etwas ändern."

Insgeheim frage ich mich, ob ich damit nicht schon viel zu viel gesagt habe, aber ich kann es nicht mehr zurücknehmen.

„Keine Angst, wir fragen nicht nach." Michael lächelt halbherzig.

Ich winke ab. „Wie gesagt, schon okay."

Wir verabschieden uns wenig später, und ich denke noch eine Weile über dieses Gespräch nach.

Allen ist also kaum noch im Club? Liegt das wirklich an mir?

Ich meine, ja, mir ist durchaus bewusst, dass er mehr von mir wollen würde, als ich noch bereit bin, ihm zu geben, aber das hat ihn neulich beim Spielen schließlich auch nicht gestört, oder?

Ich mache mich auf den Heimweg, sobald ich die letzten Sachen eingekauft habe, und räume in aller Ruhe die Einkaufstaschen aus.

Auch wenn ich allein lebe, habe ich eine relativ große Vorratshaltung. Es ist nicht immer so still bei mir wie momentan.

Meine Band fällt in regelmäßigen Abständen ein und futtert mir die Haare vom Kopf.

Ich mag das, denn dann ist das Kochen nicht so eine öde Angelegenheit.

De facto stehen wir dann zu fünft in der Küche und bereiten alles gemeinsam zu.

Das Kochen funktioniert genauso gut wie unser musikalisches Zusammenspiel.

Morgen Abend wollen die Jungs wieder vorbeikommen. Nach dem gemeinsamen Essen werden wir irgendein neues Gesellschaftsspiel ausprobieren, das unser Spielefreak Castro auf einer Convention ergattert hat.

Was ich allerdings heute noch anstellen soll, weiß ich nicht.

Kaum ist Ruhe eingekehrt, erinnere ich mich wieder an das Gespräch mit Lars und Michael.

Die Andeutungen der beiden machen mich konfus und ich frage mich, wie ich dieses Durcheinander in mir wieder hinbiegen soll.

Vielleicht ist es Zeit für ein weiteres Spiel mit Allen?

Das finde ich am schnellsten heraus, wenn ich ihn frage, nicht wahr?

> *Hey Allen, Lust zu spielen?*

Seine Antwort kommt diesmal nicht so schnell, weshalb ich schon nicht mehr damit rechne, noch eine zu bekommen.

Schließlich, mehr als eine Stunde nach meiner Frage, kommt dann doch noch eine Rückmeldung.

> *Hi Ryan. Kein Problem. Komm zum Club.*

Erst seine reservierten Worte und das danebenbefindliche Foto aus dem Messenger erinnern mich daran, wie unser letztes Gespräch verlaufen ist, und ich überlege schon, abzusagen.

Immerhin war ich echt angepisst und habe einfach aufgelegt!

Muss ich mir darüber Gedanken machen?

Ich meine, er hat's vergeigt, nicht ich!

Alles, was ich von Anfang an wollte, war, von jemandem dominiert zu werden, mich zu unterwerfen.

Das werde ich auch heute von ihm bekommen, wenn ich es wirklich will.

Und die Frage stellt sich nicht.

Spiele mit Allen sind geil und unglaublich befriedigend. Auch befreiend, wenn wir schon dabei sind.

Das letzte Spiel ist eine ganze Woche her, was mein Hormonhaushalt mir auch ziemlich übelnimmt.

Noch dazu das miese Rennergebnis ... Wird wirklich Zeit, dass ich dusche und meinen Hintern in den Club schaffe!

~*~

Als ich im Club eintreffe, schickt Lydia, die heute Dienst hat, mich zur Bar.

Schon nach einem kurzen Rundblick sehe ich Allen allein an einem der Tische an der Wand sitzen.

Vor ihm steht ein Glas mit Mineralwasser und er bemerkt mich erst, als ich am Tisch ankomme.

„Hi", grüße ich.

„Hallo Ryan. Setz dich." Er deutet auf die Sitzbank und ich lasse mich nach einem kurzen Zögern nieder.

Ich bin nicht zum Reden hergekommen.

Was ich will, ist spielen, nichts weiter!

Ob ich ihm das so deutlich sagen darf?

Nein, die Gefahr, dass er mich dann ohne Kompromisse wegschickt, ist mir zu groß.

Die Bedienung kommt, ich bestelle eine Cola und erhalte sie nur eine knappe Minute später.

Obwohl die Zeit so schnell vergeht, ist das Schweigen, das sich über unseren Tisch gelegt hat, erdrückend.

„Ich hab Michael und Lars heute getroffen."

Er sieht mich an und nickt. „Hat Micha mir erzählt."

Irgendwie hätte ich erwartet, dass Allen sich mir gegenüber nicht anmerken lassen würde, wie es ihm geht.

Er wirkt irgendwie niedergeschlagen auf mich, was einmal mehr diesen fiesen, brennenden Stich in meiner Brust auslöst.

Soll ich ihn darauf ansprechen?

Indem ich darüber nachdenke, erkenne ich, dass er es sich wirklich nicht anmerken lassen will.

Seine Schultern straffen sich, er wirkt wieder so präsent und groß, dass ich tief durchatmen muss, um nicht zurückzuschrecken.

„Nimm dein Glas mit, wir treffen uns in der Suite. Das Spiel beginnt."

Ich nicke. „Ja, Sir Allen."

Komisch, wieso fällt es mir so leicht, zwischen Spiel und Realität umzuschalten?

Wieso kann ich ihm in der Realität mit Groll, Widerworten und bösen Sprüchen begegnen, verliere dieses Verlangen aber sofort, wenn wir zu spielen beginnen?

Ich nehme das Glas und verschwinde.

Wie beim letzten Mal ziehe ich mich aus und warte in der Sklavenposition auf dem Teppich auf ihn.

Die Tür klappt erstaunlich schnell und gut vernehmlich zu.

Allen ist da.

„Steh auf, sobald du kannst, und komm her." Allen steht an der Massageliege, auf der zwei mit Leder überzogene halbrunde Kissen liegen.

Tausend Fragen schießen durch meinen Kopf, keine einzige werde ich stellen.

„Ja, Sir Allen."

Da ich noch nicht lange hier knie, schaffe ich es schnell zu ihm und der Liege.

Scheiße, das Kunstleder der Liegefläche ist voll kalt!

„Leg dich auf den Rücken", verlangt er und schiebt mir eines der Kissen unter die Kniekehlen, das andere in den Nacken.

Ich brauche einen Moment, um mich wirklich entspannt hinzulegen.

Mein Schwanz zeigt deutlich, wie sehr mich diese Situation wieder einmal erregt.

Ich mache gern, was er sagt, will ihm gefallen, will ihm gehorchen, damit er mir gibt, was ich so offensichtlich brauche.

Während ich noch ein wenig herumrutsche, sehe ich, dass Allen an einem Tisch hantiert, der dicht bei der Liege steht.

Mehrere Kerzen stehen darauf und alle sind angezündet.

Verwirrt sehe ich ihn an und fange mir prompt eine Zurechtweisung ein, dass ich den Blick gesenkt zu halten habe.

Er will es romantisch machen?!

Ich meine, Kerzenlicht?!

Das ist schon ... seltsam ...

„Schließ die Augen", verlangt er, und ich gehorche mit einer gemurmelten Bestätigung.

Er verpasst mir wieder eine Augenbinde und ich beschließe, dass ich mich einfach richtig entspannen sollte.

„Leg den Kopf zurück in den Nacken. Okay, rutsch noch etwas tiefer", sagt er und ich mache es. „So ist es gut."

Nun ist mein Hals überstreckt und der Nacken liegt auf dem höchsten Stück des Kissens.

Das wird sicherlich diverse Kopfschmerzen verhindern, ist aber auch nicht allzu gemütlich.

Was auch immer er vorhat, als Nächstes bekomme ich Manschetten an Hand- und Fußgelenke, und er verzurrt diese mit irgendetwas an der Liege.

Mir ist neulich schon aufgefallen, dass an ihrer Unterseite etliche Haken und Metallschlaufen angebracht sind – nun weiß ich auch, wofür.

Meine Arme liegen eng an meinem Körper, sind neben den Oberschenkeln fixiert, meine Beine, angewinkelt durch das Kissen, sind nach unten weggebunden.

Allen überprüft den Sitz der Fesseln, brummt zufrieden, und ich warte instinktiv auf den ersten Schlag.

Er bleibt aus. Stattdessen zucke ich zusammen, weil etwas Warmes auf meine Brust tropft und hinabläuft.

Es kitzelt, tut aber nicht weh.

Als der zweite und dritte Tropfen über mein Brustbein rinnen, begreife ich, wozu er die Kerzen braucht.

Das ist Wachs auf meiner Haut!

Er verteilt es an unterschiedlichen Stellen und es wird wärmer, je öfter es mich trifft.

Das kitzelnde Hinablaufen des Wachses macht mich irrsinnig an. Es rinnt mit seinen Reizen direkt in mein Rückgrat und lässt meine Lust weiter anwachsen.

Erst als ich zische, weil es langsam zu heiß wird, brummt Allen zufrieden und behält, keine Ahnung, wie er das macht, diese Temperatur bei, um mehr und mehr Wachs auf meiner Haut zum Erkalten zu bringen.

Die Wärme steht in einem verrückten Kontrast zu dem noch immer kühlen Kunstleder unter meinem Hintern.

Ganz kurz blitzt in meinem Kopf auf, dass ich sehr froh über meine stets entfernte Körperbehaarung bin.

Verklebtes Haar von Wachs zu befreien, wird nicht lustig sein, fürchte ich.

Der Gedanke geht in Flammen auf, weil Allen immer tiefer wandert und nun langgezogene Wachstropfen über meinen Unterbauch rinnen.

Ich stöhne leise vor Erregung und winde mich wohlig.

Als Nächstes sind die Oberschenkel dran. Auch hier tropft er alles mit dem hitzigen, flüssigen Material voll.

Ich stöhne lauter, spüre, wie das Mindset mich vollkommen in sich aufsaugt, und ich mich einfach fallenlasse.

Allen weiß, was er tut, und ich weiß, dass ich ihm meinen Körper blind anvertrauen kann.

Da sind einfach keine Zweifel in mir!

Willig und in einem gierigen Reflex lasse ich meine Knie von dem halbrunden Kissen nach außen rutschen, will mich ihm anbieten, unmissverständlich und auch ein wenig fordernd.

Sein grollendes Knurren lässt mich innehalten.

„Was soll das werden?", fragt er mit einer deutlichen Drohung in seiner tiefen Stimme.

Meine geöffneten Lippen zittern leicht, ich lecke mir darüber, um sie zu befeuchten, und weiß nicht, was ich antworten soll.

Ist doch eindeutig, wonach mein Körper schreit, oder?

Sollte ihm dessen Reaktion nicht glasklar demonstrieren, was er sich wünscht?

Hilflos liege ich da, zucke die Schultern angedeutet und überstrecke den Hals noch weiter.

Er ist ganz nah bei meinem Gesicht, sein heißer Atem streicht über mein Ohr, meinen Hals, bis seine Zunge in einer feuchten Spur über meinen Adamsapfel gleitet.

„Schweigen wird nicht toleriert, Ryan."

Ich wimmere auf, weil ich einfach nicht weiß, was ich sagen soll.

Schließlich bringe ich krächzende Töne hervor: „Will dir zeigen, wem ich gehöre."

Wieder brummt er zufrieden, diesmal kann ich die Vibration dieses Tones auf meiner Kehle fühlen.

„Und wem gehörst du?", hakt er mit seiner unvergleichlich lockenden Stimme nach.

„Dir!"

„Wem?"

„Dir, Sir Allen!", sage ich wohl gerade noch rechtzeitig.

Ich habe keinen Schimmer, wie viel Zeit vergangen ist, weiß nur, wie ich heiße, wem ich gehöre, wo ich liege. Der Rest vergeht in dem unwiderstehlichen Gefühl, in Sicherheit zu sein.

Als Allen die Wachsspiele fortsetzt, gebe ich mich vollständig dieser Sicherheit hin, winde mich, jaule und keuche, werfe den Kopf hin und her.

Seine Hände wandern über meine Knie zu meinen Knöcheln und lösen die Fesseln.

Sogar die Manschetten verschwinden, und er streichelt sacht über die feuchte Haut, bevor er meine Beine mit einem Ruck anhebt und sie sich über die Schultern legt.

Meine Waden liegen an seinem nackten Oberkörper, Allen beugt sich über mich, dass meine Beine an der Hüfte einknicken müssen, und umfasst mein Becken, um mich zum unteren Rand der Liege zu ziehen. Das auf meiner Haut festgewordene Wachs bröckelt, landet sicherlich nicht nur auf, sondern auch neben mir.

Das Kniekissen ist weg, mein Kopf vom anderen herabgerutscht.

Meine noch immer gefesselten Hände sorgen dafür, dass ich die Arme anwinkeln muss.

Ausgeliefert!

In Sicherheit und ausgeliefert, so fühle ich mich.

Noch einmal zieht er mich näher an sich, seine Finger gleiten in meine Spalte, tippen fordernd gegen meinen Eingang und ich spüre, wie er Gleitgel in mich spritzt.

Dann sind seine Finger weg, er nestelt an seinem Schwanz herum, seine Handrücken streifen immer wieder meinen Hintern.

Aufregung, Vorfreude, ein unbändiges Gefühl von Erregung durchflutet mich.

Er wird mich ficken, gleich wird er sich in mich stoßen und mich hart und kompromisslos ficken!

Er platziert seine Eichel, stößt unerwartet sacht, aber mit spürbarem Druck in mich, zieht sich zurück und wiederholt diese Bewegung, bis ich wimmernd um Gnade flehe.

Trotzdem behält er dieses enorm geil machende Spiel bei, dringt in mich ein, zieht sich zurück.

Wieder und wieder.

Ich schaffe es nicht mehr, mich zu artikulieren, winde mich im Rahmen der Fesseln.

„Halt still!"

Sofort komme ich seinem Befehl nach, liege ganz still da und hoffe stumm darauf, dass er diese quälende Folter an meinem Eingang bald in einen wilden Fick wandelt.

Allen lässt irgendwann, als seine Eichel gerade wieder einmal in mir ist, seine Hände über meine Beine hinauf zu meinen Fußgelenken gleiten, und umfasst sie hart, bevor er sie weit nach außen und ein Stück weit in meine Richtung drückt. Mein Hintern verliert den Kontakt zur Liege.

Scheiße, ist das geil!

Noch einmal zieht er sich zurück, ich jaule wimmernd auf, weiß genau, dass mein mittlerweile weit geficktes Loch für ihn zuckt.

„Wem gehörst du?"

„Nur dir, S...!" Mehr schaffe ich nicht zu keuchen, weil sein harter, tiefer Stoß mich laut aufschreien lässt.

Die Wucht, mit der er in mich fährt, raubt mir Atem, Verstand und Klarheit.

Ich bin nur noch. Irgendetwas.

Allens Besitz.

Vollständig.

Da ist kein Ryan mehr.

Kein Mann, der immer alles selbst bestimmt.

Da ist nur noch dieses zuckende, vor Lust vergehende Etwas, hinter dessen geschlossenen Lidern Lichtblitze explodieren.

Tief in mir verharrt er.

Er, der mich zu seinem Besitz gemacht hat.

Einfach so. Mit einem einzigen Stoß.

Mit seiner Dominanz, seiner Stärke und seiner eigenen Lust.

Ich habe Mühe, wieder Luft zu bekommen, liege ganz still und versuche, ihm keinen Anlass zu geben, sich noch einmal innerhalb der kommenden tausend Jahre aus mir zurückzuziehen.

Ich will hier sein.

Der sein, den er besitzt.

Kompromisslos habe ich mich, mein Ich, aufgegeben, um sein zu sein.

Allein sein.

Allens Stöße sind langsam und tief. Er beginnt damit, kaum dass ich wieder atmen kann, steigert ihre Geschwindigkeit, erfüllt mich, lässt mich sein, was ich sein will.

Sein.

Nur sein.

Scheiße, Allen, ich gehöre dir, so sehr, dass es schmerzt!

Der Gedanke ist einfach da, breitet sich mit einer allumfassenden Wärme in meiner Brust aus und wabert langsam, beinahe zähflüssig bis in meine weit erhobenen, noch immer von ihm gehaltenen Beine.

Irgendwann füllt er mich aus, reißt mich mit und lässt mich mit einem wilden Schrei und noch wilderen Zuckungen kommen.

Ich ziehe mich um seine kontinuierliche Bewegung in mir zusammen.

Das Blut rauscht so laut in meinen Adern, dass ich nicht einmal mitbekommen habe, ob ich überhaupt kommen durfte.

Spielt keine Rolle, solange er in mir bleibt, mich festhält, mich sein seinlässt.

Die Lichtblitze hinter meinen Lidern pausieren kurz, alles wird schwarz, ruhig und so richtig.

Als Allen sich aus mir zurückzieht, wimmere ich leise und habe Mühe, zu erfassen, wo ich bin.

Oh, die Liege, das Wachs, der endlos geile Fick ...

Allen beugt sich über mich, lässt meine Beine aber diesmal am Ende der Liege überhängen.

Seine Fingern nesteln an den Manschetten, lösen sie, dann ergreift er meine Handgelenke und zieht mich in eine sitzende Position.

Diesmal rieselt das Wachs von meiner Brust herab, kitzelt mich.

Sobald er mich loslässt, stütze ich hastig die Handflächen auf. Ich habe Angst, sonst einfach von der Liege zu kippen.

Seine Hände gleiten über meine Arme, meinen Hals.

„Halt die Augen geschlossen", murmelt er deutlich weicher.

Ich nicke mühsam, bevor er mir die Augenbinde abnimmt.

Blinzelnd gewöhnen sich meine Augen an das schummrige Licht in der Suite, und ich mustere Allen vorsichtig.

Wie beinahe immer muss ich dazu zu ihm hochsehen.

Auch wenn ich damit rechne, dass er mich für meine mangelnde Unterordnung zurechtweist, muss ich einfach in seine Augen blicken.

Ich habe keine Ahnung, was ich darin zu lesen bekommen könnte, aber ich will danach suchen.

Allens Hände legen sich um mein Gesicht, ich schlucke trocken, warte total angespannt auf das, was er als Nächstes tun könnte.

Meine Lippen sind leicht geöffnet, ich ringe noch immer nach Luft, bin vollkommen fertig und erledigt, aber die Anspannung, die Neugierde, halten mich wachsam.

Allen neigt sich zu mir, lässt seine Lippen über meine gleiten, leckt mit der Zunge darüber und dringt schließlich ein.

Ich stöhne auf, schlinge meine Arme und Beine um ihn, als könnte ich diesen Augenblick dadurch festhalten.

Ich will es, ihn küssen, geküsst werden.

Will ihm nah sein, einfach so!

Die Wärme, die mich vorhin so nachhaltig durchdrungen hat, ist noch da, flammt weiter auf und glost wie ein winterlich-gemütliches Kaminfeuer in meiner Brust.

Allen lässt mich los, hebt meine Arme an, bis ich sie reflexartig um seinen Hals schiebe und ihn näher an mich ziehe.

Er soll nicht aufhören, einfach immer weitermachen.

„Wir müssen dich saubermachen, Ryan", murmelt er an meinen Lippen und küsst mich erneut tief.

Ich murre und will mich von ihm losmachen, um aufzustehen, aber er schiebt seine Hände unter meinen Hintern und hebt mich einfach an.

Einen Augenblick lang starre ich fasziniert auf seine Oberarmmuskeln, dann schlinge ich Arme und Beine fester um ihn und lehne meinen Kopf an seinen.

„Wehe, du lässt mich fallen, Sir Allen", murmele ich und küsse sein Kinn.

~ Cool-down ~

Noch immer leicht fassungslos sehe ich Allen an, der mich vor ein paar Minuten ins Bad getragen – ich meine, wirklich getragen! – hat.

Kein Schimmer, wie viele Gewichte er sonst so stemmt, aber ich wiege eben 82 Kilogramm!

Eigentlich hätte er spätestens auf halber Strecke zusammenbrechen müssen, aber Fehlanzeige.

Nun sitze ich auf einem bequemen Duschhocker und Allen kratzt, vor mir kniend, mit einer sehr, sehr scharf aussehenden Klinge das restliche Wachs von meiner Haut.

Ich beobachte ihn dabei, wohl vor allem seinen konzentrierten Gesichtsausdruck.

Seine Augen sind wirklich schön, anders kann ich das nicht sagen. Das dunkle Blau, das mich an die Lackierung meiner Rennmaschine erinnert, ist irrsinnig tief und verrät mir einmal mehr, wie es um seine Gefühle steht.

Zugleich frage ich mich, wieso er sich diese Spiele mit mir antut.

Ich meine, für mich sind es doch Spiele, nichts weiter!

Ich will etwas, er gibt es mir, danach kehre ich in meine höchsteigene Realität zurück und bin kurzfristig unglaublich entspannt und befriedigt.

Die innere Unruhe ist vollkommen weg, auch jetzt schon.

Allen macht das.

Er ermöglicht mir etwas, das ihn emotional quälen muss.

Ich blinzle und keuche leise auf, als mir die volle Tragweite meines egoistischen Verhaltens bewusst wird.

„Wie erträgst du das?", frage ich leise und meide seinen Blick, verfolge stattdessen die sachten Bewegungen der Klinge auf meiner Haut.

„Was meinst du?", fragt er und unterbricht sein Treiben.

„Wie kannst du mit mir spielen, obwohl du ... eigentlich mehr von mir erhofft hast?"

Er schweigt lange, löst die letzten Reste des Wachses und sieht mich wieder an.

„Weil ich es will, Ryan. Du brauchst diese Spiele und ich könnte nicht damit umgehen, wenn du sie dir bei einem anderen Dom holtest."

Wow, ich bewundere seine Ehrlichkeit, seine Offenheit, sehr.

„Danke", murmele ich und werde meine Schuldgefühle doch nicht los.

Ja, sicher, ich weiß um meine wahren Empfindungen für ihn, spüre immer deutlicher, wie sie mich zu ihm streben lassen, aber an diesem riesigen Mist, den er mit mir verzapft hat, komme ich einfach nicht vorbei.

„Du musst dich nicht bedanken. Ich genieße unsere Spiele doch genauso wie du."

„Wie ist das mit deinen anderen Subs?" Ich weiß nicht, wieso ich danach frage, aber nun ist es zu spät.

„Ich gebe ihnen, was sie brauchen. Allerdings ficke ich sie nicht."

„Nicht? Wieso nicht?"

„Weil mein Schwanz allein mir gehört und ich entscheide, was ich damit tue."

„Aber ...? Ich meine ... wie befriedigst du sie?"

Er erhebt sich und lacht kopfschüttelnd. „Dildos, Vibratoren, Spielzeuge eben."

„Hm", mache ich, weil ich überlegen muss, ob mir das ausreichen würde.

Ein Dildo oder Vibrator als Ersatz für Allens Schwanz in mir?

Niemals!

„Was überlegst du?"

„Ob mir das genug wäre."

„Vielleicht reicht es dir, zu wissen, dass es mir nicht genug wäre, dich nur mit Spielzeugen kommen zu lassen."

Ich stehe auf und gehe zur Dusche. Sie ist ebenerdig und ziemlich groß.

Allen hält mich auf und nickt zum viereckigen Whirlpool, der etwa zur Hälfte im Boden eingelassen ist. „Da rein, Ryan. Auch wenn du heute keine Schläge kassiert hast, ist der Pool besser. Deine Muskeln waren lange Zeit sehr überstreckt."

Ich nicke und steige in die überdimensionierte Wanne, die zu meinem Erstaunen eine sehr angenehme Temperatur hat.

„Ich hole dir etwas zu trinken, dann leiste ich dir Gesellschaft", erklärt Allen und verlässt den Raum, um wenig später mit zwei Gläsern Cola zurückzukehren.

Er stellt sie auf der Ecke des Pools ab und zieht sich Stiefel und Hose aus.

Ich beobachte ihn sehr genau, sein Muskelspiel, seine Bewegungen, die Kraft, die er ausstrahlt, ohne bedrohlich auf mich zu wirken.

Als er zu mir ins Becken steigt, setzt er sich im rechten Winkel neben mich und streckt seufzend die Beine aus. Allens Kopf fällt in den Nacken, er rutscht tiefer und schließt entspannt die Augen.

Natürlich berühren sich unsere Beine unter Wasser. Er schiebt seine unter meine und ich sinke grinsend ebenfalls nach hinten, um mich entspannt anzulehnen.

Mein Nacken fühlt sich bisher okay an, aber ich schätze, ich sollte seinem Urteil in diesem Punkt vertrauen, meine überstreckten Muskeln ausruhen und ihnen die Wärme des Wassers so lange wie möglich gönnen.

Erst als ich seine Hand im Wasser gefunden habe, merke ich, dass ich danach gesucht haben muss.

Ich umfasse sie, will sie festhalten und murmele: „Danke."

„Hör auf, dich zu bedanken", verlangt er mit träger Stimme und drückt meine Hand.

Der Kontakt tut gut, vielleicht liegt es an dem, was er mir über das Nachspiel von Sessions gesagt hat.

Dass man als Sub und Dom nicht sofort danach getrennter Wege gehen darf, wenn man es ‚richtig' machen will.

Einmal mehr spüre ich nun also, wie wahr diese Regeln sind, und wie sinnvoll.

„Bist du okay?", frage ich irgendwann in die seufzende Stille.

Er lacht leise. „Durchaus, Ryan. Wieso fragst du?"

„Weil mich interessiert, wie es dir geht, Allen. Auch wenn du sicherlich jedes Recht hast, das Gegenteil zu denken."

Er brummt und sieht mich ebenso an wie ich ihn. „Wieso sagst du so etwas?"

Meine Schultern zucken. „Weil ich dir ansehe, dass es dir nicht wirklich gutgeht. Vorhin in der Bar jedenfalls war es echt deutlich."

„Ich glaube noch immer nicht, dass Reden das Mittel der Wahl ist, um diese Sache zwischen uns zu klären."

„Hast du mir nicht gesagt, die wichtigste Sache ist Kommunikation?", frage ich leicht provokativ.

„Was die Spiele angeht, ja." Dass er nicht mehr dazu sagen wird, begreife ich durchaus, aber vielleicht muss er das auch nicht mit Worten tun?

Ich stoße mich von meiner Rückenlehne ab und richte mich auf, um mich rittlings auf seine Beine zu setzen.

Unsere Hände halten sich noch, sein Blick ist fragend, vielleicht auch erstaunt oder neugierig.

„Darf ich mich anlehnen, Sir Allen?"

Die Antwort ist tatsächlich stumm – er schlingt seine Arme um meine Mitte und zieht mich dicht an seine Brust.

Klar spüre ich dabei, dass sein Schwanz wieder steht.

Meiner auch.

„Danke", murmele ich und lege meinen Kopf auf seiner Schulter ab.

Gedankenverloren schweigen wir, sind uns einfach nah.

Allens Hände gleiten über meinen Rücken, ich bin ruhig, sehr entspannt.

Meine Nase saugt den feinen Geruch ein, der von seiner Halsbeuge zu ihr aufsteigt.

„Du riechst wahnsinnig gut, weißt du?", erkläre ich ebenso leise und atme hörbar ein.

Er lacht leise, schüttelt mich damit ein wenig durch. „Vielen Dank", antwortet er amüsiert.

Ich mag es, ihm so nah zu sein, keine Frage!

Und ich mag es, wenn er lacht, wenn er gute Laune hat, wenn er groß und präsent ist.

Allens Hand wandert zu meinem Nacken, er hält mich, dreht seinen Kopf zu mir und findet meine Lippen.

Es ist ein sanfter Kuss, fühlt sich liebevoll an.

Nicht fordernd und geil, nicht unterwerfend und erobernd.

Ich genieße das zärtliche Spiel unserer Zungen und spüre, wie die Glut in mir erneut angefacht wird, einmal mehr durch meinen Körper rinnt.

Zeitgleich horche ich in mich.

Ist das Misstrauen noch da?

Wird er mich wieder so verletzen? Mich allein lassen und wegjagen?

Ja, verdammt, die Angst davor bleibt, steht wie ein Mahnmal aus massivem Granit neben mir und erinnert mich an die Verzweiflung, die ich verspürt habe nach jenem Sex ohne Spiel.

Jetzt und hier sind wir noch im Spiel. Wie angedroht hat er es nicht beendet, als er mit der Nachsorge des eigentlichen Spiels begonnen hat.

Momentan bin ich also sicher.

Geborgen und gut aufgehoben.

Ein kalter Schauer durchläuft mich, weil ich daran denke, wie ich heute Nacht in meinem riesigen, leeren und kalten Bett liegen werde.

Allein.

Einsam.

Ja, davor fürchte ich mich in diesem Moment sehr.

„Was ist los?", fragt er und sieht in meine Augen. Forschend. Besorgt.

Natürlich hat er mein leichtes Zittern bemerkt, was mich schon wieder ärgert.

Ich will ihm nicht sagen, wie es um mich steht, wie ich mich fühle und mich nach ihm sehne!

Ich kann es auch nicht, solange dieser Steinklotz dasteht wie ein Wächter.

Aber ich kann ihm nah sein, bei ihm, Haut an Haut.

Ihn spüren und ihm vielleicht auch zurückgeben, was er mir hier gerade schenkt.

Ja, verdammt! Ich bin ihm unendlich dankbar, dass er mir auch weiterhin die Möglichkeit gibt, meine Fantasien auszuleben.

Ich gebe mich ihm gern hin, würde das alles auch nicht mit irgendeinem x-beliebigen Dom wollen.

Ich blinzle und sehe ihn fest an. „Du brauchst keine Angst zu haben, dass ich mit jemand anderem spielen könnte."

Selbst seine Augen lächeln zur Antwort. Sieht toll aus!

Deshalb erwidere ich es und drücke ihm einen Kuss auf.

„Wie geht es dir?", fragt er und streichelt wieder über meinen Rücken.

„Gut! Sehr gut sogar, Sir Allen", antworte ich und nicke dazu.

„Sag nur ‚Allen', ja?", bittet er mich.

Wieder nicke ich. „Ist okay, Allen."

„Danke."

„Das Spiel ist noch nicht beendet", erinnere ich ihn.

„Ist es nicht, das stimmt. Soll ich es beenden?"

„Nein!", sage ich so laut, dass meine Stimme von den Kacheln des Badezimmers widerhallt. Erschrocken zucke ich zusammen und sehe ihn entschuldigend an. „Tut mir leid."

Allens Hand streicht über meinen Hinterkopf, er sieht mich ernst an. „Muss es nicht. Aber wieso erschreckt dich mein Vorschlag so sehr?"

Tja, was sage ich jetzt?

Ich schaffe es nicht, ihn anzusehen und suche mir einen kleinen Leberfleck auf seiner Schulter als Fixpunkt. „Wenn das Spiel vorbei ist, muss ich bald gehen."

„Und das willst du nicht?", hakt er nach.

„Nein", gebe ich zu.

Er drückt mich an sich. „Ich will auch nicht, dass du gehst. Und ich will vor allem nicht, dass du dich weggejagt fühlst."

Ich hebe ruckartig den Kopf und starre ihn an.

Woher kann er wissen, wie es in mir aussieht?

Wie sehr mich das, was ich ihm an Gefühlen entgegenbringe, in Panik versetzt?

„Schlaf mit mir", höre ich mich sagen und weiß nicht, wie ich darauf jetzt komme.

Ist Quatsch, ich will es, weil unsere harten Schwänze sich, schon seitdem er mich an sich gezogen hat, aneinanderpressen.

Ich bewege das Becken vorsichtig und warte auf seine Reaktion.

Er antwortet nicht, hält mich einfach fest und gibt mir das Gefühl, geborgen zu sein.

Verrückt, vor allem, weil ich ja nun wirklich nicht der Typ bin, der beschützt oder geborgen werden muss.

Ich halte mein Becken wieder still, als er so gar nicht reagiert, und versuche, die aufsteigende Enttäuschung in mir zu verdrängen.

Das Blut rauscht mit einer seltsamen Gefühlsmischung durch meine Ohren.

Scham, die ich bisher nie verspürt habe, die bittere Enttäuschung, und eine vage Hoffnung, dass er bald damit fertig ist, über meine Bitte nachzudenken.

Als er mein gesenktes Kinn anhebt und mich ernst ansieht, muss ich hart schlucken und versuche, seinem Blick auszuweichen.

„Sieh mich an, Ryan." Seine Stimme ist tief und ganz weich.

Ich mache es.

„Möchtest du das wirklich?"

Ich nicke schwach, bevor seine Lippen meine einfangen und er mich wieder so sanft küsst wie vorhin.

Ich seufze leise und die Hoffnung in mir wächst.

Vielleicht will er mich doch noch?

Ich fürchte, eine Zurückweisung ertrage ich nicht.

Der Kuss dauert schier endlos, ich habe die Augen genießerisch geschlossen und will keine Sekunde missen.

Irgendwann murmelt er gegen meine Lippen: „Du musst mich aufstehen lassen."

Ich klappe die Lider hoch und sehe ihn an.

Sein Lächeln ist atemberaubend, vielleicht ist das aber auch eine Nachwirkung des Kusses.

Ich rücke widerwillig ab und beobachte, wie er den Whirlpool verlässt, stehe auf und will ihm folgen, doch eine Geste lässt mich im Wasser stehenbleiben.

Allen hat einen Bademantel angezogen und kommt mit einem riesigen, schwarzen Handtuch auf mich zu, das er mir umlegt.

„Komm raus, Ryan. Damit ich dich abtrocknen kann."

Allein seine Stimme, der Tonfall, lässt mich schon schaudern und ich klettere mit erwartungsvoll zittrigen Knien aus dem Becken.

Er beginnt sofort damit, mich abzutrocknen, und ich koste diese Behandlung einfach aus.

Müsste es mir nicht peinlich sein, dass er mich abtrocknet, mir zu trinken gibt und mich vorhin sogar getragen hat?

Komischerweise ist es das nicht.

Bei ihm bin ich gern so ... hilfebedürftig und nachgiebig.

Doch der Gedanke, dass er diese Dinge auch für andere Subs macht, weckt Eifersucht in mir, weil er mich daran erinnert, wie normal und ohne emotionale Hintergedanken er das tun kann.

Es ernüchtert mich, zeigt mir, wie wenig exklusiv das hier im Grunde ist.

„Wie viele andere Subs hast du?" Die Worte krabbeln über meine Lippen, bevor ich sie einfangen und festhalten kann. Sofort senke ich den Blick, weil er innehält, mich abzutrocknen.

„Momentan? Keinen Einzigen."

Umgehend schießen meine Augen zu ihm und ich fahre herum. „Ernsthaft?"

Ich beiße mir innerlich auf die Zunge, weil ich viel zu hoffnungsvoll und zufrieden klinge.

„Ja, ernsthaft."

„Seit wann? Wieso?"

Er seufzt und streicht wieder mit dem Handtuch über meine Brust.

„Seit unserem ersten Treffen habe ich, so schnell es ging, alle freien Subs auf andere Doms des Clubs umdisponiert. Eine Session, von der ich dir erzählt habe, habe ich noch gemacht. Und den Grund dafür kennst du." Er lächelt und wirft das Handtuch in einen Wäschekorb. „Mich würde interessieren, wieso du danach fragst."

Ich schnaube leise. „Ist das so schwer zu verstehen?", frage ich keck und wende mich um.

Arschwackelnd gehe ich in Richtung Bett und sehe lächelnd über meine Schulter.

Sein Knurren lässt mich schaudern, als ich betont langsam aufs Bett klettere und auf allen vieren zur Mitte krabbele.

Dort angekommen strecke ich den Hintern aus und sehe zu Allen.

„Würde es dir gefallen, mich zu ficken, Sir Allen?", erkundige ich mich mit aufreizendem Ton.

Er ist bei mir, bevor ich noch frecher werden kann.

Klar, ich provoziere ihn in vollem Bewusstsein, weil ich ihn spüren will.

Seine Hände legen sich ohne Umschweife auf meine Arschbacken und ziehen sie auseinander.

„Es würde mir gefallen, *mit dir zu schlafen*, Ryan", korrigiert er betont, und ich stöhne auf, weil er seine Zunge hart und fordernd über meinen Eingang gleiten lässt.

~*~

Ich habe keine Ahnung, wie spät es ist, als ich nach dem schlichtweg genialen Sex mit Allen wieder zu Atem komme.

Seine Wärme umfängt mich, ich liege Arm in Arm mit ihm, angekuschelt und vollkommen befriedigt da und genieße die einkehrende Stille in meinem Inneren ebenso wie jene im Raum.

Meine Gedanken drehen sich um den Mann, der mich gerade träge anlächelt und mit aufmerksamem Blick mustert.

„Alles okay?", erkundigt er sich.

Ich nicke. „Ja, alles gut. Und bei dir?"

„Auch."

„Wie spät ist es?"

„Nach zwei. Willst du gehen?"

Ich schüttle den Kopf in einer zähen Bewegung. „Nein, will ich nicht. Aber ich glaube, hier in der Suite will ich auch nicht bleiben."

„Sondern?" Seine kurzen Reaktionen stören mich nicht. Seine Stimme ist sanft und ruhig, er streicht mir mit einem Finger ein paar Haare aus der Stirn und sieht noch interessierter aus als eben.

„Ich möchte nicht allein sein." Das versteht er doch, oder? Dass es nicht darum geht, irgendeine x-beliebige Gesellschaft zu haben, sondern ihn.

„Hast du Hunger?"

Ich stutze.

Seine Frage ist seltsam, so im Gesamtzusammenhang betrachtet.

Stirnrunzelnd mustere ich ihn, während ich in mich horche und erstaunt feststelle, dass ich tatsächlich sogar sehr hungrig bin.

Wie zur Bestätigung knurrt mein Magen, was mir ein Schmunzeln von Allen einbringt.

„Anscheinend, ja."

„Dann sollten wir sehen, dass wir das ändern."

Guter Plan, aber um diese Uhrzeit können wir kaum irgendwo essen gehen!

Mein fragender Blick ist ihm offensichtlich Grund genug, seine Worte zu erklären.

„Du hast die Wahl: Entweder, wir gehen nach oben und ich füttere dich dort, oder ich bringe dich heim und wir schauen bei dir, was wir zu essen finden."

Darüber muss ich kurz nachdenken. Mit geschürzten Lippen wäge ich intern ab, welche Möglichkeiten sich bei mir zu Hause ergäben, und nicke schließlich.

„Mir wäre lieber, wenn wir zu mir gingen. Ich war heute einkaufen und habe irrsinnig viel leckeren Aufschnitt im Kühlschrank." Ich hole tief Luft und setze hinzu: „Aber nur, wenn du danach bleibst."

Das Aufblitzen in seinen Augen entgeht mir nicht.

Heißt dann wohl, dass mein Vorschlag ihm gefällt.

„Das würde ich gern, aber die Entscheidung liegt bei dir."

Ich strecke mich wohlig in seiner Umarmung. „Dann ist es entschieden. Hast du morgen Abend schon was vor?"

Er zieht mich dicht an sich und küsst mich. „Nichts Wichtiges."

„Das ist gut!" Da mein Magen erneut knurrt und ich registriere, dass es Allen ähnlich ergeht, winde ich mich murrend aus seinen Armen und setze mich auf. „Lass uns ... Sag mal ... Ist das Spiel eigentlich vorbei?"

Er kichert! „Seitdem du das Bad verlassen hast, Ryan."

Das lässt mich blinzelnd zu ihm sehen. „Ernsthaft?"

Er nickt nur und schlägt mit einem Seufzen die Decke beiseite, die uns im Nachklang unseres zweiten Aktes gewärmt hat.

„Na, los. Bevor wir unterwegs verhungern!"

Nun kichere ich und folge ihm ins Bad.

Eine schnelle Dusche später ziehen wir uns an und verlassen den Club, um gemeinsam zu mir zu gehen.

Wir reden kaum, dafür halten wir Händchen wie bekloppte Teenager, während wir durch die dunklen Gassen gehen. Die Straßenlaternen, die uns sporadisch beleuchten, dienen mir dazu, Allen nachdenklich zu betrachten.

Momentan ist das Misstrauen weit weg, es ist noch da, ohne Frage, aber es erdrückt nichts, das zwischen uns sein könnte.

Und da ist eine Menge.

Also zwischen uns.

Ich fange einen Blick von ihm auf, der mir das offen und ehrlich bestätigt.

Gefühle, da sind jede Menge Gefühle.

In meiner Wohnung angekommen lassen wir Stiefel und Jacken an der Garderobe im Flur, dann gehe ich weiter und erleuchte die Zimmer, bevor ich die Küche betrete.

Erste Amtshandlung stellt das Anschalten der Kaffeemaschine dar, dann öffne ich den Kühlschrank und sondiere dessen Inhalt.

„Ist es eigentlich okay, wenn wir jetzt nicht mehr warm essen?"

„Sicher", sagt er, als er zu mir tritt. „Wie kann ich helfen?"

Ich bitte ihn, die Frischhaltedosen mit den Brotbelägen auf den Küchentisch zu stellen und hole die Brötchen, die ich heute für die ganze Woche gekauft und eingefroren habe, aus dem Eisfach.

Nachdem die benötigte Anzahl geklärt ist, lege ich sie in den Ofen und schalte den Kurzzeitwecker auf 20 Minuten.

„Okay, dann können wir gleich essen", verkünde ich und schlinge meine Arme um Allens Mitte. „Soll ich dir eine Wohnungsführung geben?"

Gemeinsam machen wir uns auf den Weg und ich zeige ihm mein Reich. Bisher war er schließlich erst einmal hier und hat derzeit nur das Wohnzimmer und die Küche zu Gesicht bekommen.

Nach dem gemütlichen nächtlichen Frühstück sind wir ziemlich müde und gehen nicht mehr ins Wohnzimmer. Stattdessen legen wir uns hin und ich bin ihm irrsinnig dankbar, dass er mich nicht allein lässt.

Das Spiel vor gefühlten Ewigkeiten und der Sex vorhin waren derart intensiv, dass ich jetzt alles ertragen könnte, aber nicht das Alleinsein.

„Danke, dass du geblieben bist", murmele ich an seine nackte Brust und schmiege mich dichter an ihn.

„Danke, dass ich bleiben darf", erwidert er mit einem Grinsen in der Stimme.

„Schlaf schön."

„Du auch, Ryan."

~ Spieleabend ~

Ich grüble schon seit dem späten Aufstehen am Vormittag, ob ich mich richtig entschieden habe.

Solange Allen hier war, erschien mir alles so gut und richtig, aber vor einer knappen Stunde ist er gegangen, weil er ein paar Erledigungen für den Club zu machen hat.

Die Tatsache, dass er sich mit einem Kuss und dem Versprechen, pünktlich zum geplanten Spieleabend mit den Jungs wieder hier zu sein, verabschiedet hat, beruhigt mich dabei ein wenig, aber so wirklich sicher bin ich nicht.

Klar, ich weiß, dass er verliebt ist, aber genau diese Tatsache hat mich schon einmal sehr verletzt.

Ich seufze und hole mir einen Kaffee, bevor ich mich im Wohnzimmer niederlasse, um ein wenig durchs TV-Programm zu zappen.

Diese unterschwellige Angst begleitet mich bis zu dem erlösenden Klingeln an der Tür.

17:30 Uhr, das muss Allen sein. Die Jungs kommen nicht vor 19 Uhr.

Ich lausche nach dem Öffnen der Haustür auf die Schritte, mit denen Allen sich nähert, und spüre erstaunt, wie erleichtert ich bin, als ich ihn sehe.

Sofort kommt er auf mich zu, lächelt und umarmt mich zur Begrüßung.

Der kurze Kuss ist intensiv und beruhigt auch die letzten Zweifel in mir – zumindest für den Augenblick.

„Komm rein!"

Stunden später, als wir in gemütlicher Runde am Küchentisch sitzen und Castros neues Spiel spielen, blicke ich gedankenverloren in unsere Runde und freue mich, dass Allen von den anderen so gut aufgenommen wurde.

Keiner hat gemeckert, dass ich ihn einfach eingeladen habe, und vor allem unterhalten sich alle so gut miteinander, dass ich sehr zufrieden bin.

Wenn Allen und meine besten Freunde sich nicht verstünden, hätte ich ein ernstes Problem. Immerhin stellt die Band einen Gutteil meiner Freizeit dar und ich möchte nicht gezwungen sein, zwischen beidem wählen zu müssen.

Zudem sind frühere Bekanntschaften von mir bei der Band nicht unbedingt sonderlich gut angekommen.

Das ist jetzt eindeutig anders.

Ich lächle Allen, der neben mir sitzt, immer wieder an und ernte belustigte und wohlwollende Blicke von Norman und den anderen.

Auch wenn keiner der Jungs weiß, wie Allen und ich uns kennengelernt haben, wollten sie natürlich wissen, was er beruflich macht.

Dass er ihnen das nicht direkt auf die Nase gebunden hat, fand ich ziemlich erleichternd, denn ich fürchte, meine Freunde hätten so ohne jede Vorwarnung wohl große Vorurteile entwickelt.

Statt ihnen zu erzählen, dass er einen SM-Club besitzt und leitet, verrät er nur, dass er eine Ausbildung zum Fotografen gemacht hat.

Auch für mich eine neue Information, aber ich ahne, dass die riesigen Fotos, die im Empfangsbereich des Clubs und in vielen der Salons hängen, dann wohl von ihm stammen dürften.

Als gegen 23:30 Uhr ein Anruf auf Allens Handy eingeht, den er fluchend im Wohnzimmer annimmt, ändert sich die Stimmung übergangslos.

Mein Was-auch-immer kehrt ungewöhnlich blass zurück und sieht mich entschuldigend an.

„Es gibt Ärger im Club, ich muss dringend weg."

Ich springe auf und gehe mit ihm in den Flur, das Murren meiner Freunde verfolgt uns.

Klar, auch sie wollen nicht, dass die gemütliche Runde gestört wird, und das wird sie, wenn einer gehen muss.

„Was ist passiert?!", frage ich entsetzt, als ich dicht vor Allen an der Wohnungstür stehenbleibe.

„Einer der neuen Doms hat sich daneben benommen. Ich muss das klären. Bitte sei mir nicht böse, ja?"

„Bin ich nicht. Es ist schade, dass du gehen musst, aber du gehst ja nicht freiwillig."

„Das stimmt. Wenn es nach mir ginge, würde ich bleiben, Ryan." Er zieht mich zu einem schnellen Kuss an sich und verlässt anschließend die Wohnung.

Vom Fenster im Wohnzimmer aus sehe ich, dass er im Laufschritt die Straße hinabeilt und um eine Hausecke verschwindet.

„Alles okay?", erkundigt sich Manni, als ich mich seufzend vom Fenster abwende. Er muss mir gefolgt sein.

„Ja, alles okay."

„Von was für einem Club hat Allen gesprochen?"

Ich mustere meinen besten Freund und nicke Richtung Küche. „Erkläre ich wohl besser euch allen ..."

Das mache ich wenig später, und Castro beschließt, dass wir die Spielrunde ohne Allen sowieso nicht fortsetzen können.

Stattdessen räumen er und Gerrit alles wieder in den Karton, während Norman eine neue Tüte Chips in die geräuberte Schüssel umfüllt, und mittig auf dem Tisch platziert.

„Also?", hakt Manni nach, kaum dass wir wieder sitzen.

Ich sehe ihn an und nicke langsam. „Eigentlich wollte ich das nicht ausgerechnet heute thematisieren, vor allem, weil ich nicht sicher bin, wie ihr dazu stehen könntet", beginne ich zögerlich.

„Nun mach es doch nicht so spannend!", verlangt Gerrit.

„Worum geht es überhaupt?", fragt Norman.

„Hat es was mit Allen zu tun?", will Castro wissen, während Manni mich nur neugierig mustert.

„Ja, es geht um Allen, und darum, wohin er gerade gehen musste."

„Aha?", hakt Gerrit nach.

Ich seufze tief und sehe in mein Colaglas, dann richte ich mich auf. „Allen ist Besitzer eines Clubs, und dort muss er jetzt für Ruhe sorgen."

„Ja, so weit hatten wir das vorher schon verstanden, Ryan." Mannis Stimme ist ziemlich ernst.

Ich grinse. „Ja, schon klar, aber es ist nicht so leicht, darüber zu sprechen, weil es mein absolutes Privatleben betrifft, verstehst du?"

„Sicher, Allen ist ja nicht vom Himmel gefallen und du bist seit ein paar Wochen irgendwie anders."

Ich nicke. „Ja, stimmt. Weil ich endlich habe, was ich offenbar brauche, um ausgeglichen zu sein."

„Und was wäre das?", will Norman wissen. „Also, abgesehen von Allen?"

„Der Sex", sage ich nur und grinse verblödet in Erinnerung an gestern Abend.

„So, so", macht Castro. „Klingt ja voll spannend."

Sein ironischer Ton reizt alle zum Lachen.

Die gelöstere Stimmung hilft mir, mit der Sprache herauszurücken.

„Ist es!", erwidere ich. „Aber davon abgesehen, ich hab halt herausgefunden, dass ich drauf stehe, mich zu unterwerfen, un..."

„Was?!" Manni klingt voll entrüstet. „Soll das heißen, du lässt dich verhauen oder so?"

Seine offensichtlichen Vorbehalte gegen BDSM – die mir durchaus bekannt sind – werden es wohl am schwersten machen.

„Das zu erklären, würde zu lange dauern und wäre mir momentan auch echt zu krass intim, Manni. Ich erzähle euch so gut wie alles, aber diese Sache muss ich erst mal für mich selbst regeln, okay?"

„Also was ist das nun für ein Club?", versucht Norman das Thema wieder auf die eigentliche Frage zu lenken.

„Ein BDSM-Club."

Manni schnauft, die anderen beginnen zu lachen und Gerrit stößt Norman in die Rippen. „Ich hab dir doch gesagt, dass er wahnsinnig dominant rüberkommt, aber du wolltest es mir nicht glauben!"

„Ja, schon gut! Und da stehst du drauf?", wendet sich Norman erst an Gerrit, dann an mich.

Ich nicke erneut. „Sehr, allerdings nicht auf alles, was man darunter jetzt verstehen könnte. Jedenfalls ist Allen ein wahnsinnig netter Mensch und er, na ja, er ist ziemlich verliebt in mich."

Wieder schnaubt Manni. „Weil er dich unterbuttern kann!"

„Nein, Manni, weil er mich sehr mag. Aber du hast recht, er kann mir geben, was ich brauche, um mit mir selbst klarzukommen. Das ist eindeutig ein Pluspunkt, weil wir uns darin ergänzen." Ich atme durch. „Ich genieße, was wir tun, und zu deiner Beruhigung: Er überlässt mir jede Entscheidung, was das Thema angeht. Wenn ich gehen will, kann ich das jederzeit."

Ich beschließe, meinen Freunden zu erzählen, was vor ein paar Wochen passiert ist, wie mies ich Allen seitdem ausgenutzt habe – seine Veranlagung und seine Gefühle – um zu kriegen, was ich brauche und will.

Im Laufe des Gesprächs, bei dem vor allem Manni immer wieder Fragen stellt, erzähle ich zwar keine Details aus den Sessions, aber durchaus, dass das alles weder blutig noch tatsächlich auf eine fiese Art schmerzhaft ist.

Schließlich ist auch Manni davon überzeugt, dass ich okay bin und nicht unter irgendeinem verrückten Bann stehe.

Gegen halb eins nachts ruft Allen auf meinem Handy an.

„Hey, alles okay?", frage ich zur Begrüßung.

„Ja, alles geklärt. Ich wollte fragen, ob ihr noch zusammensitzt."

„Tun wir, magst du wieder herkommen?"

„Ich stehe schon vor der Tür", bekennt er, was mich innerlich wieder mit dieser glosenden Wärme erfüllt.

„Ich mach auf!", sage ich und gehe zur Wohnungstür.

Sobald ich den Summer gedrückt habe, lege ich auf und warte auf Allen.

„Hey", sagt er und zieht mich an sich. Seine Stirn liegt in schlimmen Sorgenfalten, und allein das überzeugt mich davon, dass im Club zwar alles geklärt, aber noch lange nicht ausgestanden ist.

Wir gehen wieder in die Küche, nachdem ich ihm im Flüsterton von meinen letztlichen Bekenntnissen gegenüber meinen Freunden erzählt habe.

Allen lacht kurz auf und erwidert: „Das ist gut! Ich hatte schon Sorge, ich müsste mir einen neuen Lebenslauf ausdenken, wenn ich mit dir zusammen sein will."

Seine Worte lassen mich stocken, ich starre ihn perplex an, auch wenn das, was er sagt, nicht wirklich neu für mich ist.

‚Zusammen sein wollen', das klingt so fest und ernst, im Grunde mag ich das und ich wusste auch, dass er es will, aber es zu hören, jetzt, in diesem Nebensatz, ist irgendwie sehr unerwartet.

Wohl hauptsächlich, weil es mir so gut gefällt ...

„Hallo Jungs!", grüßt Allen in die Runde und setzt sich wieder auf seinen Platz.

Ich sinke neben ihn und mustere meine Freunde.

„Alles wieder in Ordnung?", fragt Gerrit ihn.

„Ja, ist es. Der Typ wird nie wieder bei uns auftauchen und hat eine Anzeige am Arsch", erklärt Allen sehr offen.

„Anzeige?" Mannis Stimme zittert.

„Manni hat ziemliche Angst um mich", erläutere ich. „Auch wenn ich ihm versichert habe, dass er die nicht zu haben braucht."

Allen schürzt die Lippen und mustert meinen besten Freund. „Das verstehe ich, Manni. Wenn du Bedenken hast, komm im Club vorbei und sieh dir an, was dort passiert. Das gilt für euch alle. Ich habe keine Geheimnisse, aber da ich nicht wusste, wie Ryan darüber denkt, habe ich vorhin nichts Genaueres gesagt."

„Er war ziemlich redselig", sagt Castro und grinst breit. „Mich würde tatsächlich interessieren, was in so einem Club wohl abgehen könnte."

„Es gibt offene Veranstaltungen bei uns, also nicht für Jedermann, sondern geladene Gäste dürfen bei verschiedenen Gelegenheiten zusehen."

Ich blinzle. „So wie ich bei Micha und Tiger zusehen durfte?"

Allen nickt. „Das war ein Freundschaftsdienst der zwei für mich. Aber ja, im Grunde ist es sehr ähnlich. Es gibt Abende, an denen wir Zuschauer bei Sessions erlauben, speziell für Menschen, die unsicher sind, ob ihnen so etwas gefällt oder die einfach neugierig sind auf das, was wir tun."

„Also macht ihr da 'ne Show? Ich meine, ist das anders als sonst, wenn niemand zuguckt?" Manni klingt misstrauisch.

„Wir haben einen Show-Raum, mit Bühne und Sitzplätzen, in dem wir veranschaulichen, was man auch auf diversen Messen zu sehen bekommt. Bondage, der Umgang mit Peitschen oder diversen Gerätschaften werden demonstriert. Allerdings ist das keine Livesex-Show, wie sie auf der Reeperbahn oder so zu finden ist", erklärt Allen.

„Sondern?", hakt Gerrit nach.

„BDSM hat viel mit Sex zu tun, aber erfordert nicht zwingend den sexuellen Akt, den man klassisch kennt. Es gibt Menschen, die ganz anders zur Erfüllung ihrer Begierden kommen."

„Das macht mich tatsächlich ziemlich neugierig, auch wenn ich sicher bin, dass solche Spielchen für mich nichts wären." Norman reibt sich das stoppelige Kinn.

Ich grinse. „Muss es ja auch nicht. Aber mir da ein paar Vorführungen anzusehen, würde mich auch ziemlich reizen."

Allen zieht mich an sich. „Solange du nicht auf die Idee kommst, selbst auf die Bühne zu wollen ..."

„Hä? Wieso denn nicht?", frage ich, weil ich mir das doch irgendwie recht geil vorstelle, auch wenn ich es vor Wochen noch für undenkbar hielt.

„Nun ja, sagen wir es mal so: Ich teile nicht gern, und das beinhaltet, dass ich ganz sicher nicht bereit bin, dich nackt vor irgendwem zu präsentieren."

Gerrit beginnt zu lachen, vermutlich, weil ich den Mund öffne und wortlos wieder schließe.

„Mann, Ryan! Du würdest Allen doch auch nie nackt vorführen wollen, oder?"

„Äh, nein, aber er ist ja auch mein Dom ...", werfe ich tonlos ein.

Zugleich wallt diese Hitze wieder in mir auf, mit der sich solche Gefühlsbekundungen von Allen in meiner Brust auswirken.

„Stimmt, bin ich. Aber da hat Gerrit schon recht. Wenn du ähnlich eifersüchtig bist, wie du heute Nacht angedeutet hast, stehen wir uns da in nichts nach."

„Darf ich mal was fragen?" Manni sieht uns an.

„Klar!", sage ich großzügig.

„Ist das jetzt immer so? Also, entscheidet Allen, was du darfst und was nicht?"

Das reizt nicht nur mich zu einem gutmütigen Auflachen, vor allem, weil man Mannis Sorge um meine Selbständigkeit daraus hören kann.

„Nein, keine Sorge", antworte Allen an meiner statt. „Ryan entscheidet alles selbst, wie bisher auch. Wir führen keine Kontrollabgabe-Beziehung, sondern haben klar definierte Spielzeiten. Alles außerhalb der Spiele ist wie immer. Ich würde es auch nicht ertragen, wenn dein bester Freund plötzlich seine große Klappe verliert und verlangt, dass ich ihn im Alltag in irgendeiner Form beeinflusse oder gar anleite."

Ich nicke dazu. „Hab ich doch vorhin schon gesagt: Allen mag meine Widerworte und ich bin nur der Submissive, wenn wir spielen."

„Okay, das verstehe ich. Und es erleichtert mich!" Manni lächelt.

„Gut, ich hatte echt Angst, dass ihr das falsch versteht, speziell bei dir, Manni. Du weißt so vieles über mich, aber diese Sache ... muss ich wie gesagt selbst erst noch ganz erfassen. Und Allen hilft mir dabei."

Gegen zwei Uhr nachts sieht Castro auf seine Uhr. „Tut mir leid, Leute, ich hab morgen die frühe Schicht im Laden und muss langsam nach Hause."

Wir lösen die gemütliche Runde deshalb auf und Allen bleibt erneut über Nacht, nachdem wir meine Band verabschiedet haben.

~*~

„Fühlst du dich unwohl, weil du es ihnen erzählt hast?", erkundigt sich Allen und demonstriert damit einmal mehr, wie aufmerksam er meine Befindlichkeiten im Blick behält.

Wir liegen im Bett, Allen aufgerichtet am Kopfende angelehnt, ich in seinen Armen vor ihm, und schauen eine DVD, weil wir noch nicht müde genug sind.

Es ist schön, meinen Rücken an ihn lehnen zu können, seine Hände mal auf meinen Oberschenkeln, mal an meinen Seiten zu spüren.

Wir sind nackt, wie immer, wenn wir uns in einem Bett aufhalten.

Fühlt sich auch nicht weiter komisch an, weil ich mit Allen eben nicht nur auf Tuchfühlung gehen, sondern Hautkontakt haben will.

Kontakt ist zu einem zentralen Thema in meinem Innern geworden.

Früher, vor vier oder fünf Wochen, eigentlich auch noch, nachdem ich die Anzeige aufgegeben habe, war Körperkontakt etwas wahnsinnig Exklusives. Zum Teil sogar ein notwendiges Übel.

Die zwei Beziehungen, die ich hatte, sind eine Weile her und seitdem habe ich eigentlich nur meinen Spaß gehabt.

Meine Freunde, die Jungs der Band oder meine Eltern und Großeltern zu umarmen, war immer vollkommen okay für mich.

Ich lehne mich noch näher an und brumme wohlig.

„Das gefällt mir."

„Mir auch", raunt er an meinem Ohr und umschlingt mich, um mich fest an sich zu drücken.

Ich lehne den Kopf zurück und sehe ihn ernst an. „Erzählst du mir, was vorhin im Club los war? Also, etwas genauer als bisher?"

Er seufzt tief. „Kann ich machen. Nein, sollte ich machen."

Ich drehe mich ein wenig, will ihn ohne Verrenkungen ansehen, und beschließe, den Fernseher stumm zu schalten.

„Warte kurz!", bitte ich ihn und suche nach der Fernbedienung.

Dazu muss ich aus seinem Arm krabbeln. Irgendwann während einer wilden Knutscherei muss sie weggerutscht sein.

Als ich sie finde, schalte ich den Film ganz ab und drehe mich zu ihm.

„Du kannst."

Er schüttelt leicht den Kopf. „Nein, Ryan. Das Bett ist für viele Dinge da, aber für solche Gespräche sicherlich nicht. Lass uns etwas überziehen und ins Wohnzimmer oder die Küche gehen, ja?"

„Ist okay. Dann mache ich uns Kaffee und suche 'ne extraleckere Schokolade aus dem Wandschrank."

Seine Hand legt sich an meine Wange. „Deine Fähigkeit zu solchen Dingen, diesen kleinen Aufmerksamkeiten, macht dich sehr liebenswert, weißt du das?"

Ich blicke ihn wie hypnotisiert an und lasse das Kompliment auf mich wirken. Es gesellt sich mit seiner Wärme zu der in meiner Brust und lässt mich lächeln.

„Keine Ahnung, ob ich liebenswert bin. Ich bin einfach nur ich ... durch dich sogar zum ersten Mal wirklich." Ich lasse mich zu ihm kippen und küsse ihn. „Danke dafür!"

Er umschlingt mich sofort, zieht mich auf seinen Schoß und erwidert den Kuss voller Leidenschaft.

Selbst wenn er es mir nicht gesagt hätte, wüsste ich spätestens jetzt, nach einem Blick in seine Augen, dass er mich liebt.

Ich mag nicht verstehen, wie das passieren konnte, wie er das so schnell geschafft hat. Aber ich verstehe sehr genau, dass es ein Fakt ist.

„Willst du es gern hören?", frage ich ihn im Flüsterton.

„Was denn?"

„Dass ich mich in dich verliebt habe. Ich meine, ich weiß, dass du es weißt, abe..."

Ein Kuss unterbricht meine hastig gewisperten Worte mit einer unfassbaren Zärtlichkeit.

Ja, ich weiß, nur weil ein Mann groß ist und viele Muskeln hat, ist er nicht gleich grobschlächtig oder unbeholfen. Sonst gälte das ja bis zu einem bestimmten Grad auch für mich.

Allen aber besitzt eine Körperbeherrschung, die mich sprachlos macht.

Vielleicht ist es auch seine gnadenlose Ambivalenz, die mich so fasziniert.

Er kann hart sein, unnachgiebig und fordernd. Genauso gut aber auch zärtlich, ruhig und weich.

Verdammt, wer hätte gedacht, dass exakt diese Mischung mich nicht nur körperlich, sondern auch emotional über alle Maßen ansprechen würde?

Es dauert, bis wir den Kuss unterbrechen.

Schließlich steigen wir aus dem Bett und ziehen Jogginghosen und T-Shirts über.

Wir landen mit superleckeren Chocolate Chip Cookies und großen Kaffeebechern auf dem Sofa und machen es uns gemütlich.

Diesmal lehne ich nicht in seinem Arm, sondern wir sitzen einander zugewandt, wie wir es ganz zu Anfang mehrfach getan haben.

Ich schlürfe von meinem Kaffee und schnappe mir anschließend einen Keks, während Allen zu reden beginnt.

„Der Dom, der heute von der Polizei abgeholt wurde, ist erst seit zwei Monaten im Club.

Ich überprüfe jeden, spreche mit Kontakten und versuche wirklich, herauszufinden, ob die Leute, die wir in den Club lassen, auch wirklich in Ordnung sind."

„Du meinst, ob sie sich an die Regeln halten?"

Er nickt. „Genau. Bisher habe ich dabei auch nie falsch gelegen, aber diesmal ist das anders." Sein Seufzen klingt kellertief und ich spüre, wie sich gleichzeitig mein Magen zusammenzieht, weil ich mir Sorgen um ihn mache.

Trotzdem breitet sich die Wärme wieder aus, weil er so irrsinnig liebenswert ist.

Meine Hand tastet nach seiner, und er verschränkt unsere Finger miteinander.

„Er hat den Sub, den er gestern Abend zum ersten Mal mitgebracht hat, übel zugerichtet. So übel, dass er ins Krankenhaus gebracht wurde."

Erschrocken reiße ich die Augen auf.

„Scheiße!", entfährt es mir, dass Kekskrümel über das Sofa rieseln.

„Ja, das ist es." Er nickt vor sich hin und mustert mich ernst. „Der Mistkerl wird ganz sicher keinen Club mehr betreten, aber damit ist das Problem nicht vom Tisch, verstehst du? Meine Kontakte und ich können nicht jeden potentiellen Sub warnen und die meisten illegalen Doms arbeiten eher zu Hause als in Clubs zu gehen, wenn sie echte Scheiße vorhaben."

„Dann denkst du, er wäre bald wieder auf freiem Fuß?"

„Vermutlich. Er ist Banker, gut situiert, hat eine einflussreiche Familie. Sein Vater ist Richter im Ruhestand, aber ich möchte nicht wissen, was für Kontakte er noch aus seiner aktiven Zeit hat. Ryan, du musst mir etwas versprechen, ja?"

„Was denn?"

„Dass du gut auf dich aufpasst, wenn du allein unterwegs bist."

Ich ziehe die Brauen kraus. „Kann ich gern machen, aber wieso sagst du das?"

„Weil ... Als ich im Club ankam, hatten Micha und ein paar andere den Typen in den grünen Salon gesperrt. Die Bullen kamen erst kurz nach mir, und ich ... Na ja, ich wollte nicht auf sie warten und bin zu ihm rein."

Offensichtlich sieht er mir an, wie sehr ich augenblicklich unter Strom stehe.

„Hat er dich verletzt? Los, zeig mir deinen Rücken!", verlange ich übergangslos und springe vom Sofa auf.

Allen sieht mich mit zusammengepressten Lippen an und beugt sich vor, damit ich sein Shirt anheben kann.

„Scheiße, Allen! Bist du bescheuert?!", fahre ich ihn vor lauter nachträglicher Sorge an und zähle die Peitschenstriemen, die er kassiert hat, im Geiste nach.

Sechs!

„Sechsmal hat er dich erwischt?", frage ich mit zittriger Stimme und taste vorsichtig über eine der nicht aufgerissenen Stellen seines Rückens.

„Ja, aber das wird wieder."

Ich schnaube. „Klar doch! Sobald du damit beim Arzt warst, Allen!"

„Lydia hat die Wunden behandelt, es wird abheilen und dann ist alles wieder gut", versucht er erneut, mich zu beschwichtigen.

„Allen!"

„Ja?"

„Scheiße, dieser Arsch! Hast du ihn auch angezeigt?", frage ich und gehe um ihn herum, nachdem ich das Shirt vorsichtig wieder runtergezogen habe.

Er sieht mich an und zieht mich sofort zu sich, dass ich etwas zu stürmisch auf seinem Schoß lande.

Uff!

„Hey!", meckere ich und schlinge meine Arme um seinen Hals.

„Was ‚hey'?", raunt er dicht an meinen Lippen, bevor er mich küsst.

Als ich wieder sprechen kann, sage ich: „Ich möchte, dass du damit zum Doc gehst, Allen."

Er sieht mich lange schweigend an und nickt schließlich nachgebend. „Ist in Ordnung, mache ich morgen."

„Morgen ist Donnerstag, ich hoffe, du schaffst es noch heute Vormittag", stelle ich klar.

„Dann sollten wir aber so langsam mal schlafen gehen", erwidert er.

„Okay, dann komm!"

~ Erster Blick?! ~

Ich würde den Wecker gern erschlagen, und noch lieber mit Allen zum Arzt gehen, damit er auch wirklich dort ankommt.

Er spielt seine Verletzungen natürlich wieder herunter, aber ich lasse mich auf keinerlei Diskussionen ein, während wir beim Frühstück sitzen.

Da ich heute wieder zum Renntraining muss, verabschieden wir uns bald nach dem gemeinsamen Essen und ich blicke ihm eine Weile nach, bevor ich selbst losfahre.

Durch diese Sache mit dem fiesen Dom hat sich meine Sicht auf BDSM noch einmal leicht verändert.

Auch wenn Allen nicht ins Detail gegangen ist, was die Verletzungen des Subs angeht, galoppiert meine Fantasie in schwärzeste Regionen.

Krankenhausreif geprügelt von einem Mann, dem er vertraut haben muss.

Grausam, gruselig!

Ich versuche, mir vorzustellen, wie es für mich gewesen wäre, jemanden zu treffen, der mich nicht vorsichtig an die schmerzhafte Unterwerfung herangeführt, sondern einfach nur gequält hätte.

Aber auch während der gesamten Fahrt zum Rennstall schaffe ich es nicht, diese düstere Situation wirklich auf mich umzumünzen.

Es liegt an Allen.

Ich traue ihm einfach nicht zu, sich so zu benehmen, weil er sich mir gegenüber stets anders gezeigt hat.

Und doch habe ich keinerlei Schwierigkeiten, mir vorzustellen, dass Allen trotz der widerlichen Peitschenhiebe in der Lage war, den Mistkerl zu überwältigen.

Wärme und ein echt verzücktes Grinsen suchen mich heim, als ich meinen Pickup auf dem Parkplatz vor der Rennbahn ausrollen lasse.

Das Team ist zum Teil bereits vor Ort, weshalb ich alle begrüße und mich umziehe, um möglichst bald ebenfalls ein paar Testrunden mit meiner Maschine zu fahren. Natürlich fragen mich alle, besonders Mandy, wer oder was mich in diese gute Laune versetzt, die in einem so großen Kontrast zu meinem Befinden am letzten Rennwochenende steht.

Ich erzähle geheimnisvoll von einem neuen Mann in meinem Leben und sie drückt ihre große Hoffnung aus, ihn bald kennenzulernen und vor allem, dass dieser Mann mir lange erhalten bleibt.

Diese Hoffnung teilen wir, so sehr ich mich auch bislang gegen diese Vorstellung gewehrt haben mag.

Als Allen mir eine Nachricht sendet, beruhige ich mich bezüglich seiner Verletzungen etwas.

> *Hey Ryan, der Doc sagt, Lydia hat alles richtig gemacht und es wird narbenlos abheilen, wenn ich es weiterhin so sauber halte.*

Ich antworte umgehend.

> *Klingt gut! Dann weißt du ja, wer sich in den kommenden Wochen um deinen Rücken kümmern wird.*

> *Du solltest dich lieber auf dein Training konzentrieren.*

> *Das mache ich, aber ich habe viel Freizeit bis zum nächsten Rennwochenende.*

Ich grüble in den Pausen zwischen den Läufen darüber, ob ich Allen noch immer zutraue, mich absichtlich zu verletzen. Diese Säule aus Granit, die ich beim Baden im Whirlpool noch so klar gesehen und gespürt habe, ist zwar nicht weg, aber doch deutlich weniger erdrückend.

Ich will ihm trauen, will daran glauben, dass er mich zukünftig nie wieder so im Regen stehenlassen wird.

Und vielleicht ist das auch gut möglich, weil ich nicht mehr auf Distanz gehe.

Er weiß, dass ich ihm sehr starke Gefühle entgegenbringe, dass ich ihn am liebsten ständig in meiner Nähe hätte.

Für mich ist das noch immer erstaunlich.

Klar, ich weiß, dass er mir diese neue Welt eröffnet hat, dass er mir gezeigt hat, wie ich wirklich bin, und mir geholfen hat, diese andere Seite an mir auszuleben, um endlich vollständig zu sein.

Ja, das ist es.

Allen macht mich vollständig!

~*~

Als ich am späten Abend wieder nach Hause komme, fahre ich sofort zum Club und Allens Wohnung.

Ich habe ihn angerufen, als ich losgefahren bin, und deshalb eine sehr kurzweilige Rückreise gehabt.

Wir haben über alles Mögliche gesprochen, auch darüber, dass mein Freund heute im Krankenhaus war, um den verletzten Sub – er heißt Stefan – zu besuchen.

Es geht ihm einigermaßen, offenbar haben Micha und die anderen Doms schnell genug reagiert, als der Mistkerl ihn so schrecklich gequält hat.

Allen versucht noch immer, mir zu verschweigen, was genau er getan hat.

Vielleicht will ich es auch nicht allzu deutlich wissen, aber die Ungewissheit hinterlässt bei mir ein gewisses Gefühl der Unsicherheit.

Nicht wegen Allen, sondern wegen des Versprechens, das ich ihm geben sollte.

Hat er das aus allgemeiner Sorge heraus getan oder gibt es einen realen Hintergrund?

Ich parke am Club ein und schaffe es nicht einmal bis zur Tür, bevor Allen mir entgegenkommt.

Wir legen auf und umarmen uns, knutschen wie Verhungernde und gehen anschließend gemeinsam ins Haus.

Die Eingangstür zum Club lassen wir unbeachtet und gehen über die breite Holztreppe nach oben zu seiner Wohnung.

Neugierig sehe ich mich um.

Schon vor der Eingangstür ahne ich, dass Allen ziemlich stilvoll eingerichtet ist. Kein Schimmer, woran ich das festmache, doch bestätigt sich meine Vermutung, sobald wir den Flur betreten.

Helle, beinahe weiße Holzmöbel dominieren jeden Raum, den ich nach und nach betrete.

Das fast schwarze Parkett steht in einem sehr reizvollen Kontrast dazu und ich äußere mich beifällig über seine schöne Einrichtung.

„Wahnsinn, hast du das alles selbst zusammengestellt oder einen Innenarchitekten verpflichtet?", will ich wissen, als wir im Wohnzimmer auf der feuerwehrroten Sitzlandschaft Platz nehmen.

Die riesige Couch stellt den farblichen Grundstein für den Stil der Wohnung dar, der sich in den kunstvollen Fotografien an den Wänden, in Farbtupfern im Teppich unter dem Couchtisch und in einzelnen Dekorationen in der Vitrine neben dem Fernseher wiederfindet.

Die Fotografien erregen meine Aufmerksamkeit extrem.

Es sind schwarzweiße Abbildungen, in denen jeweils ein Gegenstand feuerwehrrot ist.

Ich habe keine Ahnung, wie man so etwas beim Entwickeln hinbekommen kann, aber es sieht sehr genial aus.

Auf dem Bild, das ich über dem Sofa entdecke, ist eine nebelige Landschaft mit einem einzelnen Baum zu sehen. Wiesen und Baumreihen im Hintergrund werden durch den Nebel sehr diffus, aber der Baum in der rechten Hälfte des Bildes ist eingefärbt.

Bis ins letzte Blatt, übrigens.

„Nein, kein Innenarchitekt", sagt er und deutet auf den Kaffeebecher, den er mir schon während unseres Telefonates hingestellt hat.

Ich trinke dankbar und lächle ihn an. „Dann muss ich dir einen wirklich genialen Blick für eine perfekte Gesamtheit attestieren."

„Vielen Dank! Es freut mich, wenn es dir gefällt." Sein Lächeln ist toll, ich beobachte es ganz genau und erwidere es sehr gern.

„Zeigst du mir nachher den Rest der Wohnung?"

„Sicher! Ich wollte dich nur erst ankommen lassen. Was meinst du? Kannst du heute Nacht hier bleiben oder wandern wir wieder zu dir aus?"

Ich muss grinsen über diese Frage. „Auswandern? Hm, ich müsste mir Übernachtungszeug holen, dann könnte ich bei dir bleiben."

„Klingt gut!"

„Magst du meine Wohnung etwa nicht?", albere ich.

„Doch, aber das bedeutet ja nicht, dass ich dich nicht auch gern hier bei mir hätte."

„Danke, dass du mich nicht allein lässt, obwohl ich dich so furchtbar behandelt habe", murmele ich und meide seinen Blick. „Ohne deine Bereitschaft, mich trotzdem als Sub zu behalten, würde es mir jetzt echt mies gehen."

Er zieht mich an sich, küsst mich und zeigt mir einmal mehr ohne Worte, dass er mich wirklich liebt.

Erst als er mich wieder auf Abstand bringt, sagt er: „Wie hätte ich denn etwas anderes tun können? Allein die Vorstellung, dass du noch einmal so eine Annonce aufgeben könntest, hat mich in Angst und Schrecken versetzt!" Er seufzt tief. „Seit gestern Abend sogar noch mehr ..."

Ich verstehe genau, was er meint. Dieser miese Banker-Dom hätte schließlich auch auf meine Kontaktanzeige antworten können.

„Vermutlich hatte ich einfach Glück mit dir, was?"

Er lächelt. „Das musst du entscheiden, aber ich persönlich bin sehr froh, dass Micha mir deine Anzeige gegeben hat."

„Ich auch, Allen. Ganz ehrlich. Auch wenn ich so scheiße zu dir war."

„Du warst verletzt, ich habe dir das zu keinem Zeitpunkt vorgeworfen, Ryan."

„Wirklich nicht? Ich glaube, ich war noch nie in meinem Leben so verletzt und wütend wie an diesem einen Mittwochabend."

„Das tut mir wirklich leid. Ich hoffe, du kannst mir das irgendwann glauben."

Ich lache gutmütig auf. „Das tue ich doch längst! Vermutlich war es nicht einfach, so viele Gefühle für mich zu haben, während ich nur spielen wollte ..."

Er sieht mich nachdenklich an. „Ich habe gehofft, dass du irgendwann merkst, wie es um mich steht, und gleichzeitig genau das befürchtet. Ich meine, es ist sicherlich nicht der Normalzustand, dass ich einen Mann in einem Park treffe und mich mehr oder weniger übergangslos in ihn verliebe."

„Ist dir so etwas schon mal passiert?", frage ich.

„Nein, ganz sicher nicht! Ich habe mich innerlich dafür verflucht, weil ich nicht wusste, ob du wirklich mit den Spielen leben können würdest. Die Gefahr, dass es dich letztlich trotz deiner Fantasien eher abtörnt, war gegeben."

„Hm, dabei hast du mir so sehr geholfen!", werfe ich ein. „Ich wusste nur, es fehlt was. Also nicht konstant, aber es wurde durch die letzten Jahre hindurch immer schlimmer oder deutlicher. Sonst hätte ich diese Annonce niemals aufgegeben. Viel lieber wäre ich einfach in den Club gekommen und hätte mich umgesehen."

„Na, ob das gutgegangen wäre?"

Ich hebe die Schultern. „Keine Ahnung, aber es hätte mir mehr Souveränität gegeben. Mehr Aktivität. Die Anzeige hat mich dagegen zum Warten und zur Passivität verdammt."

„Ja, das stimmt wohl. Aber wenn du es genau nimmst, ist Passivität durchaus etwas, das du sehr genießen kannst, oder nicht?"

„Ja, absolut! Aber nur bei dir."

Er zieht die Brauen kraus. „Soll das heißen, dass du sonst beim Sex aktiver bist?"

„Es hält sich die Waage, aber bei One-Night-Stands bin ich lieber der Top, ja."

„Das ist erstaunlich." Er denkt ganz offensichtlich über meine Einlassung nach.

„Ist es? Wieso?"

„Du dürftest sehr genau wissen, dass man seine Präferenzen in dem Punkt nicht plötzlich ablegen kann."

„Klar weiß ich das, aber das tue ich doch auch gar nicht."

Er legt den Kopf schräg. „Nicht?"

Ich grinse. „Allen, hast du Angst, dass ich dich ficken will, oder wieso fragst du danach?"

Mein neckender Ton reizt ihn zum Auflachen.

„Es gibt Doms, die sich von ihrem Sub toppen lassen, und zwar immer."

Das lässt mich überrascht gegen die Rückenlehne sinken. „Ernsthaft?! Aber wie passt die Dominanz mit der Passivität bei einem Fick zusammen?"

„Ich glaube, du hast noch zu viel Schubladendenken im Kopf."

„Das ist gut möglich, aber trotzdem finde ich es erstaunlich." Meine Gedanken dazu gingen tatsächlich stets eher in die Richtung, dass der Dom eben auch der Top ist.

Allen sieht mich nachdenklich an und trinkt von seinem Kaffee. „Soll ich dich erst mal herumführen?"

„Klar, gern! Ich bin neugierig!"

Speziell das Bad und das Schlafzimmer interessieren mich sehr. Ich bin gespannt, ob sich sein Geschmack aus der Suite hier auch widerspiegelt.

Tatsächlich sind beide Räume auf eine gemütliche Art vollkommen anders als das extravagante Spielzimmer.

Sein Bett ist zwar länger als ein normales, aber ansonsten verfügt es über die üblichen Dimensionen. Auch hier sind die Möbel hell und die gesamte Einrichtung freundlich und doch viel wärmer als in der Suite.

Die Bettwäsche ist schwarz-weiß mit den mir schon bekannten Tupfern von Feuerwehrrot, zu den Seiten des Möbels liegen flauschige weiße Flokatis, die schon beim Angucken dafür sorgen, dass ich mir vorstellen kann, wie warm und weich sie sich unter meinen nackten Füßen anfühlen werden.

Die Nachttische sind mit einfachen Lampen bestückt, auf Allens offensichtlich genutzter Seite befinden sich ein Buch, eine Packung Taschentücher und ein Radiowecker mit grünlichen Ziffern.

Neben einer hohen Kommode entdecke ich keine weiteren Schränke und sehe mich erstaunt um.

„Begehbarer Kleiderschrank", verkündet Allen und deutet auf eine Tür, hinter der ich das Badezimmer vermutet hätte.

„Darf ich?", frage ich und strecke die Hand nach der Türklinke aus.

„Sicher."

Ich ziehe das weiße Türblatt zu mir, und Allen greift um die Ecke, um das Licht einzuschalten.

In ordentlichen Reihen, auf Regalbrettern und Kleiderstangen ist seine Garderobe untergebracht. Geradezu entdecke ich, etwa drei Meter von dieser entfernt, eine weitere Tür. „Was ist dahinter?"

„Das Bad. Ich bin ein Freund kurzer Wege." Allen grinst und öffnet die Tür.

„Kann ich verstehen. Oh Mann, du siehst mich neidisch und eifersüchtig!"

Er lacht fröhlich. „Nicht, dass du noch grün wirst!"

Ich bleibe stehen und starre ihn fasziniert an.

„Was ist?"

„Mir ist gerade aufgefallen, wie sehr ich es liebe, wenn du albern wirst."

Er ist bei mir, bevor ich ‚piep' sagen kann, und zieht mich in eine feste Umarmung.

„Dann werde ich es auch weiterhin gern sein."

„Ein schönes Versprechen", quittiere ich.

Allen lächelt und gibt mich mit einer Geste in Richtung Badezimmer frei.

Als ich den Raum betrete, entfährt mir ein „Wow!".

Die Keramik ist dunkelrot, die Bodenfliesen bestehen aus einem schwarz-grauen Mosaik und die Wände sind mit weißen Fliesen belegt, die in schwarz und rot marmoriert sind.

Wäre der Raum kleiner, würde es ganz sicher überladen und viel zu ‚bunt' wirken, aber diese Gefahr besteht hier nicht.

Hinter der Tür entdecke ich eine ebenerdige Dusche, die mit einer gewölbten Glaswand abgetrennt ist, rechts des Eingangs sind Bidet und Toilette untergebracht, und geradeaus befindet sich ein langer Waschtisch mit weißer Marmorplatte, in die zwei große Waschbecken eingelassen sind.

„Der Hammer!", setze ich noch hinzu und grinse.

Vor allem die runde Wanne, die sich unter dem großen Dachfenster ausbreitet, gefällt mir.

Das sage ich auch, bevor wir den Rückweg antreten und uns nach einer kurzen Besichtigung der restlichen Räume – Küche, Abstellkammer, Gästezimmer – wieder im Wohnzimmer niederlassen.

~*~

Wie war das eigentlich noch vor ein paar Tagen?

Ich meine, bevor ich morgens in Allens warmer Umarmung aufgewacht bin?

Ach ja, früher war das normal, dann, nachdem ich ihn kennengelernt habe, erschien es mir trostlos und einsam, wenn ich allein schlafen musste.

Heute ist es einfach gut, nicht allein zu sein.

Ich spüre, noch mit geschlossenen Augen, wie sich meine Mundwinkel zu einem Lächeln anheben.

Wie spät mag es sein?

Vorsichtig hebe ich den Kopf von Allens Schulter und suche die Anzeige des Radioweckers.

Hm, erst sechs Uhr morgens?

Das lässt mich überrascht zurücksinken und mich dichter an den warmen Leib kuscheln, dessen Geruch ich einfach nicht widerstehen kann.

Fast ohne mein Zutun setze ich leichte, vorsichtige Küsse auf Allens nackte Brust, lasse mich langsam tiefer gleiten und schlüpfe vollständig unter die Bettdecke, um Allen auf möglichst geile Art und Weise zu wecken.

Sein wohliges Brummen, die Tatsache, dass er sich unter mir zu winden beginnt, machen mich unheimlich an und ich bin ein wenig mürrisch, als er sich aufrichtet, um mich auf sich zu ziehen und mit mir wieder nach hinten zu sinken.

Sein harter Schwanz, den ich eben noch geschmeckt habe, reibt sich nun an meinem.

„Guten Morgen, Ryan", murmelt er zärtlich und lächelt schief. „Hast du vor, mich jetzt jeden Morgen so zu wecken?"

„Guten Morgen." Ich lecke mir über die Lippen. „Könnte sein ...?"

„Ich hätte jedenfalls nichts dagegen."

„Dachte ich mir", murmele ich und hebe meinen Hintern an. Ich will ihn in mir, jetzt sofort.

Es ist, als würde jede Faser meines Körpers danach schreien, dass er mich besitzt.

„Bitte, Allen", flüstere ich und greife nach seinem Schwanz, um ihn zu meinem Eingang zu führen.

Er stöhnt auf, als seine Eichel ihr Ziel findet und ich mich auf ihn setzen will.

„Warte!"

Ich blinzle.

Hat er das wirklich gesagt?!

„Kann nicht!", keuche ich und lasse ihn eindringen.

Ohne frisches Gleitmittel, weil von der vergangenen Nacht noch genug zurückgeblieben ist.

Ohne Gummi, weil ich einfach nicht länger warten kann.

Sobald Allens Schwanz vollständig in mir ist, verharre ich und genieße das sagenhaft gute Gefühl, ausgefüllt zu sein.

Ich will es, will ihm gehören, ihm alles geben, was ich besitze.

Mich.

Mein flehentlicher Blick scheint Allens ersten Schock zu besänftigen, denn er zieht mich dicht an sich und winkelt die Beine an.

„Wenn wir so weitermachen", keucht er, „werden wir heute nicht mehr in die Suite kommen, was?"

Ich stöhne nur und klammere mich an ihn, als er sich unter und in mir zu bewegen beginnt.

~ Normal, oder so ~

Versonnen sehe ich aus dem Küchenfenster in Allens Wohnung und überlege, ob ich heute mit dem Wagen oder der Maschine zum Training fahren will.

Das Wetter ist gut, aber mir wird genau aus diesem Grund das Kaffeewasser im Arsch kochen, wenn ich mit dem Motorrad am Trainingsgelände ankomme.

Dagegen klingt es schon gedanklich viel besser, den klimatisierten Pickup zu nehmen.

Okay, Entscheidung gefällt.

„In welchen Sphären schwebst du denn da gerade?", erkundigt Allen sich über den Frühstückstisch hinweg.

Ich erkläre es und grinse.

„Du musstest darüber wirklich nachdenken? Ich meine, war nicht geplant, dass ich dich heute begleite?" Seine Augenbraue hebt sich auf eine herrlich ironische Art, und ich lache fröhlich auf.

„Klar, hin und wieder muss ich dich schließlich auch mal ein bisschen quälen!", versetze ich ihm.

„So, so ..." Er schüttelt grinsend den Kopf. „Und das musst du, weil ...?"

Ich hebe die Schultern. „Wer weiß? Vielleicht habe ich eine leicht sadistische Ader?"

„Hast du? Wäre mir jedenfalls neu."

„Mir auch!" Ich lache laut los. „Allein die Vorstellung ist schon absurd. Immerhin genieße ich viel zu sehr, was du seit mehr als anderthalb Monaten regelmäßig mit mir anstellst."

Er nickt beifällig. „Ist mir noch gar nicht aufgefallen ... Wie wäre es, wenn du mir heute nach deinem Training die Gelegenheit gibst, deine Behauptung zu überprüfen?"

„Du Biest!", entfährt es mir, weil er genauso gut wie ich weiß, wie solche Äußerungen von ihm meinen Körper in Aufruhr versetzen.

Dass meine Lenden auch jetzt sofort aufgewacht sind, ist leider vollkommen klar.

„Nur deines ... Auch wenn ich andere Bezeichnungen bevorzugen würde."

Klar, weiß ich. Aber es macht mir viel zu viel Spaß, außerhalb unserer Spiele frech und provokativ zu sein.

Nicht immer folgt dafür eine spieltechnische Strafe. Dazu mag Allen meine Widerworte und Frechheiten wohl auch viel zu sehr.

Er hat recht behalten – wir sind uns ebenbürtig.

Im Alltag gibt es keinerlei Punkte, an denen einer von uns den anderen unterbuttert.

Selbst Manni hat das längst verinnerlicht und war mittlerweile sogar schon mehrfach im Club, um sich umzusehen.

Er hat dabei festgestellt, dass ein einzelner Anteil des BDSM ihn mit großer Faszination erfüllt, und zwar das Bondage.

Ich kann dem nichts abgewinnen, auch wenn es noch so kunstvoll geknüpft wird, aber Manni steht zumindest schon mal darauf, unter fachkundiger Anleitung verschiedene Modelle einzuschnüren und die exakten Techniken zu erlernen.

Ob er das sexuell ausleben will oder sich einen festen Partner für derlei Spiele suchen wird, steht dabei jedoch noch vollkommen in den Sternen.

„Wir müssen bald los", erinnert Allen mich, weil ich mit meinem zweiten Brötchen herumtrödele. Ich sollte mir gedankliche Exkursionen wirklich aufheben.

Schließlich machen wir uns gemeinsam auf den Weg und Allen kutschiert mich in meinem Wagen zum Trainingsgelände.

~*~

Eindeutig, es war eine sehr, sehr gute Entscheidung, meinen Freund heute mitzunehmen.

Ich habe mich ob der sommerlichen Hitze total ausgepowert und bin viel zu k.o., um die Strecke nach Hause zu fahren.

Deshalb lehne ich wie ein nasser Sack im Beifahrersitz und döse immer wieder weg.

Zwischendurch streift Allens Hand meinen Oberschenkel und ich öffne träge die Augen, um ihn anzusehen.

„Weißt du, was ich mich schon eine ganze Weile lang frage?", formuliere ich einen Gedanken, der mich immer mal wieder überkommt, wenn ich zu viel Zeit zum Grübeln habe.

„Nein, was denn?", erkundigt er sich.

„Ich überlege immer wieder, ob wir uns jemals kennengelernt hätten, wenn ich diese Annonce nicht aufgegeben hätte."

„Hm, gute Frage ... Da du nicht allzu weit von mir weg wohnst, wären wir uns vielleicht mal beim Einkaufen oder auf einem Konzert begegnet. Micha und Lars haben schon öfter gefragt, ob ich sie nicht begleiten will."

Ich lächle ihn an. „Und wärest du denn auch mitgegangen?"

„Ich denke schon, irgendwann bestimmt. Immerhin höre ich sehr gern Rockmusik und zum Geburtstag hat Lars mir eine CD von euch geschenkt."

„Dann wusstest du ja schon, wie ich aussehe!", entfährt es mir und ich richte mich auf.

„Nein, ich wusste, wie der Frontmann von ‚Bad to the Bone' aussieht", korrigiert er.

„Ist ja jetzt nicht so ein Wahnsinnsunterschied, oder?"

„Wie man es nimmt. Ich dachte allerdings, dass der geile Sänger hundertprozentig hetero ist und ich neige auch grundsätzlich nicht dazu, mich in Fotos zu vergucken."

„Hm, ist ein Argument."

Er nickt. „Ich wusste, du würdest es nachvollziehen können. Aber anders herum stellt sich die Frage wohl auch."

„Du meinst, ob ich denke, dass du mir auch anders aufgefallen wärest?"

Darüber denke ich natürlich nicht zum ersten Mal nach, aber ich nehme mir auch jetzt noch einmal Zeit dafür.

Schließlich sage ich in die eingetretene Stille: „Du hast auf mich von Anfang an sehr beeindruckend gewirkt. Aber ich weiß nicht, ob ich ... Das ist echt schwierig zu beantworten! Ich wollte keine Beziehung, seit Jahren nicht. Deshalb gehe ich davon aus, dass du mir vermutlich aufgefallen wärest, aber ich keinerlei Ambitionen gehegt hätte, dich näher kennenlernen zu wollen."

„Hm."

„Ja, ‚hm'", wiederhole ich. „Aber ich denke, wenn du mich bei einem Konzert angesprochen hättest, wäre mir deine wirklich imposante Präsenz sicherlich aufgefallen. Und wenn ich weiter bedenke, wie sehr mich diese anmacht, wäre es durchaus denkbar, dass ich doch mehr gewollt hätte."

Er kichert vor sich hin. „Dann ist deine Frage nach der Wichtigkeit der Annonce nun beantwortet?"

Ich blinzle verwirrt und grinse. „Ja, sieht ganz so aus ..."

Dieses Gespräch über meine Grübeleien hinterlässt mich gutgelaunt.

„Ich bin davon überzeugt, dass ich mich so oder so in dich verliebt hätte, Ryan. Diese Tatsache hat es mir ja so schwer gemacht, zu Anfang."

„Ich liebe dich", sage ich nur und lasse meine Hand über seinen Oberschenkel gleiten.

„Ich dich auch", gibt er zurück und legt seine Hand auf meine, um sie kurz zu drücken.

~*~

In zwei Wohnungen zu wohnen ist seltsam, aber auch okay für mich. Mittlerweile liegen einige meiner Klamotten bei Allen, genauso wie seine bei mir.

Wir haben doppelte Ausführungen an Zahnbürsten und Rasierern angeschafft, so dass wir möglichst wenig an Vorbereitungen treffen müssen, egal wo wir schlafen wollen.

Keine Nacht verbringen wir getrennt, selbst an Rennwochenenden ist Allen immer dabei, und ich genieße das sehr, auch wenn die männlichen Boxenluder es alles andere als amüsant fanden, meinen Freund kennenzulernen.

Gilt übrigens auch anders herum.

Allen ist wie ein brodelnder Vulkan, sobald er Milos oder Silvio irgendwo in Sichtweite entdeckt.

Natürlich weiß er, dass ich mit beiden was hatte, aber er weiß auch, wie unwichtig das für mich ist.

Der Vergangenheit wegen werden wir uns beide keine Vorwürfe machen – da hätten wir auch eindeutig zu viel zu tun.

Stattdessen haben wir gemeinschaftlich beschlossen, diese ruhen zu lassen und uns auf die gemeinsame Gegenwart und Zukunft zu konzentrieren.

„Wir sind bei deinen Eltern eingeladen, hast du das vergessen?", fragt Allen, als er aus dem Bad kommt und mich nackt auf dem Bett räkelnd vorfindet.

„Wir haben Zeit genug, wenn du jetzt aufhörst, zu diskutieren", bescheide ich ihm und spreize die ausgestreckten Beine noch ein wenig mehr.

Sein Knurren ist Antwort genug und es dauert nur noch Sekunden, bis er über mir ist.

Seine Zähne graben sich aufreizend in meinen Nacken und ich stöhne ungehemmt.

„Ja!"

„Du bist ein verdorbenes Luder, Ryan", brummt er.

„... und dafür liebst du mich", erwidere ich keuchend, weil sein Schwanz sich in meiner Spalte reibt.

„Unbestritten." Er greift nach meinen Handgelenken und schiebt meine Arme weit ausgestreckt über die Laken, bis er sie mit einer Hand umfassen und mich fixieren kann.

„Ich hoffe für dich, du bist vorbereitet", knurrt er und ich nicke schwach.

„Allzeit bereit für dich!"

Im nächsten Augenblick fingert er meinen Eingang, hebt sein Becken an und stößt sich in mich.

Verdammt, wie ich es genieße, wenn er das macht!

Auch wenn dies hier keine Spielzeit ist, lasse ich mich gern erobern und in Besitz nehmen. Ich will ihn hart und zart, will mich unterwerfen und ihm alles geben.

Das ist nicht immer so, aber jetzt gerade will ich es.

Es ist irgendwie auch ein kleines Machtspielchen, das ich sehr genieße, denn immerhin habe ich Allen gegen jeden Plan dazu gebracht, mich zu ficken.

Unser Akt ist schnell, kompromisslos und einfach geil. Es dauert keine zehn Minuten, bis er sich von mir rollt und mich an sich zieht.

„Na los, Dusche!", befiehlt er scherzhaft und wir trollen uns.

Klar, bei meinen Eltern am Tisch zu sitzen und nach Sex zu riechen ist nicht unsere erste Wahl.

~*~

„Paps, kriege ich noch einen Kaffee?", frage ich nach dem Essen und ernte einen schrägen Blick.

„Sohn, du weißt noch, wo die Kaffeemaschine steht, oder? Dank dir haben wir dieses Monstrum schließlich. Für deine Mutter einen Latte und für mich einen Cappuccino", erklärt er mit einem Fingerzeig auf den Vollautomaten, und ich seufze theatralisch.

„Siehst du, Allen, erst wirst du hier gemästet und anschließend musst du dir selbst den Absacker-Kaffee machen", jammere ich in passendem Ton.

„Stell dich nicht so an, zu Hause musst du das auch", erklärt er und grinst. „Ich hätte übrigens auch gern einen."

„Schon klar", sage ich und stehe auf, um uns allen die Wunschkaffees zuzubereiten.

„Es war wie immer verdammt lecker, Mama!" Ich stelle ihren Latte macchiato vor ihr ab und beuge mich zu ihr, um ihr einen Knutscher auf die Wange zu geben.

Natürlich wissen meine Eltern längst, womit Allen sein Geld verdient, und haben das mit zum Teil recht gemischten Gefühlen aufgenommen.

Auch sie hat er dazu eingeladen, sich im Club einmal in Ruhe umzusehen, und genau das werden sie heute Abend noch tun.

Wir fahren mit zwei Autos zurück zu Allens Club und betreten ihn gemeinsam.

Meine Mutter sieht sich tatsächlich sehr gründlich um, während Paps sich darauf verlagert, Konversation zu suchen.

Zuerst ist Sammy dran, dann die heutige Bedienung an der Theke, anschließend lassen wir uns gemütlich in einer der Wandnischen nieder und unterhalten uns.

Allen hat das vorgeschlagen, damit die zwei sich akklimatisieren können, ohne gleich den Kulturschock schlechthin zu bekommen.

Madame Linda sitzt an einem der Tische und plaudert mit zwei anderen Doms. Jeder von ihnen hat sein Schoßhündchen neben sich knien.

Zum ersten Mal sehe ich deshalb auch ein männlich-männliches Dom-Sub-Pärchen in der Bar.

Ich meine, klar, Micha und Lars sind auch eines, aber sie spielen, wie Allen und ich, niemals in der Bar, niemals mit Halsband und Leine oder halbnackt in der Öffentlichkeit.

Der Sub, der neben dem ziemlich eindrucksvollen Master sitzt, und auf Zuwendungen wartet, ist sehr interessant angezogen.

Er trägt ein Oberteil, das zwar lange Ärmel hat, aber ansonsten nur die Schulterblätter und das halbe Brustbein bedeckt. Quasi ein superknappes Top.

Mein neugieriger Blick wandert über den Rest seiner schmalen, zierlichen Gestalt.

Von dieser her erscheint mir der junge Mann wie ein Paradebeispiel für einen Sklaven.

Jungenhaft, kein bisschen muskulös, stattdessen anschmiegsam und willig.

Sein Unterkörper ist mit einer hautengen Lederhose bedeckt, zusätzlich trägt er einen aus querliegenden Lederrippen genähten, kurzen Rock, von dem ich vermute, dass er auch einzeln getragen werden kann.

Allerdings würde man dann in seiner momentanen Haltung wirklich alles von ihm sehen ...

Der junge Mann trägt einen Stangen-Knebel, der der Trense eines Pferdes ziemlich nachempfunden ist.

Ein echter Hingucker, der Junge ...

Natürlich entgehen meinem oberaufmerksamen Dom die Blicke nicht, die ich dem Sklaven dauernd zuwerfe. Auch nicht meine Reaktion – ich rutsche unruhig auf meinem Platz herum, weil mich dieser Anblick irrsinnigerweise vollkommen antörnt.

Leider kann ich heute kein Spiel erwarten, denn wir werden meine Eltern nicht allein lassen, solange sie es nicht wollen.

„Du bist ganz fasziniert von Sir Leons Sklaven, was?"

Ich zucke zusammen und nicke, wende den Blick nur mühsam zu Allen.

„Sehr. So hübsche Subs sieht man ja auch nicht jeden Tag hier", befinde ich.

Allen grinst. „Das ist wahr, die meisten Subs sind weiblich oder älter, und der Hübscheste von ihnen wird niemals hier in der Bar vorgeführt werden."

Ich drehe den Kopf zu meinem Freund und sehe ihn verständnislos an.

Mama lacht fröhlich. „Verzeih, Allen, wir haben ihn nicht zu einem Narzissten erzogen, deshalb hat er dein Kompliment nicht verstanden."

Allens Hand ergreift meine, und er drückt leicht zu.

„Dabei sollte er durchaus wissen, wie gut er aussieht", sagt er und ich grinse.

„Weiß ich auch, aber das muss ich ja nicht immer gleich heraushängen lassen."

Paps lacht nun ebenfalls, auch wenn er sich visuell noch immer mit unserer Umgebung beschäftigt.

„Sir Leons Sklave heißt Diamond. Die beiden führen eine echte Kontrollabgabe-24/7-Beziehung", erklärt Allen und führt diese Begrifflichkeiten für meine Eltern genauer aus, während ich meine Blicke wieder auf Diamond richte und mich frage, wie ich in solcher Kleidung wohl aussähe.

Ich kann ja durchaus verstehen, dass Allen nicht dazu bereit ist, von mir einen Auftritt in der Bar zu verlangen, doch wenn ich selbst es will …?

Ich beschließe, mich shoptechnisch mal zu erkundigen, wo ich solche Kleidung bekommen kann.

Das wäre doch eine tolle Überraschung für Allen zu seinem anstehenden Geburtstag, oder nicht?

Wir waren an meinem letzten rennfreien Wochenende auf einer Erotikmesse und da sind mir seine hungrigen Blicke – übrigens auch auf aufgemachte Schaufensterpuppen, nicht nur auf lebendige Models – durchaus aufgefallen.

Spätestens da habe ich kapiert, dass er diesen Look recht heiß findet.

Zeitgleich ärgere ich mich, dass ich auf der Messe nicht schon etwas für mich gekauft habe.

Aber die nächste steht bald an, ist sogar größer als die letzte, und dort werden Micha und Lars uns begleiten, eventuell auch Teile der Band und meine Eltern. Allens Eltern werden auf jeden Fall mit dabei sein, sie betreiben zwei Erotikshops im nahegelegenen Holland.

Bei ihnen würde ich sicher Sklavenkleidung finden, aber das hebe ich mir als letzte Möglichkeit auf, weil ich befürchte, dass die Buschtrommeln Allen recht schnell über meinen Einkauf informieren würden.

Ich beschließe, mich am kommenden Wochenende mit Lars abzusetzen, um auch gleich einen Einkaufsberater bei mir zu haben.

Mit ihm wird Allen mich losziehen lassen, und wenn nicht, dann sicherlich mit Micha, wenn Allen solange auf den Tiger aufpasst.

Ich grinse dämlich vor mich hin und ernte einen kleinen Rempler von Allen.

„Starr ihn nicht so an, das könnte Leon dir übelnehmen", raunt mein Freund mir ins Ohr.

Ich sehe ihn schuldbewusst an und wende mich wieder richtig zu ihm. „Tut mir leid, ich dachte, die Doms führen ihre Sklaven vor, damit man sie anstarrt ... Ist ja irgendwie wohl auch ein Kompliment, oder nicht?"

„Schon, aber eher, wenn Doms starren, nicht Subs."

„Ooops, tut mir leid, ich vergesse das außerhalb der Suite immer wieder", bekenne ich leise.

„Schon in Ordnung. Immerhin wird Leon keinen Wert darauf legen, sich mit mir anzulegen." Allens süffisantes Grinsen lässt einige Glocken in mir bimmeln.

Hastig setze ich mich anders hin und versuche die immer präsenter werdende Erregung zu unterdrücken.

Meine Eltern hier herumzuführen, ist eine Sache. Vor ihnen vor Geilheit zum Sub zu mutieren, damit Allen mit mir spielt, ist etwas ganz anderes.

Sobald die anderen ausgetrunken haben, beginnt die Führung durch die Räume.

Diese macht Allen mit meinen Eltern allein.

Ich bleibe in der Bar und spiele an meinem Handy herum, damit ich nicht wieder durch ungewolltes Starren auffalle.

Dass ich nicht mitgehe, habe ich mir vorher erbeten. Einfach, weil ich nicht will, dass meine Eltern mitbekommen, welche Beschreibungen und Erklärungen von Allen mich augenblicklich in die Wolken schießen können.

Die drei sind bereits seit einer knappen Viertelstunde weg, als ich nicht länger allein in der Nische sitze.

Erstaunt hebe ich den Blick vom Display meines iPhones, als mich jemand anspricht.

„Du bist also Tobis Nachfolger?" Der Mann, der nicht gerade viel Sicherheitsabstand wahrt, ist eindeutig ein Dom. Eher ein Vollzeitmaster, wenn ich es recht bedenke. Und es ist Sir Leon!

Ich hebe die Schultern. „Entschuldigung, aber das weiß ich nicht, Sir Leon."

Na also, ich kann auch brav sein ... das habe ich nach dem ersten Aufeinandertreffen mit Madame Linda oft genug bewiesen – aber auch mindestens genauso oft vergessen.

Er grinst beifällig. Offensichtlich mag er es, wenn Subs ihn anständig betiteln.

Der Mann, der in etwa so groß sein dürfte wie ich, lässt seinen Blick neugierig, nein, eigentlich mit mir unangenehmem Interesse, über meine Gestalt gleiten.

„Tobi war Allens letzter Freund. Heute ist er mein Sklave."

Oh ... Ich meine, oh!!!

Meine Augen weiten sich, und ich starre an Leon vorbei zu dem von mir vorhin so bewunderten Diamond.

„Das ist mir neu, Sir Leon."

„Ich verstehe jetzt jedenfalls, wieso er den Kleinen abgeschossen hat." Wieder so ein hungriger Raubtierblick, dazu ein schiefes Grinsen, das ich als abwertend oder wertschätzend deuten kann.

Je nach Wunsch.

Unbehagen und eine fiese Gänsehaut kriechen über meine Haut.

Ich grüble fieberhaft nach einer Ausrede, um zu Allen zu gehen.

Mich zu ihm zu flüchten, wohl eher.

Denn das ist für mich vollkommen klar, hier im Club benötige ich Allen dringend als meinen Beschützer.

Logisch, körperlich betrachtet könnte ich es problemlos mit Leon aufnehmen, sollte er mir noch weiter auf die Pelle rücken, aber ich weiß auch sehr gut, dass ich als Sub damit sein Ansehen beschädigen und mich sehr unbeliebt machen könnte.

Keine gute Idee, immerhin ist Sir Leon zahlender Kunde meines Freundes.

Andererseits bin ich mir sicher, dass es mir erlaubt ist, mich zu wehren oder Leons Reichweite zu entziehen, sollte er mich in irgendeiner Form bedrängen.

Was soll ich tun?

„Ich habe nicht das Recht, Sir Allens Entscheidungen zu beurteilen", zwinge ich mich möglichst ruhig zu sagen.

Ich bin angespannt.

Sehr angespannt.

Bevor ich mein Smartphone wieder in die Hosentasche schiebe, sende ich eine kurze Nachricht an Allen.

> *Leon nervt mich.*

Anschließend ergreife ich mein Glas und rutsche weiter zum anderen Rand der Sitzbank.

„Sehr löblich, Kleiner. Wie heißt du?", fragt er und beobachtet mich.

Wenn er mir nun hinterher will, wird es jeder im Raum mitbekommen und ich bin mit einer Bewegung von dort verschwunden.

„Niemand außer meinem Herrn darf mich so nennen", erkläre ich scharf wegen seiner Anrede.

Es juckt mich wirklich in den Fingern, ihm eins auf die Zwölf zu geben, obwohl er mir im Grunde nichts getan hat.

Leon lacht süffisant. „Wie unschuldig ... Du bist wirklich neu in der Szene, nicht wahr? Schade, dass er dich zuerst gefunden hat."

Ich schnaube genervt. „Kann ich nicht behaupten. Davon abgesehen interessiert mich deine Meinung nicht die Bohne und du solltest nicht den Fehler machen, mich für einen schleifbaren Edelstein zu halten."

Er versteht meine Anspielung auf Diamond sehr genau, wie auch sein schneller Seitenblick auf seinen Sklaven zeigt.

Ich muss mir ein fieses Grinsen verbeißen.

„Wir werden sehen, wann Allen genug von dir hat, an dem Tag werde ich dich übernehmen und dir zeigen, wie sich ein Sklave einem Master gegenüber zu benehmen hat."

Das lässt mich auflachen. „Du stehst also auf Typen, die Allen abgelegt hat? Interessant!"

Ich mache mir keine Mühe, den Spott über diesen Umstand zu verhehlen. Wozu auch?

Ist es nicht sehr seltsam, dass er quasi abgetragene Subs von Allen übernehmen will? Wieso bloß?

Sein bösartiges Schnauben habe ich provoziert, trotzdem merke ich, dass Leon nicht Dom ist, weil er irgendwie weich oder gar nachgiebig wäre.

Er ist im Gegenteil sogar sehr dominant und präsent.

Ganz ähnlich wie Allen, nur dass Leon auf mich zwar wie ein Master wirkt, aber eben nicht wie *mein* Master.

Es ist, als würde ich unbeteiligt beobachten, nicht wirklich erspüren, was er darstellt und ausstrahlt.

Kurzum, es lässt mich kalt.

„Hüte deine Zunge, Kleiner. Es wird nicht lange dauern, bis Allen dich loswerden will. Vertrau mir."

„An dem Tag friert die Hölle zu, Leon. Ich rate dir, bis dahin nicht die Luft anzuhalten."

„Rede nie wieder in diesem Ton mit mir!", donnert er los und erhebt sich blitzartig.

Ich stehe hastig ebenfalls auf und bleibe direkt vor ihm stehen.

Klar, meine Anrede ist schon ein Affront, aber darauf werde ich keine Rücksicht mehr nehmen. Zurückweichen werde ich ganz sicher auch nicht!

„Mein Ton hat sich lediglich dem deinen angepasst, auch wenn ich zugeben muss, dass mir das nicht gefällt. Du scheinst es anders nicht begreifen zu wollen. Ich gehöre allein Allen und sollte er sich jemals dafür entscheiden, mich nicht mehr zu wollen, werde ich mir selbst aussuchen, was mit mir geschieht. In einem Punkt kannst du dir jedoch sicher sein: Ein geltungssüchtiges Oberarschloch wie du wird niemals – absolut niemals – in Reichweite meines Arsches kommen."

Ich atme tief durch und versuche, meine Fäuste zu entspannen. Es ist still geworden, Jessica hinter der Theke hat sogar die Musik ausgeschaltet.

Vielleicht ist auch nur die CD zu Ende gewesen und sie hat noch keine neue eingelegt.

Eine Hand legt sich auf meine Schulter, und ich richte mich nur noch weiter auf, bevor ich mich umsehe, wer in drei Teufels Namen es wagt, mich in diesem Moment anzufassen.

Ich brauche den Kopf nicht mehr zu drehen, als mir Allens Duft in die Nase steigt.

Er drückt wortlos zu und ich weiß, dass er mir meinen Ausbruch nicht so übel nimmt, wie ich zuerst befürchtet habe.

Trotzdem, sollte er eine Entschuldigung verlangen, wird er sie sehr gern bekommen, aber später.

Ich vermute, auch meine Eltern stehen irgendwo hinter Allen, bisher fixiere ich Leon noch mit Blicken, weil ich ihm schlichtweg nicht über den Weg traue.

„Du solltest deinem neuen Fickstück mal Benimm beibringen, Allen. Was er hier abzieht, wird sich herumsprechen, und ich kann mir nicht vorstellen, dass die Clubmitglieder das einfach so hinnehmen werden", wendet sich Leon an meinen Freund, und ich habe große Mühe, mich zurückzuhalten.

Meine Fäuste sind wieder steinhart und sie zucken.

Noch einmal drückt Allens Hand meine Schulter.

Ich verstehe ihn auch, ohne dass er etwas sagt, deshalb nicke ich leicht und entspanne mich etwas.

„Deine Ausdrucksweise lässt stark zu wünschen übrig", sage ich und wende mich endlich zu Allen um.

Er zieht mich an sich, seine Arme schlingen sich um meine Mitte und ich lehne mich dankbar an.

„Danke!", murmele ich inbrünstig und fühle mich so unterstützt und geliebt, dass meine Laune sich augenblicklich bessert.

„Es ist wohl besser, wenn du uns für heute verlässt, Leon. Du weißt genau, dass hier zwei Dinge niemals geduldet werden. Erstens, das Anmachen eines fremden Subs und zweitens, das Beleidigen eines fremden Subs." Allens Stimme schneidet so tief und voll durch den Raum, dass einige Leute zusammenzucken.

Auch Leon, der offenbar endlich begriffen hat, wie sehr er übers Ziel hinausgeschossen ist.

Trotzdem hält das Arschloch dem Blickduell, das Allen ihm liefert, erstaunlich lange stand, bevor er sich abwendet, Diamonds Leine grob aufnimmt und ihn mit sich zerrt.

Mein Herz zieht sich beim Anblick des armen Tobis zusammen. Aber letztlich scheint diese Behandlung genau das zu sein, was er will, vielleicht sogar braucht.

Wieso hätten er und Allen sich sonst trennen sollen?

Sobald Leon und Diamond, der schließlich auf die Füße gekommen ist, den Club verlassen haben, startet Jessica die Musik wieder und die allgemeinen Gespräche summen erneut durch die Bar.

Allen drückt mich an sich und küsst mich.

„Du warst ja in Höchstform, Liebling. Ich bin sehr stolz auf dich!"

Ich blinzle verwirrt. „Stolz?! Ich dachte, für diese Aktion erwarten mich noch einige Gertenschläge ..."

Sein Stolz ist übrigens nicht der einzige Aspekt seiner Worte, der mich verwirrt. Das ‚Liebling' lässt diese dauerhafte Wärme in meiner Brust wieder einmal auflodern. Trotzdem thematisiere ich es nicht, weil ich es nicht zerreden will.

Er schüttelt den Kopf. „Niemals! Ich mag es, wenn du dich selbst wehren kannst. Noch dazu gegen einen derart toughen Dom wie Leon."

Meine Eltern setzen sich wieder an unseren Tisch und Allen schiebt mich ebenfalls zurück auf das Rundsofa.

„Jessy?", ruft mein Freund und sie bringt die nächste Runde.

„Und? Wie hat euch die Führung gefallen?", erkundige ich mich bei Paps und Mama.

Paps schnaubt leise.

Mama grinst schelmisch. „Manche dieser Gerätschaften und Möbel haben schon etwas echt Martialisches an sich, aber alles ist schön sauber und ordentlich. Ich hatte es mir viel obskurer vorgestellt."

Ich grinse, so ging es mir schließlich auch.

„Aber die Showeinlage eben hier war um einiges spannender, muss ich zugeben. Erklärt mir einer von euch, was los war?"

Allen seufzt und erklärt es tatsächlich. Auch, dass Diamond früher sein Sub war. Details erfahre ich nicht, aber das finde ich auch besser so. Meine Eltern müssen nun wirklich nicht alles wissen.

Dafür werde ich vielleicht doch noch mal bei Allen nachhaken, was genau da damals gelaufen ist.

Erst gegen Mitternacht verlassen meine Eltern den Club, und Allen und ich bleiben noch.

Da morgen Donnerstag ist, können wir ausschlafen.

Auch wenn wir nicht spielen werden, weil die ganze Sache uns zu zornig gemacht hat, zieht es uns noch nicht in die Wohnung.

~ Private Geburtstagsparty ~

In zwanzig Minuten beginnt Allens Geburtstag und ich stehe im Badezimmer der Suite.

Die absolut obergeilen Klamotten, die ich mit Michas Hilfe auf der Erotikmesse gekauft habe, sitzen hauteng und sexy an meinem Körper.

Ich habe mich letztlich für ein schwarzes Oberteil entschieden, das lange Ärmel und ein superknappes Shirt besitzt, von dem aus in festen Streifen diagonale Bondagebänder mit Nieten, D-Ringen und Karabinern zu dem beinahe bodenlangen Rock führen, der an seinem Bund die passenden Ösen für die Bänder hat.

Dazu trage ich schwere Lederstiefel, aber selbstverständlich keine Pants.

Ist etwas luftig so, aber daran werde ich mich schon gewöhnen.

Mein trainierter Körper sieht in diesen Sachen einfach nur geil aus. Ich drehe mich noch einmal vor dem bodentiefen Spiegel im Bad.

Die Accessoires fehlen noch!

Auf dem marmornen Waschtisch liegen breite, nietenbesetzte Lederarmbänder, die jeweils einen D-Ring besitzen und als Fesseln benutzt werden können.

Sobald ich sie mir umgebunden habe, nehme ich das allerwichtigste Detail meines Outfits auf.

Das schwarze Lederhalsband mit flachen Nieten und insgesamt vier D-Ringen rundet alles erst ab.

Am vorderen Ring hängt eine kleine, silberne Plakette. Ich bin gespannt, wann Allen sie entdeckt. Immerhin ist etwas eingraviert …

Zufrieden verlasse ich die Suite und gehe mit langen, festen Schritten durch die Flure zur Bar.

Die offizielle Geburtstagsparty wird erst am morgigen Abend stattfinden, dann ist hier im Club vermutlich die Hölle los.

Jetzt aber sitzt Allen mit Michael und Lars in unserer Stammnische und ich gehe mit meinem Bühnenselbstbewusstsein auf ihn zu.

Er sitzt mit dem Rücken zu mir, andere in der Bar sehen mich bereits vor ihm, aber glücklicherweise schweigen alle und ich erreiche meinen Freund, um direkt neben ihm stehenzubleiben.

„Herzlichen Glückwunsch zum Geburtstag, Sir Allen", raune ich ihm ins Ohr.

Er wendet den Blick, sieht an mir entlang und ist innerhalb von Sekundenbruchteilen aufgesprungen.

„Scheiße, Ryan!", entfährt es ihm, was mich kichern lässt.

„Gefällt es dir?"

Er legt seine Hände an meine Seiten und strahlt mich an. „Mehr, als du ahnst!" Er zieht mich an sich und küsst mich tief und verlangend.

„Danke, Liebling. Mein Geburtstag ist jetzt schon besser als jeder andere vorher", murmelt er und schiebt mich auf das Sofa, bevor er neben mich gleitet.

„Dann dürfen wir jetzt auch noch gratulieren, bevor wir spielen gehen?", fragt Michael lächelnd und erhebt sich.

Er als Allens ältester Freund umarmt ihn und Lars reiht sich ein.

Zufrieden setzen sie sich wieder und trinken noch ein Glas mit uns auf Allen, dann verabschieden sie sich zum Spielen.

Ich lehne mich an Allen. „Na, Geburtstagskind? Wie sieht es aus? Hast du Lust, mit mir zu spielen?"

Er starrt mich groß an. „Du machst dir keine Vorstellung, wie viel Lust ich darauf habe, Ryan. Du siehst schlicht umwerfend aus, und ich will derjenige sein, der dich auszieht und dir zeigt, wem du gehörst."

Ich knurre leise und schaudere.

„Das würde mir gefallen, Sir Allen."

„Dann sollten wir spielen und in die Suite gehen, Liebling."

Ich nicke und wir gehen Hand in Hand dort hin.

Ich bin bereits in meinem Kopfraum, als wir die Suite betreten, trotzdem sieht Allen mich forschend an, sobald er die Tür hinter uns verriegelt hat.

Mir wird heiß und kalt, weil Allen mich mit einem echten Raubtierblick fixiert. So sehr, dass ich trocken schlucke und kurz darüber nachdenke, ob meine Kleiderwahl wirklich die beste war.

Immerhin muss er mich jetzt erst ausziehen, bevor er die Gerte oder den harten Flogger zum Einsatz bringen kann ...

Doch auch wenn wir seit Monaten immer wieder miteinander spielen, überrascht mich Allen einmal mehr.

„Geh zur Sprossenwand", verlangt er.

Ich bin verwundert, folge seinem Befehl jedoch augenblicklich.

„Ja, Sir Allen."

Dort angekommen, bleibe ich stehen.

„Rücken zur Wand, Arme hoch", ergänzt er, und wieder bestätige ich seine Worte hörbar.

Mein Kopfraum produziert jede Menge Bilder, wie Blitzlichter zischen sie durch mein Inneres, erfüllen mich mit Vorfreude und Neugierde.

Ich weiß, ich kann mich ihm bedingungslos hingeben, weil er nichts tun wird, mit dem ich nicht umgehen kann.

Allerdings wundert mich, dass er mich nicht vor dem Fesseln an dem hoch gelegenen Holm der Sprossenwand von meinem Oberteil befreit.

Kaum sind meine gestreckten Arme fixiert, legt er mir eine Augenbinde an und kommt ganz nah.

Ich spüre seinen warmen Atem auf meiner Haut.

„Spreiz die Beine für mich, Ryan." Sein lockender Ton geht mir durch und durch.

„Ja, Sir Allen."

Ich stelle meine Füße weit auseinander, so weit ich kann, ohne dass meine Schultergelenke zu sehr ziehen.

Auch wenn ich nichts sehe, weiß ich, dass Allen genau beobachtet, ob ich den Mund schmerzerfüllt verziehe oder nicht. Er achtet auf mich.

Ein Wissen, das meinen Kopfraum mit echter Freude erhellt.

„Sir Allen?" Ich will ihm sagen, wie es mir geht, keine Ahnung, wieso ich neuerdings – zumindest verbal – Initiativen ergreife, aber ich tue es.

„Ja, Ryan?"

„Würde es dir gefallen, wenn ich dir sage, dass ich dich liebe?"

Er lacht leise und kommt wieder ganz nah, lehnt seinen schweren, muskulösen Körper gegen meinen und drückt mich damit gegen die Holme der Sprossenwand.

„Das würde mir sehr gut gefallen."

„Ich liebe dich, Sir Allen."

Er küsst mir das Lächeln von den Lippen und lässt seine Zunge hart und kompromisslos in meinen Mund gleiten, bis ich atemlos keuchend gegen ihn sinke.

Meine Schultern protestieren sofort, das lustvolle Keuchen geht in ein schmerzerfülltes Stöhnen über.

Seine Hände gleiten an meine Seiten, zwischen den Streifen des Tops hindurch auf meine erhitzte Haut und er fasst zu.

Erleichtert atme ich durch, weil er mich ein wenig abstützt und ich nicht länger in den überstreckten Schultergelenken hänge.

Ich brauche mich nicht noch deutlicher zu bedanken, ich fürchte sogar, das sähe er als Beleidigung an.

Immerhin hat Allen mir ganz zu Anfang mal gesagt, dass er auf Dauer lernen müssen wird, meine Gedanken und Befindlichkeiten zu erraten, um mir bei den Spielen niemals ernsthaften Schaden zuzufügen.

Sobald ich wieder fester stehe, lässt er mich mit streichelnden Berührungen los und nimmt Abstand.

Das nächste Mal, dass ich ihn spüre, sind seine Hände an meinen Stiefeln beschäftigt.

„Eine Spreizstange, Ryan", erklärt er meine neue Unbeweglichkeit.

Auch wenn er meine Fußknöchel diesmal nicht irgendwo an den Längsstreben der Sprossenwand angebunden hat, kann ich meine Füße nicht mehr bewegen.

Die Stange, die er zwischen ihnen angebracht hat, macht es mir unmöglich, und mein Schwanz reagiert umgehend darauf.

Ich stöhne ungehemmt und warte gebannt ab, was er mit mir anstellen wird.

Der bodenlange, schwere Lederrock, der in weichen Falten um meine Beine streicht, verfügt über verschiedene Extras, die ich Allen nicht erklärt habe.

Man kann zum Beispiel einen versteckt eingenähten Reißverschluss benutzen, um ihn an der Vorderseite bis zum Bund zu öffnen.

Diesen hat Allen, wie das leise ratschende Geräusch mir mitteilt, soeben gefunden.

Aufreizend gleitet das Leder über meine nackten Beine, lässt mich schaudern und keuchen.

Ich spüre Allens Atem auf der freigelegten Haut meiner gespreizten Beine, Sekunden später auch seine Lippen, sein kurzes Haar.

Es kitzelt mich an der Innenseite meines Schenkels, während seine Zunge über die des anderen fährt.

Scheiße, das ist so endlos geil!

Wimmernd versuche ich, mich so auf den Beinen zu halten, dass meine Schultern mit ihrem Schmerz nicht jede Geilheit wieder abkühlen.

Dieses Schwanken zwischen Lust und Schmerz ist unbeschreiblich reizvoll.

Trotzdem weiß ich einfach, dass niemand anderer mir diese verrückte Form der Lust bereiten könnte.

„Ja!", flüstere ich. „Ja, bitte!"

„Bitte *was*?" Allens rauchige Stimme kommt kaum bei mir an, weil er noch immer zwischen meinen Beinen sein muss.

„Bitte gib mir mehr von dir, Sir Allen …", bringe ich mühsam hervor und lausche auf sein tiefes Brummen.

Er lacht und richtet sich auf, entfernt sich von mir, ich höre seine Stimme aus immer größerer Distanz. „Mehr von mir, Ryan? Das bringt mich auf Ideen, die dir genauso gut gefallen dürften wie mir …" Er pausiert kurz, ich will bereits vor Erregung vergehen, winde mich in den Fesseln, bis der Schmerz mich daran hindert. „Allerdings wäre es auch möglich, dass sie dir nicht so gut gefallen …"

Er kommt wieder näher, ich kann das süffisante, definitiv überlegene Grinsen heraushören und stöhne leise.

Im nächsten Augenblick zische ich erschrocken auf, weil etwas Eiskaltes über meine Brustwarzen gleitet.

Meine Nippel stehen sicherlich steif wie nie zuvor, und Allen reibt sie weiterhin mit den Eiswürfeln, bis sie taub werden.

Gänsehaut – ganz sicher überzieht sich mein Oberkörper gerade damit.

Ich stöhne laut, versuche immer wieder, zurückzuzucken, wenn Allen die Eiswürfel auf ein anderes Stückchen meiner Haut setzt.

Die schweren Stoffstreifen, die in einem überkreuzten Muster auf meiner Haut liegen, werden kalt und nass, lassen mich weiter wimmern und mich winden.

Allen weiß genau, was er tut, und es bereitet ihm größtes Vergnügen, mich auf diese Art in den Wahnsinn zu treiben.

Mein Schwanz drückt sich schon seit geraumer Weile gegen den Bund des Rockes. Die Beule hat er hundertprozentig längst bemerkt.

Ich schreie auf, als er einen Eiswürfel an meine Hoden drückt, und versuche, zurückzuweichen.

„Scht, das wirst du schon ertragen müssen, Ryan."

„Ja, Sir Allen", brabbele ich tonlos.

Sein Lachen rinnt in meine Ohren und ich bin versucht, ihn als ‚Mistkerl' zu bezeichnen.

Allerdings befürchte ich, wird mir das nur weitere Qual einbringen, bevor er sich dazu herablässt, mich in den Himmel zu ficken.

Auf dem Weg dorthin bin ich längst.

Allen hat den untrüglichen Instinkt, mich in einem unglaublich geilen Schwebezustand zwischen Schmerz und Erregung zu halten.

Ich genieße jede Sekunde davon – den Schmerz, der die Erregung immer wieder leicht abmildert, damit ich nicht schon jetzt komme.

Der Eiswürfel verschwindet von meinen Hoden, gleitet, eine nasskalte Spur hinterlassend, an der Innenseite meines Schenkels entlang.

Es kitzelt, lässt mich zucken, und mir entrinnt doch noch, was ich bisher mühsam zurückgehalten habe.

„Mistkerl!", zische ich und schnappe vor Lust vergehend nach Luft.

Sofort ist der Eiswürfel weg und Allens Körper presst sich hart an meinen, während seine Hand meinen Schwanz schmerzhaft umschließt.

„Wie bitte?", fragt er gefährlich ruhig.

„Mistkerl!", wiederhole ich, wohl wissend, dass das nicht meine beste Idee ist.

Ich kann einfach nicht anders. Das Wort manifestiert sich in meinem Kopf, lässt keinen Raum für andere, während die Geilheit mich absolut in ihren gierigen Klauen hält.

Allens Griff lockert sich, verschwindet, ebenso das Gewicht, das mich gegen die Sprossen gedrückt hat.

Ich keuche auf.

Die schlimmste aller Befürchtungen!

Wird er mich jetzt einfach hier stehenlassen, bis es ihm wieder in den Kram passt, sich mit mir zu beschäftigen?

Meine Beine zittern.

„Es tut mir leid!", bringe ich heraus. Scheiße, ich klinge genauso verzweifelt, wie ich gerade bin.

Undenkbar, dass ich hier jetzt bleibe, bis Allen wieder bei mir ist. Undenkbar, dass er mich zappeln lässt.

Leider wird er genau das tun – nie zuvor war ich so vorlaut, wenn wir gespielt haben.

Meine üble Vorahnung verschlimmert die Trostlosigkeit in mir.

Ich lausche auf Allens Schritte durch den Raum, aber ich kann nicht ausmachen, wohin er geht.

Nun bleibt er stehen, ich glaube, ganz kurz ein metallisches Klirren gehört zu haben, bevor er sich wieder bewegt.

Meine Entschuldigung hat er bislang ignoriert, ich fürchte, es bringt auch nichts, sie zu wiederholen.

Jedes weitere Wort von mir wird ihm nur zeigen, wie sehr ich nach seiner Zuwendung giere – mir diese zu versagen, ist mit Sicherheit eine effektivere Qual als Schläge mit einer Bullenpeitsche.

Wer sollte das besser wissen als Allen?

Bei allem Lauschen erschrecke ich dennoch, als Allen wieder bei mir angekommen ist.

Seine Hand gleitet offenbar sehr zielstrebig wieder in den Schlitz meines Rockes und umfasst meinen Schwanz diesmal deutlich sanfter als vorhin noch.

Ich keuche auf, zittere wieder vor Anspannung, während er mich kommentarlos wichst.

Scheiße, wenn er so weitermacht, komme ich!

Ich meine, geil, aber nicht ... geil genug?

Ich stutze über meine blöden Gedanken und gebe mich einfach allem hin.

Er will mich kommen lassen? Dann bitte!

„Ich will keinen Mucks hören", verlangt er, kurz bevor ich am Ende meiner Beherrschung angekommen bin, und ich beiße mir hart auf die Lippen, um den Schrei meiner Erlösung zu unterdrücken.

Obwohl der Höhepunkt natürlich befriedigend ist, hinterlässt er einen schalen Nachgeschmack auf meiner Zunge, in meinen Adern, meinem Kopf.

Wieso hat er das getan?

Wieso hat er es ... beendet?

Aus irgendeinem Grund bin ich traurig, dass es vorbei ist, vor allem, weil er die Fesseln an meinen Armen löst.

„Halt dich an den Sprossen fest, bis ich die Spreizstange entfernt habe."

„Ja, Sir Allen."

„Hm!", quittiert er meine Bestätigung, aber es klingt missgelaunt und brummig.

Ich lege instinktiv den Kopf schräg, traue mich aber nicht, nachzufragen.

Das Gefühl, alles kaputtgemacht zu haben, überfällt mich ohne Vorwarnung und ich wimmere leise.

Habe ich Allens Geburtstagsgeschenk verdorben? Den ersten Teil davon?

Ich weiß es nicht, aber mich überkommt anstelle der satten Mattigkeit, die einem Orgasmus normalerweise folgt, eine unendliche Traurigkeit, die mir die Tränen in die Augen treibt.

Verdammt, ich heule nicht! Ich heule nie!

Nie war ich so dankbar für die Augenbinde wie heute!

Mühsam presse ich die Lippen aufeinander und senke hastig den Kopf, als meine Arme frei sind und er die Stange zwischen meinen Füßen entfernt.

Ich schwanke, klammere mich fester an die Sprossen und bete, dass ich nicht in die Knie gehe.

Keine Kraft mehr, keine Energie, um die Fassung zu bewahren.

Ich höre, wie seine Schritte sich entfernen, Augenblicke später entgleitet mir das glatte, lackierte Holz und ich lande mit einem dumpfen, unterdrückten Keuchen auf Händen und Knien.

Der lodernde Schmerz in meiner Brust, das schlechte Gewissen und die Schuldgefühle sorgen dafür, dass ich mich eng zusammenrolle.

Mir ist nicht klar, wieso ich das tue, es ist, als wäre mein Körper ferngesteuert, instinktgetrieben und ... nicht meiner.

Ich schlucke hart, verschlucke mich und huste keuchend, dann ist Allen bei mir.

Seine Berührung brennt wie Feuer, mein Leib weicht ihm aus, wo ich mich sonst dankbar und weich an seine Haut geschmiegt hätte.

„Ryan, was ist los?" Seine Stimme klingt hart, viel härter, als ich sie in Erinnerung habe. Viel kälter, als ich sie beim Spielen jemals gehört habe.

Natürlich kann ich seinem Griff nicht entkommen. Er zieht mich an sich, einfach so.

„Scht", macht er, während seine Hände über meinen Rücken gleiten und er mich in seinem Arm wiegt.

Ich will vergehen, mich auflösen, nicht mehr sein.

Woher kommen all diese verqueren Gefühle?

Wieso treiben sie mich von Allen fort? Weiter weg als jemals zuvor?

Mein Wimmern klingt selbst in meinen Ohren erbärmlich und peinlich, aber mir fehlt die Kraft, es zu unterdrücken.

„Es tut mir leid!", flüstere ich tonlos, weiß nicht einmal, ob ich es wirklich sage oder nur denke.

Nie habe ich etwas so sehr bereut wie das, was ich vorhin zu ihm gesagt habe.

Zweimal.

Ich würde es gern wiedergutmachen, aber wie soll ich das, wenn ich kaum noch Kontrolle über mich selbst habe?

Gebe ich sie nicht gern ab? An ihn? Allen?

„Scht!", macht er noch einmal und drückt mich fester an sich. „Schließ die Augen, ich nehme dir die Binde ab."

„Nein!", wimmere ich entsetzt, weil ich weiß, wie nass sie ist, wie viele unerlaubte Tränen ich vergossen habe.

„Ryan, ich bin es – Allen. Bitte beruhig dich", sagt er deutlich sanfter und ich halte einfach still.

Sein leises Keuchen zeigt mir, dass er trotz meiner geschlossenen Augen sieht, dass ich heule.

Unablässig drängen sich weitere Tränen unter meinen Lidern hervor.

Ich will sie nicht, versuche, sie aufzuhalten, aber es geht nicht. Mühsam wende ich den Kopf, verstecke ihn an seinem Hals und hoffe, dass er nicht nachfragen wird.

Seine Hand gleitet in mein Haar, er ist so sanft, ganz anders als vorhin.

Das Chaos in meinem Innern ist nicht mit einer Achterbahn zu vergleichen, eher mit einem Spacecurl.

Ich schwebe, bewege mich in allen Dimensionen und komme doch nicht von der Stelle.

Will ich das denn?

„Ryan, bitte sag mir, was los ist."

„Es tut mir leid!", wiederhole ich nur.

„Was tut dir leid?"

Ich kann keine Worte bilden, sie nicht in eine verständliche Form bringen. Alles, was ich in mir finde, sind die vier Worte, die ich flüsternd noch einmal wispere: „Es tut mir leid!"

„Möchtest du das Spiel beenden, Ryan?"

Blinzelnd öffne ich die Augen und hebe den Kopf.

Ist es denn noch nicht beendet?!

Er liest mir diese Frage vom Gesicht ab, ganz sicher, denn er antwortet viel zu passend.

„Bisher ist es das nicht. Aber irgendetwas hat dich sehr verstört, und ich wüsste gern, was."

Scheiße, mein Verhalten verunsichert ihn!

Diese Erkenntnis lässt mich jämmerlich keuchen. „Es tut mir leid."

Er mustert mich ernst. „Es nützt nichts, wenn du das ständig wiederholst. Du musst mir schon sagen, was dir leidtut."

Leichter gesagt, als getan!

Seine Finger streichen über meine Wange, wischen die Tränen beiseite.

Es ist so schwer, die richtigen Worte zu finden.

Als ich sie endlich habe, schlage ich die Augen nieder, bevor ich sie ausspreche.

„Du hast mich kommen lassen, zur Strafe ... so früh!"

„Ja, das stimmt, aber ich hatte noch sehr viel mit dir vor heute Nacht."

„Was denn?"

Er lächelt schief und nickt zu einem metallenen Gitterding, das neben uns am Boden liegt.

„Was ist das?"

„Ein Peniskäfig. Ich wollte dich kommen lassen, dir das Ding anlegen und dich über den Rand des Wahnsinns treiben", erklärt er, während er mich unablässig streichelt.

Es dauert ein paar Sekunden, bis ich den Sinn seiner Worte verstehe, und auch, bis mir klarwird, dass meine plötzliche Traurigkeit ein mit Sicherheit sehr geiles Spiel verhindert hat.

„Es tut mir leid", sage ich noch einmal.

„Das muss es nicht. Ich habe mich nur erschreckt. Bist du aus deinem Mindset gefallen?"

Zögerlich nicke ich, denn genau das muss es sein.

„Dann sollten wir das Spiel beenden und ich kümmere mich erst mal anständig um dich, damit du wieder zu dir kommst."

Seine Worte sind so zärtlich, dass sich mein Magen erneut zusammenzieht.

Er steht auf und zieht mich mit sich, führt mich zum Sofa und schließt sogar recht nachdrücklich den Reißverschluss meines Rockes.

„Ich habe dir dein Geburtstagsgeschenk verdorben", murre ich unwillig, als er mir ein Stück Schokolade hinhält.

Ich nehme es mit den Lippen auf und sehe ihn an.

„Das hast du nicht. Du vergisst gerade, dass die Verantwortung für alles, was in unserem Spiel passiert, bei mir liegt. Und wenn ich nicht aufpasse und deine Befindlichkeiten falsch einstufe, liegt die Schuld eben auch bei mir."

„Aber ...!"

Er schüttelt den Kopf. „Nein, Ryan. Da gibt es kein ‚aber'. Du gibst dich in meine Hände, physisch wie emotional. Das enthebt dich deiner Verantwortung zu hundert Prozent!" Eindringlichkeit und Ernst kennzeichnen seine Tonlage, und ich nicke zögerlich.

„Na gut. Trotzdem tut es mir sehr leid."

„Was denn? Dass du mich ‚Mistkerl' genannt hast?" Er lächelt.

„Ja. Irgendwie habe ich den Eindruck, das hat den Ausschlag für alles gegeben."

„Ich fand das ziemlich geil, weil du mir damit die Möglichkeit gegeben hast, das Spiel zu verlängern und dich für deine Frechheit abzustrafen. Du weißt doch, dass das Spiel so am besten funktioniert." Er hält mir das Colaglas an die Lippen und grinst. „Je frecher du bist, desto mehr Spaß macht es mir."

Die Erinnerung an meine Empfindungen, während ich dieses Wort gesagt habe, lässt mich schaudern.

„Mir ja auch. Es hat ... Nervenkitzel."

„Den hat es, auch für mich. Ich liebe es, wenn du mich herausforderst."

„Tut mir wirklich leid, dass ich so ausgeflippt bin."

Er zieht mich in seine Arme, sobald er das Glas abgestellt hat. „Ryan, pass auf", beginnt er. „Ich liebe dich, und nichts von dem, was ich tue, soll dich ernsthaft verletzen. Weder körperlich noch gefühlsmäßig. Ich weiß, dass dein Kopfraum dir jede Menge Platz für unsere Spiele bietet, aber auch ein noch so großer Kopfraum hat Grenzen."

Ich nicke. „Ja, leider. Ich wollte doch, dass du mich für das ‚Mistkerl' bestrafst. Und ich habe nicht mal gemerkt, dass ich aus dem Kopfraum gefallen bin. Für mich war alles ganz schrecklich, ohne dass ich wusste, woran es eigentlich lag ..." Mein Kopf legt sich nachdenklich schräg. „Nein, stimmt, nicht. Ich glaube, ich bin rausgefallen, als ich gekommen bin. Es fühlte sich plötzlich alles falsch an, nicht befriedigend oder gut, nur schal und ... leer."

Er nickt und streichelt durch mein Haar. „Es tut mir leid, dass mir das entgangen ist, Liebling."

Ich kuschle mich an ihn, während seine Hände mich wahnsinnig beruhigen.

„Ich glaube, ich brauche wirklich eine Pause ...", bekenne ich.

„Wir werden das Spiel für heute beenden, okay?"

Zögernd nicke ich, denn mein schlechtes Gewissen ist genauso präsent wie Allen.

„Dann komm."

~ Verlustliste ~

Ein Rennwochenende ohne Allen ist mittlerweile echt öde. Früher hat es mir nichts ausgemacht, dass ich keinen Anhang dabei hatte.

Auch meine Eltern mussten nie zwingend mitkommen oder mir nachreisen.

Vermutlich bin ich dafür auch viel zu selbständig.

Doch jetzt ist es anders.

Ich vermisse meinen Freund sehr, was sich nicht nur bemerkbar macht, weil ich mein Hotelzimmer allein belege, sondern auch, weil ich in der Box und beim Team eben nur nichtssagende Boxenluder und Teammitglieder sehe.

Klar, die Tatsache, dass es früher jahrelang immer wieder so war, müsste mir helfen, mit diesem Umstand umzugehen, aber das tut sie nicht.

Das Event im Club, welches Allens Anwesenheit bei mir verhindert, ist seit Monaten geplant und verlangt definitiv seine Teilnahme.

Eigentlich ein Event, bei dem ich wahnsinnig gern dabei gewesen wäre. Ein Gay-BDSM-Show-Wochenende.

Seufzend lehne ich mich auf dem Reifenstapel zurück, und schließe die Augen.

Sofort bin ich bei ihm, wenigstens gedanklich. Ich muss zugeben, dass nicht allein seine Abwesenheit, sondern vor allem seine Anwesenheit bei einem schwulen Sklaven-Büffet mir blöde Gefühle beschert.

Eifersucht, ja, so muss ich meine momentane Stimmungslage wohl betiteln.

Auch wenn ich jetzt seit mehreren Monaten immer wieder im Club bin, mittlerweile auch viele Menschen kennengelernt habe, verändert das meine Gefühle nicht.

Tja, um genau zu sein, ist die Tatsache, dass ich so viele schwule, willige und total devote Kerle kennengelernt habe, der Grund für meine Eifersucht.

Allen wird bei den Vorführungen ganz sicher mitmachen, ist schließlich sein Beruf.

Und da solche Shows nicht unbedingt wie normale Spiele gewertet werden können, will ich ihn an solchen Dingen auch nicht hindern.

Dass er keine Einzelsessions mehr mit freien Subs macht, ist eine Sache, die mich wahnsinnig beruhigt, denn, nein, verdammt!, ich will meinen Kerl nicht mit anderen teilen, wenn ich nicht haargenau weiß, was hinter jener verschlossenen Tür abgeht.

Was abgehen *könnte,* weiß ich schließlich am besten!

Ein unmutiges Brummen entrinnt meiner Kehle und ich zucke von mir selbst genervt zusammen.

So durch den Wind sollte ich auf meine Maschine steigen und ein Rennen fahren ... bravo, Ryan!

Ich muss diesen Gedankensalat und vor allem die Unsicherheiten und Eifersüchteleien endlich loswerden, aber wie?!

Ich springe auf und gehe mit steifen Schritten auf und ab, bis mich Jojo, wie wir unseren Teamchef Johannes nennen, anspricht.

„Ryan, was ist los? Du siehst aus, als wäre dir ein Geist über den Weg gelaufen."

„Ach, nichts", erwidere ich und schüttle den Kopf.

Sein skeptischer Blick trifft mich. „Rede keinen Unsinn. Wenn du in einer halben Stunde auf deinen Bock steigen willst, erklärst du mir jetzt, was passiert ist."

Die Strenge in seiner Stimme kenne ich. Die hebt er sich für echte Sorge auf.

Schließlich nicke ich seufzend. „Allen ist bei einem Event und ich bin eifersüchtig. Blöd, ich weiß, aber ich kriege es einfach nicht aus dem Kopf. Tut mir leid."

Er lächelt schief. „Die Freuden der Liebe machen auch vor dir nicht Halt, Junge. Du vertraust ihm doch. Er ist ein sehr offener und ehrlicher Mensch. Wieso lässt du also zu, dass deine Befürchtungen nun deine Konzentration zum Teufel jagen?"

Ich schnaube leise. „Ja, ich weiß ... Allen ist super und ich vertraue ihm! Aber so ein Rest Eifersucht bleibt eben ..."

„Ruf ihn an, rede mit ihm. Das Event wird ja kaum schon laufen, oder?" Jojo sieht auf seine Armbanduhr.

„Nein, stimmt. Okay, ich ruf ihn an ... und danke, Jojo!" Ich wende mich ab und suche mein Handy in der Box. Während der Rennen liegt es dort, damit ich mich anständig konzentrieren kann. Ha ha.

Nach dem zehnten Klingeln gebe ich es auf und sende einen Text. Entweder Allen fährt gerade mit dem Wagen oder er ist irgendwo außer Reichweite seines Handys beschäftigt. Vermutlich mit Aufbauten, Getränketransporten oder sonst was.

Die Logik lässt mich nicht im Stich, findet sogar schöne Ausreden für ihn, weil ich nun mal nichts Schlechtes von ihm denken will.

> *Hey Allen. Ich hab Sehnsucht. Melde dich nachher kurz, ja? Die Vorläufe sind durch, später noch Zeittraining. Drück mir die Daumen, ja? ILD!*

Scheiße, das klingt ja dermaßen dahingejammert, dass ich schon versucht bin, die noch ungelesene Nachricht aus dem Messenger zu löschen.

Ich lasse es, packe das Gerät weg und atme mehrfach tief durch.

In zehn Minuten beginnt das Zeittraining, das über die Startposition im morgigen Rennen entscheidet.

Ich habe keine andere Wahl, als mich jetzt erst mal um meinen eigenen Kram zu kümmern. Vorzugseise unfallfrei und hochkonzentriert.

~*~

Startplatz 2 im Rennen! Ich bin zufrieden und weiß, dass ich den Kollegen auf Platz 1 ohne Probleme überholen kann. Meistens mag ich es jedoch, eine Weile als Jäger hinter der Führungsposition zu bleiben. Das kostet dann nämlich seine und nicht meine Nerven.

Allen hat sich noch nicht gemeldet, was mich echt befremdet.

Das ist überhaupt nicht seine Art!

Er weiß, dass mein Handy mich während der Läufe nicht stören kann, entsprechend hätte er längst antworten müssen.

Auf dem Weg zum Hotel, wo das Team von unserem Physiotherapeuten betreut wird, versuche ich es noch einmal mit einem Anruf, aber ich erreiche meinen Freund einfach nicht.

Komisch ist das allemal, allerdings ist das Event mittlerweile wohl in vollem Gange, deshalb wundert mich nicht, dass er nicht antwortet.

Was mich allerdings wundert, ist, dass er auf meine Nachricht noch immer nicht reagiert hat.

Im Hotelzimmer gehe ich erst duschen, dann kommt Fritz, der Masseur vorbei und ich versuche redlich, mich zu entspannen.

Schwierig, weil ich noch nichts von Allen gehört habe. Andererseits wird da heute ziemlich viel los sein ...

Natürlich unterhalte ich mich mit Fritz und er schafft es, mich mit Belanglosigkeiten wirklich ein wenig zu beruhigen.

Nach der Massage habe ich viel Freizeit, vor der es mich heute ein wenig gruselt.

Wäre er mitgefahren, würden Allen und ich den Abend mit einem leckeren, ausgiebigen Dinner und anschließend mit noch ausgiebigerem, sehr entspannendem Sex verbringen.

Das Abendessen werde ich nachher hier im Hotel essen, bin dazu sogar mit den Teammitgliedern verabredet, soweit sie nicht verplant und abwesend sind.

Meine Laune ist nicht die Beste, aber ich bin auch ziemlich geschafft von den Läufen und der erzwungenen Konzentration, die mich heute echt Nerven gekostet hat.

Deshalb lege ich mich vor dem Essen noch kurz hin und stelle den Wecker passend, damit ich mich mit Jojo und den anderen treffen kann.

Auch noch allein am Tisch zu sitzen, versetzt mich nämlich nicht in Hochstimmung.

Trotzdem ist es nicht der Wecker, der mich gegen halb sieben aus dem Schlaf reißt, sondern der Mitteilungston meines Handys.

Ich werde mit einem Schrecken wach und greife nach dem Gerät, um das Display anzuschalten und nachzusehen.

Oh, Allen hat sich endlich gemeldet!

Ich rufe den Messenger, den wir nutzen, auf und lese.

> *Hey Ryan. Allen kann sich gerade nicht melden, weil er mitten in einer Session steckt. Macht sich ganz gut am Andreaskreuz, dein Dom.*

Ich spüre, wie ich kreidebleich werde, denn natürlich begreife ich sofort, dass irgendetwas gänzlich falsch läuft.

Allen an einem Andreaskreuz? Niemals!

Nein, absolut nein.

Allen hat mit mir mal darüber gesprochen, dass es so etwas wie ‚topped by the bottom' gibt, dass er mir erlauben würde, das Spiel umzudrehen und selbst die Kontrolle zu übernehmen, wenn ich das jemals austesten will, aber niemals, nicht in tausend Jahren!, würde er das jemand anderem zugestehen!

Ich tippe bereits, bevor ich es richtig begreife.

> *Wer bist du? Wieso ist Allen gefesselt?!*

Die Antwort dauert und ich werde echt wahnsinnig in der Zwischenzeit.

Erst als sie ankommt, wird mir klar, dass ich dringend Michael anrufen muss.

> *Weil ich es so wollte. Und wer ich bin, hat dich nicht zu interessieren, Sklave!*

Ich wähle Michaels Handynummer.

„Ganz schlechter Zeitpunkt, Ryan", begrüßt er mich und klingt wirklich genervt und sehr streng.

Ich schlucke hart. „Mir doch scheißegal, Micha! Wo ist Allen? Ich kriege hier seltsame Texte von irgendjemandem, der behauptet, Allen hinge gefesselt an einem Andreaskreuz!", schnauze ich und falle gleich mit der Tür ins Haus.

Ich weiß, dass meine Stimme mittendrin schon kippt, kann es aber nicht verhindern.

Schweigen am anderen Ende, ein schweres Seufzen, dann endlich spricht Allens bester Freund wieder.

„Allen ist seit ein paar Stunden verschwunden. Ich hab nachgefragt, wo er steckt, aber nur zur Antwort bekommen, er wäre kurzentschlossen zu dir gefahren."

„Was?! Aber er ist nicht hier!"

„Ja, das ist mir nicht entgangen", grollt Michael.

„Aber wo kann er sein?!" Ja, verdammt ich klinge genauso panisch, wie ich nun mal bin!

Allein die Vorstellung, dass mein Freund irgendwo angebunden gequält wird, versetzt mich in maßloses Grauen.

Allen ist schließlich nicht irgendwer, sondern ein echter Schrank mit jeder Menge Muckis! Wie soll ausgerechnet er in irgendeine Falle getappt sein?

Denn, das ist mir vollkommen klar, ohne einen Trick hätte ihn niemand schnappen können.

„Ich weiß nicht, wo er sein könnte, aber ich werde das klären. Du bleibst, wo du bist, und konzentrierst dich auf dein Rennen, Ryan!" Michaels Befehl verpufft an meiner Panik. Ich werde den Teufel tun, hier zu bleiben, wenn mein Freund in irgendeiner – momentan ja noch halbwegs abstrakten – Gefahr schwebt.

„Vergiss es!", zische ich. „Ich sage jetzt meinem Teamchef Bescheid und dann komme ich nach Hause!"

Michaels Antwort ist ein tiefes Brummen. Dann erst sagt er: „Ist in Ordnung, wir treffen uns am Club."

Wir legen auf, und ich gehe wieder in den Messenger.

Erst jetzt wird mir bewusst, dass Allen aus Sicherheitsgründen immer seinen Standort übermittelt, wenn er mir schreibt.

Ich wundere mich, weil er in der Nachbarstadt angezeigt wird, in der auch der Probenbunker liegt.

> *Fick dich, du Arschloch! Lass Allen in Ruhe und sag mir, wo ich ihn finde!*

> *Wieso sollte ich? Ist doch viel interessanter, nicht nur ihn, sondern auch dich zu bestrafen.*

Bestrafen? Wofür denn, verdammt noch mal?!

Das frage ich auch schriftlich.

> *Er hat sich in Dinge eingemischt, die ihn nichts angingen. Hat er dir nicht gesagt, dass ich ihn gewarnt habe?*

Scheiße, mir fällt nur einer ein, auf den dies alles zutrifft. Der Banker-Arsch, der Stefan so fertiggemacht und selbst Allen mit einer Peitsche bearbeitet hat.

Mir wird schrecklich kalt, wenn ich daran denke, was er nun, da er meinen Freund offenbar in seiner Gewalt hat, alles mit ihm anstellen kann!

Ich ziehe mich hastig an, schnappe mir den Zimmer- und den Autoschlüssel und gehe zwei Zimmer weiter, wo Jojo und Mandy untergebracht sind.

Ich klopfe hektisch an und Mandy öffnet sehr schnell.

„Ryan! Du bist blass! Was ist los?"

Sie zieht mich ins Zimmer und auch Jojo kommt dazu.

„Junge!"

Ich atme tief durch, versuche, mich zur Ruhe zu ermahnen, und berichte eilig, was ich bisher weiß.

Auch, dass ich keine Minute länger hierbleiben kann, solange ich nicht weiß, dass Allen wohlauf und in Sicherheit ist.

Bereits vor zwei Monaten haben mein Freund und ich meinem Teamchef berichtet, wie wir leben, und auch, was für einen Club Allen betreibt.

Deshalb erspare ich mir jetzt eine elend lange Erklärung.

Sie sind beide genauso schockiert wie ich, immerhin kennen sie Allen und wissen, dass er nicht nur körperlich sehr stark ist.

Dass jemand ihn in seiner Gewalt haben könnte, veranlasst sie zu großer Sorge.

„Kannst du fahren?", erkundigt sich Jojo und mustert mich ernst.

Ich nicke. „Ja, sicher. Aber ich muss los, so schnell ich kann. Ich weiß, ich hätte morgen große Chancen auf den Sieg, aber ich kann einfach nicht hierbleiben und abwarten!"

„Das verstehen wir doch!", erklärt Mandy und legt ihre Hände auf meinen Unterarm. „Fahr vorsichtig und melde dich, wenn du angekommen bist, okay?"

Ich nicke erneut. „Wenn sich alles schnell klärt, bin ich morgen pünktlich wieder hier, das verspreche ich."

„Alles gut, Junge. Wenn ich dich in diesem Zustand auf deine Maschine steigen ließe, wäre ich ein miserabler Teamchef ..."

„Danke!", sage ich inbrünstig und übergebe Mandy meinen Zimmerschlüssel.

Alles, was ich jetzt mitnehmen werde, ist mein Wagen.

~*~

Während der Heimfahrt, die etwa zwei Stunden dauern wird, telefoniere ich noch einmal kurz mit Michael, um ihm zu sagen, wen ich für den Verdächtigen halte.

Leider kennen sie im Club zwar den Namen des bekloppten Bankers, aber an seiner Wohnung sind weder er noch Allen aufzufinden.

Die einzige Chance, mehr zu erfahren, besteht darin, den genauen Aufenthaltsort von Allens Handy zu lokalisieren.

Dass die Nachrichten aus der Nachbarstadt geschickt wurden, grenzt den Bereich, den wir irgendwie absuchen müssen, zwar ein, doch können wir schlecht von Haus zu Haus gehen, nicht wahr?

Deshalb versuche ich, sobald ich angekommen bin, wieder Kontakt zu dem Mann aufzunehmen, der mir vorhin über Allens Handy geschrieben hat.

> *Hey, bist du noch da?*
> *Sicher. Immerhin habe ich ein erstklassiges Spielzeug vor mir.*

Ich schnaube wütend, weiß aber, dass ich mich zusammenreißen muss. Wenn ich ihn provoziere, ich, der kleine Sub, wird er Allen nur noch mehr antun, soviel ist sicher.

> *Wie geht es ihm? Kann ich mit ihm reden?*
> *Vergiss es.*

Ich hasse ihn! So inbrünstig, dass ich schreien und knurren will, und mehrfach kurz davor bin, das Handy gegen die nächste Wand zu werfen.

Allein die Vernunft, das tiefe Wissen, dass es meine einzige Verbindung zu Allen darstellt, hält mich davon ab.

Lars sitzt neben mir an einem der Tische in der Bar. Ich wollte gar nicht hierbleiben, aber Michael und ein paar andere hielten es für besser, wenn ich erst mal richtig ankomme und berichte, was ich weiß.

Vielleicht ist es ratsam, auf Allens besten Freund zu hören, immerhin ist er bei der Kripo ...

Da ich nicht gerade viel erzählen kann, bin ich Sammy irrsinnig dankbar, als er mir den Laptop vom Empfang an den Tisch schleppt.

„Gib seine Nummer hier ein, wir haben für jedes Clubmitglied eine Ortung eingerichtet", verrät er mir.

Ich starre ihn an. „Aber wieso habt ihr ihn dann nicht darüber gesucht?"

„Weil die Suche mit einem Passwort gesichert ist. Jeder von uns hat nur eine Kontaktperson, die ihn orten darf. Liegt unter anderem am Datenschutz."

„Verstehe. Aber ich kenne kein Passwort!" Ich sehe den Empfangschef verzweifelt an.

„Beruhige dich, du musst es wissen, auch wenn es dir vielleicht nicht klar ist." Sammy mustert mich aufmunternd. „Allen hat es erst vor ein paar Wochen geändert."

„Probier einfach herum, okay?", bittet Lars mich.

Ich nicke und fange an zu tippen, während ich grübele, welches Passwort er eingesetzt haben könnte.

Zuerst probiere ich seinen Kosenamen für mich – Liebling.

Leider nichts.

Ich seufze und zermartere mir das Hirn. Teste derweil andere Worte, die irgendeinen Zusammenhang haben könnten, der mir hier weiterhilft.

Spielzeit, Ryan, Allen, diverse Dinge, die uns verbinden, sogar ‚Mistkerl' – nichts funktioniert.

Schließlich atme ich tief durch und tippe den Kosenamen ein, den ich ihm gegeben habe.

Lovelight.

Ich drücke auf Enter und hoffe inständig, dass niemand meine Tippbewegungen nachverfolgt hat.

Endlich ändert sich die Anzeige, eine Sanduhr erscheint, dann eine Landkarte und schließlich ein blinkender Punkt an einer Straße in der Nachbarstadt.

Michael zieht den Laptop zu sich herum und holt ein anderes Programm in den Vordergrund.

„Das ist die Adresse seines Vaters", murmelt Michael.

„Der ehemalige Richter?!", frage ich und springe auf. „Ich fahre da jetzt hin!"

„Lass den Scheiß, Ryan. Der Typ hat Allen nicht überwältigt, weil er ein Schwächling ist, okay?", fährt Michael mich an. „Ich rufe meine Kollegen von der Wache an, die werden das regeln."

Passt mir nicht, passt mir ganz und gar nicht!

Ich überlege, wie ich von hier verschwinden und zu Allen fahren kann. „Ich muss mal, fahrt bloß nicht ohne mich los!", sage ich schließlich und begebe mich in Richtung Ausgang, wo sich die Toilettenräume für die Bar gleich jenseits der Garderoben befinden.

Natürlich will ich nicht aufs Klo, ich gehe hinaus und haste zu meinem Wagen.

Schon auf dem Weg habe ich meinem Smartphone die gewünschte Adresse für das Navi genannt.

Ich setze zurück und fahre los, als Lars aus dem Club gelaufen kommt.

Er ruft irgendetwas und schüttelt den Kopf, weil ich einfach abhaue.

Ich muss jetzt und sofort zu Allen!

~*~

Zwanzig Minuten später stelle ich den Motor des Pickups an der Straße gegenüber dem Anwesen ab, das zu der Adresse gehört.

Ein hohes Tor nebst langem Zaun umgibt das Grundstück.

Von Allens Wagen sehe ich nichts, aber das muss nichts heißen, oder?

Ich sehe Rasenflächen zu beiden Seiten einer beleuchteten Einfahrt, dahinter das große Haus, das mich an eine Gründerzeitvilla erinnert.

Ein riesiger Klotz mit Mansarddach, Sandsteinabsätze an den Fenstern.

Sofort suche ich nach einem Eingang und probiere selbstverständlich auch das Tor zu öffnen.

Leider ohne Erfolg, deshalb sehe ich mich an der Straße um und bin heilfroh, dass es bereits so spät und entsprechend düster ist.

Die Sonne ist noch nicht lange untergegangen, aber niemand wird mich sehen, wenn ich über den Zaun klettere.

Mal gut, dass ich weder schwach noch klein bin, deshalb schaffe ich es relativ schnell, mich auf der anderen Seite des Zauns auf den Rasen fallenzulassen.

Jacke geradeziehen und weiter.

Von Schatten zu Schatten – das Haus und die Wege sind mit Lampen bestückt. Zu hell, um geradeaus darauf zuzugehen.

In mehreren Zimmern brennt Licht, auch im halb oberirdisch liegenden Kellergeschoss.

Ich beuge mich hinab und sehe durch die milchigen Scheiben, kann aber nichts Vernünftiges erkennen.

Eines der Kellerfenster ist angekippt. Ich trete noch näher und versuche, endlich etwas auszumachen.

Eine Stimme, Geräusche, dumpfe Schmerzenslaute!

„Ich wusste doch, dass du auch nur ein billiges Fickstück bist", zischt eine tiefe Stimme.

Wie gern würde ich mir einbilden, es wäre Allens, aber leider ist sie es nicht.

Die Laute, die alles untermalen, sind seltsam gedämpft, so als hätte derjenige, der sie macht, einen Sack über dem Kopf.

Meine Knie wollen nachgeben, mein Mund öffnet sich, um etwas zu rufen, aber ich besinne mich eines Besseren.

Hektisch schleiche ich seitlich am Haus vorbei, suche nach einem Eingang, den ich glücklicherweise auch finde.

Irgendjemand hat die Tür zum Wintergarten nicht zugeschoben. Vermutlich, weil es viel zu warm ist.

Jetzt kann ich nur hoffen, dass ich niemandem über den Weg laufe, bis ich Allen gefunden habe.

Vorsichtig weiter, von Zimmer zu Zimmer, durchquere ich einen dunkel daliegenden Flur, passiere etliche geschlossene und offenstehende Türen, und hoffe, bald einen Weg in den Keller zu finden.

Endlich!

Eine Tür, unterhalb einer verkleideten Treppe, schreit förmlich ‚Kellertür', deshalb gehe ich darauf zu und drücke die Klinke hinunter.

Zu meiner Erleichterung lässt sie sich öffnen und ich ziehe sie zu mir, um in den spärlich beleuchteten Treppenabgang zu sehen.

Vorsichtig, Stufe um Stufe, gehe ich hinab, sehe mich um, versuche herauszufinden, wohin ich gehen muss, wenn ich im Kellerflur angekommen bin.

Inständig hoffe ich, dass dieser Banker-Scheißkerl nicht unerwartet aus dem Raum kommt, in dem er mit Allen sein muss.

Mein Blut rauscht so laut in den Ohren, dass ich es nicht fertigbringe, andere Geräusche zu hören.

Durch die vielen Abzweige im Haus habe ich die Orientierung verloren und weiß nicht, wo der Raum ist, der zu dem angekippten Fenster an der rechten Hausseite gehören könnte.

Bleibt mir also nur, von Tür zu Tür zu schleichen, und daran zu lauschen.

Oder aber ...

Ich zücke mein Handy und verstecke mich in einer Nische des Flurs. Auf lautlos stellen, Messenger aufrufen.

Mit etwas Glück hat er den Ton an Allens Handy nicht abgeschaltet und ich kann so hören, zu welcher Tür ich muss.

> *Bitte lass mich mit ihm reden! Ich muss wissen, wie es ihm geht!*

Absenden, horchen.

Ich erschrecke halb zu Tode, als der Piepton aus dem Raum mir direkt gegenüber kommt.

„Dein Sub ist ein hartnäckiger, kleiner Scheißer." Das muss er schon schreien, damit ich die tiefe Stimme hier draußen so klar hören kann.

Ich schleiche an der Tür vorbei in den Bereich des Flures, der in tieferen Schatten liegt.

> *Geh mir nicht auf den Geist!*

Ich bin versucht, noch einmal zu antworten, aber das würde wohl nichts bringen.

Irgendwie muss ich ihn aus dem Raum locken ...

Eine laute, gongartige Klingel ertönt über mir, ich zucke zusammen, weil auch noch ein unbeherrschter Fluch durch den Keller schallt. Dann öffnet sich die Kellertür und ein blonder, sehr großer Typ verlässt den Raum, wendet sich unter weiteren Flüchen zur Treppe und steigt hinauf.

Irgendwo tief in mir registriere ich, dass er halbnackt ist.

Kein Oberteil, nur eine halbherzig geschlossene Lederhose, Stiefel und Handschuhe, die er beim Aufstieg abstreift.

Ein Schauder durchläuft mich.

Ob er Allen ...?

Kurze Zeit bin ich wie angenagelt, dann erst kapiere ich, wie sehr ich unter Zeitdruck stehe.

Die Starre fällt von mir ab, und ich stürze, ohne noch lange nachzudenken, in den Raum.

Als wäre ich dort vor eine unsichtbare Mauer geprallt, bleibe ich abrupt stehen und muss ein klägliches Wimmern unterdrücken.

Der Raum ist nicht sonderlich gut beleuchtet, aber genau das macht alles noch schlimmer.

Auch wenn es hier zig Dinge zu sehen gibt, nehme ich nur eines wahr.

Allen, mit breiten Lederriemen in kniender Position auf einem Fickbock angebunden.

Nackt.

Schauder durchlaufen mich, als ich langsam nähertrete und die Hände nach ihm ausstrecken will.

Mein Stiefel stößt gegen etwas, das klirrend und viel zu laut wegrollt.

Scheiße!

Ich fahre herum und halte den Atem an.

Wenn der Typ jetzt wieder in den Keller kommt, sind wir geliefert!

Ich gehe die zwei Schritte zur Tür zurück und schließe sie nachdrücklich.

Wie ein wiederkehrendes Blitzlicht blendet sich der Anblick meines Freundes in meine Sicht, was es mir schwer macht, den Schlüssel zu fassen zu bekommen, der im Schloss steckt.

Ich atme tief durch – was den in der Luft liegenden Geruch von Blut tief in meine Lungen drängt und mich würgen lässt, dann schaffe ich es, den verschissenen Schlüssel zu drehen.

Mit dem Rücken am Türblatt lehnend, muss mich zusammenreißen, um die Augen zu öffnen.

Es ist kühl hier unten, trotzdem stickig und erdrückend.

Ich trete nach einem heftigen Schlucken auf meinen Freund zu.

„Allen, ich bin es. Ich bin hier!", wispere ich.

Zuerst nehme ich ihm den Ballknebel ab, dann öffne ich die Lederriemen an den Fußgelenken.

Dabei realisiere ich, was mein Hirn bislang ausgeklammert hat.

Ein festes Band hängt zwischen Allens Beinen aus ihm heraus.

Ich schlucke erneut hart, reiße mich zusammen und murmele hoffentlich beruhigend auf meinen Freund ein, während ich das Bändchen ergreife und daran ziehe.

„Tut mir leid, ich muss das tun, Allen. Ich verspreche, ich bin vorsichtig. Bitte versuch, dich zu entspannen."

Ich will schon hysterisch auflachen – wie soll er sich denn in seiner Lage entspannen?!

Meine freie Hand legt sich vorsichtig auf seine aufgeplatzte Backe. Ich muss einen Gegendruck erzeugen, sonst schafft er das nicht.

Mit stetigem Ziehen hole ich den verdammt großen Plug aus ihm heraus und werfe ihn angewidert beiseite. Das Ding zappelt noch, offensichtlich ein Vibrator.

Wieder klirrt irgendetwas, aber ich zucke nicht einmal zusammen, so sehr schwanke ich zwischen Wut und Mitleid.

Armer Allen! Jedes sichtbare Stückchen Haut ist wund oder aufgeplatzt.

Ganz sicher Striemen von einer echt harten Peitsche.

„Du hast es gleich geschafft!", versichere ich ihm panisch und öffne die anderen Riemen.

Auch darunter ist die Haut verletzt und dunkelrot. Er muss sich mit aller Kraft gegen die Fesseln gewehrt haben.

Mein Herz bricht mit jeder Sekunde, die ich Allen in diesem Zustand sehen muss, immer mehr.

Ich schniefe, versuche, mich zusammenzureißen, und schaffe es schließlich, ihn aus seiner knienden Position aufzurichten.

Seine Beine geben nach, weshalb ich ihn mühsam auffange und einfach an mich ziehe.

Seine Arme hängen kraftlos herab.

Ich schluchze überwältigt von seiner Hilflosigkeit auf und muss mich danach straffen, um ihn vor mir her zu einer massiven Werkbank unter dem Fenster zu schieben.

Mit einem wütenden Schrei fege ich all die widerlichen, zum Teil blutverkrusteten Gerätschaften von der Oberfläche, sobald mein Freund zischend daran lehnt.

Er muss höllische Schmerzen haben und wir sind in diesem verfickten Keller gefangen!

Wie soll ich ihn hier rausbringen?

Nackt, vollkommen am Ende seiner Kräfte und übersät von Wunden?

Ein kühler Luftzug streift mein Gesicht, als ich ihn wieder umarme und einfach festhalte.

Das Fenster.

Es ist sehr groß und nicht vergittert.

Vielleicht kann ich Allen irgendwie auf die Werkbank hieven und dann mit ihm in die Freiheit krabbeln.

Das Fensterbrett befindet sich auf Rasenhöhe ...

Ich löse mich von meinem lethargischen Freund und klettere auf die Werkbank, um das Fenster ganz zu öffnen.

Sofort fällt die kalte Nachtluft zu uns herein und Allen schaudert.

Scheiße, ist denn hier nichts, was ich ihm überwerfen kann?!

Mein Blick schweift, sobald ich von der dicken Tischplatte geklettert bin, durch den widerwärtigen Raum.

Erst jetzt bemerke ich das Bett und eile darauf zu.

Offensichtlich hatte der miese Banker vor, Allen länger als nur heute zu foltern.

Ich mache mir nicht die Mühe, die Knöpfe des Bettbezugs zu öffnen und reiße einfach wild daran herum, bis ich die Bettdecke daraus hervorzerren kann.

Mit dem dünnen Stoff des Bezuges kehre ich zu Allen zurück und schreie erschrocken auf, als es an der Tür wummert und der Mistkerl dagegen tritt.

„Mach die verdammte Tür auf!", brüllt er, und ich wickle den Bezug mit fliegenden Fingern um Allens geschundenen Leib.

„Komm, du musst irgendwie hier raufklettern", flüstere ich ihm zu und bemühe mich nach Kräften, Allens Panik und die wutentbrannten Schreie von jenseits der hoffentlich stabilen Tür zu ignorieren.

„Ryan!"

Ich starre sekundenlang verblödet zur Tür, aber der Ruf kommt vom Fenster.

Sammy hockt dort und winkt hastig in Richtung Straße, dann klettert Michael zu uns hinein und mit seiner Hilfe schaffe ich es, Allen nach draußen zu bringen.

Erschöpft und so erleichtert wie nie zuvor in meinem Leben hocke ich mich auf den Rasen und versuche, wieder zu Atem zu kommen.

Im selben Augenblick gibt das Schloss der Kellertür nach und ich blicke dem Mistkerl erstarrt entgegen, als er auf mich zu stürzt.

„Du!", faucht er und ich bin unfähig, mich zu bewegen. Kann nicht einmal meine Beine von der Werkbank und außer Reichweite ziehen.

„Ryan, komm schon!" Das ist Lars' Stimme. Zeitgleich greift er nach meinem Oberarm und schnauzt mich an. „Beweg dich!"

Die Starre fällt von mir ab und ich rapple mich auf.

Zu spät.

Der miese Wichser bekommt mein Fußgelenk zu fassen, und ich strample nach Kräften, bis er mich loslässt.

Erst danach kapiere ich, dass Lars mich von ihm weggezogen hat.

„Komm, steh auf! Michas Kollegen sind schon da!"

Ich folge ihm zum mittlerweile offen stehenden Einfahrtstor und bleibe erst stehen, als ich den Bürgersteig erreicht habe und Lars mich loslässt.

Blaues Licht flackert über die Pflastersteine, auf die ich blicke.

Das Blut rauscht durch meine Ohren, als hätte ich einen dreistündigen Auftritt absolviert.

Ich hebe den Blick, suche den Ursprung des Lichts und entdecke die offen stehenden Türen eines Rettungswagens.

„Allen!" Ich gehe darauf zu. „Allen!"

Michael hält mich auf. „Er wird versorgt. Wir müssen alle hier bleiben, um unsere Aussagen zu machen. Besonders du, Ryan."

Seine Stimme duldet keinen Widerspruch, trotzdem reiße ich mich los und haste weiter zu dem hell erleuchteten RTW.

„Allen!", rufe ich erneut und bleibe abrupt stehen, als ich seiner ansichtig werde.

Die Sanitäter kümmern sich um ihn, da ist einfach kein Platz für mich und ich glaube, ich würde nur stören.

Die Augen meines Freundes sind geschlossen, bestimmt hat der Notarzt ihn bereits mit Schmerz- und Beruhigungsmittel versorgt.

Bevor ich auch nur eine Frage an die Retter richten kann, legt sich eine Hand auf meine Schulter.

Ich fahre herum und will sie abschütteln, bis ich Lars erkenne.

„Hey Ryan. Komm. Du musst deine Aussage machen."

„Jetzt?! Ich will gleich mit Allen ins Krankenhaus fahren!", entrüste ich mich.

„Es ist wichtig, okay? Die brauchen deine Aussage, weil er dich des Einbruchs beschuldigt. Du musst den Beamten sagen, was wirklich passiert ist."

Seufzend nicke ich. „Na gut, aber dann muss ich zu Allen!"

~ Heilung? ~

Mein Handy vibriert, kaum dass ich mit Allen in dessen Krankenzimmer angekommen bin.

Das Drogenscreening, das den Ärzten sinnvoll erschien, steht noch aus, was mit dem Banker ist, weiß ich noch nicht, aber Allen schläft jetzt und sieht – nebenbei bemerkt – aus wie eine Mumie.

Er hat dermaßen viele Wunden am gesamten Körper, dass sie ihn mehr oder minder komplett einwickeln mussten.

Entsprechend halte ich seine nicht bandagierten Finger vorsichtig in meiner Hand, ein Monitor überwacht seine Herzfrequenz.

Wieso er das Ding überhaupt haben muss, ist mir nicht ganz klar, aber Lars erklärt mir irgendetwas davon, dass die Ärzte ihn gründlich überwachen wollen.

Stimmt, die Ärztin in der Notaufnahme hat irgendetwas gesagt, als sie seine Pupillenreaktion überprüft hat.

Dass ich überhaupt dabeibleiben durfte, als er stundenlang untersucht, geröntgt und versorgt wurde, verdanke ich Lars' Geistesgegenwart.

Er hat bei der Anmeldung kackfrech behauptet, Allen sei mein Verlobter.

Der Gedanke hat sich in meinem Hinterkopf eingenistet, schwelt dort vor sich hin, während ich vor Sorge um meinen Freund nicht aus noch ein weiß.

Ich krame fahrig nach meinem Handy und sehe im blinkenden Display, dass Jojo anruft.

Oh Shit! Ich habe vergessen, mich zu melden!

Schnell nehme ich den Anruf an und spreche leise mit meinem Teamchef.

„Hi Jojo, tut mir leid, ich hab in all dem Chaos vergessen, mich zu melden!", haspele ich zur Begrüßung in das Gerät.

„Ganz ruhig, Ryan. Wie sieht es aus? Ist Allen wieder aufgetaucht?"

„Wir haben ihn gefunden, ja. Ich bin gerade bei ihm im Krankenhaus."

„Krankenhaus?!"

Ich nicke blöde. „Ja, er sieht wüst aus. Was haben die Sponsoren gesagt?"

Jojo seufzt tief. „Frag besser nicht. Ich hab ihnen erzählt, dass du dir das Knie verdreht hast, aber begeistert waren sie nicht, dass du einen Sieg verschenkst ... Sei's drum. Sag Allen gute Besserung, sobald er ansprechbar ist. Und mach dir keine Sorgen wegen des Rennens. Es gibt andere und auch weitere Saisons, Ryan."

„Na ja, Franklin wird sich freuen, dass ich ihm den Sieg schenke", erwidere ich seufzend, denn ja verdammt, ich hätte das Rennen wirklich gern gefahren!

Es sind nur noch wenige Gelegenheiten, um meinen Vorsprung auf den Zweiten in der aktuellen IDM-Wertung auszubauen.

Dass ich morgen nicht starte, wird mich einige Punkte und vor allem ein gutes Stück meines Vorsprungs kosten.

Lars mustert mich neugierig und spricht mich an, sobald ich aufgelegt habe. „Du hättest morgen gewonnen?"

Ich nicke resigniert. „Zumindest hatte ich sehr gute Chancen auf den Sieg. Meine Gesamtwertung wird es verschmerzen, aber bei den kommenden Rennen darf absolut nichts schiefgehen."

„Hm, vielleicht solltest du dann morgen lieber doch starten?", schlägt er vor und erntet einen vernichtenden Blick von mir.

„Niemals! Ich kann und werde Allen in diesem Zustand nicht allein lassen!", fahre ich ihn an und erschrecke selbst darüber, wie laut ich geworden bin.

Allen beginnt sich zu regen, seine Finger zucken in meiner Hand und seine Lider flattern kurz, bevor er die Augen unvermittelt aufreißt und wieder zufallen lässt.

Sicher ist das schwache Licht hier zu grell für ihn.

„Scht", mache ich und streiche sanft über seine geschwollene Wange. „Ich bin hier, Allen."

„Ryan?" Allein der schwache Ton seiner Stimme lässt mein Herz schon erstarren.

Scheiße, ich will ihn so nicht sehen! Er ist doch ...!

Tja, vielleicht habe ich in den vergangenen Monaten einen akuten Fehler begangen, indem ich Allen irgendwie als übermenschlich angesehen habe.

Als unverwundbar und unerschütterlich.

Nun zu sehen, dass er genauso ein Mensch aus Fleisch und Blut ist wie wir anderen, macht mir das Atmen schwer und bricht mir das Herz.

Natürlich weiß ich, dass er kein Superheld ist, aber zwischen dem Wissen und meinen Gefühlen klafft eine riesige Lücke, die sich nun unaufhaltsam mit Schmerz füllt.

Ich kann mich immer auf ihn verlassen, das hat er wieder und wieder bewiesen!

Er ist für mich da und beschützt mich.

Wovor auch immer!

Und nun?

Nun musste ich ihn retten und innerhalb der schweren Atemzüge, die ich mache, während Allen die Augen erneut öffnet und mich mit klarer werdendem Blick mustert, schwöre ich mir selbst, ihn ab jetzt besser zu beschützen.

„Ich bin hier, Allen."

Lars verlässt den Raum und ich sehe kurz auf, konzentriere mich dann jedoch vollständig auf meinen Freund.

„Geht es dir gut?", fragt er mühsam.

Ich blinzle. „Ja, ich bin okay. Aber du nicht!"

„Er hat mich ziemlich fertiggemacht, was?"

„Leider ja. Wie geht es dir? Brauchst du Schmerzmittel?"

„Ich habe Durst."

Sofort springe ich auf und fahre das Kopfteil seines Bettes langsam höher, damit er, ohne sich zu verschlucken, trinken kann. Erst danach halte ich ihm, wie er es schon so oft für mich getan hat, ein Glas mit Mineralwasser an die Lippen.

„Es tut mir so leid", murmelt er, nachdem ich das Glas abgesetzt habe.

„Was tut dir leid?"

„Dass meine Blödheit dich um einen Sieg bringt."

Oh, er scheint klarer zu sein, als ich bislang dachte. Zumal ich davon ausgegangen bin, dass er mein leise mit Lars geführtes Gespräch zu dem Thema nicht mitbekommen hat.

„Scheiß drauf! Du bist viel wichtiger", versichere ich ihm und zwinge mich zu einem Lächeln, das ganz sicher verrutscht.

„So? Bin ich das?" Er versucht, sich ein wenig weiter aufzurichten und greift nach dem Galgen überm Bett.

„Lass dir helfen!", meckere ich leise und stehe wieder neben ihm.

„Es geht schon."

Ich verdrehe die Augen. „Klar doch!"

„Hey, so schlimm ist es nicht", versucht er mich zu beruhigen. Offenbar weiß er nicht, wer ihn in jenem Keller gefunden hat, und genauso wenig, dass ich gesehen habe, was dieses miese Arschloch mit ihm getan hat.

Soll ich es ihm sagen? Ich denke, das kann ich ihm momentan ersparen.

„Wirklich?", frage ich deshalb mit zweifelndem Ton und ich weiß, er kann mir meine Sorge anhören.

Er nickt und verzieht das geschwollene Gesicht zu einer Grimasse, die sicherlich ein beruhigendes Lächeln sein soll.

Gruselig!

„Hör auf, mir was vorzumachen, Allen, ja? Du bist eingewickelt wie eine Mumie, dein Gesicht ist kaum noch zu erkennen und dieser Mistkerl hat dir übel zugesetzt. Hat er dir Drogen gegeben?" Ich seufze tief. „Anders kann ich mir jedenfalls nicht erklären, wie er ausgerechnet dich in seine Gewalt bringen konnte ..."

„Eine Falle. Er hat behauptet, er hätte dich einkassiert."

Seine Worte sind wie Schläge.

Dann ist das alles, alles, was mit ihm passiert ist, also wirklich allein meine Schuld.

Ich zucke zusammen und entziehe ihm meine Hand, die seine Finger längst wieder umfasst hat.

Mein Blick senkt sich, als wären wir mitten in einem Spiel. Ich kann ihm nicht in die Augen sehen, nicht mit diesem schlechten Gewissen!

Trotzdem flüstere ich: „Es tut mir leid!"

Stöhnend bewegt er sich, weshalb ich nun doch aufsehe. „Bleib ruhig liegen, verdammt!", entkommt es mir erschrocken.

„Wie soll ich das, wenn du denkst, irgendetwas hiervon wäre deine Schuld?"

Treffer, versenkt.

Tja, er weiß eben immer, wie es mir geht, und meistens auch, wieso das der Fall ist.

„Ist es doch!"

„Nein, Ryan. Es war meine eigene Blödheit. Anstatt sofort bei dir anzurufen und nachzufragen, ob er dich wirklich in seiner Gewalt hat, bin ich losgefahren wie ein Irrer und voll in die Falle getappt."

„Dann ist es erst recht meine Schuld. Schließlich warst du meinetwegen so kopflos ..."

„Komm her, Ryan. Ich will dich festhalten."

Ich blinzle und zweifle ernsthaft an seinem Verstand. „Du bist verletzt! Jede Bewegung muss dir doch höllisch wehtun!"

„Nicht so weh wie zu sehen, dass es dir schlecht geht."

Augenblicklich kämpfe ich wieder mit den Tränen.

Verflucht noch mal!

„Nun komm schon her", bittet er mich in einem sanften Ton, der mein Herz erneut brechen lässt.

Wie oft kann ein Herz eigentlich brechen?

Zögerlich wechsele ich meinen Sitzplatz und schiebe meinen Hintern auf die Bettkante.

Seine Arme schlingen sich um mich, kaum dass ich sitze und ihn vorsichtig mustere.

„Ich hatte solche Angst um dich", murmelt er an meinem Hals, und ich schluchze leise, bevor ich es schaffe, mich zusammenzureißen.

„Und ich um dich!"

„Wer hat mich gefunden?", will er wissen und ich bin sehr froh, dass ich ihm nicht in die Augen sehen muss.

Stattdessen drücke ich ihn vorsichtig weiter an mich und bete, dass ich ihm keine weiteren Schmerzen zufüge.

„Ist doch egal, Hauptsache, du bist gerettet!", erwidere ich. „Ich liebe dich, Lovelight!"

Mein geflüsterter Nachsatz lässt ihn leise brummen.

„Ich dich auch, Speedy."

Sein Kosewort lässt mich lächeln, zum ersten Mal etwas echter am heutigen Tag.

„Speedy?", frage ich nach und bringe ihn etwas auf Abstand. Ich will ihn ansehen, will das Blitzen in seinen Augen nicht nur erahnen.

Er nickt, als er den Kopf hebt. „Mein Speedy. Die schnellste Maus von Weidenhaus!"

Das lässt mich tatsächlich kichern.

„Maus, ja?" Meine Augenbraue entwickelt ein Eigenleben.

„Sicher. *Meine* Maus." Er sagt das so liebevoll, dass ich ihm die Verniedlichung nicht einmal übelnehmen kann.

„Na gut, aber nur, weil du es bist."

„Darum bitte ich!"

„Du bist verrückt, das weißt du, oder? Ich meine, du liegst hier, mehr tot als lebendig, und spielst den starken Mann. Wieso denkst du, das tun zu müssen?"

„Vergisst du gerade, dass ich sehr genau weiß, wie es in dir aussieht?", fragt er dagegen.

„Nein, das vergesse ich nicht. Ich weiß doch, wie stark du sein kannst. Aber das bedeutet doch nicht, dass du es immer sein musst."

„Ryan, ich …" Seine Stimme bricht weg, und er senkt die Lider.

„Scht!", mache ich sofort, weil ich ahne, was er mir erzählen will. „Ich weiß es. Ich weiß alles, Allen. Bitte hör auf, mir etwas vorzumachen."

Was ich in diesem Keller gesehen habe, war eindeutig.

Die schlimmste Erniedrigung, die der Mistkerl Allen antun konnte, hat er getan. Ganz sicher mehrfach und mit voller Brutalität.

Einen so dominanten Mann zu vergewaltigen, muss der beste Kick für das Schwein gewesen sein – und die größte Qual für Allen ...

Beruhigend streicheln meine Hände über seinen Rücken, meine Lippen legen sich an seine Schläfe.

Das Zittern, das ihn erfasst hat, lässt nicht nach, und ich spüre, dass leise Schluchzer ihn durchschütteln.

„Ich bin hier, Allen. Ich lass dich nicht allein!"

Keine Ahnung, wie lange wir so dasitzen.

Ich wiege Allen sacht, halte ihn, lasse ihn weinen.

Ich will mir nicht einmal vorstellen, wie schrecklich es für ihn sein muss, das erlebt zu haben, also gänzlich abgesehen von all dem körperlichen Schmerz ...

Irgendwann klopft es und Lars erscheint wieder, mit ihm eine Schwester, die sich erkundigt, ob Allen Schmerzmittel oder irgendetwas anderes benötigt.

Er bekommt irgendwelche Tropfen und schläft kurz darauf ein, dann lässt uns die Nachtschwester wieder allein.

„Ich habe eben mit Micha telefoniert. Alle haben ihre Aussagen gemacht und die Bullen haben das Haus des Richters nebst Keller durchsucht." Lars spricht im Flüsterton mit mir, um Allen nicht zu wecken. „Dabei haben sie auch Allens Handy gefunden und sichergestellt, ebenso seine Kleidung, seine Brieftasche ... das volle Programm. Diesmal kommt das Schwein nicht davon!"

Ich nicke leicht. „Danke. Danke, dass ihr alle da aufgetaucht seid."

Lars lächelt schief. „Du hättest nicht allein losfahren sollen. Das gibt ganz sicher noch megamäßigen Ärger", erwidert Lars wispernd, und ich nicke.

„Ich weiß, aber das ist mir egal. Es ist eindeutig besser, dass nur ich ihn so gesehen habe. Allens Ego wird auch das nur schwer ertragen."

„Damit könntest du recht haben, aber er liebt dich. Wenn ihn einer so sehen durfte, dann doch wohl du."

„Ich will es hoffen. Lars, kann ich dich darum bitten, ihm ein paar Sachen zu holen? Ich will ihn nicht allein lassen."

Lars grinst. „Micha kommt gleich mit einer Tasche her."

Ich bin heilfroh, dass unsere Freunde so geistesgegenwärtig sind. „Danke, ihr seid Klasse!"

„Sind wir. Aber du solltest nach all der Aufregung auch 'ne Pause einlegen und schlafen, Ryan." Lars sieht mich forschend und besorgt an.

Ich schüttle den Kopf. „Ich kann nicht! Ihn jetzt zu verlassen würde … Es geht einfach nicht, okay? Ich schaffe das schon. Wenn es ihm besser geht, kann ich den Schlaf nachholen."

„Wie du meinst. Aber ich fürchte, dazu wird mein Göttergatte dir noch was sagen, wenn er hier ist."

„Das kann er sich auch sparen. Ihr wisst doch alle, was für einen Dickschädel ich habe."

„Auch wieder wahr."

Wir grinsen uns kurz an, dann kehrt das Schweigen zurück und wir warten auf Michael.

~*~

„Das ist nicht dein Ernst!", entfährt es mir und ich starre Allen mit großen Augen an.

Der behandelnde Arzt ist eben hereingekommen, und mein Freund verlangt, dass ich den Raum verlasse, bevor die beiden sprechen.

„Mein voller Ernst", erklärt Allen und ich nicke.

Nichts wie raus hier, vermutlich ist es ihm einfach peinlich, wenn ich in seinem Beisein höre, was los ist.

Irgendeine der zahlreichen Untersuchungen hat etwas ergeben.

Der Doc wird es mir gleich so oder so erzählen, immerhin bin ich ja nach wie vor als ‚Verlobter' in der Akte aufgeführt.

Trotzdem gefällt es mir nicht.

Ich will für ihn da sein, egal welche Nachrichten er erhält!

Auf dem Flur gehe ich genervt auf und ab. Seit drei Tagen ist er nun hier.

Wir reden nicht viel. Meistens hält er mich einfach im Arm und beharrt darauf, dass es ihm gut geht.

Ha ha. Sehr witzig!

Nach dem stundenlang anhaltenden Heulkrampf, den er in der Nacht von Samstag auf Sonntag erlitten hat, ist irgendwie alles anders.

So anders, dass es mir Magenschmerzen bereitet.

Von sich aus redet Allen nicht über die Entführung und schon gar nicht über das, was in jenem Kellerraum geschehen ist.

Traurig, aber wahr – mein Freund will offensichtlich alles sofort und ohne Frage verdrängen.

Tief durchatmen, nicht darüber nachdenken.

Vielleicht bietet sich noch eine ruhige Gelegenheit, bei der ich das Thema aufbringen kann, ohne dass es erzwungen oder aufgedrängt wirkt.

Als der Arzt nach Minuten wieder aus dem Krankenzimmer kommt, trete ich auf ihn zu und sehe, dass seine Miene echt besorgt ist.

Er hebt den Blick zu mir und seufzt.

„Was ist los, Doktor? Sie sehen echt besorgt aus."

Er nickt und sieht den Flur entlang, dann wendet er sich mir wieder zu. Vermutlich, weil niemand außer uns hier ist.

„Die Sonographie heute früh hat ergeben, dass Ihr Verlobter mehrere Verletzungen im Enddarm hat."

„Was genau bedeutet das?", hake ich nach.

„Nun ja, in den meisten Fällen heilen solche mechanischen Verletzungen recht schnell von allein ab, aber wir können einen Darmwandriss noch nicht ganz ausschließen. Ich habe ihm eben gesagt, dass wir um eine Koloskopie nicht herumkommen werden, um das endgültig zu klären und eventuell operative Maßnahmen zu ergreifen."

„Verstehe."

Wir nicken uns zu.

„Er war nicht begeistert."

„Nein, das ganz sicher nicht!", entfährt es mir. „Wie gefährlich ist das?"

„Sollte wirklich die Darmwand perforiert sein, können gefährliche Erreger aus dem Darm in die Körperhöhle gelangen und schwere Infektionen verursachen. Wir werden alle Maßnahmen ergreifen, um Komplikationen auszuschließen."

Tief durchatmen, sortieren.

Scheiße, es ist doch vollkommen klar, dass Allen Angst davor hat!

„Kann ich wieder zu ihm? Ich denke, er braucht mich jetzt."

Der Doc lächelt. „Ja, machen Sie nur. Vielleicht ist er bei Ihnen zugänglicher für ein Gespräch. Wenn Sie weitere Fragen haben, finden Sie mich im Bereitschaftsraum neben dem Schwesternzimmer."

„Danke!"

Ich wende mich ebenso um wie er, betrete nach einem Klopfen das Krankenzimmer und gehe auf meinen Freund zu.

Glücklicherweise hat er ein Einzelzimmer. Privat versichert zu sein, hat eben Vorteile.

Ich setze mich wieder auf den Besucherstuhl direkt am Bett.

„Hey. Bist du okay?", frage ich, weil er mich nur stumm anblickt.

„Ja, sicher. Alles gut."

Ich ergreife seine Hand und sehe darauf. „Allen, wir sollten darüber reden."

„Worüber denn?", fragt er provokant und entzieht mir seine Finger mit einem Ruck.

„Darüber, was dir passiert ist." Ich bemühe mich, nicht zu verletzt und stattdessen möglichst ruhig zu sein. Es bringt nichts, ihn in die Ecke zu drängen und darauf zu hoffen, dass er noch einmal zusammenbricht, nur damit er kapiert, was mit ihm geschehen ist.

„Es ist nichts passiert!"

„Nein?", hake ich sanft nach. „Erinnerst du dich nicht oder willst du dich nicht erinnern?"

Er schnaubt leise. „Beides. Und damit ist das Thema beendet, Ryan."

Oha, sein Befehlston.

Na, was für ein Glück, dass wir gerade nicht spielen.

Entsprechend tangiert mich das nicht weiter.

„Kannst du dir abschminken. Irgendwann musst du mit irgendjemandem drüber reden, was er dir angetan hat." Noch immer rede ich leise, eindringlich.

Zeitgleich schnappe ich mir wieder seine Hand und sehe ihn an.

Er muss doch erkennen, dass ich nicht aus Sensationslust oder perfider Neugierde darüber reden will, oder?

„Hör auf, mich so mitleidig anzusehen!", fährt er mich an, doch diesmal schafft er es nicht, mir seine Hand wegzureißen.

„Ich bin nicht mitleidig. Ich würde dir nur gern helfen, Allen."

„Dann halt die Klappe und komm her", verlangt er ruppig.

„Allen, ich bin kein Kuscheltier, ich bin dein Partner. Ich habe Angst, dass du das alles unverarbeitet verdrängst und irgendwann echte Probleme bekommst."

Er schnaubt nur abfällig. „Du scheinst zu vergessen, wer ich bin."

„Nein, ganz sicher nicht. Du bist mein liebevoller und liebenswerter Partner und ich möchte, dass es dir bald wieder besser geht."

„Wieso denkst du, dass ich über irgendwas reden müsste?" Sein Ton wird noch schärfer. „Und wenn du schon unbedingt drüber reden willst, wieso tust du es nicht weiterhin mit unseren Freunden?"

„Mit unseren Freunden?" Meine Stirn legt sich in Falten. „Was meinst du?"

Ja, verdammt, seine Worte irritieren mich.

„Nun tu doch nicht so! Jeder, der hier auftaucht, weiß doch längst Bescheid! Macht es dir Spaß, jeden nach allen Einzelheiten auszufragen, damit du weißt, was los war?"

Ich schlucke hart. Was hat das zu bedeuten?

„Allen, was soll das? Ich habe mit niemandem gesprochen."

Noch ein Schnauben. Er glaubt mir nicht!

„Erzähl das deiner Oma, Ryan! Glaubst du wirklich, ich wüsste nicht, was hinter meinem Rücken getratscht wird?!"

Ich lasse seine Hand los und zucke wie unter heftigen Schlägen zusammen.

„Wie kommst du darauf, dass irgendwer über dich tratscht?", frage ich tonlos.

„Geh, Ryan! Geh und lass dir von Micha noch mal alles haarklein erzählen. Ich bin sicher, es gefällt dir, dass ich der Sub war."

Mir wird eiskalt und ich weiß kaum noch, was ich dazu sagen soll.

Wenn ich jetzt so verletzt und wütend reagiere, wie er es für diese Worte eigentlich verdient, wird alles nur noch schlimmer.

Aber wie soll ich seine Überzeugungen zerstreuen? Wie soll ich ihm erklären, dass Michael nicht einmal die Hälfte weiß?

„Das denkst du?", frage ich leise und spüre, wie meine Unterlippe zittert. Schnell fange ich sie ein und beiße darauf.

Er starrt zum Fußende und ignoriert mich.

„Ich hatte niemals vor, es dir zu sagen", beginne ich flüsternd. Mehr Stimmvolumen würde mich augenblicklich in Tränen ausbrechen lassen. „Als wir wussten, wo du warst, bin ich allein losgefahren, um dich zu holen. Niemand außer mir und dem miesen Schwein hat dich gesehen. Ich habe dich losgebunden und dich in das Bettzeug gewickelt, damit niemand sieht, was er außer den Schlägen noch mit dir getan hat."

Ich atme tief durch und sehe ihn an.

Keine Reaktion.

„Ich wollte dich beschützen, wie du es immer für mich tust."

Ruckartig wende ich mich um, muss hier raus, sofort!

Wieso musste er mir solche Dinge vorwerfen, während ich nur versucht habe, ihn zu beschützen?

Kann es wirklich sein, dass er so mies von mir denkt?

Ich weiß es nicht, aber es wird Zeit, dass ich nach Hause komme.

Weg, einfach weg von ihm!

Zu Hause angekommen ziehe ich mir motorradtaugliche Sachen an und schnappe mir den Schlüssel für die Maschine.

Ich muss den Kopf freikriegen, begreifen, was er mir unterstellt hat, irgendwie herausfinden, was ihn dazu treibt, ausgerechnet mich wegzuschubsen.

Ich ahne, dass er sich hilflos fühlt, vielleicht auf eine schlimmere Art als in dem Keller.

Dass er sich beschnitten und in seiner Männlichkeit erniedrigt fühlt. Dass er leidet, weil ihm jemand schreckliche, nein, die schrecklichste!, Gewalt angetan hat.

Ich brettere bereits in einem Affenzahn über die Landstraße, als mir der vielleicht entscheidende Gedanke kommt.

Möglicherweise ist die Tatsache, dass ich – sein Sub – weiß, was ihm passiert ist, die schlimmste Erniedrigung.

Ich weiß schließlich, dass er immer stark sein will, immer die Oberhand haben will, zumindest, was Dinge betrifft, die auch nur entfernt mit BDSM zu tun haben.

Obwohl seine Entführung und die anschließende Folter nichts mit sexuellem Lustgewinn für ihn gemein hatte, bleiben die geschehen Dinge eben doch Akte aus jenem Bereich unseres Lebens.

Kann es das sein?

Ist er deshalb so ... verletzend geworden?

Scheiße, ich weiß doch, wie man sich fühlt, wenn man *einvernehmlich* auf einem Fickbock festgeschnallt wird, wenn man vertraut und sich auf seinen Dom verlassen kann!

Allein das Mindset und das Vertrauen helfen, über den massiven Kontrollverlust hinweg in den Bereich der Lust zu gelangen!

Damit hatte das, was er erlebt hat, aber nichts zu tun.

Meine Gedanken rotieren, ich gebe noch mehr Gas, muss diesen ganzen Scheiß für ein paar Minuten aus dem Kopf kriegen.

Die Landstraße zieht sich schnurgerade zur Autobahn.

Gute Idee!

Ich nutze die erste Auffahrt und rase mit allem, was die Maschine hergibt, davon. 270 Stundenkilometer schafft sie, und die muss sie mir gerade auch liefern.

Ich muss weg.

Weg von Allen, weg von dem, was ihm geschehen ist, weg von seinen Vorwürfen und weg von meinem Leben.

Wenn ich lange genug in dieser Richtung weiterfahre, komme ich ans Meer, und die Autobahn, die mich dorthin bringt, ist verhältnismäßig leer.

Nach einem schnellen Tankstopp an einem Autohof rase ich weiter, immer weiter.

Ich. Muss. Weg.

~ Rock'n'Race ~

Durch seinen eigenen Schrei aufzuwachen, ist nicht besonders lustig.

Vor allem dann nicht, wenn das Herz bis in den Hals pocht und der Angstschweiß die Haare am Kopf festklebt.

Ich hasse Alpträume!

Der Angriff auf Allen ist eine Woche her; jede Nacht, die ich allein verbringen muss, beschert mir den ungefilterten Horror der Szenerie, in der ich ihn gefunden habe.

Nach meinem akuten Ausflug an die Nordsee bin ich nachts noch zurückgekehrt und am nächsten Morgen wie ein Racheengel bei Allen reingeschneit.

Das folgende Debakel will ich lieber nicht mehr erinnern, jedenfalls haben wir uns am Ende umarmt und ich habe ihn einen ‚halsstarrigen Idioten' genannt.

Er fand das okay, zumal ich zu ‚Speedy, die Nervensäge' mutiert bin ...

Aber lassen wir das.

Mühsam schleppe ich mich ins Bad und werfe mir händeweise eiskaltes Wasser ins Gesicht.

Dank der Tatsache, dass ich wie immer nackt bin, wenn ich aus dem Bett komme, treffe ich nicht nur meine Wangen und Augen, sondern zapple fluchend, mit nassgespritzter Brust – und tieferen Regionen! – herum, bis ich endlich ein Handtuch zu fassen bekomme.

Anziehen, schnelles Frühstück, dann los zum Krankenhaus.

Da ich heute nicht viel Zeit für meinen Freund haben werde, weil Training auf der Heimstrecke und ein Essen mit dem Team anstehen, bei dem Jojo und ich auch besprechen wollen, ob und inwiefern ich in dieser Saison noch einmal starte, muss ich vor meiner Abfahrt bei Allen vorbei.

Ich meine, ich will!

Meine Nerven sind, abgesehen von diesen Alpträumen, echt wieder gut, Allen ist in Sicherheit, weil der Arsch in Untersuchungshaft sitzt, und Michael und Lars, aber auch andere unserer Freunde aus dem Club, ihn regelmäßig besuchen.

Dass dafür heute mein heißgeliebtes Frühstück sehr knapp ausfällt, nehme ich für Allen gern in Kauf.

Ist ganz einfach, schließlich gibt es Wichtigeres, nicht wahr?

Jojo hatte mir sogar angeboten, herzukommen, damit ich nicht zu lange von Allen weg bleiben muss, aber das hielt ich dann doch für übertrieben.

Entsprechend mache ich mich gegen zehn Uhr vormittags auf den Weg zu Jojos und Mandys Geschäft, und telefoniere während der Fahrt mit Allen, solange bei ihm keine Untersuchungen anstehen.

Wie immer verfolgen mich die fiesen Träume den gesamten Tag hindurch, und ich bin heilfroh, dass Allen nichts davon mitbekommt.

Bislang schaffe ich es nämlich wirklich gut, die Flashbacks vor ihm zu verbergen.

~*~

„Du traust dir also wirklich zu, die letzten drei Rennen zu fahren?", erkundigt sich Jojo mit vergewisserndem Ton, als wir allein zusammenhocken.

Ich nicke. „Auf jeden Fall! Ich bin so knapp an der Meisterschaft, das will ich mir nicht entgehen lassen."

„Ist in Ordnung, dann lassen wir alle Meldungen bestehen und sehen dich am kommenden Wochenende auf dem Lausitzring."

„Ich freue mich schon drauf", erwidere ich und verabschiede mich wenig später.

Ein Blick auf die Uhr im Armaturenbrett verrät mir, dass es bereits nach 21 Uhr ist, und ich mir einen Besuch bei Allen sparen kann.

Es wird einfach zu spät.

Deshalb wähle ich seine Nummer an, drücke mein Bluetooth-Headset noch einmal fester ins rechte Ohr und mache mich auf den Weg.

„Hey!", grüßt er.

Ich lächle prompt los.

„Hey Allen. Alles okay bei dir?"

„Ja, alles bestens. Lars ist eben raus, er trifft sich gleich zu Michas Schichtende mit ihm im Club. Und bei dir? Wo bist du grade?"

„Ich bin eben bei Jojo vom Hof gefahren. Bei mir ist alles prima."

„Das freut mich. Fahr vorsichtig, ja?"

Ich lache leise. „Das mache ich fast immer. Weißt du doch!"

„Allein für das ‚fast' müsste ich dich schon übers Knie legen, Speedy." Sein Ton grollt ein wenig, was mich nur noch breiter grinsen lässt.

„Hat der Herr wieder Anwandlungen?", necke ich ihn. „Du weißt sehr gut, dass mir beim Fahren kaum einer was vormacht."

„Ja, schon gut. Ich will halt nicht, dass du dir die Nase abfährst."

Er weiß nichts von meinem Ausflug ans Meer und entsprechend auch nichts von meinem kleinen Geschwindigkeitsrausch während der Fahrt ...

Ist auch eindeutig klüger von mir, es ihm nicht zu verraten.

„Mache ich nicht, keine Sorge. Dann erzähl mal, was hat der Doc gesagt?", frage ich, weil heute die Ergebnisse der Koloskopie besprochen werden sollten.

Er schweigt kurz, dann antwortet er. „Keine Perforation."

„Hey, das ist super! Das erspart dir die Antibiose, die sie dir angedroht haben, oder?"

„Ja, stimmt. Ich darf am Mittwoch spätestens nach Hause."

„Die Nachrichten werden ja immer besser!", freue ich mich hoffentlich hörbar.

„Ja, aber ich hab dich heute schrecklich vermisst", bekennt er, was mir ein andächtiges Seufzen entlockt.

„Ich liebe es, wenn du so was sagst, Lovelight. Ich habe dich genauso vermisst, sei dir sicher."

„Kommst du gleich noch her?"

Noch ein Blick zur Uhr. „Hm, wenn du das möchtest, kann ich die Nachtschwester noch ein wenig nerven. Sie hat mir ja gestern schon angedroht, mir ein Bett zu deinem zu schieben ..."

Wir lachen beide.

„Ich freu mich, wenn ich dich heute noch mal sehe, Ryan. Mir fällt hier trotz Besuch, Telefonaten, iPad und Büchern echt die Decke auf den Kopf. Ich will wieder ins Studio und in den Club!"

„Ich weiß, Allen. Das wirst du ja auch sehr bald wieder können, wenn ich bedenke, dass du ab Mittwoch wieder ein freier Mann bist."

Während dieser Telefonate vergesse ich kurzfristig, wie schlecht es ihm eigentlich geht.

Natürlich weiß ich, dass nicht alles in Ordnung ist bei ihm, aber es bringt auch nichts, ständig darauf herumzureiten.

Mit dem Knopf im Ohr betrete ich gegen 23 Uhr unbehelligt sein Krankenzimmer und strahle ihn fröhlich, aber hundemüde an.

Immerhin habe ich heute so einige Trainingsrunden absolviert, um mit dem Mechaniker noch ein paar Feinabstimmungen vorzunehmen.

„Hey", grüße ich und setze mich, sobald ich meine Jacke abgelegt habe, auf die Bettkante.

„Hey. Du siehst müde aus", antwortet er und zieht mich fest an sich.

„Bin ich auch, aber ich wollte dich gern noch sehen."

Er kichert. „Ich bin halt ein Glückspilz!"

Dieser Ausspruch lässt kalte Schauer durch meinen Körper rasen. Er ist, wenn man nur die vergangenen anderthalb Wochen bedenkt, alles andere als ein Glückspilz.

Trotzdem lasse ich seine Worte unkommentiert und lege meinen Kopf auf seine Schulter. „Ich liebe dich", flüstere ich, als müsste ich eine Art sakraler Ruhe wahren.

„Ich dich auch, Speedy. Wie war das Training?"

„Gut. Ich hab mit Jojo gesprochen. Nächstes Wochenende starte ich wie geplant in der Lausitz."

„Ich will mitkommen", erwidert er sofort.

Ich hebe den Kopf und sehe ihn zweifelnd an. „Du willst stundenlang Auto fahren, um dir anschließend den Arsch in der Box platt zu sitzen?"

Halte ich nicht für sonderlich gut, auch wenn mittlerweile alles einigermaßen verheilt sein sollte.

Er nickt übertrieben. „Ja, will ich."

Etwas in seinem Blick irritiert mich.

Unsicherheit?

Ich weiß es nicht genau, aber das Flackern macht mich nervös.

„Dann freue ich mich auf deine Gesellschaft und weiß, für wen ich den Sieg einfahren will."

Er drückt mich fester an sich und lacht leise. „Du bist verboten süß, Ryan, das ist dir schon bewusst, oder?"

Meine rechte Augenbraue hebt sich. „Süß?"

„Ach, komm schon, du bist definitiv männlich genug, um mit diesem Prädikat leben zu können."

Ich lache ebenfalls. „Klar kann ich. Aber lass es nicht zur Gewohnheit werden, okay?"

Ein Seufzen entkommt mir. Immer wieder denke ich an die drei Monate nach der Rennsaison, in denen ich mehr oder minder konstant in Spanien sein werde.

Wie wird unsere Beziehung das verkraften?

Und wie soll ich ohne die Spiele leben?

Hastig verschiebe ich diese Gedanken.

Es gibt Wichtigeres!

„Was hast du?"

War ja klar. Sein Gespür für meine Befindlichkeiten hat er nicht eingebüßt …

„Ich bin einfach nur froh, wenn du wieder zu Hause und bei mir bist", weiche ich aus.

„Ich auch!" Er sagt das so inbrünstig, dass ich kichern muss.

„Mein armer Schatz. Sobald du wieder zu Hause bist, kochen wir dein Leibgericht, damit du wieder weißt, wie lecker Futter schmecken kann", verspreche ich.

„Klingt super." Seine Hand gleitet in mein Haar und er drückt mich noch einmal fester an sich.

Da ich wieder und wieder gähne, auch wenn ich versuche, es zu verstecken, wird es bald Zeit, ins Bett zu kommen.

Das sieht Allen genauso, denn er mustert mich forschend und bittet mich, nach Hause zu fahren, bevor ich am Steuer einschlafen kann.

„Ist okay, mache ich. Wir sehen uns morgen Nachmittag. Danach muss ich zur Bandprobe."

„Ich weiß, Castro und Norman waren heute hier und haben es mir verraten."

„Oh? Finde ich ja cool. Na gut, ich will zwar nicht, aber ich muss echt langsam los."

„Sehe ich auch so. Fahr vorsichtig."

Ich lache auf und deute auf den Knopf, den ich mir gerade wieder ins Ohr stecke.

Irgendwann während wilden Geknutsches ist er herausgefallen und Allen hat ihn auf seinen Nachttisch gelegt.

„Du wirst live dabei sein, wenn du nicht zu müde bist."

„Nein, bin ich nicht. Ich liege hier sowieso die halbe Nacht wach."

Ich beuge mich zu einem Kuss zu ihm. „Schlaf nachher schön, Allen."

Das machen wir immer so. Auch wenn wir danach noch telefonieren, brauche zumindest ich diesen klaren Gute-Nacht-Kuss live und in Farbe von ihm.

Sobald ich das Zimmer verlassen habe, grinse ich dämlich, weil das Headset seinen Anruf ankündigt.

Ich drücke den entsprechenden Knopf und gehe gutgelaunt nach unten in die Lobby des Krankenhauses.

Meine Parkkarte muss ich nur einmal kurz in den Automaten schieben, nach 20 Uhr ist das Parken kostenlos, aber man benötigt diese Papierkärtchen trotzdem.

Unser Gespräch ist leise, liebevoll und irgendwie schön.

Auch wenn er sich sehr bemüht, ist es trotzdem nicht mehr so, wie es war, bevor er diese Scheiße durchmachen musste.

Er leidet, er leidet unglaublich.

Das zu wissen, ist schrecklich für mich, aber zu sehen, wie er alles verdrängt, ist unvergleichlich schlimmer.

Ich weiß einfach nicht, wie ich ihm helfen soll, und das bricht mir wieder und wieder das Herz.

Häufig habe ich mir in den vergangenen Tagen die Frage gestellt, wie oft es brechen kann, bis man aufgibt und es einfach kaputt ist.

Es macht mir Angst, denn ich will meine Liebe nicht verlieren, nur weil einer sich als richtig mieser Wichser geoutet hat.

~*~

Mittwochmittag kann ich ihn endlich abholen und bin heilfroh, dass wir nun wieder vermehrt und in eigenem Raum zusammen sein können.

Da es für ihn einfacher ist, werden wir vorerst komplett in seiner Wohnung bleiben. So ist er schnell im Club und erspart sich längere Wege.

Die erste gemeinsame Nacht liegt vor uns, und ich habe keine Ahnung, wie ich mich verhalten soll.

Allen umarmt mich bei jeder sich bietenden Gelegenheit, küsst mich, lässt mich spüren, wie sehr er mich liebt, und doch habe ich das Gefühl, dass sich einiges geändert hat.

Ich würde so gern wieder mit ihm schlafen!

Nicht unbedingt heute Nacht, aber sobald er körperlich vollständig genesen ist.

Momentan ist Allen noch im Bad, ich liege bereits im Bett. Wie immer nackt, was auch sonst?

Als er hereinkommt, sehe ich ihm entgegen und stütze meinen Kopf auf die Hand.

Zu meiner Verwunderung trägt er Kleidung.

„Hey, was ist los? Ist dir kalt?", frage ich erstaunt.

„Was?" Er sieht mich an und schüttelt den Kopf. „Nein, findest du es zu kalt hier drin?"

„Ich nicht", erwidere ich und deute auf seine große Gestalt, die er in ein T-Shirt und eine lange Schlafhose gekleidet hat. „Aber du anscheinend."

Er folgt meiner Geste und sieht an sich hinab. „Nein, ich ... will nur nicht nackt schlafen."

Er schlüpft unter die Decke und dreht sich zu mir.

„Weil?", frage ich leise und schiebe mich näher an ihn heran.

„Komm her, ich will dich festhalten, Ryan." Mehr sagt er nicht und zieht mich in seine Arme, bis mein Rücken an seiner Brust ruht.

Seltsames Gefühl ... Stoff zwischen uns.

Ich drehe den Kopf, und er küsst mich. „Schlaf schön", sage ich.

„Du auch, Ryan. Gute Nacht."

Er dreht sich kurz weg, um das Licht auf seinem Nachttisch abzuschalten, danach ist er wieder ganz bei mir und umschlingt mich.

„Ich liebe dich", murmele ich und spare es mir, eine Diskussion über sein Verhalten anzuzetteln.

~*~

Am Donnerstagvormittag machen wir uns nach einem gemütlichen Frühstück auf den Weg zum Flughafen.

Die komplette Strecke zum Lausitzring zu fahren, würde viel zu lange dauern.

Deshalb haben wir Flüge nach Berlin und werden von dort aus mit einem Mietwagen zur Rennstrecke fahren.

Immer wieder mustere ich meinen Freund forschend und frage mich, ob es wirklich gut war, ihn anderthalb Wochen nach dem Übergriff schon mitzunehmen.

Von seinen Verletzungen sieht man kaum noch etwas, ein schmaler, dunkler Strich über seinem linken Auge und ein tieferer Schatten darunter zeugen noch von den Platzwunden und Schwellungen.

Die Arme und Beine, beziehungsweise die Wunden daran, sind am schnellsten verheilt, und alle Fäden sind aus den Nähten entfernt.

Mit langem Sitzen kommt er noch nicht gut zurecht, aber er sagt nichts und versucht, sich nichts anmerken zu lassen, was mich innerlich vollkommen auf die Palme treibt.

Mir wäre viel lieber, er würde sich die Zeit und Ruhe nehmen, die sein Körper noch einfordert, aber in diesem Punkt hat er sich auf genau null Diskussionen eingelassen.

Als wir aus dem Flieger steigen, bewegt er sich wie ein alter Mann, aber ich schweige dazu und lächle ihn nur liebevoll an, während mein Herz erneut zeigt, wie zerbrechlich es ist.

So langsam habe ich es aufgegeben, jede Situation, in der es vor Liebe und Leid bricht, für mich zu vergegenwärtigen. Auch das täte schlicht zu weh.

Wir erreichen am späten Nachmittag den Lausitzring und dürfen nach den üblichen Kontrollen zur Boxengasse fahren.

Jojo und Mandy begrüßen uns mit lautem Hallo und erkundigen sich wortreich bei Allen nach seinem Befinden.

Ich gehe nach der Begrüßung wie üblich gleich weiter, um mit unserem Mechaniker zu sprechen und mich umzuziehen.

~*~

Die ersten Testrunden laufen gut, die neuen Umbauten, die meine Beschleunigung weiter verbessern sollen, arbeiten einwandfrei, und ich kann mich auf das Wesentliche konzentrieren.

Nämlich darauf, bei den Testrunden nicht zu schnell zu werden.

Es wäre absolut kontraproduktiv, meinem größten Konkurrenten Dustin Franklin zu zeigen, wie schnell ich bin.

Das hebe ich mir lieber fürs Zeittraining auf, damit ich einen kleinen Vorteil habe.

Immerhin muss ich alle drei noch anstehenden Rennen gewinnen, wenn ich den diesjährigen Meistertitel der IDM haben will.

Er wäre ein Ticket in den Grand-Prix, die Königsklasse meiner Disziplin. Es würde mir wahnsinnig gut gefallen, im MotoGP mitzufahren.

Das ganze Jahr über rund um die Welt, genauso wie die Formel-1-Fahrerteams!

Ich bremse meinen geistigen Höhenflug und konzentriere mich besser wieder auf das anstehende Rennwochenende.

Und natürlich auf meinen Freund, der mir wirklich nicht gut gefällt.

~*~

Bis zum Samstagabend verändert sich an Allens Haltung mir gegenüber nichts.

Er hat eine seltsame Gratwanderung zwischen Körperkontakt und Abstinenz vollführt, die mehr und mehr Fragen meinerseits aufwirft.

Ich weiß nur nicht, wie ich sie stellen soll, weil in mir einfach eine zu hohe Hemmschwelle existiert, Allen die Meinung zu geigen.

Das würde ich unter normalen Umständen längst tun!

Sein Verhalten hilft mir nicht gerade bei der Konzentration auf den nötigen Sieg, aber das ist nicht seine Schuld.

Alles liegt an dieser beschissenen Entführung.

Wir haben eben das Dinner mit Jojo und den anderen beendet und sind auf dem Weg zu unserem Zimmer.

„Wie geht es dir?", frage ich, weil ich zwischenzeitlich große Schwierigkeiten habe, seinen Gemütszustand einzuschätzen.

Eben am Tisch haben wir mit dem Team herumgeblödelt, ernste Gespräche geführt und einfach eine gute Zeit gehabt, aber jetzt wirkt Allen seltsam angespannt.

„Hm?" Er wendet mir den Kopf zu.

„Ich fragte, wie es dir geht, Allen", wiederhole ich.

Seine Antwort ist ein tiefes Seufzen. „Es geht mir gut, mach dir keine Gedanken."

Auch wenn er das noch tausendmal wiederholt, glaube ich ihm nicht. Mein skeptischer Blick trifft ihn, aber ich verkneife es mir, eine Diskussion anzuzetteln.

Wie gern hätte ich ihn zurück, den dominanten Kerl, der mich in den Wahnsinn reiner Lust treiben kann.

Den Mann, der immer souverän ist, vor allem, wenn es darum geht, seine Freunde und Liebsten zu beschützen.

Ich seufze stumm und trete aus dem Aufzug auf den Flur, an welchem auch unser Zimmer liegt.

Wie soll ich Allen nur dazu bringen, wieder in sein altes Verhaltensmuster zu verfallen?

Ich meine, ich mag seine Kuschelwut, seinen Drang danach, mir nahe sein zu wollen, aber zwischenzeitlich engt mich ebendieses Verhalten von ihm auch sehr ein.

Kaum sind wir im Zimmer, drehe ich mich zu ihm um und lehne mich an ihn, bis er an die geschlossene Tür stößt.

Sein erstickter Laut klingt überrascht und ich lächle in den tiefen Kuss, den ich mir stehle.

Meine Hände machen sich augenblicklich selbständig – ich will ihn!

Jetzt! Sofort!

Zunächst scheint es, als hätte er nichts gegen meinen stürmischen Überfall, doch als ich meine Hände unter sein Hemd schieben will, damit sie endlich-endlich mal wieder seine Haut spüren können, ergreift er meine Handgelenke und sieht mich ernst an.

„Ryan, was tust du?"

Ich blinzle. „Ist das nicht offensichtlich?", frage ich und reibe meinen längst stehenden Schwanz an seinem Körper.

„Das geht nicht!", fährt er mich an und dreht sich weg. Allen hält mich auf Abstand und lässt meine Unterarme erst los, als er ganz außer Reichweite ist.

„Wieso nicht?", frage ich leise und fühle mich, als hätte er mich hart geschlagen.

Ich höre seine sich entfernenden Schritte und das nachdrückliche Schließen der Badezimmertür.

Resigniert lasse ich die Schultern sinken und fühle mich elend.

War ich zu forsch? Habe ich ihn so sehr überfallen?

Gefällt ihm meine Initiative nicht?

Muss ich warten, bis er von sich aus auf mich zukommt?

Ich hasse diese Fragen, denn sie zeigen mir, wie unsicher mich die gesamte Situation unserer Beziehung macht.

Das eben war nicht mein erster Versuch, aber doch der bislang deutlichste.

Ich bin absolut nicht ausgeglichen, komme nur noch mühevoll gegen meine durcheinandergeratenen Hormone an.

Wieso merkt er das denn nicht?

Er sollte doch sehr genau wissen, wie heiß er mich mit seiner bloßen Anwesenheit schon macht!

Immerhin hat er vor der Entführung stets sehr genau gewusst, was in mir tobt.

Ich atme tief durch und trete an das große Fenster des Hotelzimmers. Mit fahrigen Bewegungen öffne ich die Balkontür und gehe ins Freie.

Ich brauche frische Luft!

Einen klaren Kopf und am besten auch möglichst schnell eintretende Impotenz!

Die kalte Nachtluft ist feucht und erdet mich, als ich an das metallene Geländer trete.

Vielleicht sollte ich meine Libido nicht über Allens offensichtliches Trauma stellen, aber es wird immer schwieriger, den Fokus darauf zu behalten.

Da kann ich mir fünfmal am Tag einen runterholen, die Hormone – mein ganzer Leib! – schreien nach Allen und dessen Berührungen!

Gequält wimmere ich und blicke nach unten.

Wenn das so weitergeht, werde ich irgendwann durchdrehen.

Tagtäglich habe ich kaum genug Raum zum Atmen, muss für die heimlichen, sexuellen Eskapaden mit meiner Hand sogar aufs Klo rennen, damit Allen es nicht mitbekommt.

Die einzige Zeit, in der er nicht auf Tuchfühlung geht, ist die, die ich auf dem Motorrad verbringe!

Scheiße, das alles macht mich wirklich wahnsinnig!

Ich beginne zu zittern, aber das ist mir egal. Auch wenn meine Erektion durch Allens hastige Abfuhr längst verschwunden ist, tobt der Krieg in meinem Inneren weiter und ich brauche die Abkühlung.

Das schlechte Gewissen holt mich ein.

Ich bin nicht so egoistisch, wie meine Libido es mir diktieren will, aber ich bin eben auch nicht unbegrenzt selbstlos und kann mich gegen das, was mein Körper verlangt, nur bedingt wehren.

Es ist ja nicht so, als wollte ich unsere Beziehung auf Sex oder Spiele reduzieren!

Natürlich bin ich mir darüber im Klaren, dass es Wichtigeres gibt. Das zeigen mir schließlich auch meine regen Alpträume immer wieder.

Ein weiterer Schauder durchläuft mich – ob diese fiesen Visionen jemals wieder verschwinden werden?

Ich weiß, dass sie im Vergleich zu dem, was Allen durchleiden muss, sehr harmlos sind, aber das beruhigt weder meinen Herzschlag, wenn ich hochschrecke, noch mildert es meine Sorge um ihn.

Ich habe wirklich versucht, mit ihm zu sprechen, aber vielleicht muss ich dabei einfach hartnäckiger sein?

Ich wende mich mit einem Ruck vom Geländer ab und bleibe erschrocken stehen, weil Allens riesige Gestalt in der Balkontür steht.

Unsere Blicke treffen sich und ich fühle mich hin- und hergerissen wie nie zuvor.

Einerseits will ich mich in seine Arme werfen und heulen, weil das Leben so Scheiße zu uns ist, andererseits will ich ihn anschreien, dass er mich endlich an seinem Leid teilhaben lassen muss, damit er eine Chance hat, es zu verarbeiten.

Da ich einfach nicht weiß, wozu ich mich entschließen soll, bleibe ich stehen und warte ab.

„Es ist zu kalt, du solltest hereinkommen." Ich liebe seine Stimme, seine Fürsorge, seine daraus sprechende Liebe, aber ich kann nicht!

Anstatt auf ihn zuzugehen, weiche ich einen Schritt rückwärts.

Ganz so, als hätte ich Angst vor ihm.

Ein Schritt reicht nicht, doch der nächste endet abrupt damit, dass die Reling des Geländers in meine Nieren drückt.

Ich schnappe nach Luft und wende mich halb um, im nächsten Augenblick ist Allen bei mir.

Zieht mich fest an sich und murmelt irgendetwas.

Ich verstehe kein Wort, zu viel Rauschen in meinem Kopf.

„Ryan?"

Endlich höre ich ihn und blicke unverwandt zu ihm hoch.

„Ja?"

„Habe ich dich so erschreckt?", fragt er leise und seine Hände streichen über meinen Rücken.

Auch wenn ich es nicht will, springen meine Lenden sofort wieder auf die körperliche Nähe an.

Verflucht noch mal!

„Ich war in Gedanken, es lag nicht so sehr an dir."

„Hm", macht er nur.

Tja, er glaubt mir nicht. Vielleicht hat er sein Einfühlungsvermögen nur in Bezug auf eine Sache verloren?

„Es ist alles okay", versichere ich und versuche, Abstand zu gewinnen.

Schwierig, weil er es nicht will. „Bitte lass mich los, ja?"

Auf eine solche Bitte hin hat er bisher immer sofort reagiert, diesmal nicht.

Anstatt mich freizugeben, zieht er mich noch dichter an sich. „Es tut mir leid, Ryan."

„Was denn?"

Eine Antwort bleibt er schuldig und seufzt tief.

Was soll ich mir daraus zurechtstricken? Wie soll ich kapieren, was er meint?

Frustration und Unverständnis sind keine guten Helfer, wenn es um ein wichtiges Gespräch geht. Allerdings hege ich Zweifel, dass Allen überhaupt dazu bereit wäre, wirklich zu reden.

Trotzdem kann ich nicht anders und versuche es zum vermutlich tausendsten Mal.

„Was tut dir leid, Allen? Wieso redest du nicht mit mir?"

„Mir war nicht bewusst, dass ich dich anschweige. Ich rede doch mit dir."

Ein wütendes, hilfloses Schnauben entkommt mir.

„Klar doch!", meckere ich. „Dann erklär mir, wieso du dauernd an mir klebst, aber ich dich nicht mehr anfassen darf!"

Scheiße, ich muss ruhiger werden. Wenn ich so offensichtlich wütend bin, wird er mich entweder abwimmeln oder sofort dichtmachen.

Beides nutzt nichts.

„Wer sagt, dass du mich nicht anfassen darfst?", will er wissen. Im Gegensatz zu mir ist er ganz entspannt, zumindest klingt seine Stimme so.

„Bitte lass mich los, Allen", wiederhole ich meinen Wunsch und diesmal tut er es, wenn auch zögernd.

„Danke", sage ich und sehe ihn an. „Können wir reingehen und reden? Wir müssen echt dringend ein paar Dinge klären."

Sein Nicken wirkt zäh, aber ich freue mich zu sehr darüber, dass er endlich ein wenig Bereitschaft zeigt.

Während Allen bereits in Trainingshose und Shirt in die Wohnzimmerecke des Zimmers geht, ziehe ich mich ebenfalls um. Anschließend sitzen wir bei einem Glas Mineralwasser auf dem Sofa und haben uns wieder einander zugewandt.

„Also? Worüber willst du reden?" Allen mustert mich aufmerksam und interessiert. Irgendwie zweifle ich gerade an mir.

Er ist wieder so ernst und ruhig wie ganz zu Anfang, in dem Park, an dem Tag, an dem wir uns kennengelernt haben.

Ich muss mehrfach blinzeln und sortiere meine Gedanken, damit ich nicht undiplomatisch mit der Tür ins Haus falle.

„Über uns", sage ich schließlich. „Es wird Zeit, dass wir über uns und unsere Beziehung reden."

Er nickt und schweigt.

Na toll, dann muss ich wohl …

„Ich liebe dich, das weißt du. Ich schätze, das ist auch der Grund, wieso ich mir Sorgen mache."

„Worüber denn?"

„Ich habe den Eindruck, ich bin nicht mehr dein Partner, sondern eine Art ... Plüschtier, das du bewachen und kuscheln willst."

„Und das ist in deinen Augen falsch?"

Ich schnaube leise. „Das hast du nicht ernsthaft gefragt, oder? Allen, ich bin ein erwachsener Mann! Ich habe Gefühle, einen eigenen Willen und auch eine gewisse Vorstellung davon, wie unsere Beziehung sein sollte."

Da er weiterhin schweigt, spreche ich weiter. Kommt mir auch ganz gelegen so.

„Bitte versteh mich nicht falsch, ich weiß, dass du an der Sache noch zu knabbern hast und dass es dir schwerfällt, wieder in einen gewissen Alltag zu kommen, aber ich weiß eben auch nicht, wie ich dir helfen soll, um das zu überwinden, verstehst du? Ich will es! Ich will ... meinen Allen zurück."

Den letzten Satz murmele ich nur noch und sehe auf meine Hände, die auf meinem angewinkelten Bein liegen.

„Ich bin doch hier", erwidert er.

Ich schüttle den Kopf. „Du warst immer offen und ehrlich, hast mich teilhaben lassen an dem, was dich bewegt. In den vergangenen Monaten habe ich dich verdammt gut kennengelernt, vergisst du das gerade?"

„Und was soll ich deiner Meinung nach tun?" Sein Ton ist nicht mehr so ruhig, offensichtlich versteht er meine geäußerten Gedanken als Angriffe oder Vorwürfe.

Ich ringe hilflos die Hände und sehe ihn an. „Ich kann und will dir nicht vorschreiben, was du tun sollst, das weißt du auch sehr genau, oder? Ich wünschte nur, du könntest mit mir reden."

„Worüber denn?"

Seine Frage will mich umgehend auf die nächste Palme treiben. Ich muss scharf durchatmen, um ihn nicht wütend anzuschnauzen.

Ich zähle gedanklich bis fünf, bevor ich antworte.

„Über die Entführung und das, was er dir angetan hat, Allen."

Er zögert, ich habe schon Sorge, dass er einfach aufsteht und geht, doch schließlich spricht er.

„Du weißt doch, was passiert ist. Ich will darüber nicht reden. Es ist abgehakt."

„Das kann ich gut verstehen. Aber wenn es abgehakt ist, wieso schläfst du dann nicht mehr nackt? Wieso schläfst du nicht mit mir? Ich meine, hast du noch Schmerzen? Dann verstehe ich das! Aber du sagst ständig, dass es dir gutgeht, deshalb kapiere ich nicht ...!"

Ich breche ab und sinke gegen die Lehne des Sofas.

Wie soll ich ihm das denn erklären?!

„Es tut mir leid, Ryan."

Mein Blick schießt zu ihm rüber. „Was tut dir leid?"

„Dass du dir Sorgen machst. Es geht mir wirklich gut. Ich habe auch keine Schmerzen."

„Aber?"

„Aber ich kann das nicht."

„Was kannst du nicht?"

Er seufzt tief und sieht mich geradeaus an. „Mit dir schlafen."

Ich nicke. „Ist okay. Ich meine, ich bin der Letzte, der unsere Beziehung auf Sex reduziert, verstehst du? Ich kriege nur nicht in meinen Kopf, wieso du mir gegenüber einerseits so distanziert bist und andererseits an mir klebst."

„Ich will dich nicht einengen."

„Ich weiß! Ich genieße es doch, wenn du auf mich aufpasst und bei mir bist. Ist ja nicht grad so, als würde mich das irgendwie belasten. Was mich belastet, ist die ... Inkonsequenz in deinem Verhalten." Ich hebe die Schultern und lasse sie sinken. „Ich war von Anfang an geil auf dich ..."

Er lächelt angedeutet. „Ich werde versuchen, daran zu arbeiten, in Ordnung?"

„Ja, das ist lieb. Aber noch lieber wäre es, du würdest mich daran teilhaben lassen, damit ich dir helfen kann. Ich bin hier und ich höre dir immer zu, auch wenn du schweigen willst."

Er rutscht dichter und zieht mich an sich, bis ich auf seinem Schoß sitze. „Ich liebe dich, Ryan."

„Ich dich auch, Allen."

Ein paar Minuten später liegen wir im Bett, weil ich den Schlaf dringend brauche.

Irgendwie habe ich das schale Gefühl, dass wir uns das Gespräch hätten sparen können.

~ Bitteres Mindset ~

Vier Wochen.

So lange ist der Überfall nun her, aber eine Besserung in Allens Verhalten bemerke ich nicht.

Letzte Woche hat Michael mit ihm gesprochen, aber auch das hat nichts verändert.

Allen braucht eine Therapie, zumindest aber ein paar Gespräche mit einem Profi, das wissen alle. Nur er selbst ignoriert es.

Das alles nagt an mir, und zwar ganz sicher nicht nur, weil ich sexuell unausgeglichen bin.

Ich lache hart auf. Als ob das noch eine Rolle spielen könnte!

Irgendwie nagt momentan einfach alles an unserer Beziehung.

Allen geht immer mehr auf Abstand und ich weiß nicht, wieso.

Zwischenzeitlich bin ich versucht, ihm die Trennung anzubieten, so ungern ich selbst sie auch will.

In Wahrheit will ich ihn!

Egal wie, egal wann. Einfach ihn!

Trotzdem scheint er das sexuelle Interesse an mir schlichtweg verloren zu haben.

Mag sein, dass er es insgesamt eingebüßt hat, aber das macht wohl kaum einen Unterschied, denn betreffen kann es nur ihn und mich.

Alles andere wird dagegen immer verrückter.

Ich darf quasi nirgendwo mehr allein hin.

Allen ist stets bei mir und wacht über mich wie ein Bodyguard, sofern er nicht im Club zu tun hat. Mehrmals die Woche ist er stundenweise dort und ich vermeide es tunlichst, mitzugehen.

Heute ist Montag und am Wochenende steht das vorletzte Rennen der Saison an.

Ich habe den Entschluss gefasst, meinen Freund nicht mitzunehmen. Ich brauche etwas mehr Freiraum.

Das muss ich ihm nur noch irgendwie beibringen ...

Momentan habe ich eine gute Stunde Ruhe, weil Allen im Club irgendetwas klären muss.

Oftmals bin ich selbst unterwegs, wenn er dorthin geht. Zum Training oder zur Bandprobe, beim Friseur oder Arzt. Jedenfalls ist heute der erste Tag, an dem ich wirklich allein zuhause bin.

Deshalb nutze ich die Zeit, um mir ausnahmsweise nicht zwischen Tür und Angel einen runterzuholen.

Ich knie bequem auf dem Bett und lasse mein Kopfkino für mich arbeiten.

Ist dringend.

Wenn er sich weigert, mich zu ficken, dann will ich mir wenigstens vorstellen, dass er es tut.

Um möglichst nah an das heranzukommen, was wir sonst gemeinsam tun, habe ich mir sogar die Augen verbunden und einen Vibrator herausgekramt, den ich ewig nicht benutzt habe.

Mein Mindset hilft mir dabei, und ich versinke vollkommen in meinen Vorstellungen.

Keuchend liege ich mit dem Kopf in den Laken und ficke mich mit dem Ding.

Ich kann dabei nicht leise sein und feuere meinen imaginären Allen an, mich hart und heftig zu nehmen.

Wimmernd, stöhnend und vollkommen gefangen in meinem Kopfraum lasse ich mich gehen und komme ziemlich heftig.

Ich bin erledigt, strecke meine Beine aus und liege bäuchlings auf dem Bett, ohne den Vibrator aus mir herauszuziehen.

Ich will mir einbilden, dass Allens Gewicht mich in die Matratze drückt und er so lange es geht in mir bleibt. Will seinen verschwitzten Körper in meinem Rücken spüren und mich von ihm einwickeln lassen.

So warm, so gut.

Nur nicht real.

Ich atme kieksend ein und begreife, dass ich aus dem Mindset gefallen bin.

Schal, leer, bitter und unbedeutend ist das, was ich gerade getan habe.

Da ist kein Allen, der mir zeigt, wie befriedigend Sex sein kann, wie tiefgehend es ist, sich hinzugeben.

Da ist kein Allen, der mich fest in seine Arme zieht und mir in der matten, zerbrechlichen Phase nach dem Akt die dringend benötigte Sicherheit und seinen Schutz gewährt.

Ein Schluchzen dringt aus meiner Kehle und ich rolle mich zusammen.

Der Vibrator rutscht heraus, ich umklammere das Kopfkissen, als müsste ich mich an irgendetwas festhalten.

Warum ist mein Leben eigentlich so Scheiße, wenn es doch so gut sein könnte?

Die Einsamkeit ist so allumfassend, dass ich darin zu ertrinken drohe.

Endlose, bleischwere Traurigkeit überlagert alles, noch viel schlimmer als jemals zuvor.

Ich habe keine Ahnung, wie lange ich heulend daliege, bis sich die Matratze neben mir absenkt und eine Hand auf meine nackte Schulter gelegt wird.

„Ryan? Was ist passiert?"

Allen!

Allens besorgte Stimme, seine bange Frage – ich ertrage nichts davon und wimmere bloß hilflos.

Er hat sicher längst gesehen, was ich getan habe.

Wie muss er sich damit fühlen?

Mein Verhalten führt ihm doch glasklar vor Augen, wie unfähig er zurzeit ist, wenn es darum geht, mich zu befriedigen. Mir zu geben, was ich so dringend brauche.

Viel mehr als der Sex fehlen mir die Spiele, die totale Aufgabe meines Selbst.

Aber das weiß er. Ich bin mir sicher, dass er alles weiß.

Und nun habe ich ihm gezeigt, dass ich ohne ihn spiele, ohne ihn komme und seinen Part dabei durch einen blöden, vibrierenden Plastikschwanz ersetze.

Er zieht mich an seine Brust und nimmt mir die Augenbinde ab.

Wieder wimmere ich, weil ich das nicht will.

Aber ich habe wohl kein Recht dazu, jetzt irgendetwas zu wollen, nicht wahr?

„Scht", macht er und streicht mir das wirre Haar aus dem Gesicht.

Ich spüre seinen warmen Atem auf meinen nassgeheulten Wangen, Sekunden später seine Lippen auf meinen.

„Ich bin hier, Ryan. Bitte rede mit mir", murmelt er nach einem weichen Kuss.

Ich öffne mühsam die Augen und schlucke. Eigentlich will ich von ihm weg.

Ich schäme mich!

Wie konnte ich das tun und dann auch noch hier liegenbleiben, damit er mich findet?

Auch wenn ich Abstand will, schaffe ich es nicht, mich von ihm zu befreien.

„Tut mir leid."

„Was denn?" Seine Stimme ist so weich, dass ich an meinem Verstand zweifeln will.

Verwirrt blicke ich nun doch zu ihm hoch und versuche, in seinen Augen oder seiner Mimik zu lesen.

Ich bleibe eine Antwort schuldig. Was soll ich auch sagen?

„Wieso hast du geweint?", fragt er sanft.

So sanft, dass ich schreien will.

Ich habe echte Scheiße gebaut, und er ist die Ruhe selbst!

Meine Brauen ziehen sich kraus, trotzdem antworte ich nicht.

Wieder weiß ich nicht, was ich sagen soll.

Ohne weitere Fragen zu stellen, zieht er mich dichter an sich, bis ich nackt, wie ich bin, auf seinem Schoß sitze und an seiner Brust lehne.

Die Zeit spielt keine Rolle mehr, ich hänge meinem schlechten Gewissen nach und schäme mich von Sekunde zu Sekunde mehr. Trotzdem bringe ich nicht die Energie auf, mich von ihm zu lösen und mich anzuziehen.

Ich weiß doch, dass er es nicht mehr mag, wenn ich nackt bin.

Schließlich habe ich oft genug versucht, ihn zu ein paar harmlosen Zärtlichkeiten zu animieren.

Nach wie vor duldet er nicht einmal, dass ich meine Hand unter sein Shirt schiebe.

Ich bin so leer, alles, was ich spüre, hinterlässt einen dumpfen Nachhall in meinem Körper.

Bin nur noch eine Hülle, die vorhin versucht hat, wieder vollständig zu sein, wenigstens gedanklich.

Leider hat das nicht geklappt, und nun tröstet Allen mich?

Ich kann das nicht begreifen.

Aber ein leises Ziehen in mir sagt mir, dass dieses Verhalten von ihm eine vage Erinnerung wecken könnte.

„Es tut mir so leid, Allen", bringe ich irgendwann heraus.

„Dir muss nichts leidtun."

„Nicht?"

Er schüttelt den Kopf und lächelt.

Wie lange hat er nicht mehr so echt gelächelt?

Ich erwidere es unwillkürlich und eine weitere Erinnerung kehrt zurück.

„Wieso nicht? Ich hab Scheiße gebaut."

„Hast du? Wie kommst du darauf?"

Ich schnaube leise. „Ich habe es nicht mehr ausgehalten. Du fehlst mir so sehr, Allen! Ich kann nicht noch länger ohne dich sein, und weil du mich nicht mehr willst, musste ich eben das hier versuchen."

Meine Worte sind gewispert, überschlagen sich fast, so schnell bringe ich sie hervor.

Er drückt mich fester an sich, seine Hand streicht über meinen Rücken.

„Es hat dich nicht so befriedigt, wie du es dir gewünscht hast", stellt er leise fest und klingt so verständnisvoll, dass ich zusammenzucke.

Ich nicke schwach. „Geschieht mir wohl recht."

„Das tut es nicht. Ryan, hör mir zu." Er atmet tief durch und seine Nase streicht durch mein Haar, während er weiterspricht. „Die vergangenen Wochen waren offensichtlich nicht leicht für dich, und das ist meine Schuld. Du hast es mir gesagt, aber ich habe es nicht ernst genug genommen. Das tut mir sehr leid."

Ich blinzle vor mich hin und hebe den Kopf, um ihn anzusehen. Bevor ich etwas sagen kann, setzt er fort.

„Ich habe nicht gesehen, wie sehr du wirklich leidest."

Ein Keuchen entkommt mir. „Du leidest doch viel mehr als ich!"

Er ignoriert meinen Einwand. „Was würde dir helfen? Ein Spiel?"

Ich schüttle sofort den Kopf.

Wenn er es tun will, weil ich wie ein Vollidiot heulend im Bett gelegen habe, den Vibrator noch neben mir, dann will ich es nicht.

Täusche ich mich, oder atmet er erleichtert auf?

„Was dann?", fragt er, und ich spüre erschrocken, wie seine Hand um meine Hüfte zu meinem Hintern gleitet.

Angespannt warte ich ab.

Wie sollte und dürfte ich darauf auch reagieren?

Ich habe Zweifel, dass er mir heute, ausgerechnet jetzt, erlauben könnte, ihn zu berühren.

Seine Finger streifen in meine Spalte, berühren meinen Eingang, der noch vom Gleitgel kleben dürfte.

Augenblicklich verspanne ich mich, und die Scham kommt mit doppelter Gewalt zurück.

Sein fragender Blick trifft mich.

Klar, er merkt, dass ich gerade kein bisschen weich und nachgiebig bin.

Wie sollte ich das auch sein?

Er schiebt mich sacht von seinem Schoß zurück aufs Bett und mustert mich nachdenklich.

Ich bin versucht, die Decke über mich zu ziehen und ihn zu fragen, was ihm gerade durch den Kopf geht, aber ich lasse beides.

Mein Blick fällt auf den Vibrator. Ich muss ihn noch saubermachen und wieder wegräumen.

Bevor ich danach greifen und vom Bett klettern kann, ist Allen über mir.

Er stützt sich zu meinen Seiten ab und küsst mich.

Nach wenigen Augenblicken reagiere ich auf seine lockende Zunge und lasse ihn ein.

Ich seufze in den Kuss und traue mich doch nicht, meinen Freund anzufassen.

Er lässt sich neben mich gleiten und zieht mich an sich.

Was soll ich tun?!

Darf ich was tun?

Seine Hände verschwinden kurzfristig von meinen Seiten und er rollt sich auf den Rücken, Augenblicke später hat er seine Hose geöffnet und seinen Schwanz befreit.

Unwillkürlich lecke ich mir über die Lippen bei diesem herrlichen Anblick.

Wie lange durfte ich nicht ...?

Auch jetzt werde ich nicht dürfen – ernüchternder Gedanke.

Die Anspannung lässt nicht nach. Ich bin auf der Hut, als könnte ich jede Sekunde eine Grenze überschreiten, die ich unangetastet lassen sollte.

Allen schiebt seine Hände wieder um meine Taille und zieht mich auf sich.

Ich stöhne laut, als mein Schwanz seinen berührt.

Noch bin ich nicht steif, viel zu groß ist meine Angst, etwas falsch zu machen.

Die Berührung seines harten, nackten Schwanzes ändert zumindest das.

Langsam fluten sich meine Lenden wieder und ich seufze leise in seinen tiefen Kuss.

Wir sprechen nicht.

Kein einziges Wort.

Tief drinnen erinnere ich mich daran, dass Allen Taten statt Worten bevorzugt, wenn er mich von irgendetwas überzeugen will.

Vielleicht gelingt ihm das. Ich weiß es nicht, immerhin muss er diese massive Angst in mir überwinden.

Irgendwann liege ich wieder unter ihm. Allen kniet sich hin, um sein Shirt abzustreifen, seine Hosen behält er an.

Sobald er mich wieder umfangen hat, rollen wir herum und er liegt unter mir.

Er ergreift meine Hände und legt sie auf seine Brust.

Mein Blick huscht zu seinen Augen, fragend, erwartungsvoll.

Er nickt ganz leicht.

Ein Teil der Anspannung verlässt mich, und ich genieße es, ihn endlich wieder streicheln zu dürften.

Meine Fingerspitzen kribbeln, so sehr fasziniert mich das lange nicht gespürte Gefühl seiner warmen Haut.

Ich stütze mich ab und lasse meine Beine zu seinen Seiten hinabrutschen. Es kommt einem Reflex gleich, dass ich die Schenkel für ihn öffne.

Allens Hände streichen über meinen Rücken, seine Finger graben sich tief in meinen Arsch, ziehen die Backen fordernd, aber sanft weiter auseinander.

Ich stöhne laut und winkle die Beine an, um zwischen uns greifen zu können.

Ich will und muss seinen Schwanz berühren, ihn in die Hand nehmen, die samtige Haut und die dicken, pulsierenden Adern ertasten.

Er stöhnt und bäumt sich auf, drängt sich in meine Hand.

Wieder lässt ein Teil meiner Anspannung nach.

Ich lecke mir über die Lippen, sauge seinen Duft in mich ein, schließe genießend die Augen und spüre einfach allem nach.

Den Kopf geneigt beuge ich mich zu ihm, um ihn erneut zu küssen, biete ihm damit mehr Gelegenheit, mich zu streicheln und seine Finger über meinen Eingang gleiten zu lassen.

Mittlerweile bin ich entspannter, weicher. Ganz sicher merkt er das und ich hoffe, er versteht es richtig.

Ich habe Angst, zu viel Initiative zu zeigen, schließlich will ich nicht, dass wir das hier unterbrechen oder gar beenden.

Ich will ihn, an mir, in mir, mit jeder Faser meines Seins.

Noch immer spricht keiner. Jedes Geräusch, das über unsere Lippen kommt, ist unartikuliert und leise.

Auffordernd senke ich meinen Hintern ab, sobald ich Allens Schwanz dorthin dirigiert habe.

Ich lasse seine Eichel zwischen seinen Fingern hindurch in meine Spalte gleiten und seufze sehnsüchtig.

Wie gern will ich ihn in mir spüren, mich ihm hingeben, ihm gehören!

Mein fragender Blick bleibt auf seinen Augen, während meine Lippen zum ersten Mal seit langem in positiver Anspannung zittern.

Wird er eindringen?

Seine Hände gleiten über meine schweißfeuchte Haut an meinen Seiten hinauf und wieder hinab zu meinem Arsch.

Als er sein Becken kippt und mich an der Hüfte umfasst, dringt seine Eichel langsam, mit gleichbleibendem Druck in mich ein.

Das Gefühl raubt mir augenblicklich den Atem.

Ich schreie heiser auf, will mich näher an ihn drängen, ihn tiefer in mir spüren.

Er hält mich fest, ich habe keine Chance, seine Eroberung zu beschleunigen.

Wimmernd ergebe ich mich, überlasse es ihm.

Allens Blick ist flackernd, gleitet immer wieder zwischen uns hinab, wieder zu meinen Augen.

Ich nicke leicht und sehe ihn flehentlich an.

Bitte, bitte, tu es! Zeig mir, wem ich gehöre, gib mir, was ich so dringend brauche!

Ich denke es nur, aber er versteht mich, glaube ich.

Langsam dringt er weiter in mich, während ich dem ungewohnten, so köstlichen Druck in mir nachspüre.

Ich liebe es, wenn er das tut, habe es vermisst und so sehr ersehnt!

Seine Hände dirigieren mich näher zu ihm, er gleitet tiefer, bis ich ihn vollständig in mich aufgenommen habe.

Sobald es so weit ist, lege ich mich auf seine Brust und klammere mich an ihn.

Was immer ab jetzt passiert, ich will keinen Einfluss darauf haben.

Ich lege meine Lippen an seinen Hals, ganz dicht unter Allens Ohr und küsse ihn darauf.

Er bewegt sich lange Zeit nicht in mir, lässt aber seine Fingerspitzen in sanften, streichelnden Bewegungen über meine Haut gleiten.

Jede dieser Berührungen zeigt mir, wie sehr er mich liebt, und auch, wie unsicher er noch immer ist.

„Ich liebe dich", flüstere ich in sein Ohr.

Er reagiert mit einem Schauder, der mich ebenso durchläuft.

Seine Hand gleitet in meinen Nacken und er dreht den Kopf, um mich zu küssen. Tief und leidenschaftlich.

Ich genieße jeden Zungenschlag, das Pulsieren unseres Blutes, den Rausch, in den mich alles treibt.

Obwohl ich mich ihm bedingungslos hingebe, ihm alles erlaube, tauche ich nicht in meinem Kopfraum ab.

Ich bin hier, genau jetzt, mit ihm.

„Ich liebe dich auch, Ryan."

Seine Worte rieseln durch meinen Körper, und ich wimmere vor Lust, weil er sich in mir bewegt.

Ganz langsam, sehr sacht.

Nichts an diesem Akt ist schnell oder wild, erst recht nicht hart oder von jenem lockenden Schmerz begleitet, den ich sonst so sehr mag.

Es ist, als wäre jede schnelle Bewegung ein Frevel an dem, was wir teilen.

Verrückt, aber so perfekt.

Allen nimmt mich, mit bedächtigen Stößen, die man nur schwerlich überhaupt als solche bezeichnen kann.

Ich vergesse auf halber Strecke meinen Namen, sogar das Atmen.

Er weiß, dass ich allein ihm gehöre, dass er mich ohne jeden Zweifel besitzt.

Das hoffe ich zumindest.

Ein weiterer lustverhangener Blick in seine Augen versichert mir, dass er seine Bedenken ablegen konnte.

Das tiefe Blau lässt mich ertrinken und trägt mich gleichzeitig – bis ans Ende der Welt.

Mit jeder Bewegung in mir bringt er uns näher an den Himmel, den wir so oft gemeinsam erobert haben.

Ich weiß nicht, wie viele Stunden vergehen, bis ich mich zuckend und am Ende meiner Kräfte um ihn zusammenziehe.

Er schreit auf und hält mich fest, während er sich in mir verströmt.

Allein das Wissen um seinen Samen in mir lässt mich lächeln und atemlos nach seinen Lippen suchen.

Allen löst den Klammergriff um mich, zieht eine der Decken über uns und umarmt mich wieder.

Schlafen, das ist alles, was ich jetzt will.

Glücklicherweise geht es ihm genauso.

~*~

Irgendwann am späten Abend wache ich auf und sehe mich leicht orientierungslos um.

Es ist nicht ganz dunkel in meinem Schlafzimmer, deshalb kann ich den direkt neben mir liegenden Allen klar und deutlich erkennen.

Sofort kehrt die Erinnerung an unseren Sex zurück, und ich beginne zu lächeln.

Allen hat mit mir geschlafen!

Ich kuschle mich dichter an ihn und bemerke erstaunt, dass er die Hose, die er vor Stunden nur geöffnet, aber nicht ausgezogen hat, wohl doch noch losgeworden ist.

Plötzlich ist er nackt.

Ich schiebe meinen angewinkelten Oberschenkel über seine und brumme zufrieden.

Erst als er mich anspricht, kapiere ich, dass Allen ebenfalls wach ist.

„Hey Speedy", murmelt er zärtlich. „Hast du gut geschlafen?"

Ich nicke träge. „Ja, sehr! Danke."

Er bringt mich ein wenig auf Abstand und mustert mich. „Wofür hast du dich jetzt bedankt?"

Ich meide seinen Blick und schweige.

Was soll ich auch sagen? Dass ich ihm dankbar bin für den Sex? Wohl kaum, obwohl ich genau das bin!

„Für alles", sage ich schließlich ausweichend. „Hast du auch Hunger?"

„Ja, habe ich, aber es erscheint mir sinnvoller, dass wir zuerst reden, Ryan."

Ich schlucke hart.

Den Tonfall kenne ich, und er weckt zweierlei in mir. Einerseits freue ich mich darüber, dass er offenbar wieder bestimmender wird, andererseits fürchte ich diesen Tonfall auch, weil er in meiner jetzigen Stimmung für Unsicherheit sorgt.

Ich weiß einfach nicht, ob Allen sich gefangen hat, ob er wieder so sein wird, wie er in der Vergangenheit war.

Im Grunde habe ich starke Zweifel daran, dass er sich von jetzt auf gleich so verändert haben soll.

Ich nicke und stehe auf. „Wir können beim Kochen und Essen reden."

„Stimmt."

Zwanzig Minuten später stehen wir frisch geduscht und in Trainingshosen und Shirts gekleidet in der Küche.

„Nudeln mit Hackfleischsoße?", frage ich und ernte ein zustimmendes Brummen.

„Klingt gut, was soll ich machen?"

Wir kochen gemeinschaftlich und schmecken auch die Soße zusammen ab, bevor Allen den Tisch deckt und ich die Nudeln abschütte.

Erst als wir am Tisch sitzen, beginnt Allen zu reden.

„Guten Appetit!"

„Gleichfalls", wünsche ich.

„Gut, dann möchte ich dir jetzt etwas erklären."

„Und was?" Ich fange an zu essen.

„Die letzten Wochen waren ziemlich hart für uns beide, das habe ich nur nicht richtig begriffen. Es tut mir sehr leid, dass ich so auf mich selbst fixiert war."

Seine Worte machen mich sprachlos, ich höre sogar auf zu kauen und blicke ihn an.

„Ziemlich hart, ja. Aber wir wissen schließlich beide, wieso."

„Das ist wahr, aber das macht meinen Egoismus nicht besser. Ich gehe seit drei Wochen jeden Montag, Mittwoch und Donnerstag zu einer Therapie."

Vollkommen überrascht blinzle ich. „Was?!"

Er lächelt schief und nickt. „Ich wusste sofort, dass ich professionelle Hilfe brauchen würde, aber ich musste das mit mir selbst und allein ausmachen, verstehst du? Ich meine, es war wichtig für mich, dich mit meinem Trauma nicht zu belasten."

Ich schnaube leise. „Das ist eindeutig nach hinten losgegangen", murmele ich.

„Genau das tut mir so leid. Ich habe dir ziemlich unrecht getan und deine Sorgen und Nöte nicht ernst genug genommen. Unverzeihlich." Er klingt niedergeschlagen und schuldbewusst.

„Ich verstehe das doch. Aber vielleicht hättest du mir einfach sagen sollen, dass du an allem arbeitest, aber nicht drüber reden willst. Also mit mir."

„Ich dachte, es ist besser, irgendwann einfach wieder ich selbst zu sein, ohne dass unsere Beziehung in Mitleidenschaft gezogen wird." Er seufzt tief. „Leider habe ich einen wichtigen Aspekt dabei außer Acht gelassen."

„Welchen?", hake ich nach, weil ich nicht ganz sicher bin, wovon er spricht.

„Den Sex, die echte, liebevolle Nähe. Es fiel mir einfach zu schwer, dir auf diese Art nahe zu kommen, verstehst du? Es ist nicht so, als würde mich unser Sex an die Sache erinnern, aber ich habe große Schwierigkeiten, in meine natürliche Dominanz zurückzufinden. Ich will es! Alles andere wäre tatsächlich gegen meine Natur! Aber ich hatte und habe, sobald ich an eine Spielsituation mit dir denke, sofort vor Augen, was der Mistkerl mit mir getan hat."

„Aber das, was du mit mir machst, ist doch ganz anders!", echauffiere ich mich.

Allen nickt „Ja, natürlich, was wir tun, ist Lustgewinn, nicht Qual, aber die Vorstellung, dich zum Beispiel auf einen Fickbock zu schnallen, weckt schon üble Assoziationen in mir." Er schaudert sichtbar und ich lege mein Besteck weg, um aufzustehen und neben ihn zu treten.

Meine Hand legt sich auf seine breite Schulter und er sieht zu mir hoch.

Augenblicke später hat er seinen Stuhl abgerückt und zieht mich auf seinen Schoß.

„Ich liebe dich und ich liebe, was immer du mir an körperlicher Nähe gibst, Allen. Wenn du noch nicht wieder spielen kannst oder willst, ist das vollkommen in Ordnung für mich. Ich möchte nur, dass du mir das einfach sagst! Niemand verlangt von dir Details oder haarkleine Berichte über deine Qualen. Ich möchte nur wissen, wieso du bestimmte Dinge vermeidest, ohne es mir jedes Mal selbst zusammenreimen zu müssen."

„Du hast recht. Diese Ehrlichkeit hast du verdient. Ich liebe dich doch auch."

Mein Kopf neigt sich zu seinem und ich küsse ihn. „Der Sex vorhin war unbeschreiblich."

„Dann hast du dich wirklich dafür bedankt?!"

Ich nicke. „Ja, weil es der beste Sex seit langem war. Ruhig und weich und irgendwie endlos liebevoll. Vor allem, weil er so unerwartet kam. Immerhin hatte ich das nach meiner blöden Aktion wohl nicht verdient ..."

„Hey, die Tatsache, dass du so verzweifelt warst, muss ich allein mir ankreiden. Vor allem aber wohl, dass du hinterher in diese tiefe Depression gefallen bist." Er drückt mich an sich, seine Hände streicheln mich. „Vielleicht war es auch falsch, danach mit dir zu schlafen, aber ich hatte das Gefühl, dass dir das mehr hilft, als wenn wir stundenlang reden."

„Es war richtig, Allen", sage ich leise. „Du hast mir damit gezeigt, dass du mich doch noch willst und ich nicht nur noch ein Ding bin, das du wie einen kostbaren Besitz bewachen willst."

Er mustert mich traurig. „Es tut mir so leid, Ryan. Meine Kuschelwut und die Nähe, die ich dir gegeben habe, sollten das ersetzen, was nicht ging. Ich wollte dich damit nie objektifizieren oder herabwürdigen, verstehst du?"

„Ja, jetzt verstehe ich es. Endlich. Aber davon abgesehen möchte ich dir noch sagen, wie stolz ich auf dich bin, dass du diese Therapie machst. Ich hatte solche Angst, dass du alles verdrängst und der Scheiß unsere Beziehung zerstört."

„Ich hätte dich niemals aufgegeben", versichert er mir.

„Hm, ich hatte darüber nachgedacht, ob es für dich vielleicht besser wäre, wenn ich gehe", bekenne ich.

Er bringt mich ein wenig auf Abstand, um in meine Augen zu sehen. „Das wolltest du?"

„Nein, ich wollte nicht. Ich habe nur drüber nachgedacht, ob es dir helfen könnte. Ich hatte so oft den Eindruck, dass ich dich unter Druck setze mit meinen Versuchen, mehr als ein paar Küsse von dir zu bekommen."

Er schüttelt den Kopf leicht. „Ich bin ein ziemlicher Idiot, was? Aber ich verspreche dir, dass ich mich ab jetzt wieder besser um dich und deine Bedürfnisse kümmern werde."

„Ich bin okay." Ich lächle schief. „Jetzt weiß ich ja, wieso du so warst."

Ein weiterer langer Kuss beendet unser Gespräch.

Irgendwie ist alles gesagt, und ich staune, nachdem ich mich wieder auf meinen Platz gesetzt habe, noch einige Zeit darüber, dass

Allen offensichtlich vollkommen im Geheimen einen Therapeuten aufgesucht hat.

Nicht einmal Micha wusste davon, das soll schon etwas heißen, oder nicht?

~ Auf ganzer Linie ~

Die letzten zwei Rennwochenenden sind vorbei, der Herbst ist eingekehrt. Der Überfall auf Allen hat Mitte August stattgefunden, jetzt ist es Ende Oktober und ich bin amtierender Vizemeister der IDM-Supersport!

Den Titel habe ich verschenkt, weil ich im letzten Rennen einen echt blöden Fahrfehler gemacht habe.

Einzig Allens mittlerweile zurückgekehrte Ausgeglichenheit hat meinen Frust über meine eigene Blödheit gemildert, und unser Zusammenleben wird täglich besser.

Wir spielen noch nicht wieder, aber wir haben regelmäßig Sex und ich fühle mich sehr gut damit.

Nur weil ich weiß, dass ich durch die Spiele eine sehr extravagante und geniale Form von Befriedigung erfahren kann, bedeutet das schließlich nicht, dass ich ohne nicht mehr leben könnte.

Die innere Unruhe, die ich vor dem Treffen mit Allen jahrelang in mir herumgeschleppt habe, ist zum Teil wieder da, aber das macht nichts.

Eines Tages wird mein Freund wieder so dominant und überlegen handeln können – bis dahin bin ich gern bereit zu warten.

Ich weiß ja jetzt, dass der Überfall nicht die Folge hatte, Allen von mir wegzutreiben.

Ein Lächeln gleitet über mein Gesicht.

„Hey, träumst du schon wieder, Speedy?"

Ich blicke zu Allen auf dem Fahrersitz, wir sind auf dem Weg in unseren ersten gemeinsamen Urlaub an die holländische Küste.

Wann und für wie lange ich nach Neujahr nach Spanien muss, wird sich noch zeigen. Momentan laufen die ersten Verhandlungen zwischen meinem Manager Richard und zwei Teams aus der MotoGP-Serie.

Ob ich wirklich dort unterkommen kann, werden wir sehen, auf jeden Fall ist jetzt erst mal Freizeit und Erholung angesagt!

„Ich denke nur darüber nach, wie froh ich bin. Und wie viel Glück ich habe."

„Hast du?"

Ich grinse und lege meine Hand auf seinen Oberschenkel. „Ja, absolut, schließlich habe ich dich!"

„Dito! Ich bin eben ein Glückspilz, sagte ich doch schon mal."

Das lässt mich kichern. „Du bist verrückt, Lovelight!"

Er nickt übertrieben. „Nach dir, Ryan. Ich hoffe, ich habe in den kommenden zwei Wochen eine Gelegenheit, dir das näherzubringen."

Sein vielsagender Seitenblick weckt eine ganz bestimmte Sehnsucht in mir.

„Du wirst ziemlich improvisieren müssen."

„Meinst du? Also, ich weiß, was ich in die blaue Reisetasche gepackt habe ..." Sein Ton löst endgültig das aufgeregte Ziehen in meinem Inneren aus, das mich auf eine köstliche Art in die Vorfreude eines Spiels treibt.

„Du willst spielen, Sir Allen?", frage ich und schlucke schwer, weil ich mein Glück kaum fassen kann.

„Das will ich. Sofern du es auch willst."

Ich nicke umgehend. „Sehr gern, Allen."

Versonnen blicke ich aus dem Seitenfenster und freue mich.

Nicht auf das Spiel oder die geniale Erlösung und Entspannung, die dahinter schlummert, sondern einfach darüber, dass Allen es wieder für möglich hält, seine Veranlagung auszuleben.

Mit mir, an mir.

~*~

Das Wetter meint es gut mit uns – seit vier Tagen sind wir in unserem Ferienhaus an der See und genießen jede einzelne Minute.

Ich bin gerade erst aufgestanden und stehe unter der Dusche, als Allen zu mir tritt und mir etwas in die Hand drückt.

„Brauchst du Hilfe beim Anlegen?", fragt er, während ich den silbernen Peniskäfig in meinen Händen drehe.

Ich sehe zu ihm hoch und schüttle den Kopf. Vor der Entführung hat er mir das Ding bereits einmal angelegt. Ich schätze, das kriege ich auch allein hin. „Nein, ich denke nicht, Sir Allen."

Meine Anrede bringt mir ein wohlwollendes Grinsen ein. „Dann dusch zu Ende, sperr deinen Schwanz ein und zieh dich an. Wir gehen aus."

Ich schnaube leise. „Wir gehen aus?"

Er nickt. „Denkst du, dein erstes Spiel nach der langen Pause wird schnell gehen?"

Wenn er das so sagt, wohl nicht ...

Ich ziehe es vor, nichts mehr zu erwidern und tue, was immer er verlangt.

Klingt ja durchaus reizvoll, auch wenn ich nicht weiß, wie angenehm es ist, über den Käfig noch Jeans oder eine Lederhose zu ziehen.

Ich setze mich abgetrocknet und nackt aufs Bett und nehme den Käfig auseinander.

Er besteht aus drei Teilen. Einem Ring, einem Stück gebogenem Metallgitter und einer Spitze.

Durch den Ring muss ich jetzt erst einmal meinen schlaffen Schwanz und die Hoden ziehen, danach setze ich die aneinanderhängenden Käfigteile auf und verschließe das winzige Vorhängeschloss, um Hodenring und Käfig zu verbinden.

Tief durchatmen, das Ganze ist nämlich ziemlich anregend.

Auf Pants verzichte ich wohl besser, suche mir stattdessen die weitesten Jeans heraus, die ich besitze, und schlüpfe hinein.

Ein T-Shirt und Socken vervollständigen meinen Look, anschließend gehe ich nach unten in die Küche, in der Allen dankenswerterweise bereits das Frühstück vorbereitet hat.

„Hm, ich hab solchen Hunger!", verkünde ich und will mich an den Tisch setzen.

„Stopp! Komm her!", verlangt er jedoch, und ich bleibe neben seinem Stuhl stehen.

Sein Blick ruht auf meinem Schritt und seine Hand legt sich prüfend an meinen eingepackten Schwanz.

Er sieht hoch und grinst fies. „Gefällt es dir?"

Ich schnaube wieder leise. „Nein, und das weißt du verdammt genau!"

Er kichert. „Oh, ich weiß eine ganze Menge, zum Beispiel, dass du innerlich fluchst, weil du nicht steif werden kannst. Aber vielleicht hilft es dir, wenn ich dir verrate, dass du den Käfig möglicherweise morgen schon wieder los bist."

„Wie jetzt?! Morgen?!", hake ich perplex nach. „Das Spiel wird also wirklich lange gehen ..."

Allen nickt und deutet zu meinem Sitzplatz. „Iss, wir haben heute viel vor."

Na gut, was bleibt mir anderes, als ‚Ja, Sir Allen' zu murmeln und zu frühstücken?

„Bis ich etwas anderes sage, herrscht Spielpause", erklärt er mir und lächelt mich an.

Dieser Mistkerl!

~*~

Während eines ausgedehnten Spaziergangs durch die Dünen, bei dem ich das Gefühl habe, Allen sucht etwas Bestimmtes, deutet er schließlich auf einen kraterartigen Dünenkamm. Wir gehen hinein und ich sehe mich erstaunt um. Nur am Eingang kann man nach draußen sehen, die Ränder des Kessels sind so hoch von Gras bewachsen, dass wir hier recht ungestört sein dürften.

Die Sonne gibt heute richtig Gas, weshalb ich schon eine Weile verfluche, keine Shorts angezogen zu haben.

Allen breitet eine Decke aus, auf der wir uns niederlassen.

Kaum sitze ich, schiebt er mich auf den Rücken und ist über mir.

Seine Hand in meinem Schritt, seinen Lippen an meinen, keuche ich heftig und mir wird klar, dass er hier draußen einen Teil des Spiels eingeplant hat.

Der erregte Schauder, der mich deshalb durchläuft, lässt ihn leise knurren.

„Spielpause beendet", raunt er und öffnet seine Hose.

Sofort springt sein harter Schwanz aus dem Schlitz und ich lecke mir die Lippen.

Salzig schmecken sie, aber das macht alles nur noch geiler.

Ich will mich aufrichten und ihn blasen, doch natürlich habe ich die Rechnung einmal mehr ohne meinen Dom gemacht ...

„Angucken, nichts weiter!", bescheidet er mir und rollt mich auf den Bauch.

Allen holt weitere Dinge aus dem Rucksack, in welchem auch die Decke war.

Wow, er hat sogar Fesseln bei!

Wenig später sind meine Handgelenke auf meinem Rücken zusammengebunden und er hilft mir, mich aufzurichten, bis ich angezogen in der Sklavenposition knie.

Da man Allen sehen würde, wenn er sich hinstellte, kniet er vor mir und setzt sich auf seine Hacken, bevor er an sich herabnickt und mich auffordernd ansieht.

„Du weißt, was du zu tun hast."

„Ja, Sir Allen!" Mühsam robbe ich näher zu ihm und verliere fast das Gleichgewicht, als ich meinen Kopf über seinen Schoß neige.

Meine Lippen fangen seinen schönen, harten Schwanz ein und ich stöhne vor Erregung.

Allens Hand an meinem Hinterkopf drückt mich weiter herab, bis ich ihn ganz aufnehme und er tief in meinen Rachen dringt.

Ich liebe es, wenn er mich dazu zwingt, mir seinen Willen aufdrückt und mich zu absolutem Gehorsam nötigt.

Zu meiner großen Freude darf ich ihn so lange blasen, dass er mit einem unterdrückten Schrei in meinem Mund kommt, und ich jeden Tropfen seiner Befriedigung schlucken kann.

Allen schmeckt super-gut – süßlich und nach Ananas.

Zufrieden die Lippen leckend und grinsend wie eine satte Katze richte ich mich hampelnd wieder auf und lasse mir seinen Samen auf der Zunge zergehen.

Allen sieht mich aufmerksam an und verstaut seinen Schwanz wieder, bevor er sich zu mir beugt und meinen Schritt umfasst.

Die mit meinem besten Freund in dem Ring steckenden Hoden sind straff gespannt und ich stöhne leise, während ich den Blick senke, um ihm zuzusehen.

„Na? Verfluchst du mich schon?"

Sein süffisantes Grinsen ist sogar zu hören, und ich winde mich ob seiner anhaltenden Massage an meinen Eiern.

Ich nicke. „Ja, Sir Allen."

„Gut", sagt er gedehnt, bevor er seine Hand in meinen Nacken schiebt und mich tief und verlangend küsst.

Wir bleiben noch ein wenig in dem Dünenkrater, bevor er mir die Fesseln abnimmt und alles verstaut.

„Spielpause", sagt er, als wir unseren Weg fortsetzen.

Trotzdem bin ich nicht bereit, mein Mindset zu verlassen.

Ich genieße, was er tut, bin wahnsinnig gespannt darauf, wie es weitergehen wird, und vor allem, ob er mich wirklich erst morgen von dem unsäglichen Keuschheitsding befreien wird.

Zum Mittagessen kehren wir in einem Restaurant ein und essen frischen Fisch und Bratkartoffeln, anschließend machen wir uns in aller Seelenruhe auf den Heimweg zum Ferienhaus.

Der Weg dorthin dauert fast drei Stunden, weil Allen offensichtlich noch lange nicht genug davon hat, mich unter freiem Himmel zu bespielen.

Der blickgeschützte Krater von vorhin wird erneut zu einem Zwischenstopp.

Wieder hat Allen mich gefesselt, doch dieses Mal verbindet er die Karabiner so, dass mein rechtes Handgelenk mit meinem rechten Fußknöchel verbunden ist, links genauso.

Diese Fesselung verlangt natürlich, dass ich weder gerade stehe noch liege, aber das ist auch nicht Allens Wunsch.

Ich knie, die Wange und den Schultergürtel flach auf der Decke, den Hintern weit hochgereckt, vor ihm und er öffnet meine Jeans.

Ihm derart ausgeliefert zu sein, macht mich unendlich an, auch wenn mein Schwanz sich daran nicht beteiligen darf.

Aufreizend langsam zieht Allen die Hose zu meinen Kniekehlen hinab und leckt sich durch meine Spalte. Mein Eingang zuckt wie verrückt, vor Anspannung und Geilheit.

Wird er mich ficken?

Schon der Gedanke daran lässt meinen Schwanz schmerzhaft in den Käfig schwellen.

Halbsteif, mehr geht nicht, und ich stöhne röchelnd, während Allen sich holt, was immer er will.

Ich gebe es ihm gern, will den Schmerz, der mich an einem Orgasmus hindern wird, will die aufreizenden Zuwendungen, die er mir schenkt.

Irgendwann verschwindet seine Zunge, nachdem sie mehrfach eingedrungen ist, von meinem Eingang, und er spritzt Gleitgel hinein, das kühl und verheißungsvoll zugleich in mich fließt.

Ich keuche vor Lust und will mehr, immer mehr!

Wir sprechen wie immer kaum, zwischendurch befiehlt er mir nur, die Füße weiter nach außen zu drehen, damit er sich dazwischen knien kann.

Doch bevor er seinen Schwanz in mich schiebt, dringen Finger ein, weiten mich, auch wenn das dank unseres allgemeinen Trainings kaum nötig ist.

Ich bin mittlerweile sehr gut an Allens Härte gewöhnt und kann ihn auch ohne Vorbereitung verkraften und genießen.

Während er mich fingert, knetet seine freie Hand meine Hoden und ich wimmere in meiner Gier vor mich hin.

Schmerz und Lust werden erneut zu diesem verrückten Cocktail, der mich jederzeit in den Himmel katapultieren kann.

Heute leider nicht, das verhindert der Käfig …

Trotzdem brenne ich darauf, alles zu erleben, was Allen mir geben will.

Als er schließlich seine Eichel platziert, halte ich ganz still und spüre, dass ich vor lauter Anspannung zittere.

Seine Hände legen sich an meine Hüften und er dringt mit einem langen, tiefen Stoß bis zum Anschlag in mich.

Ich schnappe nach Luft, hechele deshalb kurzatmig und will nicht, dass er sich wieder zurückzieht.

„Ja", entkommt es mir.

„Was?", fragt er, sich weiter über mich lehnend.

„Nichts, Sir Allen!"

„Schon besser."

Ich schaudere und japse, weiß nicht wohin mit mir, weil mein Schwanz sich schmerzhaft gegen die schmalen Gitterstäbe seines Gefängnisses drückt.

Nein, ich kann nicht schweigen!

„Sir Allen?"

„Ja?"

„Gefällt es dir, mich so zu quälen?"

Er lacht leise und es geht mir durch und durch, weckt aber auch jenen Impuls, den ich an seinem Geburtstag schon einmal verspürt habe.

Es ist so unfair, dass ich nicht richtig steif werden darf! So unfair, dass er mich fickt, ohne dass ich abspritzen kann!

„Natürlich gefällt es mir, Kleiner. Dir doch auch!" Wieder lacht er und ich komme nicht umhin, ihm im Stillen zuzustimmen.

Klar! Was er mit mir anstellt, macht mich rasend geil und ich genieße jede Sekunde. Fairness hin oder her, das hier ist perfekt für mein Mindset.

„Du bist ein Mistkerl, Sir Allen", zischele ich atemlos und schnappe nach Luft, weil er sich komplett aus mir zurückzieht.

Eindeutige Reaktion, würde ich sagen, und zwar eine, die mir nicht gefällt!

„Wie bitte?", fragt er mit gefährlichem Unterton.

„Du bist ein Mistkerl!", wiederhole ich.

Sein grollendes Knurren lässt heiße Schauder durch meinen Körper rinnen.

„Das bringt dir weitere sechs Stunden im Käfig, mein Liebling", sagt er unerwartet sanft, und ich jaule auf.

Scheiße, war ja klar, dass so was passiert.

„Welcher Titel wäre dir denn lieber, Sir Allen?", frage ich, sobald ich durchgeatmet habe.

Statt einer sofortigen Antwort rammt er sich tief in mich und ich keuche erschrocken und lustvoll zugleich auf.

„Oh, der Mistkerl gefällt mir sehr gut. Möchtest du noch weitere Frechheiten loswerden, bevor ich dich durchficke?"

„Aber immer!", spiele ich weiter mit dem Feuer. Wenn er mich schon so leiden lässt, ist es irgendwie viel heißer, ihn dafür zu beschimpfen!

„Neun Stunden. Möchtest du noch mehr? Nur zu!", fordert er mich auf.

„Du bist ein unglaublicher Mistkerl, Allen!" So langsam sollte ich es seinlassen ...

„Zwölf Stunden. Und wenn du jetzt noch einen Ton von dir gibst, kommen andere Maßnahmen dazu."

Ich hole Luft, will noch etwas sagen, aber ich lasse es und höre sein spöttisches Lachen.

Ich sollte mir den Mistkerl besser denken. Wer weiß schon, was er mit diesen ‚anderen Maßnahmen' meint?

„So ist es brav", sagt er und streichelt über meinen Rücken, während er einen harten, schnellen Rhythmus aufnimmt, um seine Drohung von eben in die Tat umzusetzen.

Ich sehe Sternchen vor meinen Augen, ohne zu kommen, spüre, wie er nach endlosen, harten Stößen tief in mich spritzt und dort verharrt.

Er pulsiert in mir, hält mich fest und bleibt einfach, wo er ist.

Ich bin vollkommen k.o., als er sich aus mir zurückzieht und die Fesseln löst. Mich koordiniert zu bewegen ist nicht drin, meine Muskeln sind verspannt und bewegungsunfähig.

Allen hilft mir natürlich.

Er dreht mich vorsichtig auf die Seite, zieht meine Hosen hoch und schließt sie, nicht ohne noch aufreizend und gemein über die straff gegen den Käfig gepresste Haut meines Schwanzes zu streifen.

Verdammt, ich werde dermaßen leiden, bis er mich befreit ...!

~*~

Wieder im Ferienhaus angekommen, schickt Allen mich in die Wanne und kümmert sich um mich. Es ist Spielpause und meine Muskeln danken es ihm.

„Dieses Spiel mit meiner Keuschheit macht dich ziemlich an, was?", frage ich grinsend und ernte ein Nicken.

„Sehr. Ich habe es auf diese Art noch nie gespielt."

„Nicht?"

Allen schüttelt den Kopf. „Nein, bislang habe ich jemandem den Käfig angelegt und ihn Tage später wieder zu mir zitiert."

„Verstehe."

„Wie geht es dir?", fragt er und ich weiß, dass er nicht meine aufgezwungene Enthaltsamkeit meint.

Prüfend drehe ich die Arme und strecke meine Beine. „Alles gut, denke ich. Willst du die Spielpause etwa beenden, Sir Mistkerl?"

Er lacht auf. „Sir Mistkerl, das muss ich mir merken! Du bist so unglaublich, Ryan, mir fehlen manchmal wirklich die Worte."

Ich lege den Kopf fragend schräg. „Wieso das?"

„Weil du die Gratwanderung zwischen Spiel und Alltag so perfekt beherrschst, weil du mich herausforderst und mir dennoch alles gibst, weil du ... wunderschön bist, in deiner Lust ebenso wie in deinem Frust. Dich zu besitzen ist der Gipfel."

Ich schlucke hart. Mit einer solchen Ansprache hätte ich niemals gerechnet. Zumindest nicht jetzt.

„Dir zu gehören auch", murmele ich verlegen.

Er legt seine Hand unter mein Kinn und dreht meinen Kopf, um mich zu küssen. „Perfekter Ryan", flüstert er danach gegen meine Lippen.

„Der perfekte Ryan möchte jetzt aus der Wanne raus und gefüttert werden", gebe ich neckend zurück und wenig später trocknet er mich vorsichtig ab.

Dass ich keine Lust zum Kochen habe, nimmt er mir nicht übel, vermutlich, weil er genau weiß, dass unser unterbrochenes Spiel mir viel abverlangt.

Nach dem Essen liegen wir schnell wieder nackt auf dem Bett und Allen beendet erneut die Spielpause.

Er lehnt am Kopfende, halb sitzend, und befiehlt mich kniend über sich, damit ich ihm einen weiteren Blowjob verpassen kann. Meinen Hintern muss ich hochrecken, weil er es verlangt.

Sobald ich ihn bis zum Anschlag im Mund habe, beugt er sich vor und schiebt mir etwas in den Hintern.

Bevor ich mich fragen kann, was es ist, setzt eine rhythmische Vibration in meinem Inneren meine höheren Hirnfunktionen außer Kraft.

Ein Vibroei?!

Als der Rhythmus des kleinen Dings in mir sich ändert, schiele ich zu Allens Hand und entdecke eine Fernbedienung darin.

Keuchend suche ich seinen Blick und lehne mich etwas zurück.

„Wenn du das zwei Stunden lang erträgst, ohne mich anzubetteln, erlöse ich dich vielleicht schneller von deinem Käfig", verrät er mir und ich verspüre eine körperweite Gänsehaut ob dieser Verheißung.

Jetzt kann ich nur hoffen, dass ich die wechselnde Intensität des Vibroeis in mir wirklich lange genug ertrage ...

~*~

Mittlerweile steht es vier zu null für Allen, aber das macht nichts. Ich gönne ihm jeden einzelnen Orgasmus – vielleicht, weil ich ihn mir gönne.

Ich liebe es, wenn er in meinem Mund kommt, genauso wie ich es genieße, wenn er in meinen Arsch spritzt.

Es ist, als würde er mich – sein Revier, sein Eigentum – damit markieren und nicht nur mir zeigen, wem ich gehöre.

Klar, da ist niemand außer mir, der davon weiß, aber es ist etwas schrecklich Exklusives.

Sein Samen in mir.

Nicht in diesem gottgleichen, zarten Tobi-Diamond, der jetzt zu Sir Leon gehört, sondern in *mir*.

Es ist amtlich, mein Mindset treibt seltsame Gedanken.

„Die zwei Stunden sind um", verkündet Allen in meine geistige Wanderschaft hinein, und ich strahle ihn an.

Ob ich ihn jetzt bitten darf?

„Das ist schön, Sir Allen."

Er nickt. „Tapferer Ryan. Du hast das sehr gut gemacht. Bleib ruhig liegen."

Das Ei in mir vibriert jetzt in einem an- und abschwellenden Rhythmus und ich erlaube mir endlich, dem irrsinnig köstlichen Kitzeln, das es in mir auslöst, nachzuspüren.

Allen beugt sich über mich und öffnet das winzige Vorhängeschloss, bevor er den Käfig und wenig später auch den Ring entfernt.

Ich atme erleichtert durch und kann zusehen, wie mein Schwanz sich endlich den Platz gönnt, den er in voll aufgerichtetem Zustand benötigt.

Sobald ich richtig steif bin, ist Allen über mir und schließt seine Lippen um mich.

Ich stöhne laut auf.

Das hat er bislang nur selten – nie bei einem Spiel – getan.

„Du wirst nicht kommen, bevor ich es dir sage", befiehlt er ernst, und ich nicke hastig.

„Ja, Sir Allen. Was immer du willst, Sir Allen!"

Ich würde gerade alles sagen und tun, einfach, weil er diese widerliche Unfähigkeit zu einem Orgasmus von mir genommen hat.

Jetzt nicht kommen zu dürfen, ist okay für mich.

Ich weiß ja, dass es nur eine Frage der Zeit ist – eine überschaubare im Vergleich zu dem, was er mir anfangs und während des Dünenficks angedroht hat.

Allen küsst meine Eichel und erhebt sich, holt die Werkzeuge, die er nutzen will, aus der blauen Reisetasche und verbindet mir die Augen, bevor er irgendetwas anderes macht.

Genussvoll gebe ich mich ihm hin, warte auf alles, was er bereit ist, mir zu schenken.

„Rutsch weiter nach links, zur Mitte des Bettes", verlangt er, und ich lasse mich von ihm dorthin dirigieren.

Sobald ich so liege, wie er es will, brummt er zufrieden und schnappt sich nacheinander erst meine Hand-, dann meine Fußgelenke, um sie jeweils in Manschetten zu legen.

Ich bewege mich unruhig, wegen des Vibrierens in mir, und stelle überrascht fest, dass die Fesseln alle vier irgendwie miteinander verbunden sein müssen.

Allen bestätigt das, indem er sie strammzieht und ich nahezu bewegungsunfähig, alle viere von mir gestreckt, auf dem Rücken liege.

Geniales Gefühl!

Ich liefere mich ihm so gern aus, dass ich erwartungsvoll schaudere.

Wieder ändert sich die Intensität der Schwingungen in mir, ich keuche leise und versuche, mich wieder auf etwas anderes zu konzentrieren, als auf das willige Zucken meines Eingangs.

Die langen Striemen eines Floggers streichen wenig später über meine Brust, meinen Bauch, meine Beine, bevor Allen sie immer wieder in kurzen, schnellen Schlägen auf meine Haut niedergehen lässt.

Der nadelspitze Schmerz frisst sich durch meinen Leib und sorgt dafür, dass ich mich wimmernd winde.

Jede meiner Reaktionen gehört Allen, für ihn kann ich zeigen, wie sehr mir Erniedrigung und Auslieferung gefallen.

Als der Flogger meinen Schwanz und meine Hoden trifft, jaule ich auf.

Unfassbar, wie geil sich das anfühlt!

Auf das heiße Ziehen des Schmerzes folgt ein Zucken meiner Muskeln, das meinen Schwanz wippen lässt.

Er füllt sich, sofern möglich, noch weiter mit Blut, und ich weiß nach kurzer Zeit nicht mehr, wo oben oder unten ist.

Mit einem sanften Streicheln des Floggers beendet Allen diesen Teil seiner Behandlung und ich versuche, zu Atem zu kommen.

Man sollte meinen, hier einfach nur herumzuliegen, wäre nicht weiter anstrengend, aber weit gefehlt!

Jede Faser meines Körpers ist voll und ganz auf das Außen ausgerichtet. Ich sehne Berührungen herbei und mir ist vollkommen egal, ob sie sanft oder hart sind, schmerzhaft oder lockend.

Jede Zuwendung, die ich erhalte, erfüllt mich mit dieser unbeschreiblichen Hitze, die voller Sehnsucht nach mehr verlangt.

Mehr Berührung, mehr Hingabe, mehr Selbstaufgabe, mehr Lust.

Was Allen mit mir tut, tut er nicht für sich, sondern für mich.

Er weiß, dass ich diese Dinge brauche, diese wunderbar geile Gratwanderung zwischen absoluter Geilheit und dämpfendem Schmerz.

Mich kommen lassen kann jeder, der auch nur halbwegs versiert ist, aber meine Lust so lange hinauszuzögern, mich hinzuhalten, ohne dass ich ein schnelles, erlösendes Ende will – das schafft nur mein geliebter Allen!

Die Vibration in mir verändert sich abermals, jetzt sind es sanfte Schwingungen, die immer wieder in einem heftigen Stoß münden.

Dreimal sanft, ein Stoß, dreimal sanft, ein Stoß.

Ich wimmere und werfe den Kopf hin und her, genieße den Sternenregen hinter meinen Augenlidern und habe Mühe, auf Allens knappe Befehle zu lauschen.

Das Blut rauscht zu laut durch meinen Kopf, spült mich auf einer Welle von Hormonen und Gier nach mehr einfach hinweg.

„Bitte!", flüstere ich atemlos, als Allen sich zwischen meine Beine hockt und seine großen, warmen Hände massierend über meinen gesamten Körper gleiten.

Meine Haut ist gereizt, ich winde mich, wölbe mich ihm und seinen kratzenden, aufreizenden Berührungen entgegen, soweit ich kann.

„Bitte was?", dringt seine tiefe Stimme zu mir.

„Bitte hör nicht auf, Sir Allen! Ich brauche dich!"

Er lacht kehlig, das Geräusch sickert in meinen Kopf, weiter in meine Lenden.

„Aber das weiß ich doch, Ryan", raunt er lockend und ich spüre, wie er näher rückt. Das Leder seiner Hose trifft auf meine Schenkel, seine Hände legen sich um meine Hüften und er hebt mich ein wenig an.

Mein Becken kippt, die Fesseln werden noch strammer gezogen, erinnern mich nachhaltig daran, dass es kein Entkommen gibt, solange Allen es mir nicht ermöglicht.

Zudem liegt nun alles auf seinen Knien, mein Unterleib offen und gut sichtbar unter seinen Augen.

Wieder winde ich mich, vergesse zu atmen und ersehne seine Berührungen.

„Wem gehörst du?"

„Dir! Nur dir, Sir Allen!", bringe ich hastig heraus und werde für meine Antwort belohnt.

Kühles, frisches Gel dringt in mich ein, verteilt sich durch das Vibroei und lässt mich aufschreien vor Lust.

Wie es wohl wäre, wenn Allen seinen Schwanz noch zusätzlich in mich schieben würde?

Allein der Gedanke beschert mir heftige Schauder, was Allen natürlich nicht verborgen bleibt.

Er löst die Beinfesseln, doch wenn ich dachte, dass ich nun meine Arme durch den fehlenden Gegenzug bewegen könnte, irre ich mich gewaltig.

Offensichtlich hat er die Schnüre der Fesseln woanders fixiert, zieht sie sogar noch einmal stramm, während meine freien Beine einfach nach außen und zu mir kippen.

Allen ergreift die Manschetten daran nacheinander und murmelt: „Halt still!"

„Ja, Sir Allen!"

Augenblicke später sind meine Beine wieder zu einer gewissen Bewegungsunfähigkeit verdammt – Allen hat sie mit einer langen Spreizstange verbunden.

„Entspann dich", verlangt er und ich atme tief durch, weil er meine angewinkelten Beine weiter in Richtung meines Kopfes schiebt.

Ein paar Handgriffe, dann lässt er die Stange offenbar los. Bewegen kann ich mich trotzdem nicht, da er sie irgendwie mit den Fesseln an den Handgelenken verbunden hat.

Ich keuche überrascht und genieße das köstliche Gefühl, ihm absolut ausgeliefert zu sein.

Allens Hände streichen über meine Haut, meinen pochenden Schwanz, massieren meine Hoden und meinen Eingang.

Er bewegt sich, ich versuche, darauf zu lauschen, ob er seinen Reißverschluss öffnet, aber das Rauschen in meinem Kopf ist zu stark.

Deshalb keuche ich auf, als sich seine Eichel nahtlos in mich schiebt.

Ohne Vorwarnung, ohne Hinweis.

Er dringt tiefer ein, legt sich auf meinen zusammengefalteten Leib und stützt sich seitlich von mir ab, nachdem er seine Arme zwischen meiner Taille und meinen Beinen durchgeschoben hat.

Seine Stöße sind lang und nicht so heftig, wie ich angenommen habe.

In wechselndem Rhythmus dringt er tiefer, zieht sich zurück, stöhnt dabei so hinreißend, dass ich allein deshalb schon kurz davor bin, mich über meinen Bauch zu ergießen.

Nach einer schieren Endlosigkeit nimmt er mir die Augenbinde ab und raunt: „Du darfst kommen, schöner Ryan."

Er hat es kaum ausgesprochen, begleitet von einem tiefen Stoß, da bricht sich all die angestaute, seit dem Morgen gesammelte Lust in mir Bahn.

Ich schreie, immer wieder, schnappe nach Luft und ziehe mich um ihn zusammen, während heiße Spritzer meinen Bauch und meine Brust treffen.

Die Mattigkeit der Erlösung legt sich augenblicklich über mich wie eine warme, weiche Decke.

Allen ist gleichzeitig gekommen, zumindest aber direkt nach mir, denn er zieht sich zurück und beginnt umgehend damit, die Fesseln zu lösen.

Das Vibroei belässt er, wo es ist, bis ich in seinen Armen liege und die Erschöpfung mich übermannt.

Weich bettet er mich, umschlingt meinen zittrigen Körper und streichelt mich behutsam.

Ich kann nicht sprechen, auch nicht die Augen öffnen.

Will nur spüren, wie der Nachhall dieser Anstrengung ihren Tribut fordert.

In meinem Kopf wird es dunkel, alles blendet sich aus.

Die Müdigkeit, die abklingende Lust, die sich mühevoll beruhigende Atmung, nichts bleibt, nur der Hautkontakt mit dem hünenhaften Allen, der mir viel deutlicher als mit seiner

Körpergröße zeigt, welche Stärke und Liebe für mich in ihm wohnen.

„Ich liebe dich", flüstert er und küsst meine schweißnasse Schläfe.

„Auch!", bringe ich mühsam heraus und kuschele mich dichter in seine Umarmung.

Er lacht leise, aber es klingt nicht weniger erschöpft, als ich mich fühle.

„Wie geht es dir?"

Zur Antwort seufze ich nur und drehe den Kopf, bis ich sein Kinn küssen kann.

Wieder dieses sanfte, weiche Lachen, das mich von Anfang an so sehr fasziniert hat.

Allens Finger streichen meine wirren Haare beiseite, dann dreht er meinen Kopf weiter und küsst mich.

~ Sugar in the morning ~

Erst am nächsten Morgen wache ich wieder auf und liege noch immer dicht an meinen Freund gekuschelt da. Jetzt mit dem Rücken an seiner breiten Brust.
Die Decke verhüllt uns, aber das ist nicht das Einzige.
Allens Hand hat sich auf meinen Schwanz gelegt, umfasst ihn und die Hoden auf eine sanfte, beschützende Art und Weise.
Wohlig brummend verfolge ich meine Reaktion auf diese liebevolle Geste – mein Schwanz richtet sich auf, was eindeutig nichts mit einer Morgenlatte zu tun hat.
Ohne es wirklich zu beeinflussen, reibt sich mein Hintern an Allens Körpermitte, er ist steif, deshalb lasse ich seinen Schwanz sacht durch meine Spalte gleiten.
Der fester werdende Griff um meine Kronjuwelen zeigt mir, dass er aufgewacht ist, und ich grinse zufrieden vor mich hin.
„Guten Morgen Speedy, wenn du nicht aufhörst, hast du noch vor dem Frühstück etwas Warmes im Bauch."
Ich lache dreckig und schaudere ob dieser Androhung.
„Guten Morgen Lovelight. Vielleicht würde mir das ja gefallen?"
Er ist über mir, bevor ich ‚piep' sagen kann, und küsst mich voller Gier, bis wir atemlos Abstand nehmen und uns anblicken.
Das Lächeln ist unbeschreiblich, seine blauen Augen sind tiefdunkel, so herrlich offen und fröhlich!
Ich kann sehen, wie sehr er mich liebt, und hoffe inständig, dass meine Augen ihm das Gleiche vermitteln können.
„Du bist alles, was ich will, Allen. Alles, was ich jemals wollte."

Er schluckt sichtbar. „Das ist schön, Ryan. Denn du bist dasselbe für mich."

Das Frühstück muss warten, der Tag auch, wir nutzen unsere Zeit auf andere Art und verlassen nicht einmal für mehr als die Einnahme von Mahlzeiten das Bett.

~*~

Der Urlaub geht viel zu schnell vorbei, aber das ist wohl immer so.

Am vorletzten Abend überrascht Allen mich damit, doch noch über die Entführung sprechen zu wollen.

Wir liegen gemütlich auf der Couch und ich lausche seinen Worten, streichle ihn und vermeide es, ihn zu unterbrechen.

Zu erfahren, wie sehr er wirklich gelitten hat – nicht körperlich, sondern seelisch, zieht mir das Herz schmerzhaft zusammen und ich sehe meine Befürchtungen bestätigt.

„Dass er mich vergewaltigt hat, war mit Abstand das Schlimmste", murmelt Allen dicht an meinem Ohr. „Mich nicht wehren zu können, zu wissen, dass er dir brühwarm schreibt, was er tut, all das hat mich beinahe um den Verstand gebracht.

Ich wollte deshalb nicht, dass du dir mehr Sorgen als nötig machst, und habe so getan, als würde ich alles verdrängen.

Mein Therapeut hat mir erklärt, dass ich dich damit vor etwas schützen wollte, vor dem ich dich gar nicht mehr schützen konnte. Immerhin hattest du mich gefunden und befreit ..."

Er seufzt tief und streichelt gedankenverloren über meine Brust.

„Ich bin nicht gerade der selbstmitleidige Typ, wie du weißt, und mir war bewusst, dass ich mich möglichst schnell wieder in den Griff bekommen musste. Meine Veranlagung verlangt gewisse Dinge von mir. Ich kann mich nicht irgendwo hinsetzen und heulen, auch wenn ich das ja in der ersten Nacht getan habe.

Danach wurde mir klar, dass ich das wieder in Ordnung bringen muss. Du brauchst und verdienst einen funktionierenden Dom, einen liebevollen und ernsthaften Partner. All das konnte ich aber nur noch schwer sein, solange mein Innenleben mit dieser absoluten Erniedrigung kämpfen musste."

Das verstehe ich sehr gut!

Seine Worte vergegenwärtigen mir die Zwickmühle, in der er – auch meinetwegen – steckte, sehr deutlich.

„Deshalb diese Kuschelwut. Ich wollte dir zeigen, dass ich da bin, dich nicht allein lasse – und doch habe ich es in den wirklich wichtigen Punkten getan." Er seufzt erneut und drückt mich fester an sich.

„Erst als ich dich auf dem Bett fand, weinend, die Augenbinde noch um, den Vibrator neben dir, habe ich kapiert, wie weh ich dir mit meinem gegensätzlichen Verhalten getan hatte. Es tut mir noch immer unendlich leid, Ryan."

Er küsst meine Schläfe und ich drehe den Kopf, um ihn beruhigend anzulächeln. „Es ist okay, Allen", erwidere ich mit belegter Stimme und räuspere mich.

„Das ist es nicht, das war es auch nie", widerspricht er sofort. „Ich habe es gehasst, dass ich bei jedem Anflug von echter Nähe den Schwanz eingezogen habe! Die Bilder und Empfindungen von diesem einen Abend haben mich so sehr abgestoßen, dass ich Angst hatte, dir weh zu tun. Ich meine, ich wusste, du brauchst unsere Spielzeiten, die Mischung von Schmerz und Lust, aber ich hatte einfach Schiss davor, die Dinge zu tun, die dieser Scheißkerl mir angetan hat."

„Obwohl es nicht das Gleiche gewesen wäre", sage ich leise.

„Du hast recht, was wir tun, hat nichts mit dem zu tun, was er getan hat, aber die simplen Handlungen waren die gleichen. Ich werde noch sehr lange brauchen, bevor ich dich wieder auf einen Fickbock schnallen kann, Ryan."

„Das macht doch nichts! Du hast mir in den vergangenen Wochen mehr als deutlich gezeigt, dass wir keine bestimmten Accessoires brauchen, dass du mich auch anders dahin treiben kannst, wohin ich muss, um die vollkommene Lust zu spüren", versichere ich ihm.

„Du treibst mich genauso weit, das weißt du, oder? Ich hatte – auch wenn du das nicht gern hörst – so viele Subs, dass ich sie nicht mehr zählen kann. Und doch hat keiner mir das abverlangt, was du in der Lage bist, zu wecken."

Ich brumme unwillig, denn natürlich hat er recht. Ich will nichts über andere Subs hören! Trotzdem birgt das, was er sagt, ein wahnsinniges Kompliment in sich.

„Neulich, bei unserem Fick in den Dünen, musste ich an Diamond denken", bekenne ich, weil es mir mit einem eifersüchtigen Stich in der Brust wieder einfällt. „Ich wollte dich immer gefragt haben, wieso ihr euch getrennt habt."

Allen stöhnt unwillig, drückt mich an sich und nickt schließlich.

„Vielleicht ist das verständlich ... Möchtest du es wirklich wissen?"

Ich nicke, ohne nachzudenken.

„Tobi war ein halbes Jahr lang mein fester Sub, und ich war sein erster Dom. Du weißt, wie ich spiele, und auch, was mich anmacht. Tobi aber wollte mit der Zeit immer mehr. Mehr Schmerz, mehr Erniedrigung, mehr Unterwerfung.

Er hat auch privat nach einer gewissen Zeit keine Widerworte mehr gegeben, und einfach klaglos alles getan, was ich wollte. Ein Umstand, der mir nicht gefiel, weil er einfach nicht dem entspricht, was ich brauche."

Ich grinse.

„Ja, grins du nur! Es ist eben nicht leicht, so einen aufsässigen und zeitgleich ergebenen Sub zu finden, wie du es bist. Zumal es ja eben nicht nur darum ging."

„Du wolltest eine Beziehung, ich weiß."

„Die habe ich ja jetzt!", versetzt er und lacht zufrieden. „Aber Tobi wollte als Diamond leben, nicht mehr als Tobi. Er wollte öffentlich gedemütigt werden."

Für mich unvorstellbar! Ich schüttle instinktiv den Kopf über diese Eröffnung.

„Ja, ich weiß, für dich käme es niemals infrage, dass ich dich öffentlich beschimpfe oder wir in absoluten Dirty Talk verfallen, wenn wir spielen. Aber er stand drauf." Allen pausiert kurz und atmet tief durch. „Die vierte Nische an der Wand in der Bar ist für besondere Spiele eingerichtet. Hast du jemals bemerkt, dass sie keinen Tisch, sondern ein gepolstertes Podest in der Mitte hat?"

Ich sehe Allen erstaunt an. „Gesehen, ja, aber irgendwie nie wirklich bewusst beachtet."

„Alles dort ist mit Kunstleder verkleidet, weil dort die richtig versauten, öffentlichen Spiele stattfinden."

„Was genau denn?"

„Gangbangs, zum Beispiel. Bisher hast du das noch nicht erlebt, aber es gibt Abende, an denen Doms ihre Sklaven – egal ob hetero oder homosexuell – an einer Leine in diese Nische führen und sich dann auf den einzelnen Stuhl davor setzen.

Die Bank ist jenen vorbehalten, die den Sklaven benutzen sollen."

Ich schnappe nach Luft. „Benutzen?! Du meinst, öffentlich ficken und so?"

„Schlagen dürfen sie ihn nicht, aber sexuell auf jede erdenkliche Art benutzen, bis der Dom es beendet. Es gibt kein Safeword, der Sklave tut, was immer von ihm verlangt wird, solange er auf dem Podest ist."

„Krass!" Ich starre Allen mit großen Augen an.

Er grinst schief. „Diamond ist einer von den wenigen männlichen Sklaven, die sich dort gern aufhalten. Er liebt es, wenn ihn verschiedene Kerle vor den Augen aller durchficken. Er nennt es, wie Sir Leon es nennt: Begatten und Besamen. Im Englischen nennt es sich ‚breeding', also bareback ficken."

Unglaublich, dass es solche Menschen gibt!

Allen kichert, weil ich wohl genau das vermittle.

„Dass so etwas nichts für dich sein würde, wusste ich von Anfang an. Oder besser, ich habe es gehofft! Diese Haltung von Tobi entsprach übrigens überhaupt nicht meinen Wünschen. Mein Sub gehört mir allein, und es gibt nur wenige Situationen, die mich dazu bringen könnten, einen anderen Schwanz in ihm zu dulden."

Das macht mich neugierig. „Welche?"

Er stupst mich an. „Zum Beispiel die, in der du es dir wünschst. Einen einzelnen anderen Mann, in meinem Beisein. Niemals würde ich gestatten, dass jemand anderes mit dir spielt, ohne dass ich dabei bin."

„Soll mich das jetzt beruhigen?", necke ich ihn, denke jedoch auch über diese Möglichkeit nach. „Ich hätte nicht gedacht, dass es überhaupt solche Situationen gibt, Allen."

„Oh, hin und wieder kann eine Doppelpenetration sehr geil sein, aber das liegt absolut in deinem Ermessen. Solltest du es jemals ausprobieren wollen, müssten wir uns aber auch über den Partner in diesem Spiel einigen."

„Das würdest nicht du entscheiden wollen?", hake ich erstaunt nach.

„Es ist dein Körper, Ryan. Solche Dinge obliegen dir."

„Hm", mache ich. Mein Kopf rattert. „Ich weiß nicht, Doppelpenetration klingt sehr geil, aber ich wüsste nicht, mit wem aus dem Club …"

Sinnierend lehne ich mich an ihn.

„Ich hätte nichts dagegen, wenn du Micha und Tiger haben wollen würdest. Bei vielen anderen, zum Beispiel Leon, würde ich kategorisch ablehnen."

„Verstehe … Aber würden die zwei bei so was mitmachen?"

Er hebt die Schultern. „Möglich, ich habe das bisher nie gemacht. Also nicht mit einem festen Sub, schon gar nicht, wenn dieser auch noch mein Lebenspartner ist."

„Freie Subs wünschen sich so was also eher mal?"

„Ich denke schon. Oder eben jene, die offene Beziehungen führen. Wir haben zwei männliche Subs, die zu Hause monogam leben, aber im Club die Sau rauslassen wollen. Das sind auch Kandidaten für die Breeding-Nische."

Was er mir erzählt, klingt irgendwie nicht halb so abwegig, wie ich noch vor ein paar Monaten gedacht hätte.

„Also, solange du nicht mitmachst, wenn da einer auf dem Podest hockt, ist alles gut. Das wäre für mich nämlich ein absolutes No-Go. Und zu dem anderen … Ich weiß es wirklich nicht. Micha und Lars wären schon Typen, mit denen ich mir für einen solchen Sonderfall was vorstellen könnte, aber eigentlich will ich meinen Kopfraum für dich und mich behalten. Und wenn ich das mit der Doppelsache mal testen will, kannst du einen Dildo benutzen, oder?"

Er zieht mich heftig an sich und knutscht mich. Sobald er mich wieder freigibt, sagt er: „Klingt super, Speedy!"

Jedenfalls ist meine Eifersucht auf Diamond komplett verschwunden, seitdem ich weiß, dass er und Allen schlicht inkompatibel sind.

~*~

So schön der Urlaub auch war, freue ich mich doch auf unsere Heimreise.

Schon während der Rückfahrt planen wir, wann wir wen besuchen wollen, und lassen uns dabei genügend Freizeit, um unsere Spiele und auch die alltägliche Zweisamkeit zu genießen.

Im Club lassen wir uns zuerst sehen und werden gutgelaunt begrüßt. Offensichtlich gab es keinerlei Schwierigkeiten während Allens Abwesenheit.

Gut so!

Meine Band trifft sich ab dem Montag nach meiner Rückkehr wieder für Proben, immerhin stehen bis zum Jahresende einige Konzerte auf dem Programm.

Die genaue Planung dafür verbinden wir mit einem gemütlichen Abend in meiner Wohnung, die ich nach wie vor nicht aufgegeben habe.

Ob ich das jemals werde? Keine Ahnung!

Ich wüsste nicht, wo ich meinen ganzen Krempel und die Möbel unterbringen sollte, und so wirklich ernsthaft von ihnen trennen will ich mich nicht.

Momentan genieße ich es viel zu sehr, durch Allens lockerere Haltung wieder mehr Freiraum zu haben.

Wir hocken nicht ständig aufeinander, verbringen aber nach wie vor jede Nacht zusammen.

Wahlweise in der einen oder der anderen Wohnung.

Auch Allen scheint nichts dagegen zu haben, legt er doch sehr viel Wert auf meinen eigenen Kopf und meine Entscheidungen.

Das ist sowieso das Genialste.

Irgendwie bekommen wir es immer hin, dass wir beide zufrieden sind.

Selbst wenn wir mal etwas ausdiskutieren müssen, finden wir letztlich stets den passenden Kompromiss, der uns das Zusammenleben erleichtert.

Es ist nämlich nicht so, als könnte ich einfach irgendwas entscheiden und Allen würde es dann abnicken.

Was die Spiele angeht, ist das tatsächlich so, im Alltag jedoch geraten unsere Dickschädel gern mal aneinander.

Auch das finde ich prima, weil es mir zeigt, dass ich meine Eier nicht verloren habe, nur weil ich Allen bei den Spielen die Macht über mich gebe.

Ich habe tatsächlich überhaupt nichts eingebüßt, sondern nur eine ganze Welt hinzugewonnen!

Nachdenklich fläze ich auf dem Sofa in Allens Wohnung und erfreue mich wie schon so oft an den wunderbaren Fotografien, die im Raum verteilt hängen.

Manche wecken Sehnsucht in mir. Danach, in den Wald zu spazieren, danach, durch Pfützen zu stapfen, danach, auch in grauen Tagen und trübem Wetter immer etwas Positives finden zu wollen.

Erstaunlich, was diese schwarz-weißen Fotografien mit den einzelnen roten Farbtupfern in mir bewirken können!

„Ich wünschte, du würdest mehr fotografieren", murmele ich träge und muss meinen Blick mühsam von dem einzelnen Baum auf der Wiese losreißen, um Allen, der neben mir liegt, anzusehen.

„Wieso denn?"

„Weil ich sie einfach genial finde. Jedes deiner Bilder drückt so viel aus, dass ich immer wieder etwas Neues darin entdecke."

Er rollt sich herum und begräbt mich halb unter sich. „Mein Philosoph!", neckt er leise.

„Ich geb dir gleich!", drohe ich lachend. „Ich meine das ernst! Du musst mindestens ein Bild für mein Wohnzimmer machen. Versprichst du mir das? Und wo wir schon dabei sind – auch eines für das Schlafzimmer!"

Er lacht auf. „Wie wäre es, wenn du dafür Modell stehst?"

Ich blinzle. „Wie jetzt? Ich will Landschaften! Davon abgesehen weiß ich auch nicht, ob ich mich unbedingt selbst im Schlafzimmer anstarren müsste ..."

„Ich habe nicht unbedingt Aktbilder gemeint, mein Liebling. Du bist Motorradrennfahrer und Frontmann einer echt geilen Rockband! Da gäbe es wahrlich viele Szenerien und Motive für mich, denkst du nicht?"

„Hm, klingt gut. Machst du die Farbakzente dort dann bitte in Dunkelblau?"

Er sieht mich stirnrunzelnd an. „Wieso Dunkelblau?"

„Weil das deine Augenfarbe ist. Ich steh auf deine Augen!"

„So, so!"

„Oh ja!"

Wir lachen und küssen uns.

Es ist einfach toll, dieses Leben mit Allen.

Schon verrückt, dass sein Name für mich – und nur für mich! – so perfekt passt.

Allen Right ist *mein* Mister Right!

„Was geht in deinem Kopf schon wieder vor sich?" Er hebt die rechte Augenbraue und blickt mich forschend an.

„Wie alt willst du werden, bevor ich dir einen Heiratsantrag mache?", frage ich und lasse es möglichst lapidar klingen.

Er stutzt, seine Gesichtszüge entgleiten ihm, und ich muss darüber kichern.

„Wie bitte?", fragt er, als er sich gefangen hat.

„Du hast mich sehr genau verstanden, mein Lieber. Und komm mir jetzt nicht damit, dass du als der Dom ... Vergiss es einfach! Ich frage dich hier und jetzt, mein über alles geliebter Allen: Willst du mich heiraten?"

Der tiefe Ernst, der mich nun doch noch beseelt, lässt mich trocken schlucken.

„Und ob ich das will", raunt er mit belegter Stimme und sieht tief in meine Augen.

Er fängt meine Lippen zu einem Kuss ein und wir knutschen, bis wir keine Luft mehr bekommen.

Wer hätte gedacht, dass es so einfach wird?

„Hm, Ryan Right ... Klingt ganz brauchbar, findest du nicht?", sinniere ich irgendwann später.

„Durchaus, aber Allen Rose hätte auch was."

„Scheißegal, Hauptsache du trägst demnächst einen Ring, der aller Welt zeigt, zu wem du gehörst", befinde ich und knurre leise. „Soll schließlich keiner denken, du wärest noch zu haben!"

Er knufft mich in die Seiten und lacht. „Du bist der verrückteste und liebenswerteste Kerl der Welt, Speedy."

Seine Worte sind so liebevoll gesprochen, dass keine andere Liebeserklärung sie jemals toppen könnte.

„Alles deine Schuld. Früher war ich nur ein unwissender, durch die Gegend fickender Arsch."

Nun ist es Allen, der knurrt, bedrohlich und sehr tief.

„Erinnere mich nicht an deine Boxenluder!", warnt er und reizt mich damit zu einem frechen Kichern.

„Wieso nicht? Ich mag es, wenn du eifersüchtig bist und mich in deine Höhle schleppst, um mir zu zeigen, wem ich gehöre."

Ich habe es kaum ausgesprochen, da steht er auch schon vor dem Sofa und zieht mich in den Stand.

„Na los, ab in die Suite. Wir sehen uns in einer halben Stunde dort. Du weißt, was du zu tun hast!"

Ich seufze zufrieden und mache mich arschwackelnd auf den Weg.

„Aber gern doch, Sir Mistkerl!"

~ Ein Jahr später ~

„Verdammt, seht euch das an!", entfährt es Manni, der neben den anderen Bandkollegen, Allen, Michael, Lars und mir auf der riesigen Sofalandschaft herumlungert, die in unserem neuen Haus steht.

Seit der neuen Saison bin ich Fahrer im MotoGP, und habe den Sprung in die Königsklasse der Motorradrennen geschafft. Mein neues Team ist deutlich kleiner, deutlich effektiver und vor allem bringen die Sponsorenverträge erheblich mehr Geld.

Zu Jojo und Mandy habe ich nach wie vor guten Kontakt, und wenn ich jemals aus der riesigen Rennmaschinerie des Grand-Prix heraus will, werde ich bei ihnen sofort wieder einen Vertrag bekommen.

Klingt doch gut, nicht wahr?

Ich muss meinen gedanklichen Ausflug beenden, denn natürlich blicken alle gebannt zum Flachbildschirm unseres Fernsehers.

Darauf zu sehen?

Ich – beim Duschen, was Allen auch sofort wieder mit einem gutturalen Knurren quittiert.

Werbeverträge für Herrenpflegeprodukte sind ein weiterer Nebeneffekt der neuen Rennklasse.

Michael stößt Allen an. „Dein Sub ist echt schlecht erzogen, dass er sich für die Werbung auszieht!"

Alles lacht, nur Allen nicht.

Ich lehne mich in seinen Arm und sage: „Denk dran, diese Werbung hat den Kredit für unser Haus auf einen Schlag abgelöst."

„Ich weiß, aber mir wäre es trotzdem lieber, wenn nicht halb Deutschland auf deinen Arsch starren könnte."

„Niemand starrt auf seinen Arsch, Allen", versichert Manni, der eben noch mit dem Finger auf genau jenes Körperteil gezeigt hat, als es ins Bild kam. „Wir sind alle nur schrecklich fasziniert davon, dass ausgerechnet unser Ryan im Fernsehen zu sehen ist."

„Das bin ich oft genug", wende ich ein.

„Aber in deinem Rennanzug sieht man nix von dir", schlägt Norman lachend in die Kerbe, die Allen ganz sicher weiter reizen kann.

„Beruhigt euch mal wieder, ich dachte, wir wollen den Film sehen? Kann ich jetzt übrigens endlich die DVD starten oder wollt ihr noch länger einem Duschgel hinterher hecheln?", ziehe ich meine Freunde auf.

Natürlich war der Werbedeal im Vorfeld mit Allen abgesprochen und er stellt sich gerade nur so an, weil alle es von ihm erwarten.

In Wahrheit findet er ziemlich genial, mit mir an den Rennwochenenden um die gesamte Welt zu gondeln und alle möglichen Kulturen kennenzulernen.

Auch auf diesen Werbefilm ist er stolz – ist ja nun wirklich nicht so, als könnte ich mich nicht sehen lassen …

„Ja, leg den Film ein, ich will lachen!", verlangt Castro kichernd.

Meine Freunde sind toll, habe ich das schon mal erwähnt?

Allen startet den Film und ich verschwinde in die Küche, um Getränkenachschub zu organisieren.

Das neue Haus bewohnen wir erst seit unserer Hochzeit vor acht Monaten. Es steht am Stadtrand, hat ein riesiges Grundstück und ist komplett ebenerdig angelegt, damit wir bis an unser seliges Ende hier bleiben können.

Alle Möbel aus unseren Wohnungen sind hier eingezogen, zum Teil in unserem superschönen Spielzimmer, zum Teil in den öffentlich zugänglichen Räumen.

Alles ist hell und freundlich, für das Wohnzimmer haben wir Allens feuerwehrrote Couch um ein zweites Exemplar ergänzt, damit wir, wie auch heute Abend, mit unseren engsten Freunden bequem sitzen können.

Als ich den Side-by-Side-Kühlschrank öffne, um die Flaschen herauszuholen, streift ein Lichtreflex meinen Ehering und ich grinse einmal mehr verblödet darauf.

Ich heiße jetzt übrigens Ryan Rose-Right, weil wir uns schlussendlich für diesen Doppelnamen entschieden haben.

Da seit meinem Namenswechsel alle Reporter scharf auf den Grund dafür waren, blieb nicht lange geheim, wer den Bund fürs Leben mit mir eingegangen ist, und so wurde ich zwangsläufig auch als Frontmann von ‚Bad to the Bone' geoutet.

Wir haben einige Fans dadurch verloren, aber lustigerweise auch etliche hinzugewonnen.

Norman ist mittlerweile mit Amanda verlobt, wobei sie es ist, die sich ziert. Liegt vielleicht daran, dass sie eine echt coole Frau ist und sich einen Dreck um gesellschaftliche Konventionen schert.

Genau das hat ihr meinen größten Respekt verschafft.

Ich habe nie verstanden, wieso Männer rumhuren dürfen, Frauen aber nicht.

Manni kommt zu mir in die Küche und ich grinse ihm entgegen. „Na, Fesselkünstler?"

Er lacht. „Alles deine Schuld!", versichert er mir.

„Ich weiß, aber ich finde es klasse!"

„Und ich erst", antwortet er und schnappt sich ein paar der Bierflaschen.

Ich sehe ihm nach und überlege, ob er seine Leidenschaft für Frederik, sein dauerhaftes Bondage-Model, jemals entdeckt hätte, wenn meine Annonce und Allen nicht gewesen wären.

„Was überlegst du?" Allen tritt hinter mich und sieht über meine Schulter in den Kühlschrank.

„Dass alles richtig gut gelaufen ist, wenn man von vielen kleinen und einem großen Drama absieht."

Er nickt und drückt mich an sich. „Ist wahr. Aber auch das große Drama hat sich ja nun erledigt."

Stimmt, denn der Banker, der Allen aus Rache entführt hat, ist mittlerweile rechtgültig verurteilt und wird für fünf Jahre im Knast bleiben.

Leider nicht länger, aber vielleicht spielt das auch keine große Rolle mehr.

An uns wird er sich vermutlich nicht mehr herantrauen.

Ich stelle die letzten Flaschen, die wir brauchen werden, auf der Anrichte ab und drehe mich in Allens Umarmung.

„Na los, küss mich, mein über alles geliebter Ehegatte!"

Er lacht und tut es tatsächlich. „Wir müssen dringend mal an deiner Respektlosigkeit arbeiten, Speedy."

„Echt?", frage ich übertrieben erstaunt. „Ich dachte, ich wäre schon respektlos genug?"

Er beißt mir ins Ohrläppchen, dass ich zusammenzucke und gleichzeitig große Lust darauf verspüre, nicht ins Wohnzimmer, sondern einen anderen Raum zu gehen.

Muss warten.

Eigentlich auch besser so, denn seit langem weiß ich, wie geil Vorfreude sein kann.

„Ryan!", droht mein Mann gedehnt und sorgt für einen erregten Schauder.

„Ja?"

„Bitte bleib immer so, ich liebe deine Aufsässigkeit sehr."

„Finde ich gut. Und jetzt lass uns den Film ansehen, bevor wir die Einzigen sind, die nicht jeden Dialog mitsprechen können!"

Im Wohnzimmer blicke ich mich zufrieden um und lasse mich wieder aufs Sofa fallen.

Mein Leben ist cool, genial, toll, perfekt.

Und alles wegen einer Annonce, die mir meinen Mister Right beschert hat ...

ENDE